KB081595

언더독스

UNDER DOGS

언더독스
UNDER DOGS

나가우라 교 장편소설
문지원 옮김

블루홀6

1997년 카오룽반도 · 홍콩섬 약도
카오룽
청사완
삼수이포
프린스에드워드
몽콕 스타디움
카이닥 공항
몽콕
야우마테이
조단
홍함
침사추이
웨스턴 하버
크로싱
빅토리아
하버
크로스 하버
터널
셩완
헝밍은행
센트럴
데니켄 운트
훈치커은행
애드미럴티
빅토리아 파크
홍콩섬
애버딘

1997년

고바 게이타: 농림수산성 관료 출신 증권맨

마시모 조르지아니: 홍콩에 거주하는 이탈리아인 대부호

클라에스 아이마로: 마시모의 여비서

자비스 맥길리스: 은행원 출신 영국인

일라리 론카이넨: IT 기술자 출신 핀란드인

린차이화: 정부 기관 소속 홍콩인

미아 리더스: 고바 팀의 경호 역으로 고용된 호주인

루이초훙: 왕립 홍콩 경찰총부(로열 홍콩 폴리스 헤드쿼터)의 엘리트 독찰(한국의 경위급)

오를로프: 홍콩 주재 러시아 총영사관 정무부 부장

케이트 아스트레이: SIS(영국 비밀정보국) 직원

프랭크 벨로: USTR(미국 무역대표부) 직원이라고 자칭하는 미국인

2018년

고바 에이미: 고바 게이타의 의붓딸. 조현성 성격장애 환자

웡인컹: 홍콩에서 에이미와 함께 움직이는 중국인

⊙ 차례 ⊙

일러두기

◈ 본문의 각주는 전부 독자의 이해를 돕기 위한 옮긴이 주입니다.

1

1996년 12월 24일 화요일

고바 게이타는 부장실을 나온 뒤 불안한 얼굴로 창밖의 히비야 거리를 내려다봤다.

이 증권회사에 근무한 지 2년, 출장은 처음이다. 파티션으로 구분된 자신의 부스로 돌아가 근무현황판에 가루이자와라고 적었다.

"VIP의 부탁이라 딱 잘라 거절할 수도 없어서 말이야."

부장이 미안한 기색이 섞인 얼굴로 웃으며 회유하는 바람에 거절할 수 없었다. 문제가 생기거나 실수를 했을 때를 제외하고는 고객과 직접 만나지 않겠다는 것이 첫 번째 입사 조건이었는데.

'히라하라'라고 적힌 이름표를 부재중 위치로 밀어놓은 뒤 사무실을 나섰다.

고바는 회사에서 어머니의 처녀 시절 성을 사용한다. 동료 대부분은 본명을 아는 듯해서 그다지 의미는 없지만 스스로 안심이 된다. 고바의 얼굴과 이름은 3년 전에 주간지와 TV에 거듭 보도되어 아직도 기억하는 사람이 적지 않았다.

그래서 지금도 사람이 많은 곳에 나갈 때는 저절로 시선을 내리깔게 된다.

지하철을 갈아타고 우에노역으로 향했다. 역내 편의점에서 속옷류를 사서 가방에 넣었다. 부장은 일단 집으로 돌아가 짐을 챙겨서 출발하는 게 어떠냐고 했지만 이것으로도 충분하다. 출장지에 일찍 도착하는 만큼 미팅도 빨리 끝나 오늘 중으로 도쿄로 돌아올 수 있을지도 모른다.

16번 플랫폼에서 특급 열차에 올라탔다.

출발한 지 5분도 지나지 않아서 휴대폰 진동이 울렸다. 열차 승강구 발판 쪽으로 나가 통화 버튼을 눌렀다. 지금 만나러 가는 고객의 여비서, 클라에스 아이마로에게서 온 전화였다.

—벌써 출발하셨다고요. 언제나 빠른 행동에 시뇨르* 조르지아니도 기뻐하십니다.

유창한 일본어로 말했다.

클라에스의 고용주는 마시모 조르지아니. 홍콩에 거주하는 일

* Signor. 남자를 높여 부르는 이탈리아어 존칭.

흔두 살 이탈리아인이다.

본업은 수입식품 도매업으로, 홍콩에서는 와인에 관세가 붙지 않는 점을 이용해 프랑스를 제외한 유럽산, 아프리카산 와인과 쿨라텔로 등 고급 육가공품을 매입해 아시아 각국의 중·고급 레스토랑에 유통한다. 그와 동시에 투자가로서 국제적인 투자회사를 보유하고 있고, 홍콩뿐 아니라 아시아권 전체에도 여러 기업을 소유하고 있다.

고바가 현재 근무하는 증권회사의 마시모 담당팀에 들어간 지는 1년 반이 됐다.

고바는 일본과 호주의 농산물 관련 주식 거래에서 성과를 내며 이름을 알렸다. 특히 올봄에 일어난 영국 광우병 파동이 세계적 규모의 사태로 번질 것을 미리 꿰뚫어보고 효과적인 금융 예방책을 제시하며 막대한 손실을 피한 점을 높게 평가받았다. 그렇다고는 해도 고바 따위는 마시모의 투자회사가 계약한 세계 각국의 주식 트레이더 중 실적도 지명도도 매우 낮은 존재에 불과했다.

—호텔에 도착하면 라운지에서 기다리지 말고 바로 방으로 오세요.

클라에스가 알려 주는 방 호수를 메모했다.

마시모와 직접 만난 적은 없다.

상담은 전부 영문 이메일로 진행했고 그 외에는 비서인 클라에스를 통한 전화 미팅 네 번. 당연히 개인적인 교류는 전혀 없었고 고바도 바라지 않았다.

그래서 오늘 갑작스러운 호출에도 기대는커녕 경계심만 강하게 들었다.

—혹시나 해서 말씀드리는데, 시뇨르 조르지아니는 히라하라 씨의 경력을 샅샅이 조사해 전부 알고 계십니다. 그러니 아무 걱정하지 말고 오세요.

전화를 끊기 직전에 클라에스가 말했다.

오히려 불안이 점점 커진다. 과거의 자신을 안다는 사실만으로 주도권을 빼앗긴 듯한, 약점을 잡힌 듯한 기분이 들었다.

승강구 발판에서 좌석으로 돌아온 뒤에도 가슴에 번진 불안을 지울 수 없다…….

고바 게이타. 미야기현 센다이시 출신, 서른두 살.

사장인 아버지와 경리 담당인 어머니를 포함한 직원 여섯 명 규모의 판금 공장을 운영하는 집안이었지만 버블경제의 붕괴로 가세가 기울었다.

고등학교를 졸업할 때까지 센다이에서 자랐고, 히토쓰바시대학에 입학하며 도쿄로 상경. 도쿄대로 진학하고 싶었지만 꿈을 이루지 못해 인생 처음으로 큰 좌절을 맛봤다.

그리고 대학 재학 중 사법시험 합격과 졸업 후 통상산업성* 임용을 목표로 매진했지만 두 가지 모두 이루지 못한 채 농림수

* 현 경제산업성.

산성에 들어갔다.

연수를 마치고 담당 부서로 발령받은 첫날 부장이 말했다.

"우정(郵政) 다음은 일농(日農)이다."

우정 민영화를 주장하는 분위기가 강해지는 가운데 미국까지 압박해 와서 다음 해체·재조직의 표적은 '일농', 바로 일본농업생산자조합연합회가 될 것이다. 농림수산성과 농림수산계 국회의원 대부분이 그런 우려를 품고 있었다.

실제로 일농은 농약과 농업 기기의 판매 할당과 정부가 농산물을 사들이는 방식으로 전국의 농가를 지배하고 있었다. 그리고 농림수산성은 일농을 이용해 전국의 농업생산자를 간접적으로 통제했다.

그 점을 강하게 비판받으며 국내에서는 정치와 농업 유착의 온상으로, 국외에서는 일본의 보호무역주의의 상징으로 거듭 도마 위에 올랐다.

고바가 속한 농림수산성 내 부서에서는 향후 일농 해체가 불가피하다는 예측을 바탕으로 조직을 재편한 뒤 자금력을 배경으로 영향력을 유지하기 위한 작업이 밤낮을 가리지 않고 계속됐다. 물론 공공연하게 드러낼 수 있는 작업은 아니었다. 명백한 부정행위였다.

일농의 자산 세탁과 자금 축적, 이른바 비자금 조성을 맡았으며 젊은 고바도 작업에 투입됐다.

"이것은 국익에 부합하는 정당한 행위다. 훗날 우리가 축적한 것이 국가를 구하는 길이 될 것이야. 두려워 말고 맡은 일에 매진하게."

부장이 한 말을 잊지 못한다. 아니, 잊고 싶어도 머릿속에 달라붙어 도저히 떨어지지 않는다.

부장 본인도 부하인 자신들도 그렇게 되뇌고 계속 세뇌당하며 무의식중에 마음에 남는 죄책감을 묻으려고 했다. 돌이킬 수 없는 방향으로 속도를 높여 돌진하게 하는 주문일 뿐이었는데. 이상한 종교에 빠져든 신도들처럼 그것을 믿고 자기합리화하다가 어느새 죄의식을 완전히 잊었다.

관례인 공비 해외 유학 2년을 제외하면 고바도 적극적으로 전국 각지를 돌며 생산자의 본심과 탄원, 지역 일농 간부들의 생생한 목소리를 끊임없이 들었다. 그러는 동안 나름대로 정의감을 느끼면서 결코 떳떳하게 드러낼 수 없는 업무를 이어왔다.

그러나 임용 6년 2개월 뒤, 농림수산성의 비자금 조성 행위가 발각됐다.

언론에 대대적으로 보도되었고 고바도 일부분 책임을 면하지 못했다. 공문서위조 혐의로 지검 특수부에서 조사를 받았으나 그 부분은 증거 불충분으로 불기소처분 받았다. 그러나 부정에 가담했다는 사실은 변하지 않기에 어쩔 수 없이 농림수산성을 떠나야 했다.

가장 처음 퇴직을 제안한 사람은 농림수산성의 상사가 아니라 고향 미야기에 있던 어머니였다.

"그만둬도 우린 걱정할 것 없어. 그러니까 이상한 생각일랑 절대 하지 말거라."

지역 선출직 국회의원의 비서가 어머니에게 연락해 왔다. 고령으로 간병이 필요한 외할머니와 치매 증상을 보이기 시작한 할아버지의 요양 보호 시설 입소 준비, 아버지 공장의 현지 은행 대출, 그리고 고바 본인의 재취업 준비, 이 모든 것을 확실하게 약속했다고 했다.

'가족을 인질로 잡았구나.'

고바는 생각했다.

이것은 회유가 아니다. 고바가 퇴직을 거부하거나 재직 중에 알게 된 기밀을 언론에 폭로할 기미가 보이면 가족에게 제공한 편의를 전부 거두어들이겠다는 국회의원과 농림수산성 고위급의 협박이었다.

고바는 저항하지 않고 농림수산성을 떠났다.

재취업으로 소개받은 직장에 들어가지 않고 1년 내내 칩거 생활을 했다.

언론의 눈을 피하기 위해서라는 이유는 그저 핑계에 불과했다.

가장 가고 싶던 대학에도, 직장에도 들어가지 못한 채 이렁저렁 임용된 직장에서 아무런 의심 없이 지시받은 대로 움직인 결과, 전부 잃었다. 스스로가 그저 공부나 조금 했을 뿐인 무능력자로 느껴졌다.

면도도 이발도 하지 않다시피 생활하는 모습을 본 노시로라는 농림수산성 시절 동료가 소개해 준 곳이 현재 근무하는 일본 최초의 전문 인터넷 증권회사였다.

전화로 하는 설명을 심드렁하게 들어보니 농축산물 지식을 살려 선물 거래나 기업 분석을 해달라는 이야기였다.

모기업이 대규모 은행이라서 부도가 나거나 해체될 위험이 없다는 점. 게다가 출근은 매일 해야 하지만 상사조차 거의 만나지 않고 메일만 주고받으며 업무를 할 수 있다는 이야기를 듣고는 입사를 결심했다. 고바도 내심 자신의 대인 공포증과 스스로에 대한 무거운 실망감을 어떻게든 해결해야 한다고 생각했다. 스스로 목숨을 끊을 배짱도 각오도 없었고 지금 죽으면 부모님의 억장이 무너지리라.

아니, 솔직히 말하면 오기가 생겼다.

누군가의 지시가 아니라 자신의 의지로 살고, 보란 듯이 성공해 보이고 싶었다.

그런데 성공한 모습을 보여 줘야 할 상대는 누구일까? 성공하려면 어떻게 해야 할까? 도무지 알 수 없었다. 유일하게 깨달은 것은 이대로 방구석에 틀어박혀 있으면 아무것도 변하지 않는 것은 물론 그저 개죽음할 뿐이라는 사실이었다.

미지의 직종이었지만 조금씩 더듬더듬 실적을 쌓아간 지 2년.

여전히 타인의 시선이 고통스러울 정도로 두렵다. 낯선 사람의 말소리가 욕설과 조롱으로 들릴 때도 있다. 그래도 겨우겨우 밖에서 계속 일할 수 있었다. 자신은 바보지만 생활비 정도는 그럭저럭 스스로 벌 수 있는 바보라는 사실도 안다.

그러나 패배자라는 생각은 사라지지 않았다.

사실은 패배자에서 벗어나고 싶다는 생각만 품은 채, 여전히 아무도 가여워하지 않는 쓸모없는 패배자였다.

고바가 탑승한 특급 열차가 쉬지 않고 달렸다.

차창 밖으로 주택지가 사라지고 상록수가 우거진 숲이 펼쳐졌다.

비수기이기까지 해서 연말이 다가오는 평일의 가루이자와역 앞은 예상대로 한산했다. 기업들이 일제히 연말연시 연휴에 들어가는 28일이 지나면 새해를 맞으려는 손님들로 다시 붐비기 시작하겠지.

택시로 10분, 메이지 시대에 문을 연 전통 있는 호텔 로비도 사람이 적고 한적했다.

곧바로 클라에스가 알려 준 방으로 향했다.

마시모 조르지아니는 홍콩으로 옮기기 전 이탈리아에서 국내 3위 규모의 해운 중심 보험회사를 경영했다. 이후 아들에게 회사를 물려주고 고문역으로 물러났다. 그러나 걸프전 당시 보험금 지급이 증가해 경영이 급격히 악화되면서 미국에 본사를 둔 유대계 자본의 보험 그룹에 매각되고 말았다.

하지만 막대한 개인 자산을 보유한 마시모는 홍콩을 거점으로 고급식품 유통과 투자로 부활. 지금도 자산이 17억 달러며, 중국과 일본, 싱가포르, 말레이시아 등의 정·재계 인사들과도 교류한다.

방문 앞에 서서 벨을 누르려고 손을 뻗었을 때 손끝을 가볍게 떨고 있다는 사실을 깨달았다. 몹시 긴장했다. 마시모라는 거물과 만나는 탓인지, 처음 만나는 사람을 상대해야 한다는 사실에 긴장한 탓인지 스스로도 알 수 없었다.

심호흡을 한 번 하고 고개를 흔들며 자신에게 배어든 패배자의 냄새와 생각을 떨쳐냈다.

벨을 누르자 비서인 클라에스가 맞이했다.

침실이 두 개 딸린 스위트룸의 넓은 거실 안쪽 벽난로에서 불꽃이 조용히 일렁이고 있었다. 창문이 열려 있었고, 시뇨르 조르지아니는 베란다에서 호텔을 둘러싼 푸른 숲을 바라보고 있었다.

고바는 베란다로 나가 일본식으로 머리를 숙였다.

"오느라 고생 많았네. 생각보다 키가 크군."

마시모가 오른손을 내밀었다.

고바의 키는 178센티미터, 마시모는 그보다 머리 하나 정도 작았다. 회색 셔츠에 짙은 푸른색 더블 재킷. 이탈리아 남자다운 빈틈 없는 차림새로 나이만큼 들어 보이지는 않았다. 하체도 힘이 있는 것으로 보아 건강 관리를 하는 듯했다.

"마시모라고 부르게."

영어로 하는 말에 웃는 얼굴로 고개를 끄덕였지만 입가는 굳었다.

"긴장 풀게."

마시모가 고바의 어깨를 두드렸다.

"이전에도 가루이자와에 오신 적이 있습니까?"

말을 쥐어 짜내 물었다.

"네 번째일세. 하지만 아쉽게도 이번이 마지막일 듯하군. 국제 행사란 어떤 종류가 됐건 국토를 황폐하게 하고 경관을 망치지."

1년 후에 열릴 나가노 동계 올림픽을 꼬집는 말이었다.*

"10년쯤 후에 마을이 다시 한적해지면 와보고 싶지만 그 무렵이면 난 이 세상 사람이 아닐 테지."

"아닙니다. 10년 후에도 분명 정정하실 겁니다."

"아부가 아니라면 무슨 근거로 그런 말을 하는가?"

"젊어 보이기도 하고 체형과 움직이는 모습에서 건강에 신경 쓰고 계시다고 느꼈습니다."

"그게 다인가? 눈치볼 것 없네. 느낀 대로 좀 더 솔직하게 말해 보게나."

고바는 조금 망설이다가 다시 입을 뗐다.

"마시모 씨의 표정은 과거나 현재의 권력에 집착하는 사람들과는 다릅니다. 미래를 향한 야심을 품은 눈빛입니다. 그저 오래 살려는 것이 아니라 목표를 이룰 때까지 죽지 않겠다는 집념이 있다. 제 눈에는 그렇게 보였습니다."

* 가루이자와는 나가노현에 있는 휴양지 및 별장지다.

"그래, 나쁘지 않군."

마시모는 웃었다.

"자네 말이 맞아. 속에 품은 욕심을 숨기지 못하는 점이 내 흠인데 말이야. 그런 관찰력은 언제 생겼나?"

"바로 최근입니다."

"뼈아픈 실패를 겪고 사람 보는 눈을 얻은 셈이군. 우수한 사람이라는 증거일세. 타인에 대한 공포심을 떨치지 못한다고 들었는데, 보기에는 꽤 좋아진 것 같군."

이 남자, 정말 자세하게 조사한 모양이다. 자신에 대해 알고 있다는 두려움으로 심장박동이 빨라졌다. 고바는 그 사실을 들키지 않도록 조용히 말을 이었다.

"필사적으로 노력하고 있습니다. 에두른 탐색전을 가장 싫어하신다고 들어서. 회사에서도 가장 중요한 고객에게 실례를 범하지 않도록 어설픈 아부나 입에 발린 칭찬으로 기분 상하게 하는 일이 없게 하라고 신신당부했습니다."

"서서 말씀을 나누기에는 너무 춥습니다. 그만 안으로 들어오시죠."

클라에스가 말했다.

베란다에서 방 안으로 돌아와 커다란 소파에 마시모와 마주 앉았다.

거실에는 세 사람뿐.

그러나 두 침실 중 하나로 연결되는 문이 조금 열려 있었다.

그 너머에는 경호원 여럿이 대기하고 있으며 무슨 일이 벌어지면 곧바로 뛰쳐나오리라. 보이지 않는 타인의 기척에 다시 긴장됐다.

"여기에는 믿을 수 있는 사람뿐이네."

고바의 표정을 본 마시모가 선수를 치듯 말했다.

"지금부터 나는 믿을 수 있는 상대에게만 밝힐 수 있는 이야기를 할 거야. 그 점을 부디 마음에 새겨 두었으면 하네. 여기서 들은 이야기는 회사에도 보고할 필요 없네."

아무렇지 않은 척하려 해도 별 수 없이 얼굴이 굳었다. 이런 서론 뒤에 나오는 이야기가 마냥 달갑기만 한 내용일 리 없다.

그런 고바의 속내를 꿰뚫어본 듯 마시모가 다시 선수를 쳤다.

"확실히 즐거운 이야기도 아니고 쉬운 일도 아닐세. 하지만 결코 나쁘기만 한 일도 아니지. 자네에게는 인생을 크게 역전시킬 수 있는 제안이 될 게야."

'퍽이나.'

막대한 돈과 권력을 쥔 사람들의 '비밀스러운 제안'이 안전한 일일 리 없다. 정치인과 재계인사, 세계 각국의 관료들과 적지 않은 관계를 맺어온 농림수산성 시절 경험이 강하게 경고했다.

그렇지만 자리를 뜨지는 않았다. 지금 당장 거절하고 이곳을 벗어나야 하는데도.

노련한 장사꾼이 강렬한 시선으로 말한 '인생을 크게 역전시킬 수 있다'는 한마디가 한쪽 다리에 엉겨 붙어 놓아주지 않았다.

"오늘, 일 이야기를 하려고 저를 부르신 거죠?"

고바가 확인했다.

"맞네. 다만 주식이나 선물 거래와는 전혀 다른 종류의 일이야. 아주 간단히 말하면 자네를 헤드헌팅 하고 싶네. 앞으로 자네가 소속된 회사는 일절 개입하지 않을 거야. 그 점은 양해를 구해 놨어. 자네와 나, 대등한 입장에서 내 인생을 건 일에 대해 이야기하고 싶네. 어떠한가? 들어 볼 마음이 생겼나?"

자신의 아둔함으로 더는 실패를 거듭하고 싶지 않았다. 그러나 애당초 어리석은 자신이 잃을 것 따위 아무것도 없다. 정반대의 생각이 서로 부딪치고 치열하게 싸웠다.

망설이는 고바의 앞에 와인잔이 놓였다.

마시모가 직접 일어나 피에몬테 와인의 코르크 마개를 땄다.

"한 잔만 마시게나. 심기 상하게 하지 말라는 당부를 들었겠지?"

짙은 붉은색이 와인잔을 채웠다. 자리에서 일어나 이곳을 벗어날 기회를 완전히 놓치고 말았다.

마음을 정하지 못한 채 홍콩에서 온 이탈리아 노인의 눈을 바라봤다.

"All'amicizia(우정을 위하여 건배)."

마시모가 말했다.

두 사람은 와인잔을 들어 기울이고는 소리 없이 건배했다.

고바도 안다. 자신을 붙잡아 두고 와인잔을 들어 건배하게 한 것은 모험심보다도 패배자의 발악에 가까운 감정이었다는 사실을.

마시모가 본론으로 들어갔다.

"내년 7월 1일 홍콩 반환을 앞두고, 내년 2월 7일 춘절에 홍콩 난징은행그룹 산하의 헝밍은행 본점, 표면적으로는 중소 법인을 대상으로 대출과 투자를 주업무로 하는 이 홍콩 소재 은행에서 대량의 플로피 디스켓과 서류가 반출될 걸세. 목적지는 버뮤다 제도의 법률사무소와 몰타 공화국의 법인설립 컨설턴트 회사. 플로피 디스켓에 무엇이 저장되어 있는지는 짐작이 가겠지?"

"주요 인사들의 투자자산을 기록한 장부입니까?"

"맞아. 단순히 홍콩에 거주하는 주요 인사들이 아니야. 세계 주요 십여 개국 핵심 인사들의 투자기록인데, 대부분 현저히 부적절하거나 위법에 해당하는 것들이지."

발표 전의 내부 정보나 가족을 통한 미공개 주식의 불법 양도, 명백히 뇌물에 해당하는 지나친 부동산 헐값 매매 계약 등, 그리고 그것들을 누가 얼마만큼 조세피난처의 은행에 축적해 놓았는가에 대한 기록일 테다.

"서류는 그런 인간들을 위해 설립된 절세용 유령회사의 등기부일세. 거기에는 일본 장관들과 재계인사도 포함되어 있지. 자네에게 죄를 뒤집어씌우고 지금도 가족을 인질로 잡고 있는 자유민진당 의원들도 말일세. 그 플로피 디스켓과 서류를 자네가 가로채 줬으면 해."

"그!……."

놀란 것도, 기가 막힌 것도 아닌 목소리가 새어 나왔다.

마시모가 천천히 고개를 저었다.

"농담 아닐세."

"그게 가능할 리 없지 않습니까. 저는 첩보원도 아니고 절도단도 아닙니다."

"그래서 알맞은 거야."

마시모가 와인을 한 모금 마시고는 말을 이었다.

"어느 나라의 블랙 리스트에도 이름이 없고 전과도 없으며 국제수배자도 아니지. 경찰이나 군 관련 이력도 없어. 그야말로 경계할 필요가 없는 인물이잖나."

상식을 벗어난 제안이다. 고바는 아연실색해서 할 말을 찾았다.

"다시 한번 말하지, 이 제안은 농담이 아니네."

마시모가 와인잔을 조용히 흔들었다.

잠시 후 고바의 입에서 나온 말은 "못 합니다"라는 평범한 한 마디였다.

"못 한다는 근거를 논리적으로 설명해 보게. 자네 안의 두려운 마음과 상식이 그렇게 말할 뿐이지 않은가? 그리고 혼자가 아닐세. 물론 리더는 자네지만 내 계획에 맞춰 적임자 네 사람을 따로 모아 놓을 거야. 활동자금으로 85만 달러도 마련해 놓았지. 물론 필요하다면 추가 제공하겠네."

"준비 기간이 너무 짧습니다."

"길다 해서 유리하지도 않지."

당황한 머리로 생각을 했지만 이 점은 확실히 마시모의 말이 옳다.

아무런 연결고리도 없는 사람들이 한 팀이 된다면 일을 한시라도 빨리 끝내 버리는 편이 낫다. 오랜 시간 함께 지낸다고 해서 유대가 생기지는 않는다. 그저 충돌과 갈등만 늘어서 목적을 수행하는 데 장애만 증가할 뿐이다. 계획 실행일까지 기간이 길수록 비밀이 외부로 새어나가기도 쉽다.

그런데 왜 하필 나일까? 당연한 의문이 솟구쳤지만 물을 수 없었다. 마시모가 질문에 대답할수록 빠져나갈 구멍이 점점 막히는 기분이었다.

고바는 침묵했다.

"당연한 반응이야."

마시모가 작게 웃었다.

"단순히 'Si(네)'라고 대답하는 것보다야 믿을 수 있군. 자네 대답을 듣기 전에 먼저 내 동기를 설명하겠네. 내가 예전에 회사를 경영했고 그 뒤를 아들이 이었다는 사실은 알지?"

"렌치 에 조르지아니(Renzi e Giorgianni, ReG) 해상보험과 큰아드님 말씀이시죠."

입을 열까 고민하다가 작게 대답했다.

"그래. 아들 이후의 일도 알지?"

"안타깝게도 돌아가셨다고 들었습니다."

"마음 쓰지 않아도 괜찮네. 자살했어. 하지만 실은 함정에 빠져 파멸한 게야. 경영권과 재산을 모두 잃고 자살로 내몰렸지. 조롱하고 고문하다 죽인 것이나 마찬가지야."

마시모가 눈짓하자 비서인 클라에스가 파일을 건넸다.

"미국 상원의원 몇 명과 RILI 사이에서 주고받은 밀약서 사본 일부일세. 물론 자네가 협조를 약속한다면 전문을 보여 주지."

RILI란 로젠버그 인터내셔널 라이프 인슈어런스(Rosenberg International Life Insurance). 유대계 자본의 종합보험회사로, 마시모의 장남이 경영책임자이던 렌치 에 조르지아니 해상보험의 경영 상태가 악화되자 대규모 자금 지원을 한 뒤 흡수 합병했다.

"내가 키우고 아들이 물려받은 회사는 의도적으로 경영 파탄에 몰려 빼앗겼어. 미국과 그 동맹국들, 그리고 RILI의 계략으로 말일세."

고바는 건네받은 파일을 열었다.

읽어보니 분명히 마시모의 발언을 뒷받침하는 증거가 적혀 있었다. 현역 미국 상원의원 두 명의 서명도 들어가 있었다. 하지만 이 파일 자체가 정교한 모조품일 가능성도 있다.

고바의 의심스러운 눈초리에도 마시모는 개의치 않고 계속 이야기했다.

"걸프전 때 '사막의 폭풍 작전(Operation Desert Storm)' 뒤에

서 진행됐던 또 다른 작전을 아나?"

"소문 정도만 압니다."

조지 H. W. 부시 정권은 걸프전 개전을 위한 군사 작전을 비밀리에 추진하는 동시에, 그 기회를 틈타 비밀스러운 경제 작전도 진행했다. 일본 증권업계에서도 작게 화제가 되면서 고바의 귀에도 소문이 들어왔다.

"들어보기는 했지만 근거 없는 이야기라서 크게 화제가 되지는 않았고 어느새 금방 잊혔다. 그래, 그 정도겠지. 그런데 실제로 '제네바의 장미(Rose of Geneva)'라는 작전이 실행됐어. 누가 돈을 벌려고 만들어낸 블러핑이나 헛소문이 아닐세. 파일 뒷부분을 보게나."

마시모의 말에 따라 파일을 뒤로 넘겼다.

"그래, 거기. SISMI(이탈리아 군사 정보 보안국, Servizio per le Informazioni e la Sicurezza Militare) 서고에서 가지고 온 글일세. 거금과 인명을 맞바꿔서 말이야."

작전의 개요가 적혀 있었다.

마시모가 그 내용을 강조하듯 말했다.

"미 정부와 그 우호 기관들은 반미적 행동이 강한 유럽과 아시아의 각 기업에 페르시아만에서 벌어질 전쟁 리스크와 개전 시기에 대해 일부러 사실과는 반대되는 낙관적인 정보를 쏟아냈어. CIA뿐 아니라 각국의 정보기관까지 총동원해서 말일세. 그런데 실컷 오도해 놓고서는 정보와 달리 갑자기 개전했지. 그리고 동시에 미국 자본의 금융기관을 통해, 표적으로 삼은 기업의 주거래은행에 대출 규제나 중단을 요청했어. 그리고 기업가치와 자금력이 바닥났을 때 미국 기업 그룹이 단번에 매수했네. 여기까지 읽고 듣고 나서도 자네는 그 자료를 가짜라고, 내 말이 날조된 이야기라고 생각하는가?"

"아직 모르겠습니다. 하지만 마시모 씨가 이렇게까지 해서 저를 속일 이유도 못 찾겠습니다."

손끝이 다시 떨리기 시작했다. 다리도 후들거렸다. 마시모의 시선이 그 작은 진동으로 향했다. 그러나 멈추고 싶어도 멈출 수 없었다.

이것은 흔한 음모론과는 다르다. 지금 들고 있는 자료만 읽어봐도 모를 수가 없다. 자료에서 말하는 '반미적'은 공산주의나 이슬람이 아니라 자본주의 진영에 속하면서도 미국의 방침과 정책에 반기를 드는 기업이라는 의미다. 그리고 나란히 적힌 서명은 정치와 경제에 밝은 사람이라면 누구나 아는 미국 의회 의원, 장관, 유럽 금융기관 경영 간부의 것이다.

거짓이 아니다. 그래서 무서웠다.

"나와 내 아들은 더러운 짓은 절대 하지 않았네. 그런데 미국 정부는 자신들을 따르지 않았다는 이유만으로 우리를 악으로 낙인찍었어. 그리고 아들은 부시 정권과 이탈리아 정부 내 친미파가 계획한 수치스럽고 더러운 전쟁의 희생자가 됐어. 나는 얼마 남지 않은 인생을 모두 바쳐 복수할 걸세. 무슨 일이 있어도.

자네가 이 방에 들어왔을 때 그렇게 결심했어."

"홍콩의 은행에서 반출된다는 플로피 디스켓과 서류에는 마시모 씨의 아드님을 자살로 내몬 자들을 지금의 자리에서 쫓아내고 파멸시킬 수 있는 것이 기록되어 있겠군요."

"맞네. 미국 상하원의 현역 의원, 전직 정부 관료. 이탈리아 하원의 현역 의원, 정부 관료…… 지금은 은퇴한 자도 포함해서 놈들이 과거와 현재에 저지른 모든 위법행위를 전 세계에 공개해 지금까지 쌓아온 영예와 인생을 깨부술 작정이네."

어째서 자신 같은 아마추어에게 그런 무모한 제안을 하는 것일까? 어지간히 괴벽스러운 사람이거나 제정신이 아닌 사람이라는 생각밖에 들지 않았다.

"심정은 이해합니다. 하지만 이런 어마어마한 일, 무엇을 어떻게 해야 좋을지 감도 잡히지 않습니다."

빨리 이야기를 끝내고 이곳을 벗어나고 싶어서 말을 주절주절 늘어놓았다. 노인의 이야기를 괜히 들었다는 후회만 머릿속을 맴돌았다.

"자네는 내가 만든 매뉴얼을 실행에 옮기기만 하면 돼. 이 계획에 특출난 기술이나 과장된 행동은 필요 없네. 성공의 열쇠는 어떻게 잘하느냐가 아니야, 누가 얼마만큼 충실하게 수행하느냐지. 단 내가 심혈을 기울여 세운 이 계획을 맡길 사람은 자네 한 사람뿐. 함께 움직이는 다른 팀원들도 자세한 내용은 모르네. 진정으로 믿을 수 있는, 실행력을 갖춘 사람을 찾아 헤매다가 마침내 자네를 발견했어. 물론 성공보수도 있네. 현금 6억 엔. 플로피 디스켓과 서류에 기록된 일본 정치인과 재계 인사의 불법 자산 운용 증거도 건네지. 그것을 이용해 일본 내에서 명예 회복을 꾀하든 그에 상응하는 대가를 요구하든 자네 자유야."

"하지만 역시 이번 건은……."

마시모가 고바의 말을 끊었다.

"안 돼. 생각할 시간은 주겠네만 자네의 선택지에 'No(거부)'는 없네. 'Si(승낙)'가 아니면 'Morte(죽음)'뿐이야. 저기 살짝 열린 문 뒤에 누가 대기하고 있는지 자네도 눈치챘을 게야. 나를 경호하면서 불법적인 일도 도맡고 있는 사람들이지. 그들을 대기시킨 건 내가 진심이라는 증거일세."

"비겁하시군요."

겁은 났지만 자신도 모르게 말했다.

"이게 무슨 대등한 입장에서 나누는 대화입니까. 덫을 놓은 것이나 마찬가지 아닙니까."

"그래, 좋군. 그런 사나운 말투."

마시모가 와인잔을 들고 다시 웃었다.

"맞아, 덫을 놨지. 무슨 일이 있어도 자네가 필요했으니까. 욕을 해도, 증오해도 좋네. 그래도 계획에는 반드시 참여해 주게. 나는 파르마 출신이라고 알려졌지만 사실은 시라쿠사에서 태어났어. 시칠리아섬의 남자지. 하겠다고 다짐한 일은 무슨 일이 있어도 이루어낸단 말일세. 무슨 수를 써서든."

고바가 노려봤다.

"눈으로만 말하지 말고 하고 싶은 말은 입으로 하게. 욕을 해도 죽이지는 않겠네."

마시모가 부추겼다.

"사람의 행동이나 사고방식은 출신에 따라 정해지지 않습니다. 당신 멋대로 한 결심에 휘말리고 싶지 않습니다. 게다가 여기는 일본이에요. 쉽게 납치하거나 죽일 수는 없습니다."

"할 수 있네. 자네야말로 잘 알지 않나. 모함당했던 당사자니까. 돈과 권력을 가진 자가 그에 걸맞은 상대와 대화하면 대부분의 일은 가능하지. 자네의 죽음을 자살로 가장하는 것도 말이야."

고통과도 닮은 자기 연민과 주체할 수 없는 분노가 솟구쳤다.

"저같이 아무 힘도 없는 남자한테 시킬 필요 없잖습니까."

"약한 자이기에 오히려 죽기 살기로 지혜를 짜내고 때로는 엄청난 힘을 보여 주지. 생각해 보게. 자네는 어떤 의미에서는 나와 비슷해. 뛰어난 선견지명과 계획성, 결단력이 있는 데다가 복수심이 뒷받침된 강한 동기까지 겸비했지. 무기력하게 현재를 살아가는 듯 보이지만 자신을 모함한 정치인과 관료들을 향한 분노와 억울함이 완전히 사그라지지 않았어. 자넨 분명 한 번 실패했어. 하지만 그 실패는 자네를 더 강하고 신중하게, 그리고 교활하게 만들었을 게야."

손에 든 잔을 내던지고 싶지만 손을 치켜든 순간 문 뒤에 있는 무리가 뛰어나와 자신을 바닥에 짓눌러 제압하리라.

"내년 홍콩 반환이 아니었다면 플로피 디스켓과 서류가 이송되는 일 자체가 없었을 걸세. 더욱이 이번에 이송이 끝나면 앞으로 다른 곳으로 옮겨질 일도 절대 없지. 처음이자 마지막 기회야."

"돌아가겠습니다."

고바가 자리에서 일어났다.

"생각할 시간은 주겠다고 하셨죠."

"그래, 충분히 숙고하시게. 단 오늘 여기서 들은 이야기를 조금이라도 발설하면 어떤 이유에서든 자네에게 내일은 없을 거야."

겁은 나지만 다시 한번 노려봤다. 그것이 지금 할 수 있는 가장 큰 저항이었다.

"그리 비난 말게. 자네를 몰아놓고 협박하는 건 맞지만, 이건 자네를 구하는 일이기도 해."

"약자에게 복수와 재기의 기회를 준다고 말씀하시고 싶으신 겁니까?"

"조금 다르지만. 뭐, 머지않아 알게 될 걸세. 그리고 건네줄 게 있어."

클라에스가 리본이 달린 작은 봉투를 고바 앞에 놓았다.

"일본 돈으로 현금 4백만 엔이 들어 있어. 세금을 공제하고 난 모든 금액이 자네 걸세. 여기 생활을 정리하는 데 사용하게나. Buon Natale(메리 크리스마스)."

"타인의 종교는 존중하지만 저는 기독교 신자가 아닙니다."

고바는 작은 봉투를 받지 않고 마시모를 남겨 둔 채 거실을 나왔다. 마시모는 따라오지 않고 한 손에 잔을 든 채 소파에 앉아 미소 지었다.

"홍콩에서 기다리겠습니다."

배웅 나온 클라에스가 닫히는 문 사이로 말했다.

돌아가는 특급 열차에서도 고바의 다리는 여전히 떨렸다.

그래도 아직은 어쩐지 반신반의했다. 여생이 얼마 남지 않은 부자의 질 나쁜 장난에 휘말린 것은 아닐까? 아니, 그렇게 단순한 이야기로 끝날 리 없다.

그래, 전부 현실이다.

꺼지지 않는 두려움 속에서 가능성을 생각했다.

반환이 임박한 홍콩에서는 중국 본토에서 홍콩 진출을 노리는 푸젠 마피아와 지금까지 홍콩의 뒷세계를 장악해 온 삼합회 조직 14K, 조방과의 대립이 격화. 세력권을 둘러싼 충돌이 빈발하고 있다. 한편 반환을 앞두고 영국 홍콩정청의 권한도 점점 축소되어 경찰조직과 인사도 혼란스럽다. 범죄나 충돌 진압 능력이 저하되고 있다.

플로피 디스켓과 서류를 탈취하기 좋은 시기일지도 모른다.

그래도 싫었다.

농림수산성의 비자금 조성에 가담한 자신을 정당화할 생각은 없었고, 그 행위는 죄를 묻지 않았을 뿐 틀림없는 절도였다. 그러나 조금 전 마시모가 제안한 범죄는 규모가 다르다. 그리고 훨씬 위험하다.

실패하면 징역 몇 년 정도로 끝나지 않을뿐더러 애당초 이런 아마추어가 할 수 있는 일이 아니다. 도둑질은커녕 부모 지갑에서 돈을 훔쳐본 적도 없는데.

그렇지만 거절하면 목숨은 없다. 마시모는 여지없는 진심이었다.

또다시 팔다리가 후들거렸다.

다음 날, 평소처럼 출근했더니 부장이 놀란 얼굴로 고바의 부스로 달려왔다.

"출장은 어쩌고?"

"무슨 출장 말입니까?"

고바는 모르는 척 되물었다.

"홍콩 말이야. 조르지아니 씨 밑으로 출장 가기로 정해졌다는 이야기가 위에서 내려와서 벌써 사무 절차도 지시해 놨거든."

"다음 주 출발입니다."

순간 거짓말로 얼버무리고는 당황한 마음을 감추며 말을 이었다.

"그 사이에 단골 고객 인수인계를 하려고요. 고객들께는 아직 아무 연락도 안 드렸으니까요."

"괜찮아, 안 해도 돼. 아니, 하지 마. 못 들었어? 자네 다음 출근일은 내년 7월 2일이야."

홍콩이 중국에 반환된 다음 날.

"그때까지 조르지아니 씨를 전담할 계획이고 우리 회사 업무와는 별개라고 생각하라고 사장님과 상무님이 말씀하셨어. 이 파티션 부스도 오후에 총무팀에서 정리하기로 했고, 내일은 후임이 올 거야."

"그럼 총무 담당자가 올 때까지 제 물건을 정리하겠습니다. 점심에는 돌아갈게요."

부장은 떨떠름한 표정을 지으면서도 결국 "조심해서 다녀와"라는 말을 남기고 떠났다.

예상대로 회사에도 마시모의 손길이 미쳤다.

'내일부터 일할 곳이 사라졌어.'

책상 서랍 속에 든 몇 안 되는 개인 물품을 가방에 담는데, 지나가던 직원 몇 명이 "다녀오세요", "파이팅"이라고 말을 걸어왔다.

어떻게 대답해야 좋을지 몰라서 모호하게 웃었다. 고개를 숙이고 어머니의 처녀 시절 성인 '히라하라'가 적힌 이름표를 근무현황판에서 빼낸 뒤 2년을 근무한 사무실을 뒤로했다.

그런데 빌딩을 나와 보도를 걷기 시작했을 때 누군가 "고바씨" 하고 불렀다.

이 목소리의 주인, 기자다. 농림수산성을 그만두기 전후로 끈질기게 따라다녔던 존재였기에 눈치챌 수밖에 없었다. 예상대로 녹음기를 든 양복 차림 남자가 주간지 이름을 대며 옆으로 다가왔다. 카메라맨을 뒤에 대동하고서.

무슨 일이지? 설마 벌써 마시모에 관한 일인가? 순간 혼란스러웠지만 무시하고 계속 걸었다. 도발하듯 녹음기를 들이밀며 요란한 셔터 소리를 냈다. 그런데도 고바는 표정 하나 변하지 않고 한 손을 들어 택시를 잡았다.

그런데 기자의 한마디에 자신도 모르게 걸음을 멈추고 되물었다.

"사사이 슈이치 씨가 사망하신 일에 대해서 말입니다."

기자가 다시 말했다.

"그게 무슨 말입니까?"

"모르시나 보네요. 아무 연락도 못 받으셨어요? 사흘 전, 22일 일요일 밤이었어요. 일가족 동반 자살로 아내와 중학생, 초등학생 아들까지 사망했습니다."

농림수산성 시절 직속 상사였던 과장이다. 일농 비자금 사건으로 고바와 같은 시기에 퇴직했는데, 사사이는 체포되어 집행유예 판결을 받았다.

가족 동반 자살이라니 전혀 몰랐다. TV에서도 신문에서도 그런 뉴스는 보지 못했다.

"네, 보도되지 않았어요. 이상하죠? 그래서 고바 씨께 여쭤보러 왔습니다. 우리랑 다른 잡지사가 알아차린 탓에 오늘 저녁에는 경찰 발표가 나오고 신문에 보도될 예정인가 본데, 발표를 이렇게 늦추다니 뭔가 낌새가 이상하지 않아요?"

빠르게 지껄여댔다.

사사이는 몇 번이나 재취업에 실패하고 생활고에 시달린 끝에 아내와 두 아들을 찔러 죽이고 스스로 목을 맸다고 한다. 생활고라니? 아니, 그럴 리 없다. 그 사건에 연루된 인물에 대한 금전적인 안전망은 아직도 가동되고 있다. 흥청망청 소비하지 않는 한 다른 사람들처럼 생활할 수 있을 터였다.

"정말 아무것도 모릅니다."

고바는 목소리를 쥐어짜냈다.

"아무런 주장도 못 하게 된 사사이 씨를 대신해 당시 부하직원으로서 하고 싶은 말은 없습니까? 농림수산성에서 똑같이 쫓겨난 사람으로서 주장하고 싶은 게 있을 거 아닙니까."

"몹시 안타깝습니다. 진심으로 조의를 표합니다."

고바는 기자의 말을 가로막듯 반복해 말하며 보도에서 뛰어나가 택시에 올라탔다.

히터가 돌아가는 차 안에서 땀이 쏟아졌다. 심장도 거칠게 뛰었지만 덥지 않았다. 오히려 추웠다. 생각이 뒤엉킨 머리에 어제 마시모가 했던 말이 떠올랐다.

—이건 자네를 구하는 일이기도 해.

이 사건을 가리키는 말이었나? 일가족 동반 자살 소식을 먼저 입수한 마시모는 앞으로 일어날 상황을 예측하고 고바를 끌어들일 좋은 기회라고 생각해 일본으로 왔다? 반대로 사사이 씨의 동반 자살을 마시모가 꾸민 것은……. 아니, 아무리 그래도 그것은 아니리라. 고바는 지금 상황에서도 자신에게는 마시모 정도의 부자가 그렇게까지 집착할 만한 가치가 없다고 생각했다.

정보도 없는 상태에서 끊임없이 생각만 하니 무심코 한숨이 흘러나오고 곧바로 슬픔이 복받쳤다. 사사이를 특별히 좋아하지는 않았다. 하지만 싫어하지도 않았다. 세뇌된 것이나 마찬가지인 상황에서 같이 비자금 조성에 열과 성을 다하다 버려졌다.

관리직이었는가 아닌가. 체포된 사사이와 체포되지 않은 자신의 차이는 단지 그뿐이었다. 반대 처지였다면 고바가 전과자가 됐을 터였다. 그렇다고는 해도 사사이가 피해자라고는 도저히 말할 수 없지만 가해자도 아니었다. 이 나라 농업의 미래를 위해, 국익을 위해, 국민 식생활의 안전과 안정을 위해. 멍청하고 천박했지만 진정으로 그 생각만 했다.

다만 방법이 잘못됐을 뿐이었다.

상상할 때가 있다. 만약 지금 외압에 의해 일본농업생산자조합연합회가 정말로 해체됐다면? 고바와 사람들이 축적한 비자금으로 위기에 처한 생산 농가의 수입 하락을 막고 농산물 유통을 살릴 수 있지 않았을까 하고…….

맨션에 도착하기 조금 전에 택시에서 내려 걸어가자 역시 길거리에서 사람 몇 명이 기다리고 있었다.

그들이 말을 걸어왔지만 무시하고 계속 걸었다. 팔도 붙잡혔지만 어떻게든 떨쳐내고 입구로 들어가자 역시 자동잠금 문 안쪽까지 따라 들어오지는 않았다. 소동을 눈치챈 나이 든 관리인도 상황을 살피러 나왔다. 그런데 7층 자신의 집으로 들어갔을 때 곧바로 인터폰이 울렸다.

맨션 1층에서 온 호출이 아니었다. 고바의 집 현관 앞까지 온 것이었다.

"불법 침입입니다. 경찰에 신고하겠습니다."

인터폰으로 통보했다.

"그렇게 생각하시면 신고해도 상관없습니다. 일단 나오시면 안 되겠습니까?"

여자 목소리가 되돌아왔다.

고바는 현관문 외시경으로 확인한 뒤 문을 열었다.

중년 여성과 남자가 명함을 내밀었다. 여자는 TV 뉴스 프로그램의 디렉터, 남자는 대형 출판사의 주간지 기자. 조금 떨어진 곳에 이 맨션의 관리인도 서 있었다.

"제대로 허가를 받고 들어왔습니다."

여자가 말했다.

고바가 관리인을 노려보자 그가 시선을 피하며 입을 열었다.

"주민들이 불편해해요. 한번 확실하게 이야기를 들으면 언론사 분들도 돌아간다고 하시니까."

"나도 피해를 받는 주민 중 한 사람입니다."

강한 어조로 말했다.

"상품권이라도 쥐어 줬나 보군요."

관리인이 고개를 돌렸다.

"매수 따위 하지 않았습니다."

여자가 다시 말하기 시작했다.

그러고 나서 한동안 디렉터라는 여자와 기자라는 남자 둘이서, 사사이의 죽음에 대해 어떻게 생각하는지 이야기하도록 회유했다.

귓전으로 듣는데 여자가 사납게 말했다.

"고바 씨, 이래도 괜찮습니까? 당시 고바 씨와 같이 퇴직당한 다른 동료들은 괴로운 마음을 억누르며 당시 행위에 대한 반성과 현재의 심정, 그리고 사망한 사사이 씨 가족을 향한 애도의 마음을 표했습니다. 그런데 고바 씨는 왜 입을 다물죠? 과거를 마주하지 않고서 미래로 나아갈 수 있다고 생각하십니까?"

허무함이 가슴에 짙게 퍼졌다.

자신은 왜 농림수산성에서 쫓겨나 본명도 밝히지 못한 채 시선을 깔고 살아야만 하는가? 방금 막 만난 누군지도 모르는 여자에게 부정당하는, 반성을 강요당하는 인생이란 무엇인가?

그러나 기자는 가차없이 말을 이었다.

"그 비자금 사건은 애당초 고바 씨가 비밀을 누설하는 바람에 드러난 사건이잖아요."

"뭐라고요?"

참지 못한 말이 튀어나왔다.

"고바 씨가 정보를 흘려서 비리 사실이 들통났습니다. 당신은 용기 있는 고발자이기도 해요. 사사이 씨의 죽음에 누구보다도 입을 열어야 하는 입장 아닙니까. 사사이 씨의 죽음이 헛되지 않기 위해서라도."

"아닙니다. 내가 아닙니다."

"당신이에요, 분명히. 그 증거가 모레 발매되는 우리 회사 신년 합병호에 실릴 겁니다."

'완전한 날조 기사야.'

반박하기 전에 문을 걸어 잠갔다. 더는 아무 말도 하기 싫고 듣기 싫었다. 그러나 인터폰 소리가 계속해서 울렸다.

머리를 긁고 벽을 차던 고바는 열쇠와 지갑, 휴대폰을 들고 다시 문을 열었다.

비난하며 따져 묻는 디렉터와 기자를 뿌리치고 관리인을 노려본 뒤 계단을 뛰어 내려가 맨션을 나왔다.

택시를 갈아타며 집과 회사 모두와 관계없는 곳에 있는 패밀리 레스토랑을 이곳저곳 돌며 지인들에게 계속 연락했다. 무슨 일이 벌어졌는지, 사사이는 왜 죽었는지, 기자의 말이 아니라 자신이 직접 확인하고 싶었다.

농림수산성 관계자이자 그 비자금 사건으로 그만둔 자와 남은 자를 가리지 않고 번호를 아는 모든 사람에게 전화를 걸었다. 대부분 받지 않아 부재중 안내 서비스로 넘어갔지만 반드시 메시지를 남겼다. 부재중 안내 서비스로 넘어가지 않는 경우는 밤늦도록 끈질기게 전화를 걸었다.

농림수산성에 남아 있는, 유일하게 지금까지 친분을 이어오는 노시로에게도 당연히 연락했다.

전화를 걸어온 사람은 노시로를 포함한 네 명뿐. 그래도 네 사람이 조금씩 해준 이야기를 이어붙이니 상황이 어렴풋이 보였다.

사사이 가족의 동반 자살은 꾸며낸 이야기가 아니라 사실이었다. 유죄판결을 받은 탓에 원하는 직장을 찾지 못하고 과거를 아는 사람에게 '부패한 공무원'이라고 욕을 먹은 적도 있었다고 한다. 정신적으로도 막다른 곳에 몰려 병들었다고 했다.

그런데 그 사건으로 고바에게 불똥이 튄 데에는 역시 숨겨진 이야기가 있었다.

체포자가 나온 약해 에이즈 사건*. '모노쓰쿠리대학' 설립과 관련된 참의원** 대표 질의에서의 의옥 문제***. 그 문제들만으로도 벅찬 마당에 사사이 슈이치의 죽음을 계기로 일본농업생산자조합연합회의 비자금 문제를 내년 1월부터 시작되는 정기국회에서 다시 문제 삼을 것을 꺼린 정부 여당과 소관 부처의 고위급이 본질을 호도하려고 고바를 내부고발의 주모자로 조작하

* 1980년대에 일본에서 혈우병 환자들에게 HIV 바이러스에 오염된 비가열성 혈우병 치료제를 투여해 수많은 에이즈 감염 환자가 발생한 사건.

** 양원제인 일본 국회에서 상원에 해당한다. 하원은 중의원이다.

*** 기술 전문 직업인 양성 목적인 '모노쓰쿠리대학' 설립을 둘러싼 국회의원 뇌물 수수 의심 사건.

고 이런저런 날조 뉴스를 꾸며냈다고 했다.

고바의 마음속에서 분노가, 그리고 곧바로 따라오는 증오가 치밀어 올랐다.

생전 사사이의 얼굴이 떠올랐다.

이것저것 따지지 않았다면 사사이 씨에게도 직장이 생겼을 터다. 아무리 비난받아도 고개를 숙이고 못 들은 척했다면 살아갈 수 있었을 터다. 말은 가슴에 박히겠지만 실제로 살이 찢기고 피가 흐르는 것은 아니니까.

생활비와 자녀들의 학비도 안전망에서 지급됐을 터다.

그러나 사사이 씨는 스스로 목숨을 끊었고, 가장 소중한 가족까지 죽였다. 도쿄대 출신 전직 관료라는 타이틀이, 도무지 버릴 수 없었던 과거의 자존심이 그를 죽였다.

사사이 씨의 인생은, 목숨은 무엇이었을까?

패밀리 레스토랑 테이블에 팔꿈치를 괴고 손끝으로 이마를 여러 번 두드렸다. 고바가 골똘히 생각에 잠겼을 때 나오는 버릇이었다. 심하면 피부가 벗겨지고 피가 묻어나기도 했다.

'나는 그 사람처럼 되고 싶지 않아.'

고심 끝에 든 생각이었다. 아무 저항도 못한 채 불쌍한 자신을 한탄하며 자살하고 싶지 않다. 내가 죽는다면 나를 농림수산성에서 쫓아내고 아직도 희생양으로 이용하려는 놈들을 반드시 길동무로 삼겠다.

아침까지 패밀리 레스토랑에서 시간을 보내다가 오전 9시 30분에 맨션으로 돌아왔다.

아직 언론 관계자 몇 명이 입구 앞 길거리에 있었지만 무시하기로 했다. 앞을 가로막으며 욕설 수준의 말이 난무했지만 반응하지 않고 자동잠금장치 문 안으로 들어갔다.

엘리베이터에서 내려 집 현관문을 닫았다.

곧 다시 인터폰이 울렸다. 사생활을 침해하지 말라며 항의할 생각으로 나갔더니 언론 관계자가 아닌 우체국 직원이 있었다.

경계하며 현관문을 열고는 진짜 유니폼을 입은 우체국 직원에게 속달 우편물을 받았다. 보내는 사람에 적힌 일본인 이름은 누군지 짐작이 가지 않았지만 발신지에 가루이자와의 호텔 주소가 적혀 있었다.

열어보니 역시 마시모가 보낸 우편물이었다.

플로피 디스켓 한 장. 컴퓨터를 켜고 디스켓을 넣어 데이터를 확인했다.

'Enter My last words'라는 메시지가 떴다.

마시모가 호텔 방에서 마지막으로 말했던 'Buon Natale'를 입력하자 영문 텍스트가 화면을 채웠다.

그가 이야기한 계획의 일부. 서두에 전체의 5분의 1이라는 단서가 붙어 있었지만 그래도 상당히 길고 상세하게 적혀 있었다.

반쯤은 될 대로 되라는 심정으로 읽기 시작했는데 5분도 채 지나지 않아 진지하게 텍스트를 따라가고 있었다.

인터폰이 여전히 집요하게 울렸지만 신경 쓰이지 않았다. 그만큼 화면에 뜬 텍스트에 집중했다.

그날 들었던 마시모의 말을 다시 떠올렸다.

—성공의 열쇠는 어떻게 잘하느냐가 아니야, 누가 얼마만큼 충실하게 수행하느냐지.

가능한 한 자신만의 방식을 지닌 숙련된 프로보다 지시를 그대로 따르려는 고바 같은 자를 선택하는 편이 성공률이 높을지도 몰랐다.

전부 읽고 머리에 새겨 넣은 뒤 마시모의 지시대로 플로피 디스켓을 깨부쉈다. 그리고 깨진 플라스틱 커버 안에 든 자기디스크를 부엌 싱크대로 가져가 기름에 적셔 태웠다.

그다음 책상 안쪽을 살폈다.

그날 들은 마시모의 또 다른 말이 머릿속에서 울렸다.

—플로피 디스켓과 서류에 기록된 일본 정치인과 재계 인사의 불법 자산 운용 증거도 건네지. 그것을 이용해 일본 내에서 명예 회복을 꾀하든 그에 상응하는 대가를 요구하든 자네 자유야.

'싸워 주겠어.'

어금니도 드러내지 않은 채 끝낼 생각은 없다.

자신을 모함하려는 놈들의 목끝까지 달라붙어 거꾸로 그들의 숨통을 끊어 줄 것이다.

가벼운 흥분을 느끼며, 찾아낸 여권을 움켜쥐었다.

◈◆◈

1996년 12월 30일 월요일

카이탁 공항*은 여전히 좁고 낡고 혼잡했다.

고바에게 홍콩은 두 번째로 방문하는 것이었다. 배낭여행자 흉내를 내며 여행했던 대학교 2학년 이후로 처음이다. 이곳에서 새해를 맞으려는 관광객과 함께, 본국에서 크리스마스 연휴를 보내고 돌아온 영국인들의 모습도 눈에 띄었다.

위탁 수하물로 맡긴 여행용 캐리어를 찾아 광둥어, 영어, 일본어, 인도네시아어, 말레이시아어가 난무하는 입국심사대를 빠져나오니 '우리는 반환법에 반대합니다'라는 일본어 현수막이 보였다. 그밖에도 다양한 언어로 같은 내용을 내건 홍콩인 단체가 서명을 요청했다.

반환법이란 중국 정부가 계획하는 일종의 중국 본토와의 동화 정책이었다. 영국에서 임명한 크리스토퍼 패튼 홍콩 총독이 추진해 온 급격한 민주화 정책을 1997년 7월 1일 반환 이후 중단하는 것으로, 이후에는 이러한 시위나 항의집회가 신고제에서 허가제로 바뀐다. 중국 정부의 심기를 거스르는 시위 활동은 전혀 할 수 없게 된다.

* 1998년까지 운영된 홍콩의 국제공항. 1998년 7월에 홍콩 첵랍콕 국제공항이 개항하면서 폐쇄됐다.

그런데 중년 남성들이, 서명을 요청하는 젊은이 집단에게 욕설을 퍼부으면서 격렬한 말싸움이 시작됐다. 비행기에서 막 내린 관광객들은 모처럼만의 휴가 기분에 찬물을 끼얹는 무리를 불쾌한 눈초리로 쳐다봤다.

시위에 나온 젊은이들은 중년 남성들에게 "중국공산당의 개(Dogs of CCP)"라며 욕했고 중년 남성들도 시위대에게 "배금주의자들(Mammon's)"이라고 소리쳤다.

이곳은 아직 중국이 아니지만 그렇다고 해서 영국도 아니었다. 주민들을 포함해 모든 것이 불안하게 출렁였다.

공항 안에 있는 은행에서 당장 사용할 현금을 환전했다. 환율은 1홍콩달러에 13.8엔. 여행자 수표는 일본에서 준비해 왔다. 현금을 확보하자마자 공항 내 매장에서 선불식 휴대폰을 샀다. 계약식 휴대폰도 가입할 생각이지만 우선은 급한 대로 이것을 사용할 예정이다.

조금 더워 양복 재킷을 벗었다. 입국장에 있는 전광판을 보니 현재 기온 19도. 습도도 높지 않다. 그런데도 이마에 땀방울이 송송 맺혀 넥타이도 풀었다.

역시 긴장됐다.

스스로를 진정시켰다. 나는 범죄를 저지르러 온 것이 아니다. 자포자기한 것도, 일본에서 도망친 것도 아니다. 일하러 왔을 뿐이다. 큰 이익을 낳을 수 있는 신규사업을.

막 구매한 휴대폰으로 마시모의 사무실로 연락했다.

마시모도 비서 클라에스도 부재중이었지만 사전에 들은 대로였기에 문제는 없다. 사무실 직원에게 '도착했다'고 메시지를 남겼다.

일본 농림수산성에서 근무하는 옛 동료 노시로의 부재중 전화 서비스, 그리고 비자금 사건으로 고바와 함께 농림수산성에서 쫓겨났다가 얼마 전 사법시험에 합격한 쓰즈키라는 후배의 부재중 전화 서비스에 홍콩에서 만든 새 연락처를 남겼다. 미야기에 사는 고바 부모님의 안부를 포함한 일본 상황을 두 사람이 하나하나 자세히 보고해 주기로 했다. 아는 사이라고는 해도 물론 공짜는 아니다. 높은 보수를 선불로 지급하고 왔다.

택시를 타고 첫 번째 목적지로 향했다.

거리는 12년 전과 크게 달라져 있었다. 과거에는 일부 번화가를 제외하면 빈곤하고 조용한 느낌으로 목조 단층건물도 눈에 띄었지만, 지금은 고층 맨션과 아파트가 여기저기 즐비했다. 발전했다기보다 예전보다 더 어수선하고 답답해졌다는 느낌이 들었다.

지하철 노선이 연장되고 확장됐지만 카오룽반도의 도로 정체도 심해졌다. 가이드북에는 15분이면 도착하는 거리라고 적혀 있었지만 이미 30분 넘게 택시 안이었다. 얼마 남지 않은 지점에서 또 길이 막혔다.

"걸어가는 게 더 빨라요."

영어로 말하는 운전기사에게 요금을 건네고 "거스름돈은 됐습니다"라고 영어로 말했다.

그러자 운전기사는 "세뱃돈 고마워요"라고 일본어로 말했다.

홍콩에서 태어났다는 그는 차림새와 영어 발음, 무엇보다 돈 씀씀이를 보고 "아무리 멍청해도 일본인이라는 건 알아요"라며 웃어 보였다.

그렇게 티가 난다니……, 행동을 더 조심해야겠다.

지하철 몽콕역 근처 상하이 스트리트.

1층에 두부 가게가 있는 상가 건물 3층. 이곳에 임차한 사무실이 현재 고바의 거점이다.

두부 가게 주인이 건물주인데 셔터가 내려가 있었다. 시간은 오후 2시 15분. 곁문을 두드리자 노인이 나왔다. 가게 주인 같았다. 열쇠를 받으러 왔다고 말하자 떨떠름하던 표정이 갑자기 웃는 얼굴로 변하며 "웰컴" 하고 양팔을 벌렸다. 계약할 때 마시모가 직접 인사차 방문해 시세보다 세 배 더 비싼 보증금에 해당하는 계약금과 2년 치 임차료를 선불로 지급했다고 한다.

흡족할 만도 하다. 고바는 광둥어를 거의 모르기에 영어로 대화했지만 특별히 문제는 없었다. 가게 주인의 아내와 중년의 딸도 나와서 "새로 시작하는 사업은 분명 잘 될 거예요"라고 말하며, 헤어질 즈음에는 두유를 담은 페트병 두 병을 건넸다.

사무실은 휑하니 넓은 원룸으로 화장실과 수도 시설은 있지만 샤워 시설은 없었다. 바로 사용할 수 있는 유선전화기와 구석에 매트리스가 하나. 침대 대용으로 쓰라는 뜻인가? 그리고 누군가 오래 사용한 낡은 머그컵이 네 개 남아 있었다.

마시모가 준비한 진짜 취업비자와 영업허가증을 사용해 일본 기업 대상 광고대행사로 영업 신청을 할 계획이다. 물론 실체는 없다.

그래도 사무실다우려면 비품 정도는 마련해야 한다. 책상과 의자, 손님용 다기도 구입하자. 매트리스 가리개용 파티션, 컴퓨터류 기기들도 필요하다.

생각하는 동안 정말 광고대행사를 시작하는 기분이 들었다.

좋은 현상이다. 커다란 거짓에 빈틈을 없애려면 타인을 속일 계책을 짜기보다 자신을 속이고 그것이 진실이라고 진심으로 믿어 버리는 편이 빠르다.

누군가가 들이닥쳤을 때를 대비해 아마추어 나름대로 퇴로도 확인했다.

벽 두 개에 철망이 달린 창문이 있는데 오래되고 녹슨 사다리 모양 비상계단도 있다. 3층이니까 무리하면 바깥쪽 길로 뛰어내릴 수 있을 듯하다. 글쎄, 다리 정도는 삘 것 같지만. 화장실 작은 창에서도 옆 건물 지붕으로 건너뛸 수 있을 듯하다.

배가 고프지만 아직 해야 할 일이 있었다. 매트리스와 벽 사이에 숨기듯 여행용 캐리어를 넣었다. 블라인드도 쳐야지. 지금 상태면 밖에서 안이 훤히 들여다보인다.

건물주에게 받은 열쇠와 짝인 자물쇠 외에 일본에서 가져온 잠금장치 두 개를 입구에, 더 달고 사무실을 나왔다.

길을 빠르게 걸으면서 건물주에게 받은 두유를 마셨다. 확실히 맛있기는 맛있었다. "우리는 유명 술집에도 납품하고, 점심이 지나면 늘 품절인 집이에요"라며 자랑했는데 허풍은 아니었던 듯하다. 사실 긴장한 탓에 나리타공항에서 타고 온 비행기 안에서도 기내식에 거의 손을 대지 못했다.

헝밍은행 몽콕 이스트 지점으로 뛰어 들어갔다.

플로피 디스켓과 서류는 헝밍은행 본점에 보관되어 있다. 헝밍은행의 지점 중 하나를 고바가 만든 유령회사의 주거래 은행으로 삼을 계획이다.

창구업무가 끝나기 직전이라 직원은 처음에는 싫은 기색을 내비쳤지만 여권과 현금카드, 마시모를 보증인으로 세운 관련 서류를 제시하니 표정이 금세 부드러워졌다. 마시모의 회사는 홍콩 현지에서도 신용도가 높다는 사실을 알 수 있었다. 고바 명의 계좌의 개설 자금으로 입금된 150만 홍콩달러를 확인했다.

중국 본토와 연결된 카오룽반도에서 지하철을 타고 좁은 빅토리아 하버를 지하로 가로질러 홍콩섬으로 향했다.

애드미럴티역에서 내려 택시를 타고 애버딘이라는 항구 도시로 향했다. 애버딘은 홍콩섬에서 가장 높은 빅토리아피크(태평산, 552미터)를 사이에 두고, '백만 달러짜리 야경'이라고 소개되는 빅토리아 하버의 반대쪽에 있는, 원래는 배에서 생활하는 수상 생활자들이 모여 사는 오래된 어촌이었다. 그러나 관광지로 변하면서 대형 해산물 레스토랑이 들어섰다.

"일 때문에 오셨어요?"

택시 운전기사가 물었다.

"예스."

고바가 대답했다.

"회식 가세요? 그래도 업무 때문에 애버딘까지 가는 건 드물죠. 요즘 관광객은 레이위문이나 사이콩으로 가고, 기업도 보통은 센트럴에 있는 고급 해산물 술집에 갔다가 가라오케, 나이트클럽 순으로 접대하니까요."

단체 관광 손님이나 수상 생활자의 역사와 문화에 관심이 있는 사람들, 그리고 괴짜가 아니면 요즘은 일부러 애버딘까지 찾아오지 않는 듯했다. 네온으로 화려하게 물든 궁전 같은 거대 해상 레스토랑은 맛을 떠나 일본이나 유럽, 미국 관광객의 눈에는 촌스러워 보여 꺼린다고 했다.

그런 곳이기에 마시모가 선택했으리라. 애버딘에서 그를 만나 탈취 계획과 관련된 모든 내용을 듣기로 했다.

택시에서 내려 레스토랑 전용 보트에 올라탔다.

석양이 파도를 비추고 바람이 기분 좋게 불어왔다. 연안을 따라 움직이는 배에서 올려다보니 항구에 늘어선 고층 맨션의 뒷모습과 빅토리아 피크로 올라가는 녹음이 우거진 경사면에 이곳저곳 자리 잡은 호화로운 집들이 보였다.

저 중 하나가 마시모가 사는 집이다. 그 외에도 홍콩섬과 카오룽반도의 침사추이에 맨션을 하나씩 보유하고 있다. 홍콩섬 서쪽 란타우섬의 신흥 고급 주택가 디스커버리 베이에도 주택이 하나. 집 네 채를 그때그때 옮겨 다니며 지내는 이유는 취향이나 기호 때문이 아니라 안전을 위해서일 것이다. 계속 같은 집에 살다 보면 그만큼 강도나 납치범의 표적이 되기 쉽다.

보트가 향하는 곳에 목적지인 해상 레스토랑 '유레이타이 수상 레스토랑'이 보였다.

"어서 오십시오, 미스터 스즈키."

매니저가 마시모가 전달한 가명으로 나를 맞이했고, 축구장처럼 넓은 레스토랑을 가로질렀다. 테이블의 70퍼센트 정도가 찬 것으로 보아 장사가 잘되는 듯했다. 술과 담배, 음식 냄새가 뒤섞였고 광둥어, 영어, 한국어가 난무했다.

치맛단이 갈라진 전통 비단 치파오를 입은 웨이트리스의 안내로 VIP용 엘리베이터를 탔다.

"오래 걸리죠?"

웨이트리스가 미소지으며 말한 뒤 5층에서 내려 통로를 걸어갔다. 막다른 곳에 있는 방에는 장식이 들어간 커다란 흑단 문이 달려 있었다.

그런데 노크한 뒤에 문을 열어도 아무도 보이지 않았다. 원탁 위에 음식만 가지런히 놓여 있고 조금 열린 창문 틈으로 바람이 들어와 커튼이 조용히 흔들렸다.

상황을 파악하지 못하고 있는데 먼저 정신을 차린 웨이트리스가 비명을 질렀다. 비명소리가 복도와 방에 울렸고 고바도 황급히 몸을 숙였다.

시선 끝, 원탁 아래 검붉은 액체가 퍼져 있었다.

병에서 쏟아진 와인이 아니었다. 그 커다란 피 웅덩이 속에 자신을 기다리고 있었을 마시모가 손에 와인 잔을 들고 눈을 부릅뜬 채 쓰러져 있었다.

자살이 아니다.

방구석에 쓰러진 두 전속 경호원의 거구와 마시모의 재킷 등에 무수히 뚫린 탄흔이 그렇게 말했다.

처음 보는 살인 현장. 그리고 방금 죽은 사람의 몸.

피 웅덩이가 더욱 넓게 퍼지며 바닥에 바짝 엎드려 있는 고바의 손끝에 닿았다. 팔이 움칫 떨리고 목소리가 새어 나올 것 같았다. 목이 메고 숨도 쉬기 괴로웠다.

웨이트리스가 다시 크게 소리치며 도움을 요청했다.

'어떡하지.'

왼손 끝으로 이마를 두드리고 긁적이며 혼란스러운 머리를 굴려 필사적으로 생각했다.

이곳이 반드시 안전하다고는 할 수 없다. 범인이 창밖에 숨어 있을 가능성도 있다. 지금 당장 도망가는 편이 좋을까? 하지만 도망치다가 등에 총을 맞을 수도 있다.

고바는 겁에 질려 마시모에게 기어갔다.

"미스터. 정신 차리세요."

어설픈 연기였지만 지금 이 자리에서 죽은 그의 몸으로 다가

갈 핑계가 달리 떠오르지 않았다. 소용없다는 것을 알면서도 영어로 같은 말을 반복하며 움직이지 않는 몸을 흔들었다. 덩치가 작은 노인인데도 생명이 빠져나간 고깃덩어리는 몹시 무거웠다. 반쯤 벌어진 입에서 부르르 떨리는 혀가 견딜 수 없이 소름끼쳤다.

말을 걸면서 사체의 옷을 더듬었다. 전달하려고 한 추가 자료가 있을 터였다.

바지 주머니에는 없다. 상의 안쪽에는 열쇠와 플로피 디스켓은 없고 지갑뿐이다. 긴장한 고바는 숨을 거칠게 몰아쉬며 자신의 손수건을 꺼내 마시모의 지갑을 잡아 꺼냈다. 노인의 고개가 흔들리며 고바 쪽을 돌아봤고, 완전히 생기를 잃은 눈과 마주쳤다.

틀림없는 죽음. 이것은 거창한 거짓말도 위장도 아니다.

이 위험천만한 일의 의뢰인은 누구보다 먼저 살해당했다. 고바가 고심 끝에 홍콩까지 온 바로 그날 밤에……. 호흡이 점점 더 괴로워졌다.

지갑을 여니 여러 국가의 수많은 화폐와 블랙과 플래티넘 신용카드가 즐비했다.

그밖에는 아무것도 없었다. 그렇게 생각한 순간 가까이서 바스락 소리가 났다.

고바는 몸을 떨며 그쪽으로 고개를 돌렸다. 짙은 남색 정장을 입은 경호원의 거구가 천천히 흔들리며 움직였다. 살아 있나?

아니, 아니다. 엎어진 시체 아래 한 명 더 있었다. 길고 옅은 밤색 머리가 흔들리며 희고 가느다란 팔이 뻗어 나왔다.

"클라에스. 시뇨라."

고바가 불렀다.

마시모의 비서, 클라에스 아이마로는 살아 있었다. 깔린 상태에서 움직일 수 없는 듯하다. 그래도 눈동자는 또렷이 고바를 쳐다봤다. 총에 맞은 듯 작게 신음하며 뻗은 팔의 손끝을 떨었다. 고바는 바닥을 기어가 그 손가락을 잡았다.

복도 멀리서 여러 발소리가 들려 왔다.

"움직이지 마(Freeze)!"

제복 경찰들이 권총을 겨누며 소리쳤다.

그 말에 고바는 클라에스의 손가락을 쥔 채 딱딱하게 굳었다.

2

2018년 5월 24일 목요일

"고바 씨."

옷을 갈아입는데, 점장이 탈의실 문을 노크하며 불렀다.

지금 바로 나와 달라는 긴장된 목소리를 듣는 순간, 밖에서 무엇이 기다리고 있는지 알아차렸고 이상할 정도로 두렵지 않았다.

그런데도 "잠시만요"라고 대답하고 막 벗은 유니폼을 옷걸이에 건 뒤 사물함 속에서 흔들리는 밤색 앞치마를 잠시 멍하니 바라봤다.

스스로도 놀랍게도 헤어지기 아쉬웠다.

대학 입학과 동시에 이 아르바이트를 시작해 졸업 후에도 계속 근무한 지 4년 2개월. 로스팅한 커피와 따뜻한 머핀 향에 이렇게나 애착을 느끼고 있었을 줄은 미처 몰랐다.

하지만 그런 염치없는 감상은 금방 차단당했다.

"지금 당장 문 여세요."

강한 노크 소리와 함께 여자 목소리가 들렸다.

"안 열면 부수겠습니다."

질질 끌 이유는 없다. 그래서 곧장 문을 열었다.

아직 단추를 채우지 않은 블라우스 가슴팍 사이로 속옷이 들여다보여, 밖에서 기다리던 정장 차림 남자 몇 명과 점장이 고개를 돌렸다.

맨 앞에 선 바지 정장 차림의 두 여자는 동요하는 기색 없이 그녀를 바라봤다.

"고바 에이미 씨. 부정 접속 금지법 위반 및 전자계산기 손괴 등 업무방해죄 혐의로 체포합니다."

한 사람이 체포영장과 경찰 신분증을 내보였고 나머지 한 사람은 내 팔에 걸린 가방과 상의를 빼앗았다.

"수갑은 차 안에서 채우겠습니다. 선부른 행동 마세요."

나는 가슴팍의 단추를 목까지 채우며 고개를 끄덕였다.

경찰들에 둘러싸여 카페 뒤쪽의 직원 공간을 지나갔다. 아르바이트 동료들이 꺼림칙한 듯 측은한 얼굴로 지켜봤다. 슬프지는 않다. 업무 외의 일로 사적인 대화를 나눈 적도 없고 친구도 없으니까.

하지만 점장에게만은 "폐를 끼쳐 죄송합니다"라며 고개를 숙였다. 접객 매뉴얼에 실려 있는 말밖에 하지 못하고, 4년을 근무해도 서툴고 어색한 미소밖에 짓지 못하는 자신을 반쯤 기가 막혀 하면서도 계속 고용해 준 사람이었다.

뒷문 앞에 세워진 밴 뒷좌석으로 밀쳐진 뒤 곧바로 수갑이 채워졌다.

평일 낮, 교통이 정체되는 쇼와 거리를 천천히 지났다.

코팅된 차창 너머 빌딩 사이로 도쿄증권거래소가 보였을 때는 감사에 가까운 기이한 마음이 솟아났다. 무언가를 받은 것도 아니다. 그러나 저 건물 주변에 모인 사람들의 데이터를 가로채면서 평범한 대학생과 회사원보다 여유 있는 생활을 이어갈 수 있었다.

"직장으로 들이닥쳐서 미안해요."

오른쪽 옆 좌석에 앉은 여자 수사관이 말했다.

"미안하지만 저희 사정으로 그렇게 됐어요."

왜 가게였을까? 자신이 사는 맨션에서 나왔을 때도 충분히 체포할 수 있었을 텐데? 건물을 둘러싼 계단 때문에 들킬 확률도 있기는 하지만.

경찰이 코앞까지 쫓아왔다는 사실을 내가 눈치채면 집에 있는 데이터를 전부 삭제할 위험이 있기 때문이다. 일부러 아르바이트 근무지에서 체포한 이유는 창문이 없고 문은 하나뿐인 좁은 탈의실에서 말을 걸어 도망갈 구멍이 없다는 사실을 깨닫게 하기 위해서다. 게다가 휴대폰 원격 조작으로는 집에 남은 데이터 흔적을 완벽하게 지울 수 없다는 사실도 조사해서 알고 있었으리라.

'이 사람은 사과하는 게 아니야. 전부 다 확보했다고 협박하는 거지.'

"고바 에이미 씨는 아르바이트 중 휴대폰으로 손님의 휴대폰이나 컴퓨터에 자신이 만든 스파이웨어를 무작위로 전송해 심어놓고 그 손님이 사무실로 돌아갔을 때 그 컴퓨터에 2차 감염되게 만들었어요. 주요 목적은 증권회사. 그 아르바이트 가게는 인기가 많죠. SNS에서 당신에 관한 게시글과 몰카 영상도 찾았어요. 에이미 씨의 팬 같은 손님도 많았죠? 하루에 백 명 단위로 감염시키면 보안에 허술한 사람이 한 주에 한두 명 정도는 반드시 걸려들게 됩니다. 그리고 대외비인 단기 주가 분석이나 투기 계획을 불법으로 입수한 타인 명의의 이메일 주소로 전송시켰어요. 스파이웨어는 여섯 시간 뒤에는 스스로 사라져 버리고. 증거가 좀처럼 남지 않아 애를 먹어서 반년을 추적했습니다."

말없이 앞만 바라보는 내게 말했다.

"훔친 데이터를 활용해 투자했죠. 소액을 꾸준히 투자해서 상당히 재미를 본 모양이더군요. 에이미 씨의 개인적인 문제도 조사했어요. 조현성 성격장애. 타인과 친밀한 관계를 맺고 싶어 하지 않고 시종일관 고립된 행동을 하죠. 단순히 고독을 즐기는 것과는 전혀 다르게 사람과의 교류 자체가 커다란 정신적 부담이 되는 병입니다. 확실히 살아가기 괴로울 테고 좋은 대학을 나와도 회사에 취직해 평범하게 근무하기 어려웠겠죠. 그렇다고 해서 누군가의 지식 재산을 가로채도 되는 건 아닙니다. 에이미 씨가 한 짓은 엄연한 범죄행위니까요."

가부토초 주오경찰서에 도착하자 가장 먼저 두 손의 장문(掌紋)과 지문, 얼굴 입체 사진을 찍었다.

취조실은 폭이 좁고 길어서 방금까지 있던 탈의실과 별반 다르지 않았다. 창문은 없었지만, 인권을 배려하려는 의도인지 문은 열어 놓았다. 바깥에서 움직이는 경찰들의 대화 소리나 전화 소리가 들렸다.

밴에서 수갑을 채운 여자 수사관이 앞에 앉았다. 취조를 담당한 듯했다. 접이식 의자에 수갑과 포승줄을 연결한 채로 가장 먼저 변호사를 선임할 권리에 대한 설명을 들었다.

"불러주세요."

내가 말했다.

"그럼 당번변호사*에게 연락하겠습니다."

"아뇨, 지명할 분이 있습니다."

"연락처 알아요? 변호사님 이름이 어떻게 되죠?"

"지갑에 로펌 명함이 있어요."

"알겠어요. 연락하죠."

"제가 전화해도 될까요?"

* 일본형사소송법상 체포된 피의자가 기소 전 단계에서 무료로 변호사의 도움을 받을 수 있는 제도.

"직접 연락하는 건 안 됩니다. 반드시 오늘 안으로 연락해 둘게요."

양아버지가 알려준 대로다. 변호사와의 접견을 늦추면서 그 사이에 취조를 진행하려고 한다.

"지금 이 자리에서 당장 연락해 주시겠어요? 문제없으시죠?"

수사관은 노골적으로 짜증난 표정을 지었지만 5분 후에 젊은 남자 경찰이 내 지갑을 들고 들어왔다. 그 남자가 지갑에서 굴드&페렐만 법률사무소의 연락처가 적힌 명함을 꺼내 전화를 걸었다.

나는 새어 나오는 통화연결음을 들으며 긴장했다. 알고 있는 것이라고는 굴드&페렐만이 런던에 본부를 둔 외국 자본의 법률사무소라는 사실뿐. 문제가 생기면 전화하라고 돌아가신 양아버지가 말씀하셨지만, 지금까지 연락한 적은 한 번도 없었다.

수화기에서 여성의 목소리가 흘러나왔다. 일본어 안내에 따라 남자 경찰이 명함 뒷면에 적힌 알파벳과 숫자가 섞인 등록번호를 전달했다.

"바로 온다고 합니다."

남자가 말했다.

"고문변호사?"

여자 수사관이 물었다.

"아닙니다."

"흐음. 또 연락하고 싶은 사람 있어요?"

여자가 물었다.

"없습니다."

"구류 기간이 길어질 테니 접견 금지가 풀린 다음에 누가 갈아입을 옷을 안 넣어주면 곤란할 거예요."

수많은 혐의를 한 건씩 체포 입건해 최장 20일 동안의 구류를 반복하며 취조할 심산이겠지.

"친척은? 애인이나 친구도 괜찮아요."

내가 고개를 젓자 수사관이 다시 물었다.

"대학 때 지인은? 아르바이트하던 곳의 손님 중에 부탁할 만한 사람은 없어요?"

나는 조금 우스워져 시선을 내리깔고 입술로 웃었다.

"속여서 이용해 먹을 남자 떠올리지 말고요."

수사관도 웃었다.

"저기, 제집도 수색하시죠?"

"네. 내일 가택 수색을 할 것 같아요. 물론 관리회사도 입회하에. 그런데 수사에 관한 이야기는 아직이에요. 우선 당신의 프로필을 듣고 싶군요."

수사관이 노트북을 열었다. 신상 문서를 작성할 모양이다.

"규정상 조서 앞에 써야 하거든요."

"그게 아니라, 제집에 가면 증거품을 수거할 때 제가 갈아입을 옷도 가져다주실 수 있나 해서요."

"당연히 안 되죠."

수사관이 또다시 웃었다.

“일단 본적지부터 말씀하시죠?”

“양아버지의 출신지인 미야기현 센다이시인데 자세한 주소는 기억 못 합니다.”

“좋아요. 우리가 확인할게요. 에이미 씨의 면허증에 있는 IC 칩을 조사하면 되니까.”

그러면 처음부터 물어보지를 말든가. 이어서 생년월일, 학력과 직장 이력을 물었고, 전체적인 질문이 끝난 뒤에 출신에 대해 더욱 자세히 확인했다.

“베트남에서 태어났고 후에 영국으로 옮겼죠. 가족의 전근 때문에 이동했나요?”

“자세하게 말해야 하나요?”

“말 안 해도 되지만 그럼 에이미 씨만 불리해지지 않을까요? 말하는 게 좋을 텐데.”

윽박지르듯 나를 응시했다.

“영국으로 옮겨간 이유는 심장판막증 수술 때문입니다.”

“에이미 씨가 수술을 받은 거죠? 지금도 증상이 있거나 약을 먹어요?”

“아니요. 수술을 받은 다음에 살던 곳은 서리주의 워킹이라는 도시인데…….”

거기서 말을 끊었다.

반항하려는 의도가 아니다. 그저 자신도 희미하게만 기억하는 과거를 억지로 끄집어내 설명하는 일이 갑자기 지겨워졌다. 정말로 기억하지 못하고 사진도 조금밖에 없다. 모호한 과거 이야기를 진지하게 이야기하는 자신이 바보 같았다.

"에이미 씨 무슨 일이에요?"

수사관이 강한 어조로 말했다.

"그 뒤로 에이미 씨는 세 살 때 어머니를 사고로 잃고 다섯 살 때 일본으로 왔죠. 집은 요코하마에 있었고, 유치원을 졸업하고 모토마치에 있는 국제학교에 다녔어요. 직접 말하지 않으면 신상 서류를 작성할 수 없어요. 입 다물고 있어 봤자 취조 시간만 쓸데없이 길어질 뿐이에요."

여자 수사관의 말이 들렸다.

하지만 대답하기보다 자신에 대해 생각했다……. 나는 나를 모른다. 친부모가 어떤 사람들인지, 양아버지가 왜 나를 입양했는지도.

나는 줄곧 양아버지를 피가 이어진 친아버지라고 믿어 의심치 않았고, 세 살 때 사고로 잃은 어머니가 친어머니인 줄로만 알았다.

그러나 하이스쿨 1학년 때, 여느 10대 청소년처럼 일본과 조현성 성격장애 환자인 자신이 답답했고, 무언가 바꿀 수 있지 않을까 싶은 마음에 남몰래 반년 짜리 영국 유학을 계획했다.

일단 일을 저질러서 유학 허가를 받고 홈스테이 가정까지 정해지면 양아버지도 더는 말릴 수 없을 테니 허락할 수밖에 없을 것이라고 멋대로 생각했다.

하지만 해당 서류를 준비하는 과정에서 자신이 양녀라는 사실을 알았다. 몹시 동요했고 결국 유학은 없던 일이 됐다. 담당의도 지금의 심리 상태로 유학은 절대 안 된다며 강하게 말렸다.

그때 내 안에 있던 가족의 형태가 단번에 무너졌다.

생각해 보면 돌아가셨다고 들은 양어머니의 얼굴과 온기는 어렴풋이 기억하지만 양어머니의 장례나 관에 누운 모습을 본 기억은 없다. 조부모도 만난 적이 없다. 친척은 센다이시에 사는 큰아버지와 큰어머니라는 사람들을 몇 번 만난 정도.

이상한 일뿐이었다. 하지만…….

―스무 살이 되면 전부 알려 줄게.

양아버지의 그 말을 10대였던 나는 초조해하면서도, 화를 내면서도, 믿고, 기다렸다.

아마도 그 사람을 진심으로 좋아했기 때문이리라.

나는 피가 섞인 가족이 누군지 모르고, 그것이 무엇인지 이해하지도 못한다. 하지만 누군가를 사랑하고 아끼는 마음이 무엇인지는 안다. 양아버지가 연애와는 전혀 다른 형태의 애정을 나에게 가득 쏟아 주었으니까.

그래서 나도 어디에나 존재하는 사춘기 아이처럼 반항하며 어려워하는 척하며 그 사람의 사랑에 의지하고 응석을 부렸다.

그런데 양아버지 고바 게이타는 비겁하게도 내가 스무 살이 되기 여덟 달 전에 아무런 이야기도 해주지 않은 채 출장지였던 마닐라에서 호텔 화재 사고로 세상을 떠났다…….

"일단 여기까지 할까요?"

수사관이 말했다.

문밖, 저 멀리 벽에 걸린 시계를 보니 오후 5시 30분이었다. 체포된 지 세 시간, 이 취조실에서 입을 다문 지도 한 시간 정도 지나 있었다.

"일단 유치장에 들어갔다가 저녁을 먹고 조금 쉬고 나서 다시 시작하죠. 평소보다는 꽤 이른 저녁이겠지만."

취조실에서 먹을 줄 알았다.

"젓가락을 쥐어야 하니 수갑을 풀어줄게요. 규정상 유치장 안에서만 용의자의 수갑을 풀 수 있어요. 그리고 철문 안에서 먹다 보면 입을 열 마음이 들지도 모르죠."

맡은 일을 수행하기 위해서라는 것은 이해하지만 이 사람이 진심으로 미워졌다. 이러니 경찰이 모두에게 원한을 사겠지.

한쪽은 의자에 연결되어 있던 수갑으로 다시 두 손을 결박하고 허리에도 포승줄을 감았다.

앞뒤로 선 경찰 사이에 끼어 복도를 걸었다.

"규정에 어긋나는 반입품이 있는지 속옷을 벗고 항문과 사타구니까지 검사합니다. 눈 깜짝할 사이에 끝나니까 너무 놀라지 말아요."

유치장으로 향하는 철문 앞에서 수사관이 속삭이듯 말했다.

그러나 문은 열리지 않았다. 조금 전 법률사무소에 전화를 걸었던 젊은 남자가 빠른 걸음으로 따라와 수사관에게 귓속말하자 그녀의 표정이 돌변했다.

나를 노려봤다. 하지만 이유를 알 수 없었다. 어리둥절한 가운데 뒤에서 누군가가 말을 걸었다.

"늦어서 죄송합니다. 굴드&페렐만 법률사무소에서 왔습니다."

중년 남녀가 명함을 내밀었다. 두 사람 모두 정장 깃에 변호사 배지를 달고 있었다.

쓰즈키라는 남자 변호사가 압수당했던 내 가방과 상의를 내밀었다.

"잃어버렸거나 없어진 물건은 없는지 확인하시죠."

그것을 받으려고 손을 뻗었을 때, 수사관이 내 팔을 구속한 수갑을 말없이 풀었다. 가방과 지갑을 열어 내용물을 살폈다. 전부 있었다.

"그럼 가시죠. 뒤는 그녀가 처리할 겁니다."

쓰즈키가 말하자 여자 변호사가 웃는 얼굴로 고개를 끄덕였다.

수사관을 흘긋 보니 분노로 얼굴이 울그락불그락했고, 다른 경찰들도 아연실색한 상태였다.

경찰서 입구를 나선 뒤 대기하던 검은색 차 뒷좌석에 신속하게 몸을 밀어 넣었다. 수갑을 푼 지 아직 3분도 채 지나지 않았다.

"우선 에이미 님의 집으로 가죠."

쓰즈키가 말했다. 운전기사가 "출발합니다"라고 작은 소리로 말한 뒤 운전을 시작했다.

"여권과 이삼 일치 갈아입을 옷, 그밖에 필요한 것들을 챙기세요. 맨션 밑에서 기다릴 테니 15분 안에 돌아오면 됩니다."

차가 몇 번인가 회전하며 고속도로로 진입했다. 내가 사는 오타구 이케가미로 향했다. 당연히 이 변호사에게 집 주소를 가르쳐 준 적은 없었다.

"저기, 저는 보석으로 풀려난 건가요?"

멍청한 질문이라고 생각하면서도 그 말밖에 나오지 않았다.

"네. 무죄가 아니라 어디까지나 보석입니다, 죄를 지은 사실은 사라지지 않았으니까요."

"보석금을 냈어요?"

"아닙니다. 에이미 님은 2년 전부터 중화인민공화국 대사관에서 근무한 것으로 됐습니다. 그곳의 일본인 직원으로 말입니다."

상황을 파악하지 못하고 가볍게 술에 취한 듯 몽롱했던 정신이 다시 또렷하게 돌아왔다. 자신이 처한 상황이 보통이 아니라는 사실을 깨달았기 때문이다. 중국대사관에서 근무한 적도 없고, 대사관이 어디에 있는지조차 모른다.

"그게 무슨 말씀이죠?"

"에이미 님에게 대사관 직원 신분을 부여하고 보호한 이유 말인가요? 그건 모릅니다. 저는 의뢰인의 지시대로 움직일 뿐이거든요."

"변호를 의뢰한 사람은 저인데요."

"아뇨. 이 건의 정식 의뢰인은 화싱전기라는 상하이에 본사를 둔 중국기업의 도쿄지점 법무팀입니다. 중국대사관은 협력자 입장이고요."

"제가 대사관 직원이 되는 것과 보석이 무슨 상관이죠?"

"대략 설명하면 외교 특권입니다. 살인 등 중대 범죄는 별개지만, 이번 같은 안건은 관례적으로 '일본인 직원이라도 공무 중 일어난 사건·사고라면 빈 협약에 근거해 재판권이 면제된다'고 판단해 왔거든요."

"그런데 저는 공무 같은 걸 하는 사람이 아니에요."

"그건 임시방편입니다. 실례를 무릅쓰고 말하면 불법인 줄 알면서도 몇 년 동안 꾸준히 데이터를 절도한 당신이 그 점을 마음에 둘 필요는 없다고 생각합니다."

쓰즈키가 과거의 판례를 설명했다.

2002년, 아시아 모 국가의 대사관에 근무하는 일본인 직원이 일본을 방문 중인 관료를 자동차로 호텔까지 바래다준 뒤 중대한 인명사고를 일으켰다. 차량은 대사관 번호판을 단 공용차가 아니라 개인 소유 차량이었던 데다 이미 바래다주고 집으로 돌아가던 중에 발생한 사고였다. 그런데도 대사관 측은 '대사관 직원은 형사재판권이 미치지 않는다'는 빈 협약에 의거한 외교 특권을 주장했다.

"그런데 이 사건에서는 일본 법원이 주장을 받아들이지 않고 벌금 15만 엔을 명령했습니다. 하지만 일반 사건과 비교하면 훨씬 가벼운 판결이며 이 사건의 가해자에 대해서도 '빈 협약에서 정한 외교직원 외의 사절단 직원이다'라는 신분을 인용했습니다. 이 판례를 근거로 에이미 님도 면책될 확률이 상당히 높습니다."

"중국대사관이 저를 직원으로 인정하는 동안에는 죄를 물을 수 없다는 뜻인가요?"

"그렇습니다. 검찰은 저희와 중국대사관의 움직임을 보고 지난 몇 시간 동안 본 사건은 기소하기 어렵고 수지가 맞지 않는다고 판단했겠죠. 공무 중 정보 탈취이기에 무리해서 기소로 끌고 가다가는 스파이 행위 여부 문제로 발전하고 마니까요."

"국제 문제가 될 수도 있다?"

"네. 이 정도 죄목으로 그런 위험을 무릅쓰고 싶지는 않다는 뜻입니다."

"제가 도움을 받은 대가로 중국대사관에 무엇을 해 주면 되나요?"

"그것도 저는 모릅니다. 에이미 님의 집으로 돌아가 여권과 짐을 챙긴 뒤에는 도라노몬에 있는 중국 비자 신청 센터로 가서 비자를 발급받을 겁니다. 원래는 이미 업무가 끝난 시간이지만 특별한 경우라고 합니다. 그다음은 하네다공항으로 모실 겁니다."

"하네다에서 어디로 가는데요?"

"홍콩입니다. 중국 여행은 관광 목적 체류라면 15일 이내 무비자이므로 그보다 길게 머물거나 관광 외 목적으로 신청해야 할 듯합니다. 홍콩 공항에서는 에이미 님의 이름이 적힌 피켓을 든 마중객이 있을 거라더군요."

"저기, 혹시 또 무슨 문제가 생기면 그때는 제가 직접 쓰즈키 씨에게 의뢰해도 괜찮을까요?"

"물론입니다. 에이미 님은 부친 대에서부터 이어온 소중한 고객이시니까요. 물론 정해진 금액은 받겠지만요."

'아버지도 고객이었다고?'

"고바 게이타를 아시나요?"

"아뇨. 자료를 통해 알고 있을 뿐이지 직접 뵌 적은 없습니다."

윗대부터 이어온 고객. 아버지는 무엇을 의뢰했을까?

고바 게이타는 20대 후반에 농림수산성을 그만두고 주식 트레이더로 일했다. 외국 출장도 잦았으니 중국인 친구가 있어도 이상하지는 않지만 중국대사관에 관한 이야기는 들어본 적도 없다.

그리고 홍콩도.

거기까지 생각하다가 문득 떠올랐다.

'나, 홍콩에 가는구나.'

거부하면 중국대사관 직원 신분을 빼앗기고 다시 체포되겠지. 게다가 가기 싫은 이유도 현재로서는 떠오르지 않았다. 일본에 남아 있어도 할 일은 없다. 내일 출근해야 했던 아르바이트 근무도 이제 신경 쓸 필요가 없다.

홍콩에 무엇이 있는지 나는 모른다. 누가 어떠한 이유로 구해줬는지도 모른다. 하지만 정말로 도움을 받은 것일까? 앞으로 내가 처할 상황이 유치장 안보다 나으리라는 보장은 어디에도 없지 않나.

여전히 영문을 모르는 나를 태우고 차는 쉬지 않고 달렸다.

3

1996년 12월 31일 화요일

"미스터 고바, 괜찮습니까?"

노크 소리와 함께 문 저편에서 물었다.

고바는 대답하려고 했지만 다시 구토가 치밀었다.

죽은 마시모의 벌어진 동공과 젖은 혀끝이 머릿속에 떠오르자 목구멍을 울리며 눈앞의 변기에 노란 위액을 토해냈다. 제대로 먹지도 못한 탓에 위액과 한숨밖에는 토할 것이 없었다. 저녁으로 마신 두유도 게워 냈다.

간신히 가라앉았구나 싶었는데 눈앞에 사건 현장을 찍은 폴라로이드 사진과 갓 현상된 피해자들의 사진을 늘어놓은 탓이었다.

화장실 칸에서 나오자 젊은 수사관이 입을 씰룩거리며 페이퍼타올을 내밀었다. 일본인은 약해빠졌다고 비웃는 것 같아서 짜증이 났지만 언짢은 기분을 되갚아 줄 기력조차 없었다.

지은 지 얼마 되지 않은 33층짜리 고층 빌딩의 6층.

화장실에서 복도로 나오자 어둑했던 천장 조명이 환하게 켜져 있었다. 이곳에 끌려왔을 때보다 직원 수도 늘었고 모두 여기저기 분주하게 돌아다녔다. 자정이 지난 시간이지만 전화도 계속 울렸다. 이 모든 것은 홍콩에 거주하는 이탈리아인 부호 마시모 조르지아니가 러시아인 경호원 두 명과 함께 사살되었기 때문이었다.

지금, 고바는 애드미럴티에 있는 왕립 홍콩 경찰총부(Royal Hong Kong Police Headquarters)에 있었다.

사건이 일어난 '유레이타이 수상 레스토랑'에 도착한 경찰은 곧장 고바를 사건 현장인 5층 룸에서 데리고 나와 1층 넓은 공간에 늘어선 테이블 중 하나에 앉혔다. 놀랍게도 레스토랑은 계속 영업했고, 아무것도 모른 채 웃으며 음식을 입에 넣는 말레이시아와 한국에서 온 단체 손님들 틈에서 담배를 피우는 사복 경찰의 조사를 받았다.

하지만 그것이 끝이 아니었다. 수상 버스를 타고 육지로 돌아온 뒤, 레스토랑이 있는 애버딘 지구 담당 경찰서가 아니라 홍콩 전역을 총괄하는 홍콩 경찰총부로 차를 타고 이동했다.

사무실 안쪽에 있는 회의 테이블에서는 담당 수사관이 전화 통화를 하며 고바가 돌아오기를 기다리고 있었다.

30대에 호리호리한 몸매, 홍콩의 엘리트답게 짧게 친 검은 머리를 7 대 3 비율로 깔끔하게 나눴다. 화이트 셔츠 가슴팍의 신분증에 적힌 이름은 '루이초홍 Bryan Lui'. 본인이 직접 설명하지는 않았지만 '독찰 Inspector'이라고 적혀 있으니 우리로 치면 경위급이리라.

루이초홍 뒤에 있는 블라인드가 반쯤 올라간 커다란 창밖으로 빅토리아 하버와 카오룽반도의 야경이 펼쳐졌다. 나리타공항을 이륙한 지 열네 시간, 이런 식으로 백만 달러짜리 야경을 보게 되리라고는 상상도 못 했다. 다양한 색의 빛이 뒤섞여 만들어 내는 빛의 향연이 고바의 기분을 더욱 비참하게 만들었다.

"미스 클라에스 아이마로는 무사하다고 합니다."

루이가 휴대폰을 끊으며 말했다.

"상태는요?"

고바가 물었다.

"부상 상태 말입니까? 뒤에서 왼쪽 어깨에 한 방, 왼쪽 팔에도 한 방 맞았답니다. 중상이지만 생명에 지장은 없을 거예요."

그러더니 테이블에 둔 담뱃갑에 손을 뻗은 뒤 불을 붙였다.

"구토는 가라앉았죠? 자, 계속합시다."

냉담하게 말하는 이유는 상대가 감정적으로 대응하도록 끌어내려는 의도다. 상대를 흔들려는 것이다. 구태여 사건 현장과 사체 사진을 보여 준 이유도 마찬가지일 것이다.

고바는 농림수산성 시절 조직적인 비자금 조성에 관여해 도쿄지검 특수부 조사를 여러 차례 받았다. 국가는 달라도 수사관계자들의 방식은 다르지 않다고 생각했다.

마시모와는 언제 알았고 어떤 관계였는가? 이번 홍콩 방문의 목적은? 마시모가 오너라는 광고대행사의 규모와 구체적인 업무 내용은?

루이가 물었고, 고바도 창백한 얼굴로 이따금 질문을 던졌다.

"범인에 대해 뭣 좀 알아냈습니까? 여러 명입니까? 어디서 쏜 겁니까?"

루이는 "아직 아무것도 모릅니다. 전부 조사 중입니다"라고 깔끔하게 쳐내며 다시 마시모와의 관계를 물었다. 같은 질문을 반복하면서 미묘하게 달라지는 상대의 대답 속에서 거짓을 파헤칠 실마리를 찾으려고 했다.

분명하게 말하지는 않지만 루이는 고바가 이 청부살인의 의뢰자일 가능성을 의심했다. 마찬가지로 살아남은 클라에스 아이마로에게도 의혹의 눈초리가 향했다.

"범인은 미스터 마시모뿐 아니라 전문 경호원 두 명도 동시에 사살했습니다. 그런데 무기도 없는 여비서만 죽이지 못했다?"

'아무리 의심해도 아무것도 안 나와.'

그렇게 생각하면서도 사살된 사체를 본 낭패감에서 벗어나자 또 다른 불안감이 솟아났다. 마시모가 자료를 탈취하려고 고바가 모르는 곳에서 이미 납치나 살인 같은 중범죄를 저질렀을지도 모른다. 그리고 눈치채지 못한 사이에 자신이 그 공범이 된 상황일지도 모른다.

고바와 루이, 두 사람의 의심이 꼬리에 꼬리를 물었고 시간만 흘렀다.

"조만간 다시 뵙죠."

루이가 억지로 쥐여 준 명함을 들고 왕립 홍콩 경찰총부를 나온 시각은 12월 31일 오전 4시였다.

동이 트기 전이라서 하늘이 어둡다. 한겨울 홍콩의 이른 아침은 일본인도 쌀쌀하다고 느낄 정도로 서늘했다.

택시에 타자 신호를 대기하던 운전기사가 말을 걸었다.

"현금 도둑맞았어요? 아니면 카드? 귀중품인가? 여하튼 경찰총부에서 나왔으니 큰 금액이겠네요. 욕보셨어요."

운전대를 잡은 채 한 손으로 틴 케이스를 내밀었다.

"자요. 피곤할 때는 단 게 최고예요."

영국을 대표하는 심킨스 깡통 캔디. 성가신 대화보다 사탕을 먹어 공복과 갈증을 달래고 싶은 마음이 조금 우세했다.

감사 인사를 하고 라즈베리 맛 사탕을 입에 던져 넣었다. 달콤한 맛과 신맛이 목구멍으로 스며들었다.

"왜 피해자라고 생각했어요?"

네온이 반짝이는 인적이 드문 거리를 바라보며 고바가 물었다.

"그야 훔친 사람이 아니라 도둑맞은 사람의 얼굴이니까요."

홍콩인이 봐도 피해자처럼 생겼다는 뜻인가. 공범으로 자신을 선택한 마시모의 판단은 틀리지 않은 셈이다.

"일본인이죠? 홍콩에는 언제 왔어요?"

"어제 오후요. 홍콩 택시도 친절해졌네요."

고바가 대학 시절 배낭여행 중 택시를 몇 번 이용했을 때는 어처구니없을 정도로 불친절하거나 바가지를 씌우려거나 둘 중 하나였다. 그러나 이번에는 도착 이후 세 번 택시를 탔는데 세 번 모두 운전기사가 친근하게 말을 걸어왔다.

"그야 손님이 사람 좋아 보이는 얼굴로 세상 고민 다 짊어진 표정을 짓고 있으니까요."

"그렇게나 지독한 얼굴이에요?"

"네. 두 번 이혼하고 빚을 150만 홍콩달러나 떠안고 있는 나까지 걱정이 돼서 말을 걸 정도예요. 아까 택시에 막 탔을 때는 참나, 뒤통수 맞고 궁지에 몰린 사람 얼굴이었다니까요."

운전기사가 웃었다.

공항에서부터 줄곧 그런 표정을 짓고 있었다니. 미처 깨닫지 못했다. 피해자처럼 생긴 데다 궁지에 몰린 사람의 얼굴이라니.

고바도 웃었다.

"그래요. 웃으면 복이 온다잖아요. 사탕 하나 더 드세요."

어제 막 빌린 몽콕의 사무실까지 20분이 채 안 걸렸다. 운전기사와 재치 있는 대화를 나누고서 아주 조금 가벼워진 마음으로 택시에서 내렸다.

아직은 어두운 거리, 건물주가 운영하는 1층 두부 가게에는 불이 들어와 있었고 작업하는 물소리와 삶은 콩 냄새가 거리까지 흘러나왔다. 가게 옆 통로로 들어가 계단을 타고 3층으로 올라갔다.

일단 잠깐 눈을 붙이자. 정신이 들면 다음 일을 생각하자.

그런데 사무실 문 앞에서 또다시 아연했다. 일본에서 가져와 달았던 잠금장치 두 개가 부서져 떨어져 있었다.

심장이 뛰기 시작했다. 어떡하지…… 문을 열어 안을 확인해야 하나? 누군가 숨어 있을지도 모른다. 순간 망설였지만 만약 누가 숨어 있다면 부순 잠금장치를 그대로 둘 리 없었다. 그것을 발견하면 어떤 바보라도 눈치챌 테니까.

그래도 겁에 질린 상태로 문손잡이를 잡았다. 아니나 다를까 열려 있었다.

천천히 열고 안을 들여다봤다.

블라인드가 없는 창문으로 가로등 불빛이 들어와 방 안을 밝혔다.

아무도 없다. 그리고 어제 낮에 처음 봤을 때와 다르지 않았다. 유선전화 한 대와 낡은 머그컵 몇 개. 구석에 있는 매트리스.

다만 한 가지, 고바의 커다란 여행용 캐리어만 사라졌다.

우연일 수도 있다. 그러나 지금으로써는 마시모의 피살과 도난당한 가방이 무관하다는 생각은 도무지 들지 않았다. 온몸의 기운이 빠져나가려고 해 스스로를 북돋웠다.

'아직 최악은 아니야. 그렇지?'

자신을 타일렀다. 농림수산성 관료였던 3년 반 전, 인생 최악의 날이었던 그날과 비교하면 아직 괜찮다. 출근길, 역으로 가려고 기숙사를 나서는 순간 도쿄지검 특수부 사람들이 에워쌌던 그날 아침과 비교하면…….

비참한 기분에 울상이 된 얼굴을 두드리며 휴대폰을 꺼내 홍콩 긴급전화 999를 눌렀다.

◈◆◈

여자가 부른다.

들어본 적 없는 모르는 목소리.

누구지? 생각에 빠져 있던 고바는 정신을 차리고 매트리스에 쓰러졌던 몸을 황급히 일으켰다.

검은색 머리와 눈동자의 여자가 자신을 내려다보고 있었다.

"무슨……."

물으려는데 목이 꽉 잠겼다. 오히려 여자가 고바에게 말을 걸었다.

"미안해요. 노크해도 대답이 없고 신음소리만 새어 나오기에. 심근경색이라도 일으켰나 했어요."

"당신은?"

혼란한 정신을 수습하지 못한 채 물었다.

"미아 리더스. 룽위경호센터에서 왔어요."

여자가 오른손을 내밀었지만 고바는 잡을 수 없었다.

룽위경호센터는 마시모가 고바를 리더로 내세운 플로피 디스켓과 서류 탈취 팀의 경호를 의뢰한 에이전트의 이름이었다.

—총도 잡아본 적 없는 자네들이 어떻게 스스로를 지킬 수 있겠나. 프로를 고용하는 게 나아.

생전에 마시모가 제안했고 고바도 순순히 동의했다.

휴대폰 시계를 확인하니 오후 4시. 창문으로 석양이 들어왔다. 아아, 그렇지. 분명 이 시간에 파견 나오는 경호 담당자와 만나기로 약속했다.

고바는 일어서서 뺨을 두드리며 정신을 깨웠다.

11시간 30분 전…….

999에 연락한 뒤 이 사무실에 제복 경찰이 도착해 곧바로 사정 청취와 현장 검증을 시작했다.

그러나 도난당한 물건은 여행용 캐리어 하나뿐이었고 가방 안에는 옷가지와 생필품만 들어 있다는 사실을 파악하고는 김이 샌 얼굴을 했다.

“거의 못 찾는다고 보시면 됩니다.”

강 건너 불구경하듯 심드렁하게 말한 뒤 출동한 네 경찰 중 두 명은 돌아가 버렸다. 1층 두부 가게 주인도 걱정스러워하며 찾아왔는데, 녹초가 된 몸으로 호들갑스러운 동정을 받고 있자니 짜증스러워졌다. 하지만 문손잡이의 열쇠만으로는 불안할 것이라며 경첩과 커다란 자물쇠 세트를 두 개 가져다준 점은 기꺼웠다.

건물주가 “마시모 씨께도 면목이 없네요”라고 말하는 것을 보니 아직 그의 죽음을 모르는 듯했다. 루이 독찰이 "보도를 통제하고 있다"고 말한 대로 지금 시점에는 TV와 신문에 아무런 소식도 흘러나오지 않은 것 같았다.

그러고 나서 현장 검증을 마친 경찰관이 돌아가자 잠깐 쉴 생각으로 매트리스에 누웠는데 피곤한 나머지 곯아떨어진 모양이었다.

"그런데 어떻게 여길."

고바가 미아를 바라보자 미아는 손에 들고 있던 가느다란 열쇠를 보여줬다.

"직업 특성상 늘 가지고 다녀요. 이걸로 문을 따고 들어왔죠. 자물쇠를 여는 건 더 간단해요."

뫼산 자(山) 모양으로 자른 알루미늄 조각을 보여 줬다.

"이걸 손잡이에 달린 열쇠 구멍에 집어넣으면 쉽게 열 수 있어요."

여행용 캐리어를 도난당한 것도 당연했다. 잠에서 깼는데도 머리는 한층 더 무거웠다.

아무튼 더는 이 방에 있고 싶지 않았다. 미아를 밖으로 데리고 나갔다.

바로 근처에 있는 차찬탱*으로 들어가 테이블을 사이에 두고 앉았다. 커피를 주문했는데 향이라고는 찾을 수 없는 미지근하

* 식사부터 차까지 전부 주문할 수 있는 식당식 카페.

고 쓰기만 한 음료가 나왔다.

미아가 계약서를 내밀더니 프로필을 읊기 시작했다.

"호주 국적, 29세. 영어와 말레이어를 하고 광둥어도 조금 할 수 있어요. 아버지는 대만에서, 어머니는 인도네시아에서 이민 왔고 나는 2세."

열여덟 살부터 8년 동안 호주 육군 소속이었고, 제대 후에는 브루나이와 싱가포르에서 경호 일을 했으며, 1년 전에 홍콩으로 왔다고 했다.

"못마땅한 거 알아요. 하지만 그 부분은 내가 말하기보다 롱위 경호센터에 직접 확인하는 편이 더 나을 것 같군요."

고바는 곧바로 휴대폰을 꺼냈다.

전화를 받은 남자에게 영어로 용건을 이야기하자 광둥어가 아니라 북경어로 "잠시만 기다리세요"라고 말했다. 대기음은 머라이어 캐리의 노래. 노래가 끝나자 스파이스 걸스의 노래가 흘러나오기 시작했다.

마시모와 고바가 요청한 경호원은 미국, 러시아, 독일 군대 중 한 곳에서 5년 이상 경험을 쌓은 사람으로, 영어가 능통하며 키 185센티미터가 넘는 남성이었다. 눈앞에 있는 미아의 키는 아무리 커도 170센티미터 정도. 자세가 좋고 어깨도 넓으며 베이지색 카디건과 하얀 셔츠 아래 숨어 있는 몸은 맹렬한 훈련으로 다져졌다는 사실을 알 수 있었다. 그러나 자신들이 요청했던, 보는 것만으로도 위압감을 느끼게 하는 체형이라고는 말하기 어려웠다.

잠시 후 전화를 받은 담당 중년 여성은 고바의 항의를 가볍게 받아넘기듯 말했다.

—우리가 미아 씨를 골라 파견한 게 아니에요. 당신과 마시모 씨가 희망한 고급 인력 등록자 중에 이 일을 원한 사람은 그녀뿐이었어요. 다른 사람들은 모두 거절했습니다. 이유는 잘 아시겠죠?

마시모가 경호원 두 명과 함께 사살당한 사실이 알려진 탓이다. TV와 신문이 보도하지 않더라도 경찰에서 이야기가 새어나갔으리라. 홍콩 경호 업체도 일본과 마찬가지로 경찰 간부 출신을 대거 고용한다.

고바는 코앞에 앉아 있는 미아를 신경 쓰면서도 끈덕지게 물고 늘어졌다. 하지만 소용없었다.

—우리는 병무청이 아니거든요. 싫다는 사람에게 억지로 임무를 맡길 수는 없는 노릇이잖아요. 의뢰인이 원하는 조건을 전달하고 그것을 받아들인 등록자를 소개할 뿐. 결혼정보회사와 다를 바 없어요. 그리고 겉모습으로만 판단하는 편견은 버리세요. 미아 씨는 틀림없이 우수한 인재니까요.

전화를 끊고 그녀를 쳐다봤다.

"어떻게 할 거예요?"

미아가 홍차와 커피를 섞은 원앙차를 홀짝홀짝 마시며 물었다.

"고용하겠습니다. 미아 씨."

선택의 여지가 없으니 도리가 없다. 내 몸은 내가 지키겠다고 단언할 자신도 용기도 없다.

"그런데, 질문 좀 해도 됩니까?"

"하세요."

"우리를 고용한 사람이 어떻게 됐는지는 당신도 알잖아요. 그런데도 지원한 이유가 뭡니까?"

"계약 조항에 따르면 당신들의 스폰서가 어떻게 되든 지급하는 보수는 변하지 않죠. 그리고 당신이 일본인이니까."

"돈은 제대로 받을 수 있겠다는 의미입니까?"

"네. 일이 다 끝난 다음에 트집을 잡아 가격을 후려치지 않을 테니까. 그렇다고 일본인을 좋게 본다는 뜻은 아니에요. 되도록 빨리 확실하게 많은 돈을 챙기고 싶을 뿐이지."

"알겠습니다."

고바는 미아가 내민 계약서에 사인하고 롱위경호센터에도 계약 확정 연락을 넣었다. 그리고 수표에 선급금을 적어 미아에게 건넸다.

"미아라고 불러요. 미스터……."

"고바라고 부르세요."

"알겠어요, 고바. 최소한의 배려는 했으면 좋겠고, 나도 그럴 테지만 형식적인 존댓말이나 빙빙 돌려 말하는 건 하지 말죠. 스스럼없는 관계를 맺자는 게 아니라 경호 담당으로서의 제안이에요. 의사 전달은 가급적 단순해야 좋으니까."

"따르지."

고바와 미아는 악수하고 휴대폰 번호를 주고받았다.

미아는 고바가 대표이사로 있는 광고대행사의 직원 다섯 명을 경호한다. 물론 고바 일행의 진짜 업무에 대해서는 모르고, 업무 내용을 깊게 파고들려고 하면 바로 해고할 예정이다.

"나머지 네 직원은?"

미아가 물었다.

"이제 만나러 갈 거야. 같이 가지."

미아는 의아했지만 굳이 입 밖으로 꺼내지는 않았다. 위험과 거의 같은 뜻인 수상함을 말없이 삼키는 조건이기에 일주일에 3만 홍콩달러나 되는 보수를 받을 수 있다는 사실을 미아도 당연히 안다.

고바도 마시모가 선택한 다른 네 사람과는 처음 만난다.

마시모가 죽은 지금 이 만남에 무슨 의미가 있는지 모르겠다. 그래도 만날 의무가 있었다.

계획을 계속 진행할지 멈출지는 아무리 리더라도 고바 혼자서 결정할 수는 없었다. 사전에 다섯 명이 마시모와 주고받은 계약서에는 다섯 사람의 사망이나 도중 이탈에 관한 세세한 조항이 적혀 있지만, 이 계획을 세운 마시모 본인의 죽음에 대해서는 적혀 있지 않았다. 계약서에 명시되지 않은 사태에 어떻게 대처할지는 팀원 다섯 명이 다수결로 결정해야 한다.

아직 구체적으로 움직이지 않았다고 해도 어제 고바가 카이탁 공항에 도착한 시점부터 계약은 효력이 발생했다. 젠체하자면 게임은 이미 시작됐다는 말이다.

이제 고바 한 사람의 뜻으로는 이 게임을 포기할 수 없다. 규칙을 무시하고 정당한 이유 없이 도망치면 '엄중한 벌을 받는다'고 되어 있다.

차찬탱을 나와 택시를 잡으려고 했지만 큰길도 뒷길도 몹시 막혔다. 차를 타면 약속에 늦는다. 사람이 붐비는 지하철도 피하자고 미아가 말했다.

"어디까지나 만약을 위해서야. 미스터 마시모 사건이 당신과는 무관하게 벌어진 일이라고 밝혀지기까지 임시 조치야."

미아의 말에 따라 고바가 빌린 사무실 앞의 상하이 스트리트를 걸었다.

마시모가 죽은 지 아직 하루가 지나지 않았다. 진실을 모르는 미아와 달리 고바의 마음속에는 강한 공포심이 자리 잡았다. 갑자기 칼에 찔리거나 총에 맞을 수도 있다. 하지만 그렇다고 해서 도둑이 침입한 그 사무실에 우두커니 있기도 싫었다.

'그런 곳에 쭈그리고 있어 봤자 사태가 호전되지 않아. 똑같이 실패한다고 해도 나는 끝까지 발버둥 치다가 실패했다고 생각하고 싶어.'

비자금 사건의 책임을 지고 농림수산성을 그만둔 뒤, 언론에 쫓긴다는 공포 때문에 1년 동안 집에 틀어박혔던 경험 끝에 배운 점이다.

그것이 패배자에게 남은 유일한 자존심이기도 했다.

1997년 1월 1일 새해까지 앞으로 여섯 시간 남짓.

거리의 양옆 가게에서는 잡지를 쌓아둔 서점이든 영국식 도박장이든 하나같이 새해를 축하하기 위한 폭죽과 불꽃놀이가 준비되어 있었다. 북쪽으로 더 걸어가니 유흥업소가 늘어났다. 아직 해가 지기 전인데도 여자들이 대만의 빈랑서시*처럼 노출이 심한 모습으로 호객행위를 했다. 홍콩에서는 길거리 호객행위가 엄중한 죄라고 들었는데 실상은 다른 듯하다.

표식으로 사용하려고 도중에 신문 가판대에서 경제지 「포춘」을 샀다. 그런데 같은 가게에 늘어선 홍콩 현지 영자 타블로이드지 중 하나에서 'Italian millionaire was shot dead'라는 제목을 발견했다. 중국어 석간신문에도 '이탈리아인 부호'와 '피살당했다'는 글자가 실려 있었다.

이제 누구나 아는 공공연한 사실이 되어 버렸다.

1.5킬로미터쯤 걸어 도착한 카오룽 칸톤 레일웨이 선로 근처. 두 사람은 몽콕 스타디움이라는 구기장 뒤편에서 기다렸다. 저편에 서로 모르는 사이처럼 거리를 두고 선 사람들도 「포춘」을 겨드랑이에 낀 고바처럼 제각각 잡지를 들고 있었다.

「이코노미스트」를 왼손에 둥글게 말아 쥐고 있는 사람이 베어링스 은행에서 근무하다가 은행이 파산하는 바람에 실직한 영

* 대만에서 노출이 심한 차림으로 빈랑열매를 파는 젊은 여성.

국 국적의 자비스 맥길리스. 멀리서도 알아볼 수 있는 짙은 갈색 머리와 하얀 피부, 푸른 눈동자. 적당히 살집이 있는 체격으로 키는 고바보다 조금 작은 175센티미터 전후였다. 나이는 고바보다 한 살 위인 서른세 살. 고바의 존재를 눈치채고 걸어왔다.

또 다른 한 명, 「뉴스 위크」를 들고 종종걸음으로 다가오는 사람은 근무하던 NeXT 소프트웨어가 애플 컴퓨터에 매각되는 바람에 직장을 잃고 미국 체류 자격도 상실한 핀란드 국적 기술자, 일라리 론카이넨. 서른한 살. 금발과 금빛 수염, 옅은 녹색 눈동자. 호리호리한 그가 다가올수록 키가 얼마나 큰지 알 수 있었다. 190센티미터 가까이 됐다.

고바가 이미 알고 있듯이 자비스와 일라리도 고바의 프로필을 알고 있었다. 세 사람 모두 자업자득이든 불가항력이든 큰 실패를 겪은 끝에 지금 이곳에 있었다.

모두 똑같은 패배자다. 자신을 대단한 척 꾸밀 필요도 센 척할 필요도 없었다.

그래서 자비스와 일라리도 길을 잃은 아이처럼 불안한 얼굴을 숨김없이 드러냈다. 아마 고바도 같은 표정을 짓고 있으리라.

"어떻게 된 거야?"

자비스가 오른쪽 옆에 나란히 서자마자 속삭였다.

"언제, 어떻게 알았지?"

고바도 되물었다.

"오늘 오후, 신문에서. 당신은 어젯밤 만났겠지?"

"진짜야? 위장이야?"

일라리도 왼쪽 옆에 나란히 서자마자 특유의 억양이 느껴지는 영어로 물었다.

"그리고 저 사람은 누구야?"

저 멀리 떨어져서 지켜보는 미아를 가리켜 물었다.

고바는 어젯밤 애버딘에서 목격한 사건과 이후에 받았던 조사에 대해 매우 간략하게 설명했다.

"웃기지 마. 시작하기도 전에 끝나 버렸잖아."

자비스가 누구에게랄 것 없이 말했다.

"자세한 이야기는 다섯 명이 다 모이면 이야기하지. 앞으로 어떻게 할지 셋이서 정할 수는 없어."

거기까지 이야기한 고바는 미아를 쳐다봤다.

"저 사람은 미아 리더스, 경호원이야."

두 사람이 시선을 돌리자 미아가 고개를 까닥였다.

"당신의……."

일라리가 말꼬리를 흐렸다.

"아니, 우리의 경호원이야. 저 사람이 지키는 대상에는 당신도 포함돼."

"보디가드는 남자였을 텐데?"

자비스가 물었다.

"취소됐어. 그가 사라져버린 탓에."

고바의 그 말만으로도 두 사람은 상황을 이해했다.

"모든 게 약속과 달라."

일라리가 말했다.

두 사람의 표정이 점점 불안에서 실망으로 바뀌었다.

유일한 위안은 초조와 의심 속에서 서로를 비난하지 않는다는 점이었다. 고바가 보여 준 얄팍한 눈속임 같은 리더십을 자비스도 일라리도 일단은 받아 들여줬다.

나머지 두 남자가 기다리는 장소로…….

세 남자와 한 여자는 가로등이 비치기 시작한 길을 입을 다문 채 장례행렬처럼 걸어갔다.

◈◆◈

"저 사람은?"

네 번째 남자, 린차이화의 시선도 가장 먼저 미아에게 향했다.

"우리 경호원이야. 바 카운터에서 혼자 마시며 기다릴 거야."

고바가 말했다.

"그게 좋겠군. 미안하지만 지금부터 출범하기도 전에 좌초되고 있는 우리 회사에 대해 논의해야 하니까."

테이블에 앉아 있는 린차이화가 말했다.

순간 자비스가 고바와 일라리에게만 보이도록 입을 삐죽였다. 린차이화의 거드름을 피우는 말투가 아니꼬운 모양이었다.

삼수이포의 타이난 스트리트를 따라 늘어선 미국식 스테이크

레스토랑. 손님의 70퍼센트가 유럽과 미국계인 식당, 고바와 자비스와 일라리는 그 안쪽에 있는 작은 룸에 앉았다.

"무슨 일 있으면 불러."

미아가 돌아서서 바 카운터로 걸어갔다. 바톤을 이어받듯 홍콩인 웨이트리스가 들어왔다. 네 사람은 입맛이 없었지만 주문했다. 웨이트리스가 문을 닫고 나가자마자 고바, 자비스, 일라리가 비어 있는 한 자리를 쳐다봤다.

다섯 번째 남자가 앉아야 할 자리였다.

"안 왔어. 20분 전부터 기다렸는데 당신들이 오기 전에 누가 온 낌새는 없었어. 점원한테도 확인했고."

린차이화는 홍콩에서 나고 자란 유일한 현지인이자 유일한 기혼자였다. 아들이 둘. 고바와 동갑인 서른두 살. 검은 머리와 검은 눈동자. 외모는 동양인이지만 피부는 갈색으로, 남방계의 피도 조금 섞였을지 모른다.

현재 홍콩 정부 기관에서 근무하는 공무원이다. 조부모 대부터 이어온 친영국파 연줄로 들어갔기에 1997년 7월 1일 홍콩 반환 후에는 중국 정부가 파견한 관리가 그 자리를 대체할 뿐 아니라 직장 자체를 잃을 가능성도 컸다. 가족과 함께 캐나다 이민을 가고 싶어 하지만, 캐나다 이민은 과거에 일정 규모 이상의 기업을 경영한 실적이 있거나, 캐나다 국내 기업에 30만 캐나다 달러 이상을 투자해야 한다는 조건이 있다.

이렇게 네 사람이 서로의 배경과 속사정을 파악하고 있는 목적은 동정하거나 유대를 돈독히 하기 위해서가 아니다. 중도 이탈이나 배신을 방지하기 위해서였다.

린차이화 앞 테이블에는 그의 표식 잡지인 「이브닝스탠다드」가 놓여 있었다. 잡지를 밀어 그 밑에 있던 타블로이드지의 제목을 보였다.

혈흔이 남은 살해 현장의 컬러 사진과 함께 마시모의 피살 소식을 전했다.

"자 리더, 설명해 줘. 마지막으로 만난 사람은 당신이잖아."

린차이화가 고바를 바라봤다.

"아직 7분 남았어. 기다리자고."

아무도 반박하지 않고 약속 시간이 되기를 기다렸다. 노크 소리가 울리고 웨이트리스가 맥주병과 와인병, 잔을 모두의 앞에 늘어놓으며 "엔조이"라는 말을 남기고 다시 나갔다.

오후 7시 30분. 비어 있던 나머지 한 자리에 앉아야 했던 캘커타(현재의 콜카타) 출신 인도인은 나타나지 않았다.

마음이 변했기 때문인지 예측하지 못한 사태 때문인지는 알 수 없다. 어쨌든 이로써 그의 계약위반과 불참이 확정됐다. 거금의 선급금도 회수하게 된다.

고바는 홍콩에 도착한 이후에 벌어진 일들을 마시모의 살해 현장, 왕립 홍콩 경찰총부에서의 조사, 여행용 캐리어 도난, 그리고 미아 리더스와의 계약까지 전부 숨김없이 세 사람에게 전했다.

네 남자가 테이블 위에서 머리를 맞대고 논의하기 시작했다.

"왜 죽였을까?"

린차이화가 말했다.

"그걸 지금 여기서 생각해 봤자 결론 안 나오지."

자비스가 말했다.

"결론이 나지 않는다고 분석할 필요도 없는 건 아니잖아. 마시모의 죽음은 우리와도 관계있을 수 있어. 아니, 몹시 관계있다고 생각하는 게 상식적이겠지."

"그건 나도 알아. 그러니까 최대한 나한테 위험이 닥치지 않으면서 무사히 살아남을 방법을 궁리하고 싶다고. 살아남기 위해서 홍콩을 떠나는 게 낫다면 지금 당장 공항으로 가 심야 비행기를 타겠어."

"난 홍콩 사람이야. 도망갈 구석도 없어."

"당신 나름대로 방책을 세우면 되지. 여기 사는 사람 나름의 방법 말이야."

적의를 품은 자비스와 린차이화의 시선이 맞부딪쳤다.

"나도 앞으로의 안전을 가장 먼저 생각해야 한다는 의견에는 찬성이야. 아니, 그게 가장 중요해."

일라리가 말했다.

"그러니까 게임 마스터가 사라진 이 상황에서 우리가 게임을 계속할 수 있을지 없을지를 우선 검토해 보지."

"어떻게 계속해. 중반 이후 게임 플랜이 없는데."

자비스가 고바를 봤다.

"그래. 아까 말한 대로 찾아봤어. 좀 더 자세히 말하면 죽은 직후 마시모의 사체를 샅샅이 뒤졌는데 아무것도 찾지 못했어."

"죽인 인간이 가져갔을 가능성은?"

린차이화가 물었다.

"그럴 수도 있어. 하지만 미안하게도 그것 또한 정확히는 모르겠어."

"누가 죽였을까, 당신은 어떻게 생각해?"

옆에서 자비스가 물었다.

"실행범 말하는 건가?"

고바가 질문으로 답했다.

"아니. 죽인 놈은 프로잖아. 당신도 웨이트리스도 방에 들어갈 때까지 총성은 못 들었어. 소리도 내지 않고 정체도 들키지 않고 레슬링 선수 같은 경호원들까지 모조리 쏴 죽였다고. 원한에 미친 아마추어의 우발적 범행이 아니라는 건 나도 알아."

"명령한 자로 가장 의심스러운 상대는 아마 너희 짐작과 같을 거야."

고바는 세 사람을 차례로 쳐다봤다.

"미국이지."

일라리가 말했다.

"글쎄, 그게 지금 가장 상대하고 싶지 않은 가상의 적이기도 하지만."

"그런데 마시모는 아직 아무런 계획도 실행하지 않았잖아?"

린차이화가 말을 이었다.

"계획이 새어나갔다고 치자고. 그런데 계획을 세웠다고 경고도 없이 갑자기 죽이는 게 말이 돼?"

"될 것 같아."

고바가 말했다.

"마시모가 아들에게 물려준 보험회사를 망하게 한 것은 사실상 미국 정 · 재계의 뜻이었어. 사장이었던 아들의 자살은 의도치 않은 결과라고 해도 마시모가 자신들을 증오한다는 사실은 놈들도 충분히 자각하고 경계하고 있었겠지."

일라리가 말을 이었다.

"게다가 마시모는 힘없는 일개 시민이 아니잖아. 마음만 먹으면 테러리스트를 한 트럭 고용할 수 있는 돈과 인맥을 갖고 있었어."

"거봐요. 대화를 나누고 생각하니까 쓸 만한 답에 가까워지잖아."

린차이화가 눈을 치뜨고 자비스를 쳐다보며 잔에 맥주를 따랐다.

"홍콩 사람은 이런 상황에서도 으스대고 싶어 하나?"

자비스가 입꼬리를 씰룩이며 웃었다.

"이미 알고 있던 사실을 서로 확인했을 뿐 상황은 아무런 진전이 없어. 아니면 다 같이 미국 총영사관으로 가서 사실을 털어놓고 용서라도 빌까?”

린차이화는 대꾸하지 않고 잔 속의 거품만 바라봤다. 고바도 일라리도 똑같이 빈 잔만 바라봤다.

마시모가 아버지에게 물려받고 아들에게 물려준 보험회사로, 전성기에는 이탈리아에서 세 번째 가는 자본력을 자랑했던 렌치 에 조르지아니(ReG) 해상보험. 미국 정·재계가 한패가 되어 이 회사를 파산으로 몰고 간 결정적인 이유는 ReG가 이라크 기업과 거래를 끊지 않고 관계를 지속했기 때문이었다.

마시모와 이라크의 관계는 1940년대 후반까지 거슬러 올라간다.

ReG는 이탈리아가 제2차 세계대전의 패전국이 되면서 당연히 유럽 각국의 기업과의 보험 거래가 전쟁 전과 비교해 격감한다. 새 거래처가 된 곳은 터키의 식품기업을 통해 협상해 온 이라크 농산물 기업으로, 대추야자를 중심으로 한 가공 과일류를 대량으로 유럽 시장에 해상 수송하려고 계획하는 기업이었다.

사담 후세인이 등장하기 훨씬 전, 프랑스, 영국, 미국이 이라크 왕국에 일방적인 복종을 강요하던 시절이었다. 이 보험 계약을 계기로 ReG는 실적을 단번에 만회한다.

나아가 1950년대에 들어서면서 마시모는 사프란 등 농특산물의 유럽 해상 운송을 계획하던 이란 기업과 장기 보험 계약을 체결한다.

이 계약도 이란 혁명 전, 미국의 지지를 등에 업은 팔라비 왕

조가 통치하며 중산층 젊은이들이 코카콜라를 마시고 리바이스를 입던 시대에 체결된 거래였다.

시간이 흘러 반미 흐름이 형성되고 이란 혁명 등이 일어나며 이란과 이라크의 정세가 바뀌어도, 양국이 서로 전쟁을 벌였을 때조차, 마시모는 어려운 시기를 극복할 수 있는 버팀목이 되어 주었던 두 기업과의 계약을 이어갔고, 아들에게도 계약을 유지하라며 가훈으로 남기기까지 했다.

그러나 은혜를 잊지 않고 의리를 지키려던 행동이 회사와 아들의 생명을 잡아먹었다.

그러나 표적이 된 이유는 그뿐만이 아니었다.

마시모가 제시한 자료뿐 아니라 독자적으로 상황을 조사한 고바는 평소 미국의 방식을 잡아냈다.

ReG가 보유한 지중해부터 홍해, 나아가 인도양으로 이어지는 다양한 이권에 매력을 느낀 와중에, 가뜩이나 이전부터 불복종 태도에 강한 반감과 불안을 품던 미국 자본 기업 복합체가 걸프전을 구실로 ReG를 없앴으리라 추측했다.

"이제 우리가 해야 할 일은—."

린차이화가 막 말을 꺼내려는 찰나, 고바의 휴대폰이 울렸다.

모르는 번호. 애당초 고바가 아는 홍콩 현지 번호라고 해 봤자 마시모의 사무실, 건물주의 두부 가게, 롱위경호센터, 미아의 휴대폰 번호 네 개뿐이었다.

고바는 세 사람에게 눈짓해 무언의 동의를 얻은 뒤 통화 버튼을 눌렀다.

"네."

—아, 미스터 고바. 클라에스입니다.

마시모의 비서, 총에 맞아 입원 중인 클라에스 아이마로.

—지금 당장 도망쳐요.

수화기 너머 클라에스의 목소리를 뒤덮듯 노크도 없이 룸의 문이 열렸다.

웃는 얼굴로 스테이크를 실은 이동식 트레이를 밀고 들어오려는 웨이트리스 앞을 가로막으며 미아가 재빨리 들어왔다. 미아가 고바와 자비스 사이에 얼굴을 들이밀며 속삭였다.

"다들 따라와. 여기서 나가야 해."

수화기에서도 클라에스의 목소리가 새어 나왔다.

—도망쳐요, 미스터.

미아가 놀란 네 사람에게 다시 말했다.

"서둘러. 어서 나가야 해."

"무슨 일이야?"

자비스가 물었다.

"가게가 포위당했어."

"누군데? 외국인이야? 홍콩인이야?"

옆에서 린차이화가 끼어들었다.

"광둥어를 하는 동양인."

미아가 린차이화의 팔을 잡고 의자에서 억지로 일으켜 세웠다.

"서두르는 게 좋겠어. 지금 온 전화도 경고 전화야."

고바도 오른손에 든 휴대폰을 보였다.

—미스터, 괜찮아요?

수화기에서 고바를 부르는 여자의 목소리가 작게 새어 나왔다.

"다시 걸겠습니다."

고바가 전화를 끊고 다 함께 룸을 나갔다. 맛있는 냄새가 감도는 스테이크 하우스의 좁은 통로를 따라 안쪽으로 들어갔다.

"누구 전화야? 미스 클라에스?"

"마시모의 비서지?"

반신반의하는 린차이화와 자비스가 번갈아 물었다.

"입 말고 다리를 움직여."

미아가 나무라듯 말하며 여자 화장실 문을 열었다.

안에는 현지인으로 보이는 젊은 여성이 두 사람. 순간 놀라 고바 일행을 노려봤다. 그러나 두 사람이 비명을 지르기 전에 미아가 5백 홍콩달러 지폐 두 장을 찔러줬다.

"경비 처리할 거야."

미아가 말했다.

"응. 나중에 정산할게."

고바가 대답했다.

여자들은 말없이 돈을 받아들고는 미소를 남기며 나갔다. 화장실 안쪽에는 활짝 열린 세로 여닫이 창문이 하나 있었다. 창밖으로 코앞에 있는 바로 옆 빌딩의 더러운 벽이 보였다.

"한 명씩 나가."

미아가 모두의 등을 두드렸다.

"오른쪽, 왼쪽, 어느 쪽으로?"

가장 먼저 창밖으로 나간 일라리가 물었다.

"위로."

지시에 따라 좁은 벽과 벽 사이에 몸을 끼우고 팔과 무릎으로 지탱해 옆 건물 2층 베란다까지 기어오른 뒤 잔뜩 녹이 슨 사다리식 비상계단을 타고 올랐다.

일라리, 자비스, 고바, 미아 순으로 난간을 넘어 빨래와 깡통이 늘어서 있는 5층 상가 건물 옥상으로 나갔다.

밑에서 남자 몇 명의 목소리가 들려왔다. 광둥어였다.

"정말로 우리를 찾는 사람들이야?"

자비스가 물었다. 그런데 마지막으로 린차이화가 난간을 막 넘었을 때, 탕탕 소리가 울렸다. 새해맞이 축하 폭죽이라기에는 너무 일렀다.

"헉!"

린차이화가 옥상을 굴렀다. 바지 장딴지 부분에 무언가 스치면서 바지가 찢어지고 피가 번지며 속살이 드러났다.

저것은 총성. 총에 맞았다…….

"윽, 윽."

린차이화가 겁에 질려 소리를 흘렸지만 미아가 그의 목덜미를 잡아끌며 억지로 일으켜 세웠다.

"스쳤을 뿐이야. 걸을 수 있잖아."

"어디로 도망가?"

고바가 물었다.

"저기."

미아가 손가락으로 가리켰다.

건물 틈 저 너머로 야시장에 늘어선 노점상들의 불빛이 반짝였다.

네 남자는 새파랗게 질린 얼굴로 미아의 뒤를 따랐다. 옆 건물 옥상에서 다시 그 옆 건물 옥상으로, 그리고 가느다란 콘크리트 대들보를 순서대로 건너뛰었다.

그러나 밑에서 길을 따라 추적하는 남자들의 목소리가 점점 늘어났다. 거리도 가까워졌다.

"호신용인데 도움이 될까?"

일라리가 자신의 커다란 숄더백 속을 열어 보였다. 노트와 갈아입을 셔츠에 뒤섞인 헤어스프레이처럼 생긴 가느다랗고 긴 캔이 네 개가 보였다.

"준비성이 좋네."

미아가 말했다.

"죽기 싫으니까."

일라리가 대꾸했다.

미아가 캔을 받아 방호 커버를 벗긴 뒤 핀을 뽑아 옥상에서 뒤따라 오는 남자들의 목소리가 울려 퍼지는 좁은 골목으로 던졌다.

두 개, 세 개. 푸쉬쉬 작게 울리며 어두운 골목에 연기가 피어올랐다. 곧바로 남자들의 성난 소리와 고통스러운 신음소리가 들려왔다.

◈◆◈

땀을 잔뜩 쏟으며 30분을 쉬지 않고 달리던 고바는 겨우 멈춰 섰다.

삼수이포 야시장의 인파와 빛 속에서 페트병에 든 물을 꿀꺽꿀꺽 마셨다. 자비스, 일라리, 린차이화, 미아도 마찬가지로 물을 벌컥벌컥 마셨다.

몽콕에 있는 레이디스 마켓의 야시장과는 달리 카메라와 가이드북을 든 관광객은 거의 보이지 않았다. 모두 현지 주민들이리라. 아이를 데리고 나온 가족도 많았다.

노점상 천막 사이로 온화한 바람이 불었다.

하지만 고바의 숨은 여전히 거칠었다. 좀처럼 마르지 않는 이마의 땀을 손으로 훔쳤다.

총성도 여전히 귀에 쟁쟁했다.

일본에서는 느껴본 적 없는 무서운 상황을 또다시 겪었다. 아주 조금 긴장이 풀렸던 고바의 머릿속에 어젯밤 마시모의 피살 현장이 되살아났다.

마시모를 죽인 놈들이 한 술 더 떠 선수를 쳐왔다. 아직 아무 행동도 하지 않은 자신들까지 죽일 심산인가?

숨을 천천히 내쉬며 고개를 절레절레했다. 고개를 들자 미아가 따가운 눈초리로 쏘아봤다.

"지금 당장은 따지지 않겠어. 하지만 상황이 좀 진정되면 보수를 다시 협상하도록 하지."

미아가 말했다. 이렇게 위험한 일인 줄은 몰랐으리라.

"너희가 진짜로 하는 일이 무엇인지까지 모조리 들어야겠어."

고바는 고개를 살짝 끄덕였다. 조바심이 가슴속에 희미하게 번졌다.

엉겁결에 휘말린 미아는 분명 피해자일지 모른다. 그렇다고 그녀를 끌어들인 우리가 가해자일까…….

텅 빈 페트병을 꽉 움켜쥐어 우그러뜨리며 마음을 진정시켰다.

"아까 그거. 뭘 던진 거야?"

자비스가 미아에게 물었다.

"수류탄형 최루 가스."

미아가 일라리를 쳐다봤다.

"파인 플레이였어."

자비스가 일라리의 팔을 쳤다.

"반칙에 가까운 엄청난 과격 플레이겠지."

린차이화가 말했다.

"홍콩에서는 불법 물품이기라도 해?"

자비스가 자조적으로 입을 씰룩였다.

"웃지 마. 정말로 웃을 일 아니야."

린차이화가 고개를 저으며 말을 이었다.

"당연히 불법이지. 상대는 흑사회 놈들이라고. 놈들 진짜 열 받았어. 우릴 죽일 거야."

그리고 길턱에 앉아 총알이 스친 왼쪽 다리를 살폈다.

"그걸 안 썼으면 그 자리에서 죽었을 수도 있어. 그래야 속이 시원했겠어?"

미아가 말했다.

린차이화가 짜증 난 얼굴로 미아를 돌아봤지만 반박하지는 않았다. 사소한 일로 말다툼할 여유 따위 없다는 사실을 모두가 안다.

놈들은 반드시 쫓아올 것이다. 그런데 다섯 사람 모두 자신들이 누구에게 무엇 때문에 습격당했는지조차 아직 모른다.

"어디든 내일 아침까지 무사히 보낼 수 있는 곳 없을까?"

고바가 말했다.

현지 사정에 밝은 미아와 린차이화가 후보지를 몇 군데 거론했는데, 이번에는 미아가 양보해 린차이화가 잘 안다는 바(Bar)로 이동했다. 위치는 건설 중인 KCR(구광철로) 홍함역 근처.

"예약해 둘게. 린차이화의 일행이라고 하면 룸으로 안내해 줄 거야."

"다섯이 함께 움직이는 건 눈에 띄어. 두 팀으로 나누는 게 좋겠어."

미아가 말했다.

"내가 린차이화와 갈게. 미아는 자비스와 일라리와 함께 움직여."

고바는 성가신 말다툼이 일어나기 전에 모두에게 말했다. 네 사람은 고개를 끄덕였다.

"몇 시에 모이지?"

자비스가 물었다.

현재 오후 9시.

"세 시간 후. 해가 바뀌는 자정에."

고바가 말했다.

"시간이 꽤 비네."

"다른 곳에 들렀다 올 생각이야?"

일라리가 옆에서 물었다.

고바가 고개를 끄덕였다.

"클라에스 아이마로와 만나 우리가 포위됐던 걸 어떻게 알았는지 묻고 올게. 놈들의 목적이 우리를 납치하는 것이었는지, 아니면 죽일 생각이었는지도."

"클라에스는 어디 있는데?"

"아직 병원에 있을 거야. 주소는 알아."

"나도 데려갈 생각이야?"

린차이화가 물었다.

"물론. 안면은 있지?"

고바가 되물었다.

마시모가 린차이화를 스카우트했을 때 분명 클라에스도 동행했을 터다.

"있긴 한데, 그런 뜻으로 물은 게 아니야. 알잖아."

"무서우니까 가기 싫은 거지."

자비스가 말했다.

"지금 상황에서는 어디에 있든 위험할 것 같은데."

일라리도 말했다.

"그래, 위험하니까 길을 안내해 줄 사람이 필요해."

고바가 말을 이었다.

"우리를 쫓는 놈들의 눈을 피해 카오룽에서 저쪽으로 안전하게 건너갈 경로를 알려 줘야 해."

카오룽반도에서 빅토리아 하버를 건너 홍콩섬으로 가는 방법은 24시간 운항하는 페리, 지하철, 자동차 전용 지하도 두 개로 총 네 가지. 그 네 가지 길목을 전부 지키고 있을 확률이 높다.

"나 혼자 가면 정보를 빼돌리거나 뒷거래를 할까 봐 걱정도 되잖아. 이 판국에 공연히 의심받고 싶지 않아."

"난 체질상 감시자는 안 맞아."

"잘 어울리는 데 뭘. 가장 겁이 많고 의심이 강한 사람이 해야지."

자비스가 말했다.

린차이화가 입을 열기 전에 미아가 자비스의 팔을 홱 잡아끌었다.

일라리를 포함한 세 사람은 그대로 혼잡한 야시장에 녹아들었다.

고바와 린차이화도 추격자의 눈을 경계하며 걸음을 재촉해 창사완까지 달려가 몸을 숨기듯 택시에 올라탔다.

"일부러 상황을 복잡하게 만드는 말투로 사람들의 반응을 살피는 건 그만 둬."

고바가 창밖으로 시선을 돌리며 말했다.

"알고 있었군. 일본 관료도 생각보다 우수하네."

린차이화가 고바에게로 고개를 돌렸다.

"전직 관료야. 공무원들 습성 같은 건 어느 나라라 크게 다를 거 없잖아."

"도발하고, 상대의 역량을 살피고, 속내를 드러내게 한다. 하지만 결코 내 마음은 내보이지 않지. 그 방법으로 모두의 능력을 확인했을 뿐이야. 목숨을 건 일인데, 당연하잖아."

"나뿐만이 아니야, 세 사람 모두 눈치채고서도 당신에게 확인당하고 생각할 시간을 준 거야."

"내가 도망갈 곳 없는 홍콩 사람이라서?"

"그래. 게다가 딸린 가족까지 있지. 지나치게 신중한 것도 이해는 가. 하지만 이제 그만 결정했으면 좋겠는데."

"함께 움직일 거야. 나 혼자서는 도저히 이 상황에서 벗어날 수 없어. 그런데 그 미아라는 여자는 정체가 뭐야? 냄새를 너무 잘 맡는 거 아니야?"

"룽위경호센터에서 소개받았어. 호주 육군 출신이고 여권과 취업허가증도 확인했어."

"그런 건 이 바닥에서는 하나도 믿을 수 없다는 거 알잖아. 천5백 홍콩달러만 있으면 나도 위조 서류로 미국인이든 호주인이든 멕시코인이든 될 수 있어. 일라리라는 핀란드인도 수상하고. 그런 걸 가지고 다니다니 상황이 너무 딱딱 들어맞아."

택시가 신호를 받아 멈추고 린차이화도 빠르게 뱉어내던 말을 멈췄다.

거리는 북적이고 밤이 내려앉은 도로는 차로 붐볐다. 백인 관광객들이 술에 취해 노래를 부르고 젊은 홍콩인 남녀 무리가 잔뜩 신이 나서 교차로를 건넜다.

근처에서 팟팟팟 소리가 울리는 바람에 고바는 순간 몸을 떨었다. 린차이화도 창밖으로 황급히 눈을 돌렸다.

그저 누군가 폭죽에 불을 붙여 쐈을 뿐이었다(새해 전에는 적은 양을 짧게, 새해가 되면 많은 양을 길게 쏜다).

"그들 말이 맞아. 무서워."

린차이화가 말했다. 두려운 마음에 필요 이상으로 혀를 놀리며 쓸데없는 말을 내뱉었다. 고바도 이해한다. 그래서 린차이화를 비난할 마음은 들지 않았다.

택시가 다시 달리기 시작했다.

"가족은 어떻게 했어?"

주제넘은 질문이지만 상황에 따라서는 린차이화의 아내와 자식들의 안전도 지켜야 할 수도 있다. 이 남자의 약점은 현재 함께 움직이는 고바의 약점이기도 하다.

"그의 소식을 듣자마자 룩켕(홍콩 북동쪽, 중국 국경 인근 마을)에 있는 친척에게 보냈어."

그는 당연히 마시모다.

"일단 무사히 도착했다고 휴대폰으로 연락을 받았는데 내일은 어떻게 될지 모르지."

"홍콩 공무원은 영국 영주권이 인정되지 않나? 지금 당장 가족만이라도 보내는 게 좋겠어."

"그쪽 정치인과 연줄이 있는 무리, 부자, 스스로를 죽이고 오랫동안 영국인에게 개처럼 복종해 온 놈들에게만 주어지는 특권이야. 나는 그 어디에도 해당하지 않고 설령 영주권이 나온다고 해도 그곳에 직장도 살 집도 없지. 게다가 뿌리 깊은 차별을 받을 거야."

린차이화는 창밖으로 흘러가는 휘황찬란한 네온사인으로 시선을 돌렸다.

4

1996년 12월 31일 화요일

오후 10시 30분, 택시에 탔던 고바와 린차이화는 지하철 쿤통역에서 내렸다.

로터리에 소형 버스와 왜건이 몇 대 서 있었다. 빅토리아 하버를 중심으로 카오룽의 맞은편에 있는 홍콩섬에 숲처럼 들어선 고급 호텔지까지 심야 근무 직원들을 태워 가기 위한 셔틀이라고 했다. 린차이화를 따라 운전 기사에게 돈을 쥐어주고 차에 올라탔다.

필리핀이나 베트남에서 온 외국인 노동자들 사이에 끼어 앉았다. 이 방법이라면 확실히 지하철역, 페리 선착장, 지하 터널 출구에 포진한 감시망에 걸려들지 않으리라.

"돌아올 때도 홍콩섬에서 나오는 셔틀을 타면 돼."

린차이화가 말했다. 지하 터널을 달려 빅토리아 파크를 지나 15분 만에 홍콩섬의 틴하우가 가까워졌다.

운전 기사에게 부탁해 세인트 피터스 국제병원 앞에서 내렸다. 왼쪽 어깨와 두 다리에 총을 맞은 마시모의 비서, 클라에스 아이마로가 입원한 병원이었다.

외래 진료 시간은 진작 끝났고 정면 입구는 닫혀 있었다. 녹지로 둘러싸인 8층짜리 병원은 적막했다. 주로 부자들이 이용하는 사립병원이라서 구급차도 거의 들어오지 않는다.

시간 외 출입문에는 경비원뿐 아니라 제복을 입은 경찰관도 서 있었다. 마시모를 포함한 세 사람이 목숨을 잃은 총격 사건의 피해자이자 유일한 생존자인 클라에스가 입원했으니 당연한 조치일 테다.

클라에스는 중요증인이기도 하다. 마시모 살해를 계획한 일당에게는 거슬리는 존재지만 오히려 어떠한 계획 때문에 죽이지 않고 일부러 살려두었을 가능성도 배제할 수 없다.

고바는 병원의 하얀 외벽을 올려봤다. 안으로 들어갈 만한 통로는 역시 저 출입문밖에 없다. 타고 올라갈 만한 들보도 없고 무엇보다 클라에스의 병실이 어디인지도 모른다.

"자, 어떻게 들어갈까?"

린차이화가 물었다.

"어떡하지."

"뭐라고? 구체적인 아이디어는?"

"아직 없어. 현장을 보고 나서 생각하려고 했지."

"리더의 자질이 있어 보였는데. 그래, 즉흥적으로 행동하는 타입이구나."

듣고 보니 정말로 아무 대책도 없이 왔다는 사실을 깨달았다. 두려움과 긴장감이 극심해서 냉철한 판단력을 잃었나? 배 째라 하는 심정이었나? 자신의 대담함, 아니 어리석음에 기가 막혀 무심결에 헛웃음을 짓고 말았다.

다만 아주 조금은 기뻤다. 위기에 처하자 농림수산성을 떠난 뒤 줄곧 자취를 감췄던 무모함과 성급함이 예기치 않게 되살아났다.

"내가 오판했어. 일본의 전직 관료는 생각보다 더 어리석군. 마시모가 왜 당신을 선택했지?"

린차이화가 빈정거렸다.

일단 자리를 벗어나려는데 가로등이 비치는 밤길 끝에서 제복 경찰 두 명이 나타났다. 경찰은 병원 출입구 경비뿐 아니라 주변 순찰까지 돌았다.

두 사람이 고바와 린차이화의 존재를 눈치채고 다가왔다.

"안 돼. 나 다리에 총 맞았잖아, 못 뛰어."

달아나려던 고바를 린차이화가 작은 소리로 붙잡았다.

"스치기만 했잖아."

"총상이잖아. 홍콩 경찰의 다리를 얕보지 마. 당신은 도망칠 수 있을지 몰라도 나는 잡힐 거야."

"그럼 얌전히 묻는 말에나 대답하지."

"어떻게 대답할 건데? 오밤중에 남자 둘이서 산책하고 있었다고? 홍콩에는 '배회죄(명확한 이유 없이 공공장소를 어슬렁대는 것을 금지한 법. 체포·구류할 수 있으며, 2000년대 이전에는 별건 체포의 구실로 자주 이용됐다)'라는 게 있어. 모호하게 대답했다가는 의심을 받아 연행된다고. 다른 방법은?"

"지금 생각 중이야."

"또야? 됐어. 따라와."

린차이화가 출입구로 걸어가기 시작했다.

고바가 말리려고 손을 뻗었지만 린차이화는 몸을 휙 돌려 피한 뒤 계속 걸었다.

순찰을 돌던 경찰들이 빠른 걸음으로 뒤를 따라왔다. 불빛이 환한 출입구 앞에서 경계하던 경찰들도 낌새를 눈치채고 다가왔다.

"누구시죠? 무슨 일로 오셨습니까?"

"설명할 테니 가방에 손 좀 넣어도 될까요?"

린차이화가 말했다.

경찰이 고개를 끄덕였고 린차이화는 수첩 같은 것을 꺼냈다.

그것을 본 순간 주위를 둘러쌌던 제복 차림 남자들이 경례했다. 린차이화가 들고 있는 것은 경찰 신분증. 그의 사진이 붙어 있었다.

"일행이 한 명 있는데, 되나?"

린차이화가 어둠 속에서 빛나는 출입구로 들어갔다.

경찰이 "옛썰" 대답했다. 고바는 어안이 벙벙해 린차이화의 뒤를 따랐다.

아까 택시에서 이야기한 위조 신분증인가 하는 의심이 들었다. 그런데 틀림없다. 진짜다. 공무원이라는 사실은 알고 있었다. 하지만 금융이나 공업 또는 상업 관련 부서에 소속된 사무직이라고 멋대로 단단히 오해했다.

"홍콩정청에서 일하는 거 아니었어?"

"그런 말 한 적 없어. 정부 기관에서 근무한다고만 했지."

"경찰이잖아."

"왕립 홍콩 경찰총부는 분명 정부 기관이지."

비밀로 하라고 생전에 마시모가 지시했을지도 모른다. 아니, 분명 그럴 것이다.

린차이화는 신분증을 셔츠 가슴팍 주머니에 넣었다.

계급은 '독찰 Inspector'. 어젯밤 고바를 신문한 루이초홍 수사관과 같다. 알려진 정보대로라면 린차이화는 고바와 동갑인 서른두 살이다. 이 나이에 그 위치까지 올랐다면 분명 엘리트이리라.

"나쁜 소리는 하지 않겠어. 지금 당장 가족을 데리고 공항으로 가. 런던이라면 어떻게든 먹고살 만큼은 벌 수 있을 거야."

어둑한 복도를 걸으며 고바가 말했다.

"진심으로 염려해 주는 건 고마워. 하지만 언젠가는 오버스테이 불법체류로 가족 모두가 잡힐 거야. 정말로 거기서는 살 수 없어."

"왜? 자격은 충분할 텐데."

"너무 곧이곧대로 일했어. 영국 본토와 연결된 흑사회 놈들을 너무 때려잡아서 거기에 빨대를 꽂고 있던 잉글랜드 놈들 눈 밖에 났지. 놈들에게 전부 빼앗겼어. 영국 영주권도 들어가기로 했던 직장도."

"그럼 무모한 꿈에 넘어가지 말고 여기서 조용히 살지 그랬어."

"쓸데없는 참견이지만 걱정해서 한 말일 테니 눈감아 주지. 돌아가신 아버지와 아직 살아계신 어머니, 두 분 모두 확고한 친영국파로 머레이 맥리호스(제25대 홍콩 총독)와 데이비드 윌슨(제27대 홍콩 총독)의 후원자셨어. 반중국공산당, 반전인대(전국인민대표대회) 뜻을 굽히지 않으셨고, 그 때문에 나도 오래전부터 중국 관리들에게 미운털이 단단히 박혔지. 강등하지는 않았지만 2년 전 현장에서 형사정보과로 발령을 낸 뒤로 줄곧 한직에 처박았어. 반환 후에는 어떻게 될지 몰라."

직장 자체를 잃고 새 정부에게는 반란 분자로 찍혀 재취업도 어려워질 것이다.

"어머니도 곧 구속될 거야. 그래서 아이들만이라도 캐나다로 보내고 싶었어. 무슨 일이 있어도."

엘리베이터 앞에는 책상과 의자가 즐비했고 그곳에도 클라에스를 경호하는 경찰들이 대기하고 있었다.

클라에스가 전할 것이 있다며 불렀다. 린차이화는 거짓말을 사실처럼 담담한 어조로 늘어놓았다. 고바가 동행한 것도 "미스 아이마로의 요청이다"라고 설명하자 경찰들은 금세 수긍했고, 두 사람이 병실로 올라간다고 동료에게 무전기로 연락했다.

엘리베이터에 올라탔다. 클라에스의 병실은 가장 위층.

고바는 옆에 선 린차이화 가슴팍의 신분증을 다시 한번 곁눈질했다.

"내 비장의 카드였는데. 이렇게 쉽게 써버리다니."

린차이화가 말했다.

맞는 말이다. 이 신분증은 틀림없는 비장의 카드다. 린차이화를 얕본 것은 아니다. 아니, 외모와 언행에 사로잡혀 자신도 모르는 사이에 얕보고 있었는지도 모른다.

"입 다물고 있지 말고 뭐라고 말 좀 해."

"'고맙다'와 '미안했다', 둘 중 어떤 말을 해야 할지 고민했어."

"둘 다 말하면 되잖아."

"그렇지."

그도 마시모가 뽑은 남자였다. 보통내기가 아니고 분명 여전히 무언가를 숨기고 있을 것이다. 그 사실을 잊지 말아야 한다.

8층. 엘리베이터 문이 열렸다.

고바만 병실 앞 경찰들에게 몸수색을 받은 뒤 노크했다.

경호하느라 사생활 보호용 흰 커튼이 걷혀 있어 침대에 누운 클라에스의 모습이 곧바로 시야에 들어왔다.

"다행이다."

침대 위 클라에스가 문 쪽으로 고개를 돌렸다.

넓은 병실에 클라에스 혼자. 녹색 환자복 차림으로 그 아래로 왼쪽 위팔을 감싼 깁스가 슬쩍 보였다. 오른팔에는 튜브에 연결된 링거 주사가 꽂혀 있었다.

"몸은 좀 어때요?"

고바가 형식적인 인사를 했다.

"별로 좋지는 않지만 견딜 만하네요."

"잠깐 대화를 나눠도 되겠습니까?"

"그럼요."

고바와 린차이화가 손으로 만류했지만 클라에스는 고개를 살짝 저으며 전동 침대의 등받이를 세우고 물었다.

"다른 분들은요?"

"자비스 맥길리스와 일라리 론카이넨은 무사합니다. 인도인 한 명만 약속 장소에 나타나지 않았습니다. 그 사람은 무사합니까?"

"몰라요."

한숨처럼 흘러나오는 작은 목소리. 옅은 밤색 머리는 깔끔하게 정돈한 상태지만 안색은 몹시 나빴다. 하얀 피부가 생기를 잃은 듯 창백해서 비취 같은 녹색 눈동자가 더욱 두드러져 보였다.

하지만 클라에스의 컨디션을 배려할 여유는 없었다.

"우리가 포위된 줄 어떻게 알았습니까? 누가 당신에게 알려 줬어요? 아니면 미리 알고 있었습니까?"

"잠시만 기다려 주세요."

"뭘 기다리라는 거죠?"

"정말 잠깐이면 됩니다."

클라에스가 시선을 내리깔았다.

"누가 옵니까—."

고바가 말하던 중에 병실 전화가 울렸다.

"전화 좀 받아 주시겠어요?"

시선을 내리깐 클라에스가 말했다.

고바의 몸이 다시 긴장했다. 클라에스를 향한 분노보다 두려운 마음이 먼저 솟구쳤다.

한밤중 병원답게 전화 벨소리가 조용하게 이어졌다. 고바는 옆에 있는 린차이화를 쳐다봤지만 "리더는 당신이잖아"라는 대꾸만 되돌아왔다.

수화기를 드는 대신 스피커폰 버튼을 눌렀다.

—헬로우.

세 사람이 있는 병실에 남자 목소리가 울려 퍼졌다.

—미스터 고바, 전화를 받아 줘서 고맙소.

"누구십니까."

—겐나지 안드레예비치 오를로프. 러시아인. 오를로프라고 부르시오.

"소속은?"

—홍콩 주재 러시아 총영사관, 정무부장.

"대외용 말고 진짜 신분을 밝히시죠."

—그걸 말할지 말지는 앞으로 당신 대답에 달려 있어.

어차피 러시아 대외정보국(SVR)이 총영사관에 파견한 공작원이겠지. 무엇이든 들쑤시는 집단. 농림수산성 시절에도 SVR은 조심하라는 말을 귀에 못이 박히게 들었다.

"용건은?"

고바가 연달아 물었다.

—당신네 팀에게 거래를 제안하려 하오. 간단히 말하면 고인이 된 미스터 마시모 조르지아니의 의뢰인 자격을 승계하고 싶어. 2월 7일 춘절에 헝밍은행 본점에서 반출되는 플로피 디스켓과 서류를 탈취해 우리에게 넘겼으면 하는데.

"실례지만 얼굴도 드러내지 않는 상대와는 거래도 상담도 하지 않습니다."

—나도 매너가 있는 사람이야. 커튼을 걷고 아래를 내려다보시오.

고바가 입을 다물었다. 린차이화도 침묵했다. 클라에스도 여전히 눈을 내리깐 상태였다.

—착각하지 마시오. 이 자리에서 저격을 시도할 만큼 당신은 아직 우리에게 중요한 인물이 아니니까.

오를로프라고 소개한 남자가 말했다.

고바는 손에 든 전화기 선을 잡아당기며 창문 앞에 서서 베이지색 커튼을 걷었다.

가로등이 비추는 병원 앞 갓길에 회색과 검은색 세단 두 대가 서 있었다. 검은색 세단의 뒷문이 열리고 휴대폰을 한 손에 든 정장 차림 남자가 내렸다.

금발에 덩치가 큰 마흔 살 가량의 백인이 고바를 향해 한 손을 흔들었다.

—다소 변칙적이지만 이 방법으로 넘어가 주실지?

"네."

길가의 오를로프가 다시 차에 탔다.

고바도 커튼을 치고 말을 이었다.

"미스 아이마로를 통해 우리에게 위험을 알린 사람이 당신이군요."

—맞소. 앞으로 원활한 거래를 위해서지. 우호를 다지기 위한 선물이라고 생각하시오.

"습격한 홍콩인들 뒤에 있는 존재는 미국입니까?"

—당신네와의 거래가 성사되면 알려 주지. 다만 우리가 지시한 건 아니야. 당신들을 끌어들이려는 자작극이 아니라는 것만은 단언하지.

"미스 아이마로는 언제부터 당신들과 한패였습니까?"

—바로 조금 전, 여섯 시간 전쯤.

"믿을 수 없군요. 미스터 조르지아니의 두 경호원은 러시아인이었습니다. 그 두 사람이 살해된 직후에 당신들이 나타난 것이 우연이라고는 도저히 생각할 수 없군요."

—지금은 모든 것이 수상하게 느껴질 테니 의심해도 어쩔 수 없지. 하지만 미스 아이마로는 정말 어젯밤까지만 해도 미스터 조르지아니만을 섬기던 충실하고 유능한 비서였소. 고용주가 눈앞에서 살해당하고 신변에 위협을 강하게 느낄 때 우리가 접촉해서 거래를 제안했고 받아들였지. 단지 그뿐이야.

"미스 아이마로에게는 어떤 조건을 제시했습니까?"

—그건 본인한테 물으시오. 서론은 이쯤 하지. 당신들과의 계약에 대해 논하고 싶은데.

"그쪽 조건을 말하시죠."

—지금까지와 거의 다르지 않아. 지급할 활동 자금과 성공보수도, 행동 결정권이 당신들에게 있는 점도 동일하지. 우리에게 일일이 확인받을 필요는 없소. 계획 자체도 미스터 마시모가 세웠던 것을 그대로 수행하면 되고.

"왜 우리입니까? 당신네 모국에서 쟁쟁한 전문가를 불러들이는 게 성공률이 훨씬 높을 텐데."

—이유는 당신도 알지 않소?

"당신 입으로 직접 듣고 싶습니다."

—1997년 7월 1일, 홍콩이 반환되기 직전 가뜩이나 뒤숭숭한 이 시기에 러시아에서 사람들을 불러들이면 미국, 중국, 영국 모두 가만히 있지 않을 거야. 홍콩의 뒷골목에서 아무도 모르게

강대국끼리 충돌이 일어나겠지. 게다가 플로피 디스켓과 서류를 경호하는 팀에는 옛 소련과 러시아 군인도 다수 섞여 있어. 같은 나라 사람끼리 서로 죽이게 되고 만약 그 사실이 보도되면 굉장히 성가셔질 거요.

"되도록 원만하게 끝내고 싶으시다?"

—그렇소. 그 점 역시 미스터 조르지아니와 똑같아. 반환으로 시끄러운 틈을 타 되도록 조용히, 마치 아무 일도 없었던 것처럼 쥐도 새도 모르게 일을 진행하고 끝내기를 가장 바라는 바야.

'이러니저러니 해도 결국 우리는 소모품이란 말인가.'

고바는 생각했다.

—물론 필요한 만큼은 백업하겠소. 신변의 안전도 보장하지. 플로피 디스켓과 서류에 있는 정보 중 당신들에게 유용한 부분을 넘기는 것도 같소. 다른 점이라면 앞으로 우리와 연락하려면 미스 아이마로를 통해야 하는 것 정도.

"유감이지만 받아들일 수 없습니다."

—어째서?

"미스터 마시모의 전체 계획을 모릅니다. 내가 아는 건 전체의 5분의 1 정도. 나머지를 어젯밤에 넘겨받기로 했는데 그가 살해되고 말았죠."

—애써 말을 지어내지 않아도 돼, 미스터 고바. 미스 아이마로에게 전부 들었으니까.

"리더, 이게 무슨 말이야?"

잠자코 서 있던 린차이화가 고바를 바라봤다.

오를로프가 수화기 너머로 말을 이었다.

—성완에 있는 데니켄 운트 훈치커은행. 소개 고객만 받으며 일반 고객과는 일절 거래하지 않지. 유대계 금융과 제휴하지도 않고. 이 신탁 은행의 대여 금고 D-26. 금고를 열기 위한 열쇠 두 개 중 하나를 당신이, 나머지 하나를 미스 아이마로가 가지고 있지. 당신의 열쇠는 일본을 떠나기 전 우편으로 직접 받았잖아. 그 직후에 전화로 미스터 마시모에게 무엇에 쓰이는 물건인지 설명도 들었고.

오를로프의 이야기를 들은 린차이화의 시선이 점점 날카로워졌다.

—당신과 미스 아이마로 중 한 사람만 은행에 가서는 금고를 열기는커녕 대여 금고실에 들어가지도 못하지. 두 사람이 함께 열쇠를 들고 가서 두 사람의 등록 지문을 조회해야 대여 금고실까지 내려가는 엘리베이터를 가로막은 철창이 열리지. D-26에 무엇이 들어 있는지도 당연히 알고 있소. 하지만 보관물을 가지고 나올 수는 없지. 거기에 기록된 내용을 알려면 당신들이 직접 보고 외워 와서 그 기억에 의지할 수밖에 없어.

고바는 클라에스를 쳐다봤다.

클라에스가 용서를 구하듯 눈을 감았다. 하지만 그 행동도 거짓으로 보였다.

"거짓말을 해?"

린차이화가 고바를 노려봤다.

"마시모의 명령이었어."

"무슨 명령? 동료까지 속이고 계속 거짓말하라고 하기라도 했나? 그 남자는 이미 죽었다고, 약속을 지키는 게 무슨 의미가 있어?"

의미는 물론…… 있다. 하지만 지금 이 자리에서 밝힐 수는 없다.

"시간을 주시죠. 혼자 결정할 수는 없습니다. 동료들과 상의해 보겠습니다."

고바가 오를로프에게 말했다.

—돌아가서 충분히 논의하시오. 단 감시를 붙이겠네. 당신이 남은 팀원에게 그럴싸하게 꾸며낸 이야기나 거짓말을 전하면 안 되니까. 대화 과정도 확인하지.

"그건 안 돼요. 제삼자를 데리고 돌아가면 모두 경계할 겁니다."

—누구를 데려갈 필요는 없소. 감시자는 이미 거기 있으니까.

내통자는 클라에스…… 아니, 아니다.

이번에는 고바가 린차이화를 노려봤다.

린차이화도 고바를 응시하고 있었다.

자신이 린차이화를 이 병실에 데리고 온 것이 아니었다. 끌려온 사람은 자신이었다.

—그자가 우리와 연결되어 있다는 사실은 다른 팀원들에게는 비밀로 해주시오. 폭로하면 죽을 거야.

"당신이 죽이는 건가."

고바가 린차이화에게 물었다.

"아마도."

"거짓말쟁이. 비겁한 자식."

"당신한테 그런 소리 듣기 싫어."

—말싸움은 거기서 나간 다음에 하시오. 돌아가는 건 우리 차로 가지. 모레면 미스 아이마로도 휠체어로 움직일 수 있겠지. 새해 1월 2일 오후 1시, 둘이서 데니켄 운트 훈치커은행로 가서 대여 금고를 여시오. 열지 못하면 당신도 곤란해질 거야. 앞으로 1월 2일까지 행동을 제한할 생각은 없소. 하지만 주변에 항상 감시자가 있다는 사실은 잊지 말길.

속이고 따돌리려고 했다가는 목숨은 없다. 새삼 경고했다.

—질문이 있으면 미스 아이마로 휴대폰으로. 성의껏 대답하지.

전화가 끊어졌다.

"난 아직 죽고 싶지 않아요. 그 심정이 우습게 느껴진다면 얼마든지 욕해도 좋아요."

클라에스가 말했다.

고바는 물론 그녀의 절박한 눈빛도 말도 믿지 않았다.

고바와 린차이화가 병원 앞 길가로 나왔을 때는 오를로프가 탄 검은색 차는 사라지고 없었다.

남은 회색 세단에서 내린 남자가 뒷문을 열었다. 고바는 아주 조금 망설이다가 몸을 실었다. 린차이화도 뒤따라 탔다.

운전석과 조수석에 앉은 처음 보는 남자들에게 목적지를 말했다.

세단이 출발하자 왜건이 곧바로 뒤를 따랐다. 경호 차량인 듯했다. 오를로프가 아직은 고바를 손님으로 대우하는 듯했다.

짧은 침묵 뒤 곧바로 서로를 향한 소모적인 비방이 시작됐다.

"언제부터 놈들과 연결되어 있었지? 놈들이 어떤 조건을 제시했어?"

"내가 그걸 말할 것 같아? 당신이야말로 '전체 계획을 모른다'고? 입에 침이나 발랐나 몰라. 장소도 알고, 보는 방법도 알고. 또 뭘 숨기고 있는데?"

"나라고 뭐 말해 줄 것 같아?"

"뭐라고? 오호라, 역시 아직 숨기는 게 있구나. 진짜 비겁한 놈이 누군데? 난 이제 모든 걸 공개했어. 경찰이라는 사실까지 알았잖아. 적어도 이제 당신한테 숨기는 건 아무것도 없다고."

"다른 두 사람, 아니, 미아까지 세 사람한테는 배신자에 감시자가 있다는 사실을 숨기고 계획을 진행하라는 말이야?"

"난 배신한 적 없어. 거래를 원활히 진행하려고 오를로프의 의향을 아주 조금 헤아려 행동했을 뿐이지. 이봐, 결코 나쁜 거래가 아니라고. 계약 내용은 같고 스폰서만 바뀔 뿐이야."

"저놈들을 믿을 수 있어? 어찌저찌 플로피 디스켓과 서류를 손에 넣어도 결국 놈들한테 빼앗기고 죽는 엔딩이겠지."

"지금 누구 차에 타고 있는 줄은 알지?"

"당연하지. 그래서 하는 말이야."

운전석과 조수석의 두 사람은 전방만을 주시했다. 세단은 빅토리아 하버를 건너는 지하터널을 달렸다.

"언제 적 러시아야?"

린차이화가 타이르듯 말했다.

"대통령 선거에서 옐친이 재선하면서 체첸전쟁도 이미 끝났어. 고르바초프의 대선 득표율이 얼만지 알아? 0.5퍼센트야. 이제 소련은 사라졌다고."

"분쟁은 머지않아 또다시 일어날 테고 경제정책 실패로 옐친도 실각할 거야."

"그러니까 나는…… 그런 정치 경제 이야기를 하자는 게 아니잖아."

린차이화가 입을 다물었다.

고바도 침묵했다.

살아도 산 것 같지 않았다.

"안심하고 살 수 있는 곳으로 가족을 보내고 싶어. 그럴 수만 있다면 무슨 짓이든 할 거야. 내가 죽는 한이 있더라도."

린차이화가 작게 말했다.

"이런 심정, 처자식도 없는 당신은 모를 테지."

'젠장.'

고바는 생각했다.

린차이화는 전혀 믿을 수 없지만 가족을 이야기하는 눈빛과 표정만은 한 치의 거짓도 없었다. 아무 근거도 없지만 패배자끼리 느낄 수 있는 감정이라는 것이 있었다.

린차이화를 적으로 생각할 수 없었다. 그런 자신에게 못 견디게 화가 났다.

세단은 홍콩이공대학 근처 복잡하게 교차하는 도로를 빠져나와 홍함 뒷골목에서 멈췄다.

두 사람이 내리자 운전기사 일행은 한마디도 없이 쌩하니 사라졌다.

린차이화가 추천한 가게로 걸어갔다. 시간은 오후 11시 40분. 약속 시간과 1997년 새해까지 앞으로 12분.

새해 축하 폭죽을 든 사람들이 길 곳곳에 서서 불을 붙일 시간을 웃으며 기다렸다. 초등학생만 한 아이도 많았다.

목적지인 가게를 향해서 상가 건물의 좁은 계단을 오르던 중 슈게이징의 기타 노이즈가 새어 나왔다. 록 바답다. 가게 문을 열자 때마침 마이 블러디 발렌타인의 곡이 끝났고, 이어서 일본 뎅키 그루브의 '무지개'가 흐르기 시작했다.

귀가 멍멍할 정도로 큰 소리 속에서 린차이화가 점원에게 눈인사했다. 점원도 몸짓으로 인사했다. 자비스, 일라리, 미아 세 사람은 벌써 도착한 듯했다.

맥주병을 받아들고 린차이화의 뒤를 따라서 가게 안으로 들어갔다. 레코드 수백 장이 꽂힌 선반이 늘어선 통로 안쪽, 룸 세 개 중 하나의 문이 열리며 룸 안 테이블 끝에 앉은 일라이의 모습이 보였다. 그런데 표정이 험악했다.

이대로 뒤돌아서고 싶었지만 린차이화가 '어서 오라'는 듯 고갯짓했다.

커다란 직사각형 테이블 왼쪽에는 자비스와 미아가, 오른쪽에는 일라리가, 그리고 중앙 안쪽에는 트레이닝복을 입은 갈색 피부의 남자가 앉아 있었다.

군사람이 한 명 섞여 있다.

중앙에 앉은 사람의 이름은 니심 데비, 인도 국적.

"기다렸어."

그렇게 말하며 하얀 치아를 드러냈다.

약속 시간에 나타나지 않았던 다섯 번째 팀원. 아니, 약속을 어기고 팀에서 제외된 남자. 니심의 앞에는 그의 표식이었을 「내셔널 지오그래픽」 잡지가 놓여 있었고, 테이블 밑에 숨긴 오른손에는 무언가를 쥐고 있었다.

자동권총 같다.

"당신이 리더인 고바고, 그쪽이 린차이화지? 앉아."

고바와 린차이화는 니심에게 시선을 고정한 채 자리에 앉았다.

"빨리 왔네. 그 여자는 만났어?"

옆자리의 일라리가 작은 소리로 고바에게 물었다.

"응. 당신들은 언제 왔어?"

"5분 전에. 그런데 이미 저 사람이 있었어."

"안전한 곳이라고 하지 않았어?"

미아가 린차이화에게 말했다.

"제대로 하는 게 없군."

자비스도 말했다.

"그래 맞아. 미안."

린차이화가 사납게 대꾸했다. 정말 아무것도 몰랐던 듯하다.

"린차이화를 비난하지 마. 여기 점원도."

니심이 웃으며 말을 이었다.

"린차이화의 일행이라고 하니 흔쾌히 이 자리로 안내해 주더라고. 그리고 하나 더, 앞으로 내 허락 없는 발언은 삼가도록. 지금 이 자리 의장은 나야. 잊지 말라고."

고바가 한 손을 들었다.

"의장님, 발언해도 될까?"

"규칙을 빨리도 이해했네, 고마워. 말하시죠, 고바."

"미스터 데비. 우선 무사해서 다행이야. 살해당했거나 납치당한 게 아닌가 걱정했거든. 하지만 당신은 오늘 오후 7시 30분에 약속 장소에 나타나지 않았어. 그 시점에 마시모가 정한 규칙에 따라 당신은 우리 팀에서 제외됐어. 즉 이미 동료도 그 무엇도 아니라는 뜻이야. 아무 관계 없는 타인이지. 여기서 사라져 줬으면 하는데."

"더럽게 빡빡하게 구네."

"사실을 전했을 뿐이야."

"그래? 얼굴에 대놓고 적의가 보이는데."

"아무리 나라도 초면에 권총을 은근히 자랑하는 인간에게는 친절할 수 없어서 말이야."

"확실히 촌스럽긴 했어. 미안. 그런데 난 당신들 동료가 되려고 여기 온 게 아니야. 영국 정부의 대리인으로 왔지. 그들의 뜻을 전하러 왔어."

니심이 말했다. 그리고 맥주병을 치켜들었다.

"다들 마실 건 있지? 우선 건배부터 하자고. 영국 소유로서 홍콩의 마지막 해가 저물어가는 것과 우리의 밝은 미래를 위해."

◈◆◈

고바와 네 사람은 밤길을 달렸다.

홍함 뒷골목을 나와 쏟아지는 경적 세례를 받으며 신호를 무시하고 4차선 도로를 가로질렀다. 그리고 다시 좁은 길로 들어가 그대로 밤새도록 네온사인이 빛나는 조단이나 야우마테이 같은 번화가로 향할 생각이었다.

팡, 팡, 팡 무언가 터지는 소리가 울려 퍼졌다. 새해가 밝은 모양이다.

폭죽이 끊임없이 터지고 화약 연기가 거리를 하얗게 뒤덮었다. 그것이 축제의 소리와 연기라는 사실을 알면서도 그런 상황을 겪은 직후인 만큼 어쩔 수 없이 다리가 후들거렸다.

후들거리지만 달리는 걸음을 멈추지 않았다. 아니, 멈출 수 없었다.

15분 전…….

약속 장소에 들이닥친 니심 데비는 권총을 손에 쥐고 선언한 대로 협상 내용을 설명하기 시작했다. 영국 SIS(Secret Intelligence Service, 영국 비밀정보국)의 전언이라고 했다.

그러나 구체적인 조건을 제시하기도 전에 자비스가 반발했다.

"당신은 중개인 감이 아닌 것 같군."

니심의 '허락 없이 발언하지 말라'는 명령을 무시하고 테이블 밑에 숨겨둔 자동권총을 잔뜩 겁내면서도 비난의 말을 늘어놓았다.

그 남자의 건방지고 거들먹거리는 태도를 도저히 용납할 수 없었으리라.

쿵쿵 울리던 뎅키 그루브의 '무지개'가 끝나고 순간의 정적 뒤에 비틀즈의 'Tomorrow Never Knows'가 흐르기 시작했다.

"당신 돌았어?"

이를 드러내며 입매를 늘여 웃던 니심의 표정이 노골적으로 적의를 띠는 자비스의 말에 점점 사나워졌다.

말려야 한다는 생각이 고바의 머리를 지배했다. 그런데…….

"꺼져, 병신."

자신의 입에서 나온 말도 자비스와 같은 욕이었다. 긴장과 공포가 지나치게 쌓이고 쌓여 감정이 격해지며 합리적인 사고가 마비된 것일지도 모른다.

"따까리 노릇을 좋다고 자처하다니, 보기보다 더 멍청하네."

일라리도 이죽거렸다.

잉글랜드인, 일본인, 핀란드인. 적의를 드러낸 마른 남자 세 명과 커다란 인도인의 눈이 마주 쏘아봤다.

"멍청한 건 너희 셋이겠지. 죽고 싶지 않으면 입 다물어."

프로 경호원인 미아가 수습에 나섰다.

그러나 한발 늦었다.

니심이 내뱉은 "이 빌어먹을 놈들"이라는 말에 자비스가 "풀(fool)"이 아니라 "파갈(पागल)"이라고 힌디어 욕설로 되받아친 순간, 놈은 벌떡 일어나 테이블 밑에 숨겨놨던 자동권총을 드러냈다.

하지만 린차이화가 그보다 빨리 가방에서 꺼낸 물건을 거칠게 내밀었다.

좁은 방에 총성이 울려 퍼졌다.

오른 다리에 총을 맞은 니심이 비명을 질렀고 거의 동시에 리볼버를 조준한 린차이화를 제외한 네 사람이 달려들었다. 반격하려고 니심이 쏜 총알이 린차이화의 바로 옆 벽에 박혔다. 고바는 니심의 검은 머리를, 자비스는 어깨와 가슴을, 일라리는 배와 팔을 붙잡고 바닥에 자빠뜨렸다.

니심은 고함을 지르고 팔을 버둥거리며 자동권총을 연신 쏘아댔다. 링고 스타가 치는 드럼 소리가 총성을 지웠고, 담뱃진과 먼지로 찌든 바의 천장이 총알에 맞아 연달아 구멍이 뚫렸다.

미아는 니심의 팔을 비틀어 손목을 꺾고서 자동권총을 빼앗은 다음 놈의 머리를 바닥에 두세 번 내리찧었다. 정신을 멍하게 만든 뒤 재빨리 나일론 밴드로 손발을 묶었다. 입에 재갈을 물리고 몸을 수색해 도청장치와 휴대폰을 빼앗은 다섯 사람은 숨을 거칠게 몰아쉬며 제각각 와인 잔이나 맥주병을 기울여 한 모금 마시며 스스로를 진정시켰다.

그리고 곧바로 니심을 남기고 바를 뛰쳐나왔다.

"해피 뉴 이어."

길에 선 사람들이 웃는 얼굴로 폭죽 뭉치에 불을 붙여 차례로 던졌다. 밤거리에 흩날리던 불꽃이 눈 부신 네온사인 속으로 녹아들었다.

"총을 가지고 있다니."

일라리가 인파를 빠른 걸음으로 밀어 헤치며 말했다.

"수류탄형 최루 가스를 몰래 숨긴 당신이 할 소리는 아닌데."

린차이화도 빠르게 걸으며 말했다.

"어디서 구했어?"

"압수품이야."

자비스와 미아도 린차이화의 옆얼굴로 시선을 돌렸다.

"증거 등록하지 않고 만약을 위해 숨겨 놨지. 그래도 진짜 쓰게 될 줄은 꿈에도 몰랐지만."

세 사람이 아연실색하며 린차이화를 바라봤다.

"나는 왕립 홍콩 경찰총부에서 근무해."

린차이화가 말했다.

"독찰이야."

고바도 옆에서 덧붙였다.

"경찰이 일반인을 쏜 거잖아. 정말 괜찮아?"

자비스가 물었다.

"니심이 뭐라고 지껄이든 경찰은 상대해 주지 않을 거야. 내 알리바이는 이미 만들어놨고 그 바의 점원들도 절대 입을 열지 않을 거야. 충분히 빚이 있거든. 게다가 여긴 홍콩이라고. 어떻게든 될 테고, 오기로라도 되게 만들 거야."

자비스가 무언가 말하려다가 입을 다물고는 작게 웃었다.

"그거면 됐지?"

린차이화가 묻자 자비스가 고개를 끄덕였다.

린차이화도 웃기 시작했고 그에 이끌리듯 고바와 일라리도 웃었다.

그러나 미아의 표정은 변하지 않았다.

"왜 그랬지? 왜 못 참았어?"

선생님 같은 목소리로 남자들에게 물었다.

"아무리 곱게 봐주려고 해도 나와 동급인 상대가 그렇게까지 대단한 척 깝죽거리는데 어떻게 입 다물고 앉아 있겠어?"

자비스가 말했다.

“그러니까 린차이화가 총을 쏜 것도 어쩔 수 없었다는 말이야?”

“그래. 처음으로 그를 인정할 마음이 들었고, 진짜 직업을 숨긴 것도 이제는 용서할 수 있어.”

자비스의 시선을 받은 린차이화가 고개를 가볍게 끄덕이며 인사했다.

“하지만 알고 있었잖아? 그 인도인의 거만한 태도는 그를 보낸 의뢰인의 지시였어. 당신들의 반응과 대응력을 가늠하려고—”

“알고 있었으니까 더더욱 용납할 수 없었어.”

일라리가 말했다.

“놈은 배후에 있는 SIS와 손에 든 권총을 믿고 수퍼 갑이라도 된 양 행동했어. 후지아후웨이(호가호위), 발음 맞아?”

린차이화가 “제법이네”라며 고개를 끄덕였다.

“인정받아 좋으시겠어, 아주.”

미아가 쏘아봤다.

“빈정거려도 소용없어. 그리고 놈은 가장 비겁한 짓을 했어.”

일라리가 말을 이었다.

“우리가 언더독일지는 몰라도 교활한 여우에게 그리 쉽게 잡아먹힐 마음은 없다고.”

“다들 훨씬 현명한 사람들이라고 생각했는데.”

미아가 말했다.

"그러니까 남자들의 알량한 자존심 때문에 싸움을 택했다는 말이네? 당신들이 이렇게 위험한 일을 당할 수밖에 없는 이유를 조금 알 것 같아. 멍청하니까 문제를 크게 만드는 거야. 그냥 나한테 맡겼다면 상처 하나 없이 총을 빼앗고 놈만 바에서 쫓아낼 수 있었어."

폭죽이 요란하게 터지는 가운데 미아가 고바를 응시했다.

"그건 인정해. 우리가 손을 대지 않았다면 그렇게 총성이 울리는 일은 없었겠지. 네 남자의 자존심과 몰염치가 공연히 소란을 키우고 일을 꼬이게 만들었어."

"남 이야기하듯 말하지 마. 여기 있는 다섯 명이 총알 세례를 면한 건 그저 우연이었을 뿐. 또 그딴 바보짓을 한다면 누구 하나는 반드시 죽고 말 거야."

휴대폰이 울리기 시작했다.

모두가 재촉하던 발걸음을 늦추며 고바를 바라봤다. 반복해서 울리는 벨소리는 역시 고바의 가방 속에 있는, 니심에게 빼앗아 온 휴대폰이었다.

예상은 했지만 고바의 손끝이 가볍게 떨렸다. 나머지 네 명의 표정도 경직됐다.

"당신은 떨어져 있는 게 좋겠어. 통화 내용을 알면 더 큰 문제에 휘말릴 거야."

고바가 미아에게 말했다.

"지금도 충분히 휘말린 거 아닌가? '나는 경고했다' 따위의 빈

약한 변명은 인정 못 해. 난 물을 권리도 당신을 탓할 권리도 있어. 자, 빨리 받기나 해."

고바는 통화 버튼을 눌렀다.

—처음 뵙겠습니다.

여자 목소리. 린차이화, 자비스, 일라리, 미아 모두 귀를 맞대고 새어 나오는 목소리에 집중했다.

—당신 이름은?

"고바입니다. 그쪽은?"

—케이트입니다. 우선 사과드리죠. 니심 데비를 협상자로 보낸 건 실수였습니다.

예상과 달리 공손하게 나왔다. 회유하려는 의도일까? 아니면 방심하게 만들려고?

"방식도 인선도 잘못됐다고 인정하시는군요."

—변명이겠지만 테스트 단계에서는 우수했습니다. 실전 연기력과 문제 처리 능력이 그렇게나 형편없으리라고는 예상 못 했습니다.

"사과는 고맙지만 저희는 말만으로는 믿지 않습니다."

—그래서 행동으로 보여 드리겠습니다. 오늘 밤에 일어난 일을 이용해 당신들을 추적하지는 않겠습니다. 여러분은 그 바에서 아무도 만나지 않았고 아무 일도 일어나지 않았던 겁니다. 신문에 충격전 기사가 실리지도 않을 테고 경찰 조사도 받지 않을 겁니다. 모두 저희 쪽에서 처리하죠. 그런 다음에 여러분이 마시

모 조르지아니에게 의뢰받은 일에 대해 논의하고 싶습니다.

"그 건에 관해서는 이미 러시아 총영사관 쪽에서 비슷한 제안을 받았습니다."

—그래도 상관없습니다. 지금 이 자리에서는 저희의 제안을 대략 말씀드릴 테니 어느 쪽을 선택할지 여러분이 검토하시면 됩니다.

케이트가 제시한 구체적인 계약 조건과 조금 전 러시아 총영사관의 오를로프가 제시한 것 사이에 큰 차이는 없었다.

—당신들이 어떤 선택을 하든 개입하지 않겠다고 약속하죠. 어디를 선택하든 자유입니다. 단 어느 한쪽을 선택한 순간, 당신들에게 선택받지 못한 쪽을 적으로 돌리게 되겠죠. 그 점을 부디 잊지 마시길.

지긋지긋할 정도로 아는 사실이고, 양쪽 모두를 적으로 돌릴 가능성마저 있었다. 선택한 쪽이 꼭 아군이 되란 법도 없다. 상황에 따라서는 적보다 더 성가신 존재가 될 수도 있다.

"답변 기한은?"

—내일, 1월 2일 오후 6시.

"데니켄 운트 훈치커은행의 대여 금고 D-26을 확인하고 우리끼리 다시 의논한 다음에 결정하라는 말입니까?"

—네. 장소는 다시 연락드리겠습니다. 그때까지 협상자도 걸맞은 사람으로 다시 선발해 두겠습니다.

"미스 케이트는 협상자 역할은 안 합니까?"

—저는 그저 연락 담당자입니다.

"영국 정부 기관에서 근무하는 사람이 직접 만나고 스스로 손을 더럽히는 일은 무슨 일이 있어도 반드시 피하고 싶다는?"

—단적으로 말하면 그렇습니다.

당일 만나는 협상자는 답변에 따라서 고바 일행을 처리하는 자로 뒤바뀔지도 모른다.

"부탁이 있습니다. 러시아는 우리를 협상 테이블에 앉히려고 습격 정보를 미리 알려 주는 성의를 보였습니다. 미스 케이트에게도 무언가를 받아야 공평할 것 같은데요."

—무엇을 원하시나요?

"미스터 마시모가 꾸린 팀에 대해서요. 우리 한 팀뿐일 리 없다고 생각합니다. 이전부터 느꼈지만 당사자가 죽는 바람에 확인하지 못했죠. 당신들이라면 분명 파악했을 겁니다. 여러 팀이 있다면 몇 개나 있는지, 구성원은 어떻게 되어 있는지."

—우리가 파악한 팀은 당신들을 포함해 네 팀입니다.

'역시.'

"블러드 스포츠."

린차이화가 중얼거렸다.

여우 사냥, 투견, 투계 등 동물이 다른 동물을 사냥하게 하거나 같은 동물끼리 서로 싸우게 하는 오락을 전통적으로 영국에서는 그렇게 부른다.

'우리는 그야말로 서로 싸우는 개다.'

그 생각이 고바의 머리를 때렸다.

수화기 너머로 케이트가 말을 이었다.

―나머지 각 팀의 목적이나 구성원에 대해서는 저희와 계약한 뒤에 말씀드리죠. 이걸로 됐을까요?

"네. 감사합니다."

통화 종료. 냉정하게 대화했다고 생각했는데 휴대폰을 쥔 손과 겨드랑이에 땀이 흥건했다.

"누구와 무슨 이야기를 했는지 알려 줘."

미아가 말했다.

"나도 묻고 싶어. 러시아 총영사관과 대여 금고 이야기는 또 뭐야?"

자비스가 말했다.

5

2018년 5월 25일 금요일

"고바 에이미 님."

수하물로 붙였던 보스턴백을 공항 지상직 여직원이 웃는 얼굴로 들고 왔다.

홍콩 첵랍콕 국제공항은 건물이라기보다 하나의 도시 같다. 밤하늘에서 내려다볼 때도 크다고 생각했는데 실제로 내려서 보니 훨씬 더 컸다. 끝없이 이어지는 중앙홀은 바라보기만 해도 가슴이 가볍게 뛰었다.

정체 모를 흥분 때문에 일본을 떠나기 전부터 이어지던 불안을 잠시 잊을 수 있었다.

현지 시각 오전 4시 20분. 아직 해가 뜨기 전. 어두운 하늘 아래, 활주로 끝 지평선이 발그레하게 물들기 시작했다.

세관을 빠져나와 도착 로비로 향했다.

일본에서 쓰즈키 변호사에게 들은 대로 내 이름을 적은 보드를 든 사람이 기다리고 있었다.

검은 단발의 남성. 동양인이고 아마도 자신과 같은 20대 중반. 짙은 남색 재킷과 바지, 안에는 짙은 남색 니트. 그가 나를 알아보고 미소를 지으며 고개를 살짝 숙였다.

"주차장까지 모실 테니 저를 따라오시죠."

남자가 영어로 말하고는 걷기 시작했다. 다른 말이나 악수는 없었다. 내 짐에 손을 대지도 않았다. 그의 뒤를 따라 이른 아침부터 오가는 사람이 많은 통로를 걸었다.

SUV 좌석에 나란히 앉은 뒤 그가 자신을 소개했다.

"웡인컹입니다. 우선 호텔로 안내하겠습니다."

다시 입을 다물었고 차가 주차장을 빠져나갔다. 대화도 음악도 없어 조금이지만 긴장이 풀렸다. 이 사람, 내가 조현성 성격장애 환자라는 사실을 아는구나.

크게 좌회전하면서 해안도로를 따라 달렸다.

타이어 소음과 바람 소리만 울리는 차 안.

"말해도 될까요?"

내가 먼저 물었다. 내가 입을 다물면 이 사람도 입을 다문다, 그런 무언의 메시지를 준 점에 입을 열 용기가 났다.

"물론입니다."

"안내해 주시는 분인가요?"

"아닙니다."

"가이드나 코디네이터가 아니신가요?"

"둘 다 아닙니다. 홍콩 공공기관에서 근무합니다. 일본으로 치면 공무원이죠. 꽤 말단이지만."

"그럼 호텔까지만 함께 가시는 건가요?"

"아뇨, 휴가를 냈어요. 당분간 저희 둘이서 움직여야 할 것 같습니다. 하지만 언제까지 함께할지는 저도 모르겠어요."

"저를 마중하라고 지시한 사람은 누구신가요?"

"홍콩특별행정구 정부입니다. 직접연락을 한 사람은 결책국(決策局) 직원이지만요. 하지만 당신을 만날 거라는 사실만은 열다섯 살 때부터 알고 있었습니다. '그 사람이 홍콩에 오면 네가 맞으러 가야 한다'고 어머니가 입이 닳도록 가훈처럼 말씀하셨거든요."

"그러면 우선 당신 어머님을 뵐 수 있을까요?"

"안타깝지만 안 됩니다. 작년 9월에 돌아가셨거든요. 자세한 사정은 아무것도 알려 주지 않으시고."

"제가 실례했군요."

"괜찮습니다. 마음 쓰지 마세요."

'양아버지와, 고바 게이타와 같다.'

아버지도 내가 알고 싶어 한 사실은 아무것도 이야기해 주지 않은 채 세상을 떠났다.

조금 더 이런저런 이야기를 묻는 편이 좋을 것 같았다. 하지만 초면인 지금은 이 정도 말밖에 나오지 않았다.

억지로 대화를 이어가려고 하면 숨이 턱 막히고 가슴이 답답해진다.

해가 뜨기 시작하며 어두웠던 바다 위가 점점 밝아졌다. 바다 위를 가로지르는 다리를 건너자 홍콩 시내가 보이기 시작했다.

“호텔에 도착하면 가볍게 요기하고 잠깐 눈 좀 붙이세요. 오후 2시에 다시 모시러 오겠습니다.”

“그다음에는요?”

“함께 러시아 총영사관으로 가라고 지시받았습니다. 하지만 거기서 무엇을 할지는 저도 모릅니다.”

두 사람을 태운 차가 고층 빌딩이 늘어선 해협 거리로 깊숙이 들어갔다.

호텔 킹사이즈 침대에 누운 지 두 시간.

자려고 했지만 잠이 오지 않았다.

눈을 감은 채 심장 소리만 들었다. 룸서비스도 부탁했지만 몇 번 입에 대지도 않고 숟가락을 내려놓았다.

마음은 아닌 척했다. 그러나 몸은 속일 수 없었다.

어려서부터 그랬다. 학교에서 괴롭힘을 당할 때 자신의 마음을 속이며 “눈곱만큼도 신경 안 쓰니까 괜찮아”, “저런 인간들 일일이 상대할 필요 없어”라고 되뇌면 한동안은 말끔한 얼굴로 있을 수 있었다. 하지만 갑자기 열이 끓거나 몸과 마음이 지쳐 일어날 수 없어서 아버지에게 몇 번이나 걱정을 끼치곤 했다.

두렵다. 웡인컹을 믿을 수 없어서? 러시아 총영사관에 가기 무서워서? 아니다, 의문을 안은 채 이 도시에 있다는 사실 자체가 두렵다.

휴대폰에 저장된 사진을 봤다.

두 살 된 나를 안은 양아버지와 양어머니의 사진. 둥근 얼굴로 눈을 접으며 웃는 아버지와 입꼬리를 올리며 따뜻하게 미소 짓는 어머니. 나는 눈을 동그랗게 뜨고 놀란 듯 렌즈를 쳐다보고 있다. 오래전, 심장판막증 수술을 받고 나서 두 달 후에 찍었다고 들었다.

사진을 잠시 바라보다가 침대에서 일어났다.

◈◆◈

웡인컹이 운전하는 차를 타고 카오룽반도 쪽에 있는 호텔을 나와 홍콩섬으로 향했다.

바다와 면해 있는 완차이 지역의 넓은 운동공원 옆에 우뚝 선 고층 빌딩으로 들어가 엘리베이터를 타고 21층에서 내렸다.

접수 데스크의 여성이 웃는 얼굴로 "다브로 빠좔라바찌"라고 말하며 우리가 이름을 밝히기 전에 안내했다.

"웰컴이라는 뜻 같아요."

웡인컹이 소곤거렸다.

총을 소지한 경비원도 웃는 얼굴로 고개를 까닥여 인사했다. 러시아 국기가 걸려 있지 않다면 마치 IT 기업의 본사 같았다.

복도를 지나 안내받은 방에는 아무도 없었다.

"죄송하지만 여기서 기다려 주시겠습니까? 공항을 출발했다고 하니 30분 정도 후면 도착할 것 같습니다."

접수 데스크 여성이 말했다.

"공항? 외국에서 오십니까?"

웡인컹이 물었다.

"네. 상트페테르부르크에서 모스크바를 경유해서요. 예정대로라면 이미 도착했어야 했는데 그분이 고령이시라 이동하는 데 시간이 조금 더 걸렸을 수도 있습니다."

"그분이 누구신가요?"

"예전에 우리 총영사관 6대 정무부장을 지내신 분입니다. 자세한 이야기는 그분께 여쭈세요. 저도 뵌 적이 없습니다."

안내를 마친 여성이 자리를 떠났다.

웡인컹이 소파에 앉았고 나는 창밖을 바라봤다. 빅토리아 하버와 그 너머로 카오룽반도의 거리가 보였다. 눈 부신 햇살이 잔잔한 바다와 고층 빌딩을 비췄다.

많은 사람이 떠올리는 홍콩의 풍경.

'내가 진짜 왔구나.'

15분도 지나지 않아서 다시 방문이 열렸다.

키가 크고 배가 불룩하게 나온 금발 노인이 들어왔다.

"오를로프일세."

노인은 이름을 말한 뒤 넥타이를 풀고 정장 상의를 소파에 던졌다.

"저는—"

오를로프가 자신을 소개하려던 웡인컹을 저지했다.

"필요 없네. 인컹 웡과 에이미 고바, 자네들이 누군지 알아. 에이미의 정신적인 문제도. 그러니까 억지로 말할 필요 없어."

"당신은 알고 계셔도 저희는 당신이 누군지 모릅니다."

웡인컹이 말했다.

"난 그래도 전혀 상관없네. 미리 말해 두는데 최소한의 질문에는 대답하지. 하지만 지나치게 자세한 설명은 하지 않는다. 그게 고바의 뜻이기도 하니까."

"당신은 고바—"

"말을 끝까지 들어. 질문은 그다음이야."

오를로프가 다시 웡인컹의 말을 끊었다.

"어제 오후, 도쿄 굴드&페렐만 법률사무소와 중국대사관이 이곳 재홍콩 러시아 총영사관을 통해 연락을 넣었고, 내가 여기에 왔지. 목적은 내가 과거에 못다 한 일을 끝내고, 게이타 고바가 억지로 떠맡긴 부탁을 수행하기 위해서일세."

오를로프가 나와 웡인컹의 얼굴을 차례로 바라봤다.

"웡인컹, 자네가 아버지가 누구였는지 알려고 이곳에 왔다는 걸 알아. 알고 싶다면 앞으로 에이미와 함께 움직여."

"질문해도 됩니까?"

웡인컹이 손을 들었다. 독선적인 노인의 말투에도 웡인컹의 표정을 변하지 않았다.

오를로프가 고개를 끄덕였다.

"미스 에이미 고바와 함께 움직이다 보면 답에 도달한다는 말씀입니까?"

"그래. 도달할 테지. 하지만 그게 자네가 원하는 답일지는 모르겠군."

노크 소리가 울리고 우리를 안내해 준 여성이 파일을 옮겨 왔다.

"빠르군. 인쇄 시간도 짧아졌어."

오를로프가 말하자 여성이 고개를 저었다.

"데이터가 MO 디스크에 저장되어 있어서 이래 봬도 출력하는 데 시간이 걸렸습니다. MO 디스크가 무엇인지 아세요?"

그녀가 우리를 쳐다봤다.

"이제 됐어. 나가 보게."

오를로프가 쫓아냈다.

"차 준비해 드릴까요?"

"됐네."

"그럼 여기 두 분께만 드리겠습니다."

그녀는 우리에게만 보이도록 입술만 움직여 "꼰대"라고 소리 없이 말하고는 방을 나갔다.

"읽으면서 이야기를 듣게."

오를로프의 지시대로 웡인컹과 나는 파일을 펼쳤다.

"21년 전, 1996년 12월 30일. 홍콩에 거주하던 마시모 조르지아니라는 이탈리아인 기업가가 피살당했을 때, 러시아인 보디가드 두 명도 함께 총에 맞아 죽었어. 홍콩에 거주하는 우리 국민이 휘말린 중대 범죄로서 우리도 경찰과 별개로 독자 조사를 시작했지. 그때 부상한 사람이 일본인 게이타 고바, 자네 아버지야."

파일 아래쪽에 사진이 있었는데, 사진에는 일본인답게 피부가 노랗고 호리호리한 남자가 찍혀 있었다.

나는 고개를 들고 무심결에 입을 열었다.

"이 사람은 누구죠?"

한자로 고바 게이타라고 이름도 적혀 있었다. 하지만 모르는 사람이다.

"처음 보는 사람이에요."

아버지는 얼굴이 조금 더 둥글고 눈도 가느다란 사람이었다. 분명하게 말하면 이렇게 멀끔한 얼굴이 아니었다.

그렇지만 어째서인지 내 휴대폰에 저장된 아버지의 사진을 이 자리에서 보여 줄 마음은 들지 않았다. 사진을 보여 줘도 다른 사람이라는 것을 증명할 만하다는 확신이 들지 않았고, 오히려 악용당할 것 같은 분위기도 느껴졌다. 나는 오를로프도, 이 노인이 늘어놓는 설명도, 아직 무엇 하나 믿지 않는다.

"뭐, 됐네. 자료를 좀 더 읽어 봐."

오를로프가 이러한 대립에도 익숙한 듯한 말투로 말했다.

'역시 뭔가 잘못됐어.'

그렇게 생각하면서도 재촉하는 오를로프의 시선에 자료를 넘겼다.

일본기업이 주고객인 홍콩 현지 법인? 대표 마시모 조르지아니? 광고대행사 사장? 아버지가 그런 일을 했다니 말도 안 된다. 일본인 어시스턴트에게조차 제대로 지시하지 못해서 개인 주식 트레이더를 하던 양반이 홍콩에서 사장 노릇을 했다니.

심지어 고바 게이타는 사살된 세 사람의 사체를 가장 처음 발견한 사람이기도 했다. 아버지가 그렇게나 위험한 자리에 있었을 리가 없다.

"믿거나 말거나 거기 적힌 내용은 사실이야."

오를로프가 내 속마음을 꿰뚫어 본 것처럼 말했다.

"내가 지금부터 자네에게 전할 말도 말일세."

그리고 나는 이제 처음 만난 러시아 노인에게 고바 게이타라는 일본인이 홍콩에 온 진짜 이유를 들었다.

"헝밍은행 본점 지하에서 반출된 것은 각국 주요 인사가 불법적으로 투자하고 재산을 쌓은 기록이야. 21년이 지난 지금도 국회의원이나 기업 간부를 끌어내릴 힘이 있는 자료지. 그것을 빼앗는 게 고바 팀의 임무였어."

"강탈을, 범죄를 저지르려고 여기 온 건가요?"

"그래."

"아버지를 비자금 조성 고발자로 몰아가려던 국회의원과 관료들에게 복수하려고?"

"처음 목적은 그랬지."

"사람을 착각한 것 같습니다."

"이 고바와 자네 아버지가 다른 인물이라고 생각하면 자네가 직접 보고 듣고 진실을 확인해 주면 돼."

"어떻게요?"

옆에서 웡인컹이 물었다.

"내 지시에 따라 움직이면 자연히 진실에 가까워질 거야."

"지시?"

나와 웡인컹의 목소리가 겹쳤다.

"자네들이 거부하거나 저항해도 결국은 따르게 될 거라는 뜻일세."

"협박입니까?"

웡인컹이 말했다.

"그래. 다만 이 지시의 절반은 내 뜻이지만, 나머지 절반은 고바의 뜻이기도 해. 이 안에 적힌 사람을 찾아가게나. 분명 환대를 받을 테고, 다음에 어디를 가야 할지도 알려 줄 거야."

'목적지가 한군데가 아닌가?'

오를로프가 색이 변한 낡은 봉투를 내밀었다.

"내용물은 이 방을 나간 뒤에 확인하게. 자, 어서 나가 봐."

"일부러 러시아에서 오신 오를로프 씨가 전부 설명하지 않고 빙 둘러가게 하는 이유는 무엇인가요?"

내가 물었다.

"자네 질문에는 이미 충분히 답했어."

"네. 미스 에이미의 질문에는 대답하셨죠. 하지만 제 질문에는 아직 하나밖에 대답하지 않으셨습니다."

웡인컹이 말했다.

"유치한 논리지만 즉석에서 꾸린 팀치고는 나쁘지 않군. 부모끼리 많이 닮았어."

오를로프가 처음으로 입매를 조금 느슨하게 풀었다.

"저희 아버지와 미스 에이미의 아버지가 서로 아는 사이였나 보군요."

"그래."

오를로프가 고개를 끄덕였다.

"감사합니다. 그리고 하나 더, 아까 미스 에이미가 한 질문에 대답해 주실 수 있습니까?"

"고바가 무엇을 의도했는지는 자네들이 직접 찾아내면 돼. 내가 바라는 건 에이미에게 고바가 저지른 죄를 이해시키고 놈이 유산으로 남긴 빚을 물려주는 것이야. 자네는 그 유산을 청산해야 할 의무가 있어."

오를로프는 우리를 다시 쳐다봤다.

"노닥거리는 건 끝이야. 뭘 해야 하는지 이해했으면 채찍질하기 전에 잽싸게 움직이라고."

◈◆◈

빌딩 사이로 펼쳐졌던 푸른 하늘이 사라지고 해가 저문다. 웡인컹이 운전하는 SUV가 빅토리아 하버를 가로지르는 지하 터널로 진입했다.

러시아 총영사관에서 오를로프에게 건네받은 봉투에는 타이쿠라는 거리의 주소와 전화번호가 적힌 메모가 들어 있었다. 2로 시작되는 번호는 유선전화라고 웡인컹이 알려 줬다.

"중년 여성의 목소리가 녹음된 부재중 서비스로 넘어갔습니다. 우리 메시지와 연락처를 남겨 놓았는데 내일 방문하는 게 좋을 것 같아요. 오늘은 이만 호텔에서 쉬세요."

낯선 도시에 온 지 얼마 지나지 않은 나를 배려했다.

운전대를 잡은 그는 뒤를 신경 쓰고 있었다. 조수석에 앉은 나도 사이드미러를 몇 번이나 확인했다.

뒤따라오는 차는 없었다. 하지만 아마추어인 내가 눈치채지 못했을 뿐 분명 미행하고 있으리라. 아니, 경호일지도 모른다.

터널 안 3차선은 혼잡했고 곳곳에서 경적이 울렸다.

영역을 다투는 동물의 울음소리 같은 소리를 들으며 돌아오는 길에, 러시아 총영사관에서 들었던 이야기를 떠올렸다.

—도망 못 가. 자네는 반드시 의무를 다해야 해.

오를로프는 우리의 등을 향해 말했다.

—원망해도 되지만 그 대상은 내가 아니야. 이런 어처구니없는 홍콩 투어를 꾸미고 내게 스타터 역을 명한 사람은 고바야.

그렇게 우리는 원치 않는 투어를 시작하게 됐다. 찾아간 곳에 누가 기다리는지, 남겨진 빚이 무엇인지 알려 주지도 않고서.

'정말 어처구니없는 투어네.'

그렇게 생각하면서도 무시할 용기는 없었다. 분명 러시아인들이 우리를 지켜보고 있을 터다. 도망쳐도 붙잡혀 명령에 따르도록 강요당하겠지. 오를로프의 말은 협박이 아니라 경고였다. 심지어 나는 홍콩을 떠나 일본으로 돌아갈 수도 없었다.

돌아가면 다시 체포된다. 이 강제 참가 투어를 포기해도 돌아갈 곳이 없었다.

'계속할 수밖에.'

"말해도 될까요?"

웡인컹이 물었다.

"네."

내가 대답했다.

이렇게 주고받는 말이 두 사람이 대화를 시작할 때의 패턴이 되어 있었다.

"저희 아버지에 대해 말씀드려야 할 텐데, 죄송합니다, 솔직히 거의 기억이 안 나거든요."

"오래전에 돌아가셨나요?"

"제가 세 살 때요. 아버지는 서른넷이셨다더군요. 성함은 광둥어 발음으로 루이초홍, 영어로는 Bryan Lui. 아버지는 중국에서 이민 온 2세로 미국에서 나고 자랐으며 대학 졸업 후에는 이곳 기업에서 근무하려고 옮겨 왔습니다. 어머니는 홍콩에서 태어났기에 어렸을 적 나는 이중국적자였고 스물두 살이 되었을 때 중국 국적을 선택했습니다. 이력서 같은 설명이지만 어머니께 들은 이 정도 이야기밖에 할 수 없습니다. 어쨌건 자세하게 이야기해 주신다던 어머니도 약속을 어기고 일찍 돌아가셔서요."

'역시 나와 비슷해.'

그렇게 느끼면서도 마음속 다른 한편으로는 의심했다. 누군가 이 사람에게 웡인컹이라고 자칭하게 하고 내가 동조하기 쉬울 만한 이야기를 가르쳐 줬을지도 모른다.

차분하고 시선을 마주치지 않고 향수도 체취도 없으며 옆에 있어도 기척을 거의 느끼지 않도록 한다. 그의 행동은 조현성 성격장애인 내게 지나치게 이상적이다.

"우리 아버지는 주식 트레이더였고 애널리스트 같은 일도 하셨어요."

내가 입을 열자 웡인컹이 "신경 안 써주셔도 괜찮습니다"라고 전방을 주시하며 말했다.

"아뇨, 우리 아버지 이야기도 해드리겠습니다."

나와 아버지를 하나하나 떠올리면서 이야기했다.

"그런데 3년 전에 필리핀으로 출장을 갔을 때, 마닐라에서 호텔 화재 사고로 돌아가셨어요."

지금도 가슴이 미어진다. 떠올리면 슬프고 괴롭다.

마닐라까지 직접 가서 치과 진료기록과 DNA를 대조해 본인임을 확인한 뒤 일본으로 시신을 모시고 왔다. 화장하고 유골은 생전 고인의 뜻대로 바다에 뿌렸다.

아버지는 왜 나를 홍콩까지 이끌어 이런 투어를 하게 만들었을까?

'내게 무엇을 전하고 싶은 거야?'

생각하면서도 여전히 강한 의구심이 들었다.

고바 게이타가 범죄자라니? 은행 반출품을 강탈했다고? 러시아 총영사관에서 본 사진도, 내가 아는 고바 게이타와는 전혀 다른 사람이었다.

'나는 누구의 지시로 움직이는 걸까?'

오를로프를 향한 반발심과는 별개로 사실을 알고 싶다는 마음이 조금씩 솟아났다.

꽉 막한 터널을 빠져나오자 다시 꽉 막힌 도로가 기다리고 있었다.

6

1997년 1월 1일 화요일

오전 2시, 고바는 프린스에드워드역 근처에 있는 상가 건물 입구 문을 열었다.

자비스와 일라리를 처음 만난 몽콕 스타디움은 이곳에서 5분 정도 거리에 있다. 원점으로 다시 돌아온 기분. 오늘 밤에만 홍콩 시내를 몇 킬로미터 뛰어다녔을까.

다섯 명이 올라탄 엘리베이터 구석에는 엘리베이터를 운행하는 할머니가 앉아 있었다.

"관광?"

할머니가 쉰 목소리로 물었다.

고바가 고개를 끄덕이며 팁을 넣는 깡통에 꽃잎 모양의 20센트 동전을 던져넣었다.

"겨우?"

노골적으로 언짢은 표정을 지었지만 린차이화는 이 정도도 괜찮다고 했다. 외지 사람이 행세하고 다니면 설령 친절에서 비롯된 행동이라고 해도 금방 소문이 퍼져 소액 강도나 날치기의 먹잇감이 된다.

7층에 내려 게스트하우스로 들어갔다.

원래는 중국 본토에서 온 여행자나 배낭여행객용 숙박 시설이었는데, 매춘부의 서비스 장소나 커플들의 러브호텔로 사용되다가 홍콩 반환으로 여행객이 급증하면서 다시 본래의 게스트하우스 용도로 사용된다고 했다.

접수대 중년 여자가 숙박부를 내밀었다.

이름을 쓰라고 했지만 여권을 보여 달라고 하지는 않았다. 거의 만실이었으나 욕실 겸 화장실이 딸린 '디럭스 룸'이 두 개 남았다고 했다. 다만 더블베드를 트윈베드로 교체할 테니 기다리라고 했다.

이곳을 추천한 사람은 미아.

하지만 미아 본인은 이곳에 묵지 않고 일단 자신의 아파트로 돌아가겠다고 우겼다. 네 사람이 설득해도 "갈아입을 옷을 가지러 돌아가겠다"며 물러서지 않았다.

"상황을 살피고 올게. 내 인적사항까지 캐내고 있을지도 모르니까. 그 아파트에서 살지 못하게 된다면 이사 비용도 대줘야 해. 새 거처를 찾을 때까지의 호텔비도."

좁은 로비 구석에는 독일어로 대화하는 금발의 젊은 남자 두 명이 앉아 있었다. 작은 거품 소리를 뽀글뽀글 내며 물파이프로 우아하게 대마를 피우고 있었다.

두 사람이 고바 일행을 보고 히죽 웃었다.

"왜, 피우고 싶어?"

멍하니 바라보던 고바에게 일라리가 물었다.

고바는 고개를 저으며 대답했다. 피우고 싶은 것이 아니었다.

"그냥 옛날 생각이 나서."

대학 시절 배낭여행 중 홍콩에 들렀을 때도 이런 게스트하우스에 하룻밤 묵었다. 바가지 요금에, 샤워 중 직원이 스페어 키로 문을 따고 들어와 현금과 여권을 훔치려고 했고(직전에 알아채고 쫓아냈다), 심야에 건물 안에서 작은 화재가 나는 바람에 소방관이 흔들어 깨우고……. 두 번은 못 묵을 곳이라고 생각했는데.

지금은 이 꾀죄죄한 공간에 조금 안도한다. 얇은 벽 너머로 들려오는 쓸데없이 큰 웃음소리도 밤이 늦었는데도 연신 복도를 오가는 발소리도 아직 이곳이 안전하다는 뜻 같았다. 오히려 주위에 시끄러운 소리나 인기척이 사라지는 순간이 무서웠다.

객실은 예상대로였다.

벽에는 세계지도처럼 얼룩이 번져 있고 여기저기 금이 간 블라인드 사이로 창밖의 화려한 네온사인이 들어왔다. 욕실 겸 화장실에서는 역시 눅눅한 곰팡내가 났다.

미아를 포함한 다섯 사람은 짜기라도 한 듯 한숨을 쉬며 침대에 앉았다. 캔맥주를 따서 건배도 없이 입으로 가져갔다.

고바는 설명하기 시작했다.

먼저 미아에게 자신들이 홍콩에 모인 진짜 목적을 말했다. 다음으로 클라에스 아이마로의 병실을 찾아갔을 때 일어난 일, 그리고 니심에게 빼앗은 휴대폰으로 케이트와 나눈 대화 내용을 설명했다. 그러나 러시아 총영사관의 오를로프와 린차이화의 관계는 밝히지 않았다.

반대로 고바 본인이 숨겼던 마시모 조르지아니의 전체 계획서의 존재와 그 보관장소는 모두에게 털어놓고 사과했다.

"하지만 나 혼자 볼 수는 없어. 대여 금고를 열려면 나와 클라에스가 가지고 있는 열쇠 두 개와 두 사람의 지문이 있어야 해."

"그 열쇠는 어디 있는데."

자비스가 물었다.

고바는 신발과 양말을 벗고 오른쪽 발바닥에 테이프를 감아 붙인 열쇠를 보여 줬다.

"그런 걸 붙이고 밤새도록 뛰어다녔단 말이야?"

일라리가 말했다.

"엄청 걷기 힘들었지. 대신 누구에게 빼앗기지도, 잃어버리지도 않았다는 걸 한 걸음 한 걸음 걸을 때마다 확인할 수 있었어."

"양아치한테 쫀 애냐."

자비스가 기가 막혀했다.

"역시 당신은 리더에 딱이야."

린차이화도 말했다.

못마땅한 표정을 짓던 미아도 고개를 숙이고 웃었다.

발바닥에 붙인 열쇠가 몹시 어이없다는 반응은 보여도 계획서의 존재를 숨긴 일은 아무도 비난하지 않았다.

"입이 가벼운 것보다는 낫지. 나를 속였을지언정. 하지만 다음에는 용서란 없어."

자비스가 말했다.

대화가 끊기고 모두가 다시 맥주를 마셨다. 옆방에서는 TV 소리가, 복도에서는 마작패 부딪치는 소리가 울렸다.

"그럼 처음 안건으로 돌아갈까. 이리저리 도망 다니는 사이에 예기치 않게 생각할 정보가 모아졌네."

일라리가 말했다. 마시모에게 의뢰받은 일을 계속할 것인지 묻는 것이었다. 하지만 이제 와서 포기도 중도 이탈도 할 수 없다는 사실을 고바도 자비스도 린차이화도 그리고 일라리도 지금까지 벌어진 사건들을 겪으며 진저리가 날 정도로 이해했다.

그래서 네 사람 모두 고개를 끄덕였다.

적은 마시모가 꾸민 모든 계획과 함께 고바 팀까지 매장해 버리려고 한다. 흔적은 전혀 남기지 않을 작정이다. 게다가 여기서 포기한다고 해도 러시아와 영국도 순순히 놔주지는 않으리라.

퇴로를 전혀 찾을 수 없다면 앞으로 나아가는 수밖에 없다. 설사 그 끝에 지금보다 훨씬 나쁜 상황이 기다리고 있다고 해도.

"다음 안건으로 넘어가죠."

미아가 말했다.

"내가 팀에 참가하는 조건과 새로운 보수액을 알려 줘. '우리는 멘스 클럽이야' 같은 핑계 따위는 집어치우고. 새 팀원으로서 당신들과 같은 금액, 그리고 대등한 위치를 요구합니다."

"도중에 참가해도 되나?"

자비스가 물었다.

"결원이 생겼을 때, 그 시점에 남아 있는 팀원 모두가 찬성하고 마시모가 허락하면 낄 수 있어. 마시모가 판단할 수 없는 상황이면 리더가 그 역할을 대신하기로 되어 있어."

고바가 말했다.

"미스터 마시모는 죽었는데 왜 그 사람이 만든 규칙에 그렇게까지 집착하지? 의무감 때문이야? 아니면 존경심 때문에?"

미아가 물었다.

"둘 다 아니야."

린차이화가 고개를 저었다.

"규칙을 지키는 이유는 우리 자신을 위해서야."

고바가 대답했다.

"우연히 만들어진 이 결속을 유지하기 위해 우리 사이에 존재하는 일종의 규정, 룰이라고 불러도 좋고, 제한이라고 해도 좋고……. 뭐, 속박할 게 필요하니까."

일라리가 말했다.

"피곤하고 귀찮은 양반들이네."

"하지만 군인이었던 당신은 분명 이해할 테지."

"그래. 이해하고 말고. 인종도 배경도 다른 사람들이 새 규칙을 만들려고 하면 충돌이나 알력을 피할 수 없지. 게다가 지금은 그런 대화에 충분히 시간을 할애할 여유도 없고."

"맞아. 필요하다면 우리는 지금 다른 사람이 만든 규칙이라도 상관없고, 오히려 우리가 직접 만든 것보다 나을지도 몰라. 개인 사정이나 의견을 반영하지 못하니까 말이야. 처음 이 멤버를 봤을 때는 도저히 맞지 않을 것 같다고 생각했어. 하지만 오늘 밤 목숨을 부지하려면 무엇이 가장 필요한지에 관해서는 자연히 생각이 일치하는군."

"그냥 약자의 처세술일지도 모르지."

"뭐 그럴 수도 있고. 하지만 정말 약하기만 한 인간은 총을 든 상대에게 맨손으로 덤벼들지 않아."

자비스가 말했다.

"정말로 강하고 똑똑한 사람은 그렇게 무모한 짓은 하지 않아."

"한 번도 지지를 않네. 하지만 그렇게 충고하고 말리는 사람이 한 명쯤은 있는 게 좋겠지."

"이해해 주다니, 감사."

미아가 작게 웃더니 가방에서 담배를 꺼냈다. 말보로에 일회용 라이터로 불을 붙이고는 더러운 벽에 연기를 뿜었다.

"흡연자야?"

린차이화가 구불거리는 연기를 불쾌한 눈으로 좇으며 말했다.

"고용주가 아무도 피우지 않으니까 자제하고 있었지. 하지만 이제 같은 팀원이니까 신경쓸 필요 없잖아. 규칙은 전부 몇 개야? 나중에 자세히 알려 줘."

"내가 설명해 줄게. 나도 한 대 줄 수 있어?"

일라리가 말했다. 일라리가 입에 문 담배에 미아가 불을 붙였다.

자비스도 재킷 안주머니에서 로스만을 꺼냈다. 미아가 건네준 라이터로 불을 붙였다. 세 사람이 뿜어낸 연기가 좁은 방에 뿌옇게 번졌다.

두 사람은 미아의 합류에 찬성했다. 고바가 남은 린차이화에게 눈짓했다.

"반대할 이유가 없지. 흡연자라는 점 빼고는."

린차이화가 말했다.

"여자가 담배 피운다고 차별하는 거야?"

일라리가 물었다.

"아니, 너희들이 내뿜는 연기가 매우 민폐라는 말이야."

"건강 제일주의에 찌든 흡연 혐오자인가."

자비스가 말했다.

"독극물을 자진해서 몸속에 집어넣는 어리석은 짓이 이해되지 않을 뿐이야. 니코틴에 의지해야만 살아갈 수 있을 만큼 정신력이 약한 사람도 아니고."

린차이화가 닫혀 있던 창문을 살짝 열었다.

"팀에 들어가려면 또 어떤 절차가 필요하지?"

미아가 네 사람을 차례로 쳐다봤다.

"동기를 알고 싶어."

고바가 말을 이었다.

"왜 이런 터무니없는 일에 가담하면서까지 큰돈이 필요한지."

"나 혼자만 개인사를 밝히라고?"

"아니, 서로 밝히고 공유할 거야. 우선 내 비참한 과거를 털어놓지."

네 남자는 순서대로 지금 이곳에 있는 이유를 말했다.

네 번째 일라리의 이야기가 끝났을 때 미아 리더스는 새 담배에 불을 붙였다.

"스물여섯 살에 호주 육군을 제대한 건 돈 때문이었어. 흔한 이야기지, 여동생과 남동생을 대학에 보내고 싶었거든. 브루나이의 경비회사가 엄격한 이슬람 가정의 자녀를 위한 여성 경호원을 찾고 있었어. 브루나이의 수도인 반다르세리베가완에서의 삶이 시작됐고 일도 순조로웠지. 그런데 어떤 중국인 남자와 알게 됐어. 처음에는 유학 온 대학원생인 줄 알았는데, 신변 보호를 요청하며 중국 본토에서 도망 온 사람이더라고. 그 사람은 톈안먼 사태 때 시위에 참가했던 학생 지도자 중 한 명이었어."

1989년 4월에 후야오방 전 중국 공산당 총서기가 사망하고 베이징 톈안먼 광장에서 추모 집회가 열렸다. 그리고 이 집회가 점점 중국의 일당 독재체제를 비판하고 민주화를 요구하는 커다란 운동으로 발전했다.

시위대는 한때 백만 명을 넘어 톈안먼 광장을 오랜 기간 점거했다. 정부는 계엄령을 펴고 맞서며 인민해방군을 대규모로 투입. 무력 진압으로 다수의 사상자를 냈다. 중국 정부가 발표한 사망자 수는 319명. 그러나 미국, 유럽, 일본의 주요 신문은 3천 명 규모의 학생과 일반 시민 사망자가 나왔다고 전했다.

"그 사람의 취학 비자 연장 허가가 나지 않아서 브루나이를 떠나야 했어. 내쫓겼지. 그 근처에 체류 허가가 난 곳이 인도네시아였고 나도 그 사람과 함께 넘어갔어. 거기서 임신 사실을 알았고. 아이를 낳으려고 호주로 돌아가 그 사람의 정치 난민 신청과 혼인신고서를 제출했지만 둘 다 보류 상태고, 아직도 처리되지 않았어."

"아이는 당신 부모님이?"

린차이화가 묻자 미아가 고개를 끄덕였다.

"그 사람은 납치나 암살을 피하려고 혼자 숨어 살고 있어. 외국에서 중국 국내로 당의 부패와 비리를 규탄하는 메시지를 보내는 바람에 더 찍혔어."

"돈을 버는 이유는 가족들과 함께 안전한 곳으로 이주하기 위해서야?"

"그래. 중국에서 벗어나려고, 머지않아 중국이 될 도시로 왔어. 여기가 아시아에서 가장 많이 벌 수 있거든. 북유럽으로 가고 싶어. 여행객이 오면 금세 소문이 날 만큼 작은 마을에서, 조기 은퇴한 투자자 가족인척하며 조용히 살고 싶어.”

미아는 말을 마치고서 자신의 아파트로 돌아갔다.

자비스와 일라리도 자신들의 방으로 돌아갔다.

각자 생각한 뒤 내일 다시 이곳에 모여 다수결로 결정한다.

러시아, 영국, 어느 쪽의 손을 잡을 것인지를…….

좁은 방에는 좌우 벽에 침대 두 개가 놓여 있고, 한가운데를 가로지르는 밧줄에 커튼 대신 달린 여름용 이불을 치면 최소한의 프라이버시는 지킬 수 있는 구조다.

고바는 침대에 누웠다. 조명을 꺼도 창문으로 들어오는 네온사인 때문에 완전히 어둡지는 않았다.

“고마워.”

린차이화가 커튼 대용 여름용 이불을 치며 말했다. 러시아 총영사관과 그가 내통 관계라는 사실을 밝히지 않아서 고맙다는 말이겠지.

하지만 린차이화의 관계에서 유리한 패를 한 장 쥐고 있을 생각으로 오늘 밤에는 밝히지 않았을 뿐이다. 앞으로의 일은 모른다. 자신의 입장을 위태롭게 하면서까지 린차이화의 비밀을 끝까지 지킬 마음은 없다.

긴장이 풀리지 않는 몸을 조금이라도 쉬게 하려고 몇 번 심호흡하고서 내일 어느 쪽을 선택할지 고민했다. 하지만 고심하는 머릿속에 미아 리더스를 향한 죄책감과 의심이 모두 솟아났다.

미아는 사고에 휘말리듯 이 상황과 맞닥뜨린 것이 아니라 누군가의 지시로 전부 알고서 우리 일에 가담했을지도 모른다.

물론 자비스와 일라리도 믿지는 않는다. 그래도 살아남기 위해서는 팀이라고 부르기에는 극심한 의심으로 점철된 이 집단 속에서 서로를 요령껏 이용하는 수밖에 없다.

우리는 홀로는 이길 수 없었던 패배자들이 모인 오합지졸, 언더독스니까.

린차이화가 휴대폰을 보는 듯 여름용 이불 너머로 버튼을 누르는 소리가 들렸다.

"말 걸어도 돼?"

"잠깐이라면."

린차이화가 대답했다.

"내일 우리가 러시아를 선택하지 않으면 넌 어떻게 되지?"

"글쎄. 모르겠지만 그렇다고 바로 죽이지는 않을걸. 나를 내버려 두면 그들이 원하는 것을 이 팀이 손에 넣었을 때 강탈할 수 있을 테니까."

"솔직하네."

"누구나 짐작할 수 있는 거잖아. 입 다물고 있어 봤자 의미없지."

그 말을 끝으로 대화가 끊겼다.

'만약 돈을 챙기게 되면 넌 우리를 죽일까?'

묻고 싶었지만 어째서인지 입 밖으로 꺼낼 수 없었다. 망설일 필요 따위 없는데.

깨어 있자니 피곤하고 잠들자니 불안해서 멍하니 천장을 바라봤다. 생각해 보니 어제 오후 4시에 미아가 깨우기 전까지 도둑이 들었던 그 사무실에서 열 시간이 넘도록 기절하다시피 잤다. 정신이 약해졌을 뿐 몸은 그만큼의 휴식을 필요로 하지 않는지도 모른다.

창문으로 여전히 네온사인이 들어왔지만 그다지 눈부시지는 않았다.

그렇구나. 아무래도 좋을 사실을 깨달았다.

홍콩의 네온 광고는 크고 화려하지만 절대로 깜빡이지 않는다. 바로 근처에 카이탁 공항이 있기 때문이다. 활주로의 점멸식 유도등으로 착각하지 않도록 법으로 엄격히 규제하고 있기 때문이리라. 뭐, 확증은 없고 틀린 생각일 수도 있지만.

무수한 공포와 의심을 뚜껑을 닫아 눌러 담듯 그런 생각을 떠올리는 사이에 눈꺼풀이 조금씩 무거워졌다.

◈◆◈

"이봐."

여자가 다시 불렀다.

누구지? 친숙하지는 않지만 들어본 적 있는 목소리다. 아, 미아구나.

"일어나."

어제와 똑같다. 꿈속에서도 데자뷔를 보나……. 그런 생각이 들었을 때 정신이 든 고바는 황급히 눈을 뜨고 벌떡 일어났다.

미아의 검은 눈동자가 노려보고 있었다.

방은 아직 어둑했고 네온사인을 등지고 있는 미아의 얼굴을 어둠에 잠겨 반쪽만 보였다.

"또—"

한쪽 눈을 감고 입을 여는데 미아가 성난 목소리로 말을 끊었다.

"아파트로 돌아가니 문 앞에 제복 경찰이 서 있었어. 집에 코카인을 숨겼다는 신고가 들어와서 집주인과 함께 가택 수색을 했다고. 20그램짜리 꾸러미가 나와서 참고인으로 내 행방을 쫓고 있다던데."

"큰일이었겠네. 저기…… 그건 누구한테 들은 거야?"

자다 깬 머리를 필사적으로 굴려서 달랠 말을 찾는데 나온 말은 형편없는 한마디였다.

"옆집에 사는 필리핀 모녀. 언어와 인종은 달라도 역시 평소에 이웃을 잘 사귀어 놔야지. 그보다 문제는 홍콩 경찰 내부에도 적이 있다는 사실을 알았다는 거야, 글쎄 적이라기에는 모호한 표현이지만 아무튼 나한테 누명을 씌웠어."

"확실히 그러네. 함정에 빠졌어."

"그게 다야?"

'음, 뭐라고 하지?'

도움을 요청하려고 방을 나눈 여름용 이불을 걷었지만 옆 침대에 린차이화의 모습은 보이지 않았다.

"저 녀석, 문은."

흘러나온 혼잣말을 미아가 다시 끊었다.

"잠겨 있었어. 자기 열쇠를 가지고 나갔겠지. 당신 열쇠는 거기."

베개 옆에 제대로 놓여 있었다.

미아가 어떻게 방에 들어왔는지 물을 것도 없었다. 항상 가지고 다니는 락피킹 도구*로 문을 땄겠지.

"침대 비워 줘."

"다른 방 구하면 되잖아."

"만실이래."

"린차이화의 침대도 있잖아."

"그 사람 돌아오면 잘 곳이 없잖아. 어제저녁에 나를 고용하기로 결정한 사람은 당신이야. 그러니까 오늘 밤은 우선 당신이 책임을 져야지."

치밀어오르는 불만을 목구멍으로 집어삼키고 복도로 나왔다. 성가신 일을 피하자는 마음보다는 속죄하는 마음에 가까웠다. 미아의 말투와 표정은 변함없이 기세등등했지만 두 눈에는 강

* 열쇠를 사용하지 않고 자물쇠를 여는 도구.

한 당혹감과 불안이 감돌았다.

어두운 복도로 나와 일단 휴대폰으로 일본에 있는 집에 국제 전화를 걸었다.

비밀번호를 눌러 부재중 전화 기능을 작동시켰다. 언론에서 걸어온 취재 요청 몇 건 사이에 섞여 전 직장 동료 노시로와 전 직장 후배 쓰즈키의 메시지가 녹음되어 있었다.

—잘 지내지? 기분전환 겸 가끔 한잔하자고.

—전에 말씀하신 고문 계약 건으로 연락드렸습니다. 제가 다시 전화 드리겠습니다. 그리고 연말 선물 감사합니다.

일본 쪽은 별다른 움직임은 없다는 암호로 내용 자체에 특별한 의미는 없다. 미야기에 있는 가족들도 무사한 듯하다.

다만 쓰즈키가 말한 '연말 선물'이라는 단어는 작업 완료를 알리는 명확한 메시지였다.

지시대로 고바의 일본 은행 계좌에 정기적으로 입금되는 배당금을 일시 중단되도록 손을 써줬다.

전 농림수산성 직원들은 '안전망'이나 '기금', '공제' 등으로 부르지만 실태는 전 농림수산성 직원과 그 가족 및 유족만이 고객인 투자신탁회사였다.

'호노신탁주식회사'

1965년 설립. 농림수산성 공제조합 직원 중에서도 특히 우수했던 자가 정년퇴직 후 재취직해서 자산을 운용한다.

대장성*의 인가를 받은 정식 회사지만 일반인 대상 고지나 홍보는 일절 하지 않으며 애당초 일반인이 고객이 되려고 해도 '심사'를 핑계로 받아들이지 않는다.

정부 부처 같은 큰 조직에서는 때때로 필요악으로 여겨지는 업무를 피할 수 없는 경우가 있다. 예컨대 예전에 고바가 가담했던 비자금 조성 같은, 불법행위지만 조직이 살아남기 위해는 어쩔 수 없이 해야 하는 일이 많다. 그러나 불법인 만큼 행여 공개되면 당사자는 책임을 지고 퇴직으로 내몰린다.

그런 위험한 업무를 맡는 자들의 생활을 보장하고 보전하기 위해 이 증권회사를 만들었다.

농림수산성을 위해 불법을 저지르고 그 책임을 추궁당하고 할복을 강요당해 퇴직한 자들은 이 투자신탁회사를 통해 우량주를 매우 유리한 조건으로 매수할 수 있다. 매수 자금이 없으면 회사의 중개로 은행에 대출을 받을 수도 있다.

회사의 탈을 쓴 생활 지원 상조회지만 아슬아슬하게 위법은 아니다. 고바도 농림수산성에서 쫓겨난 뒤 재취업할 때까지 은둔형 외톨이로 지내는 동안 이곳에서 받은 수입으로 생계를 유지했다. 후배 쓰즈키도 사법시험에 합격할 때까지 이 투자신탁회사에서 지급하는 배당금으로 생활비를 댔다.

고바는 휴대폰을 끊고 주머니에 밀어넣었다.

* 현재 일본 재무성의 전신.

미아가 있는 방으로는 돌아갈 수 없다.

어두운 복도 끝에 있는 좁은 로비를 보니 20대 중반으로 보이는 여자 한 명이 앉아 있었다.

이어폰을 꽂고 무릎 위에 펼쳐 놓은 일본 패션 잡지의 중국어판을 멀거니 보고 있었다. 여행자가 아니라 현지인 같았다.

"잠이 안 오면 저 여자에게 말동무가 되어 달라고 해요. 단 마실 것을 사줘야 해."

TV를 보던 접수대 중년 여자가 말했다.

"아니면 나랑 이야기하고 싶어?"

담배를 피우면서 웃었다.

로비의 여자가 이어폰을 빼고 고개를 들었다. 중년 여자와 닮지 않았다. 딸이나 동생은 아니리라.

"마실 것보다 맥도날 먹고 싶어요."

여자가 말했다. 맥도날드를 말하는 듯하다.

매춘부처럼 화려하지 않고, 그렇다고 미인이지도 청초하지도 않은 얼굴에 오히려 안심이 됐다. 어째서인지 수읽기나 흥정을 하지 않아도 되는 그저 그런 시답잖은 잡담이 하고 싶어졌다.

"사줄게."

여자에게 말한 뒤 중년 여자에게도 제안했다.

"같이 먹을래요? 대신 주문 좀 해줘요."

중년 여자가 담뱃진으로 누런 이를 드러내며 휴대폰을 꺼냈다(일부 점포는 24시간 전화 배달 주문을 받는다).

1997년 새해 첫 끼는 익숙한 듯 묘하게 일본과 다른 맛이 나는 햄버거. 음료를 빨대로 빨면서, 접수대 중년 여자까지 끼어 시시한 이야기를 나누고 웃고 웃기다가 해가 다 뜨고 나서야 방으로 돌아갔다.

여전히 비어 있는 린차이화의 침대에 누웠다.

옆 침대의 미아는 숨소리도 들리지 않을 정도로 조용히 잠들어 있었다. 바깥 거리를 오가는 목소리와 오토바이 소리가 들려왔다. 고바도 조용히 눈을 감았다.

점심이 지나서 눈을 떴을 때는 옆 침대에 미아 대신 린차이화가 자고 있었다.

"나 아직 자는 중이야."

문을 열고 나가려는 고바의 기척을 느낀 린차이화가 한마디 한 뒤 몸을 뒤척였다.

로비에 어젯밤 그 여자의 모습은 보이지 않았다.

"아니타 초우, 중국어로는 이렇게 써요."

헤어질 때 냅킨에 '周艷芳'이라고 적어 보여 줬지만 아마 다시 만날 일은 없을 것이다.

엘리베이터 운행자 할머니가 있는 엘리베이터를 타지 않고 계단을 걸어 1층까지 내려갔다. 사람들의 눈에 띄는 장소는 위험하다는 것을 알기에 몹시 불안했다. 그래도 바깥 공기를 마시고 싶었다.

상가 건물 입구에서는 게스트하우스의 접수자인 중년 여자가

여러 사람과 큰 소리로 떠들며 안내판을 교체하고 있었다

"영국은 작년으로 끝났으니까."

고바를 알아본 중년 여자가 말했다.

'G(그라운드 플로어, 건물 1층의 영국식 표기)'를 빼내 아시아 여러 국가와 미국과 같은 '1F'으로 바꿨다. '1F(영국식으로 2층)'는 '2F'로.

1997년이 되면서 이 도시는 벌써 중국으로 바뀌기 시작했다.

오후 1시. 고바의 방에 다섯 사람이 다시 모였다.

러시아와 영국, 어느 쪽에 붙을 것인가? 어느 쪽에도 붙지 않을 것인가? 앞으로 자신들은 어떻게 움직일 것인가? 있는 지혜 없는 지혜 모조리 짜내 살아남기 위한 계획을 세웠다.

다섯 사람은 두 시간 정도 회의한 뒤 게스트하우스에서 체크아웃하고, 다음날 다시 무사히 모일 수 있길 바라며 헤어졌다.

고바는 미아가 알려 준 다른 게스트하우스에 홀로 체크인하고 누런 시트가 깔린 침대에 걸터앉았다. 주변에 사람이 없어지면 마음속에 다시 공포가 퍼진다.

오늘은 살아남았다. 하지만 내일은 모르겠다. 죽음의 경계선에 서 있다는 공포에서 도망칠 수 있다면 지금 당장 달아나고 싶었다.

'아니, 아무리 두려워도 이 상황에서 도망칠 수 없어.'

아직 정체가 불확실한 적도, 러시아도, 영국도, 그리고 죽은

마시모도 절대로 고바의 도망을 허락하지 않을 것이다.

그래, 부딪치는 수밖에 없다.

억지로 스스로를 달랬다. 일본으로 도망가 봤자 또다시 언론에 쫓기며 비자금 건의 내부고발자 누명을 쓰면서 더욱 비참해질 뿐이다.

마시모가 살해되어 지금은 상황에 이리저리 놀아나고 있지만 그래도 무슨 일이 있어도 홍콩에 남아 돌파구를 찾자. 이길 확률은 낮지만 아직 제로는 아니다.

두려움 속의 분노와 강렬한 반발심이 고바를 일으켜 세웠다. 바보 취급당하며 끝난 일은 한 번이면 족하다. 절대로 개죽음당하지 않을 것이다.

그런데 형밍은행 본점 지하에 숨겨진 것이 정말로 각국 주요 인사의 불법 재산 축적의 기록일까?

정치가나 관료의 금전 스캔들을 무마하기 위해서라고는 하지만 지금까지의 러시아와 영국의 움직임이 지나치게 진지하다. 어떠한 내막이, 마시모가 털어놓지 않은 비밀이 숨겨져 있을 수도 있다……. 의심이 사라지지 않았다. 사라지기는커녕 지금 자신을 둘러싼 모든 것이 의심스러웠다.

고바는 싱글룸에서 나오지 않은 채 러시아 총영사관의 오를로프가 지시한 다음 날 약속 시간이 오기를 기다렸다.

7

1997년 1월 2일 목요일 오후 1시

고바는 지하철 개찰구를 지나 지상으로 나갔다.

셩완의 퀸스 로드 센트럴을 가로질러 계단을 올라 만모 사원을 지났다. 그곳에서 다시 왼쪽으로 돌아 좁은 골목으로 따라 걸었다.

오늘도 고바는 홀로 움직였고 일행은 없었다.

안심은 안 되지만 안전은 확신했다. 지금 이곳에서 죽지는 않는다. 러시아와 영국이 아직 이용가치가 있는 자신을 지키리라.

타이핑샨 스트리트 모퉁이, 오를로프가 검은 밴으로 가려진 곳에서 휠체어를 밀며 나타났다.

휠체어에 앉은 사람은 클라에스 아이마로였다. 무릎에는 작은 가방과 양산이 놓여 있었다.

연하게 화장을 했지만 나쁜 안색은 숨기지 못했고 아름다운 얼굴에 떠오른 표정은 어두웠다. 그러나 표정이 어두운 이유가 총상의 통증 때문인지, 자신이 지금 처한 상황이 근심스러워서인지는 알 수 없었다.

"우리를 새로운 스폰서로 맞이할 각오는 됐나?"

오를로프가 물었다.

"시간이 더 필요합니다."

"시간을 끄는 이유는?"

"대여 금고 속에 정말 우리에게 필요한 것이 들어 있는지를 먼저 확인하고 싶습니다. 만약 없다면 다음 전개를 생각할 수 없으니까요. 계획서의 존재를 확인한 다음에 다섯이서 다시 앞으로의 일에 대해 의논하자는 것이 현재 우리 팀의 의견입니다."

"뭐 상관없어. 하지만 오래는 못 기다려."

"오늘 오후 6시까지는 결론을 내죠."

"동의하는 의미로 당신이 밀어. 미스 아이마로는 아직 오래 걸을 수 있을 정도로 회복하지 못했거든."

오를로프가 클라에스가 탄 휠체어를 손가락으로 가리켰다. 은행으로 이어진 길은 좁아서 대형 밴이 들어가서 정차하면 갓길까지 완전히 막아 버리게 된다.

"옛날 생각 좀 나겠군. 휠체어를 다루는 건 익숙하겠지?"

내 신원을 조사했다는 뜻이다.

고바는 초등학생 시절, 그때는 살아 있던 증조할머니의 휠체어를 밀며 어머니와 함께 미야기에 있는 할머니 댁 근처를 자주 산책했다.

"은행 안에서는 서두르지 않아도 돼. 계획서 내용을 똑똑히 외우라고. 당신들이 나올 때까지 기다리지. 이곳으로 다시 미스 아이마로를 데리고 돌아올 수 있겠지?"

고개를 끄덕이자 오를로프가 차 안으로 돌아갔다.

영국이 접촉했다는 사실을 오를로프에게 말하지 않았지만 분명 린차이화에게 들었을 터다. 접촉했다는 사실 자체가 언짢았다면 협박을 하든 나서서 방해하든 그쪽과 두 번 다시 접촉하지 못하도록 진작 움직였겠지. 현시점에 아무 말이 없다는 것은 고바 팀이 어느 쪽을 선택할지 결론을 낼 때까지는 관망하겠다는 의미다.

배려나 양보가 아니다. 러시아 측도 우선 탈취계획서가 정말 대여 금고에 있는지 확인하고 싶을 것이다. 그러나 만약 러시아에게 그 계획서를 빼앗긴다면 그 순간 고바 팀 전원이 살해당할 가능성도 있다. 오를로프는 분명 우리 다섯 명을 탈취계획서 만큼 가치 있다고 여기지 않을 테니까.

러시아와 영국 양측에 답을 주기로 한 시간까지 앞으로 다섯 시간. 이 유예를 최대한 활용해야 한다.

휠체어를 밀며 걷기 시작했다.

"죄송합니다."

클라에스가 비통한 목소리로 말했다.

"경영자를 잃은 미스터 마시모의 회사는 어떻게 됩니까?"
"이사회가 경영체제 개편을 시작했습니다."
"돌아가셨으니 그분의 자산 조사도 시작되겠죠? 우리의 행동을 포함한 일련의 계획까지 드러나지 않겠습니까?"
"그 부분은 걱정 마세요. 회사와는 별개로 완전히 개인 자산으로 이루어지는 일이니까요."
은행 입구까지 수십 미터. 러시아의 보호 아래 있는 클라에스와 단둘이 있게 된 틈을 타 최대한 알아낼 생각이었다.
"이 대화를 포함해서 우리의 프라이버시는 보장됩니까?"
"네."
클라에스가 대답했다. 하지만 믿지는 않는다. 분명 휠체어 어딘가에 무전기나 도청장치가 숨겨져 있으리라.
은행에서는 당연히 몸수색을 받겠지만 클라에스에게 휠체어가 필요하다는 사실은 의심하지 않을 테고 파이프나 시트를 해체하면서까지 샅샅이 수색하지는 않을 것이다.
클라에스는 현재 온 홍콩이 딱하게 여기는 존재였다.
마시모의 살해 뉴스가 관계자의 얼굴 사진과 함께 대대적으로 보도되면서, 비서가 충격에 휘말렸다는 사실과 그 비서가 아름다운 이탈리아 여성이라는 사실까지 이미 이 도시에 사는 모두가 알고 있었다.
정면 폭이 좁은 8층 건물 한 채가 전부 데니켄 운트 훈치커은행 사옥이었다. 소개제 신탁은행을 방문하려면 사전 예약을 해야 한다. 일반 고객이 불쑥 들어오는 일은 절대로 없다.

좁은 길은 지나는 것도 대형 차량이 옆에 차를 대는 것도 불편해 보이지만, 그렇기에 반대 차선에서 달려오는 차나 오토바이에 날치기당할 일도, 패거리에게 둘러싸일 위험도 적었다. 오히려 부자에게는 안성맞춤일지도 모른다.

은행 정면에 이르렀을 때, 스쳐 지나가던 세 명의 무리 중 중년 여자 한 명이 클라에스를 알아보고는 황급히 가방에 손을 집어넣었다. 클라에스가 가지고 있던 양산을 펴서 얼굴을 가렸다. 일회용 카메라를 꺼낸 여자가 다가왔다. 사진을 타블로이드지에라도 팔 생각일 테지.

그러나 은행 문이 열리고 경비원이 두 사람의 몸을 가리며 안으로 들여보냈다.

"정말 안타까운 일입니다. 저희 은행을 대표해서 조의를 표합니다."

담당자인 동양인 남자 행원이 머리를 숙인 뒤 클라에스의 쾌유를 빌었다.

가장 먼저 철저한 몸수색과 소지품 검사를 받고 등록된 두 사람의 지문을 조회하고 대여 금고 열쇠를 확인한 뒤 개인실로 들어갔다.

둘이서 잠시 기다렸다.

다른 고객과 엘리베이터나 통로에서 마주치지 않도록 하려는 조치였다. 홍콩에서 오랜 시간 신용을 얻어온 완전 소개제 은행답게 프라이버시 보호가 철저했다.

"말씀드릴 게 있어요."

클라에스가 말문을 열었다.

"고바 씨는 혼자 먼저 여기로 돌아오세요."

"대여 금고를 둘이서 함께 연 뒤 저만 먼저 돌아가라고요?"

"네."

"계획의 전모를 아는 존재는 당신 혼자면 충분하다. 오를로프의 지시입니까?"

클라에스가 고개를 끄덕였다.

'역시 배제할 속셈이군.'

"이건 협박이 아니라 제안입니다."

클라에스가 말을 이었다.

"제안에 따라주시면 고바 씨와 팀원들의 목숨과 보수까지 보장하죠. 하지만 거부하면…… 이 양산, 신경 작용제가 나오는 양산이에요."

양산 끝으로 고바를 겨누었다.

"이런 좁은 방에서 사용하면 당신도 위험할 텐데요."

"당신에게만 치명적이고 저는 위험하지 않다고 하더군요."

"오를로프가 그렇게 말하던가요? 그 사람 말을 믿어요?"

러시아 놈들도 듣고 있다는 사실을 알면서 물었다.

"그리고……."

고바는 오른손에 쥐고 있던 것을 내보였다. 뚜껑 달린 금속 라이터. 어제 일라리에게 부탁해 만든 물건이다.

"일반 라이터보다 수십 배 강한 화염을 내뿜도록 개조했습니다. 이걸로 당신을 죽일 수는 없어도 상반신을 태우고 얼굴에 평생 지워지지 않을 상처를 남길 수는 있죠. 저도 손에 큰 화상을 입겠지만요."

입을 움직이면서도 내심 몹시 두려웠다. 하지만 이제는 목소리와 몸이 떨리지는 않았다. 홍콩에 온 지 고작 사흘 만에 이렇게까지 익숙해진 자신에게 놀라면서도 까닭 모를 비참함도 느꼈다.

"지금 붙으면 금고 앞까지는 가지도 못한 채 저는 죽고 당신은 다시 고통스러워하며 병원으로 이송되겠죠."

"둘이 함께 가서 둘이 함께 보는 수밖에 없겠네요."

클라에스가 말했다. 고바도 고개를 끄덕였다.

"역시 당신을 선택한 미스터 마시모가 옳았어요. 미스터 고바는 힘이 부족하기에 오히려 살아남으려고 수단과 방법을 가리지 않고 잔혹해질 수 있죠."

노크가 들렸다. 담당 행원이 데리러 왔다. 준비가 된 모양이다.

엘리베이터를 타고 지하 2층으로 내려갔다.

쇠창살 앞에서 또다시 몸을 수색하고 지문을 조회한 뒤 늘어선 대여 금고 앞에 섰다.

D-26의 문 앞에 두 사람 모두 열쇠를 꽂고 돌려 문을 열고 속에 든 금속 상자를 꺼냈다. 담당 행원의 안내에 따라 상자를

들고 통로를 걸어 늘어선 확인용 개인실 가운데 한 곳으로 들어갔다.

"보관 물품은 가져갈 수도, 추가할 수도 없습니다. 열람만 할 수 있습니다."

담당 행원이 웃으며 말한 뒤 문을 닫았다.

그것이 대여 금고의 계약자인 마시모가 정한 규칙.

마시모가 사망한 지금, 계약을 계승하고 규칙을 변경할 수 있는 사람은 마시모 본인이 후계로 지목한 혈연자나 그 혈연자의 법적 후견인뿐이다. 누가 계승하든 대여 금고는 2018년 5월 말을 기한으로 계약이 만료된다.

형광등이 켜진 실내는 메모지와 펜, 휴지통, 그리고 의자 하나.

휠체어를 탄 클라에스와 나란히 앉아 금속 상자를 열었다.

생전에 마시모가 이야기한 대로 오래된 바인더 하나만 들어 있었다.

영문으로 타이핑된 114쪽 분량의 문서가 끼워져 있었다.

바인더에서 꺼내 앞부분과 뒷부분 각각 57쪽씩 나누었다.

"어느 쪽으로 할래요?"

클라에스에게 물었더니 앞부분을 집었다. 고바는 뒷부분을 가져가 각자 읽기 시작했다.

놀라는 것도 의심하는 것도 잊은 채 내용을 머릿속에 새겨넣었다.

각자 다 읽은 뒤 서류 뭉치를 교환하자마자 삐 하고 커다란 소리가 울리기 시작했다. 화재경보와는 달랐다.

"그대로 있으세요. 문 잠그고 복도로 나오지 마세요."

문 너머에서 담당 행원이 말했다.

침입자? 은행 강도? 무엇이 됐든 역시…….

당황한 클라에스가 휠체어의 왼쪽 팔걸이를 세게 잡았다.

이쪽도 예상대로로군. 저곳에 틀림없이 초소형카메라가 숨겨져 있을 것이다. 인쇄된 종이를 직접 촬영하지 않고 문장을 소리 없이 읽는 클라에스의 입을 찍었겠지.

휠체어의 가느다란 파이프 속에 카메라와 녹화장치 세트를 설치하는 일은 시판용이나 민간 기술로는 어림도 없다. 국가 예산을 아낌없이 쏟아 넣은 결과물이다.

타다다다다다, 멀리서 소리가 들려왔다. 위협성인지 사람을 쐈는지는 알 수 없지만 분명 소총 소리였다. 클라에스가 떨기 시작했다. 그녀는 사흘 전에 총성을 듣고, 직접 총에 맞았고, 마시모와 두 경호원이 총에 맞아 죽는 장면을 목격한 사람이다.

멀리서 고함과 무언가가 쓰러지는 소리가 났다. 좁은 방 안에는 두 사람뿐, 주변 방에서 다른 소리는 들리지 않고 아무도 데리러 오지도 않는다.

5분을 기다린 뒤 고바는 클라에스에게 물었다.

"머릿속에 집어넣었죠?"

클라에스가 고개를 끄덕이자 마시모가 남긴 계획서 뭉치를 집어 들었다.

고바의 머릿속에 든 정보는 이전에 마시모가 일본 자택으로 보냈던 서두 부분과 지금 막 외운 후반뿐. 나머지는 클라에스의 머릿속에 있다. 그래도 서류 뭉치를 전부 금속제 휴지통에 집어 넣고 라이터로 불을 붙인 뒤 재킷을 벗어 위를 덮었다.

"이게 무슨 짓이에요!"

불을 끄려고 날뛰는 클라에스의 팔을 잡았다.

"됐어요. 둘 다 살아남기나 합시다."

클라에스의 두 눈에 눈물이 흘러내렸다. 그와 동시에 복도를 뛰어오는 발소리가 들렸다. 뚜껑 역할을 하던 나일론 재킷이 녹고 휴지통의 속 불꽃의 열을 감지한 경보기가 울리기 시작했다. 스프링클러가 물을 내뿜었다.

"문 열어!"

영어로 내뱉는 고함과 총성이 연달아 울리며 문손잡이 주변이 총알로 뚫렸다. 작업복 차림에 소총을 들고 복면 모자에 고글을 쓴 남자가 문을 걷어차며 들어왔다.

남자는 스프링클러가 뿜어내는 물에 흠뻑 젖은 고바와 클라에스를 밀치며 휴지통을 들여다봤다.

"불태웠군."

그렇게 말하며 고바와 클라에스를 순서대로 복도로 끌어냈다.

"다 읽었나?"

스프링클러는 복도에도 쏟아졌고 복면 모자와 작업복도 젖었다. 그 물소리를 찢을 기세로 남자가 반복해 소리치며 소총을 들이밀었다.

"읽었냐고!"

"앞부분만. 시간이 없어서."

클라에스가 말했다.

"넌?"

"뒷부분만."

고바도 대답했다.

"이것들이 어디서 거짓말이야!"

"진짜다."

눈앞에 놓인 총구. 이만한 물로도 씻겨나가지 않는, 그곳에서 피어오르는 탄약 냄새. 고바는 떨었다. 울음을, 소변을 지리기 직전이었다.

"됐어, 상관없어."

남자가 고바의 머리에 총구를 들이댔다.

그러나 남자가 방아쇠를 당기기 전에 멀리서 총성이 울렸다.

고바가 아니라 복면 모자를 쓴 남자의 머리가 날아갔다.

머리카락, 피, 살점, 아니 뼈일지도 모른다. 인체 파편이 사방으로 튀었고 남자가 바닥에 쓰러졌다. 머리에 난 구멍에서 피가 흘러나왔지만 천장에서 쏟아지는 스프링클러 물 때문에 고이지 않고 희석되어 사라졌다.

"움직이지 마."

검은 고글과 방탄조끼를 입은 남자들이 기관단총을 조준하며 뛰어 들어왔다.

"SDU입니다. SDU가 뭔지 아십니까?"

왕립 홍콩경찰 특수임무부대(Special Duties Unit).

고바와 클라에스는 소리도 내지 못하고 고개만 끄덕였다.

"폭발물 없음."

SDU 대원 한 명이 총에 맞은 남자의 몸을 확인했다. 통로 끝에도 사살된 듯 보이는 강도 한 명이 쓰러져 있었다.

"폭행당했습니까? 다친 데는 없습니까? 빼앗긴 것은?"

대원이 물었지만 입을 뗄 수 없었다. 스프링클러 때문에 젖은 몸도 얼어 움직이지 않았다.

사흘 전에는 사살된 사체를, 오늘은 사람이 총에 맞아 죽는 순간을 목격했다. 공포와 불안과는 다른 무언가가 발밑에서부터 기어올랐다. 그래도 '살고 싶으면 생각해'라는, 감정이 아닌 본능 같은 것이 몸속에서 부르짖었다.

고바는 손끝으로 이마를 두드리며 궁리했다.

SDU 대원들인 것은 사실이리라. 하지만 너무 일찍 도착했다. 마치 이 은행이 습격당할 것이라는 사실을 예견한 것처럼……. 아니, 오히려 이 습격은 잘 짜여진 연극일 가능성이 크다. 사살된 강도 패거리와 SDU 내 누군가가 연결된 것이다.

무장 괴한 체포라면 폐쇄적이고 비밀 엄수를 고집하는 은행이라도 깊숙한 곳까지 강행 돌파할 충분한 이유가 된다. 바꿔 말하면 그 정도 사건은 일어나야 이 지하 대여 금고실까지 들어

올 수 있다는 뜻이다.

강도는 돈을 주고 고용한 장기짝. 마시모의 계획서를 빼앗으러 온 장본인은 SDU 내부에 있는 누군가일지도 모른다. 만약 그것이 사실이라면 한 가지 의문이 떠오른다.

왜 희생양을 내세우면서까지 데니켄 운트 훈치커은행에 침입했을까? 이토록 무모한 짓을 할 정도의 각오라면 처음부터 센트럴에 있는 홍콩 난징은행그룹 산하의 헝밍은행을 노리면 된다. 이곳 셩완에서 수백 미터밖에 떨어지지 않은 그 은행 지하 금고실에는 그들이 진짜로 노리는 각국 주요 인사들의 불법 투자와 부적절한 절세용 유령 회사의 활동 기록이 들어 있는 플로피 디스켓과 서류가 숨겨져 있으니까.

헝밍은행을 직접 노리지 않은 이유는 그만큼 견고하고 엄중한 경비 때문일까? 무슨 일이 있어도 각국의 특수기관끼리 직접 부딪치는 일을 피하고 싶어서?

고바의 마음속에 의심이 연이어 피어올랐다.

여러 사람의 피를 흘리고 은행 습격으로 위장하면서까지 불법 축재 기록을 차지할 가치가 있을까? 애당초 헝밍은행에 숨겨진 자료가 마시모가 이야기한 대로 정말 불법 축재 기록일까…….

방금 사살 순간을 목격한 머리로 생각하기에는 너무나도 복잡하고 어려운 문제였다.

어쨌든 지금 시점에서 명심해야 할 것은 SDU는 절대로 아군도, 자신을 보호해 주는 존재도 아니라는 사실이다.

물을 뿜어내던 스프링클러가 마침내 멈췄다.

대원들이 클라에스를 휠체어에 앉히고 무릎에 담요를 덮어줬다. 젖은 가방과 양산을 손에 든 클라에스의 안색은 그 어느 때보다 창백했고 몸도 가늘게 떨었다. 고바의 몸에도 담요를 둘러줬다. SDU 대원의 안내에 따라 클라에스의 휠체어를 밀며 걷기 시작했다.

근처에서 눈이 가려진 채 팔을 뒤로 결박당한, 고바를 담당했던 행원도 구출됐다. 그런데 나일론 밴드를 풀어준 뒤 자리에서 일어서자마자 "손님, 괜찮으십니까?"라고 고바와 클라에스에게 영어로 묻고는 SDU 대원에게 거세게 항의했다.

광둥어로 말하는 바람에 자세히는 모르지만 "누구 허락을 받고 여기 들어왔나", "내 고객을 어디로 데려가나"라고 말하는 듯했다.

SDU 대원도 반박하고는 고바와 클라에스를 행원에게서 떼어놓듯 엘리베이터를 타고 1층으로 돌아왔다. 로비에서는 이미 현장 검증이 시작됐고, 부상자들이 바닥에 앉아 구급대원의 응급처치를 받고 있었다.

"미스터 고바."

30대 중반 외모의 라우라는 남자가 말을 걸었다. 검은색 방탄조끼, 청바지에 티셔츠 차림. 꺼내 보인 신분증에는 '경장 Sergeant'이라고 적혀 있었다.

내 이름을 어떻게 알았지? 방문 예약자 명단을 봤나?

"당신들이 스프링클러를 작동시켰나 보군요. 무엇을 어떤 목적으로 불태웠는지 반드시 말씀해 주셨으면 합니다."

라우가 영어로 말했다. 클라에스가 눈을 내리까는 척 라우에게서 시선을 돌렸다. 표정도 점점 굳었다. 아는 사람인가? 고바는 답을 찾을 의도까지 더해 라우에게 물었다.

"사건 발생 후에 출동까지 상당히 빨랐군요."

"빨리 구출돼서 불만이십니까?"

"아닙니다. 그저 상황 파악이 너무 빠르고 적확해서 신기할 따름이죠."

"원래는 말하면 안 되지만 미스터 고바는 당사자이기도 하니 말씀드리겠습니다. 그저 미스 클라에스 아이마로의 동향을 쫓고 있었을 뿐입니다. 미스 아이마로는 살인 사건의 목격자니까요. 동시에 저희는 아직 그녀가 미스터 마시모 조르지아니를 비롯한 세 사람 살해 사건의 공범이라는 의혹을 완전히 버리지 않았습니다."

라우가 거드름 부리는 미소를 지으며 말을 이었다.

"이것저것 묻고 싶은데, 우선 자리를 옮겨 이야기를 나눕시다. 미스 아이마로에게는 따뜻한 음료와 갈아입을 옷이 필요할 것 같으니까요."

린차이화와 말투가 비슷하다. 홍콩 수사관들의 특성일까?

라우가 손짓하고는 걸어갔다. 잠시 생각한 고바도 클라에스의 휠체어를 밀며 뒤따랐다. 은행 밖으로 나갔다. 좁은 도로는 이미 폐쇄됐으나 봉쇄선 너머로 많은 인파가 몰려 있었다.

"어디로 갑니까?"

고바가 물었다.

"안전한 곳으로요."

라우가 대답했다.

"구체적인 장소를 알려 주시죠. 친구에게 무사하다고 연락하고 데리러 오라고 부탁하고 싶습니다."

"구체적으로 말하면 안전한 곳이 아니게 되죠. 미스터 고바와 미스 아이마로를 노린 범행일 확률이 높다고요. 실제로 두 분이 도착한 직후에 은행을 덮쳤잖아요. 자, 타시죠."

흰색 바탕에 붉은색과 푸른색 선이 새겨진 익숙한 경찰차가 아니라 회색으로 전체를 칠한 소형 호송 차량이었다.

고바는 뒷문 앞에서 고개를 절레절레 저으며 멈춰 섰다. 클라에스도 그대로 휠체어에 앉아서 차에 타려고 하지 않았다. 라우가 여전히 웃는 얼굴로 태연하게, 하지만 강하게 고바의 두 팔을 잡았다.

"여기서 죽고 싶어?"

라우가 작은 소리로 을렀다. 그리고 허리에 찬 권총집을 손가락으로 가볍게 두 번 두드렸다.

"많은 사람이 보고 있답니다."

고바가 말했다.

"일본인 주제에 잘난 척은. 여긴 홍콩이야, 내 홈그라운드라고. 내가 하기 나름이지. 당신한테 총을 쥐어 주고 습격범과 한패였던 걸로 할까?"

고바는 라우를 노려보며 호송차에 올라탔다. 클라에스도 일어나 뒤를 따랐다. 휠체어도 접어 어둑한 차 안에 실었다.

뒷문이 닫히고 고바와 클라에스는 라우와 마주 보며 딱딱한 벤치 시트에 앉았다. 열리지 않는 창 너머로 바깥 풍경을 볼 수는 있었다. 그러나 밀폐된 공간이라서 후텁지근했다.

라우가 운전석이 보이는 작은 유리창을 두드렸다.

운전자는 제복 경찰로 이 납치극에 가담한 라우의 동료인 듯했다.

몰려든 인파를 흩트리듯 경적을 울린 호송차가 달리기 시작했다.

"무사해서 다행이야, 미스 아이마로. 당신만이라도 살아남지 않았다면 상황 파악을 못 할 뻔했어."

클라에스는 어두운 시선으로 라우를 올려봤다.

"아는 사이군요?"

고바가 물었다. 클라에스가 고개를 끄덕였다.

"시뇨르 조르지아니가 편성한 또 다른 팀의 팀원입니다."

"그래, 그 팀의 리더라고. 아니지, 우선 이렇게 물어야 하나? 당신네 팀 말고 다른 팀이 있다는 걸 아느냐고."

"팀이 네 개라는 건 홍콩에 와서 알았어. 마시모가 죽은 다음

날, 그러니까 이틀 전에."

"너도 그 노인네한테 속은 인간 중 한 명인가. 하지만 뭐 그 양반은 죽어 버려서 벌써 새 후원자를 찾은 팀도 있고 뿔뿔이 흩어진 팀도 있어. 다들 어지간히 카오스 상태지. 우리 팀도 마찬가지고. 하지만 짚고 넘어가야 할 게 있어. 클라에스, 마시모는 정말로 죽었나?"

"저는 시뇨르 조르지아니와 경호원 두 명이 총에 맞는 장면밖에 보지 못했습니다."

"총은 어디서 쏜 거야? 창밖에서?"

"네. 테이블 위에 있는 와인 잔을 손으로 드는 순간 총성이 났습니다. 저도 총에 맞아 쓰러졌고요. 그 이후의 일은 미스터 고바가."

클라에스가 고바에게 시선을 돌렸고 라우도 고바를 쳐다봤다.

"때마침 네가 재수 없게 해상 레스토랑 룸으로 들어간 셈이었지. 정말이지 소설 같은 이야기라 솔직히 믿을 수 없지만. 진짜였어? 대역이 아니라? 그 노인네라면 그만한 일 정도는 아무렇지 않게 꾸밀 법한데."

"알려 주면 뭘 해 줄 거지? 곧바로 풀어 준다면—"

라우가 말하는 고바의 얼굴을 손바닥으로 후려쳤다. 어둑한 차 안에 뺨을 때리는 소리가 울려 퍼졌다.

"나대지 마."

라우는 배도 때렸다. 고바의 입에서 "윽" 하는 소리가 새어 나왔다.

"마시모 본인이었냐고."

"그래, 본인이었—"

고바는 옆얼굴을 다시 얻어맞았다. 차 안에 또다시 피부가 찢어지는 듯한 날카로운 소리가 울려 퍼졌다.

"말이 짧네. 본인이 어떤 입장인지 파악을 해야지."

라우가 웃었다.

"본인이었습니다. 움직이지 않는 몸을 이리저리 더듬었지만 분명히 죽은 상태였습니다."

고바가 말했다. 겁을 먹어서가 아니다. 지금은 이 녀석을 우위에 두는 편이 상책이라고 생각해서였다. 힘으로 지배하려는 사람은 그가 휘두르는 폭력에 굴복하는 태도를 보이면 반드시 마음을 놓고 방심한다.

"이러니 얼마나 좋아. 납작 엎드리면 다칠 일도 적잖아. 그럼 이어서 오늘 이야기를 해보지. 강도가 침입했다는 걸 눈치채고 너희들이 마시모가 작성한 계획서를 태운 거지?"

"네. 확인용 개인실에서 태웠습니다."

고개를 숙이고 말하는 고바의 시선 끝에 양산을 꽉 움켜쥔 클라에스가 보였다. 하지만 고바는 손가락만 살짝 좌우로 움직여 'No' 신호를 보냈다.

'아직이야. 반격하기에는 일러.'

클라에스가 두 눈을 천천히 감으며 대답했다.

라우가 고바의 얼굴을 응시하며 말했다.

"나도 뭐, 너와 같은 상황이었으면 똑같은 생각을 했을 거야. 태우기 전에 계획서 내용은 외웠겠지?"

"네."

고바와 클라에스가 고개를 끄덕였다.

"역시. 그래서 이렇게 납치할 수밖에 없었어. 너희의 작전 계획은 이제 너희 머릿속에밖에 없지. 그러니까 억지로라도 입을 열게 만들 수밖에 없잖아."

'무슨 말이지?'

라우는 '너희의 작전 계획'이라고 말했다. 그렇다면 또 다른 계획이 있다는 뜻인가? 네 팀마다 제각각 다른 지령과 계획서가 존재하는 것일까? 플로피 디스켓과 서류 탈취라는 같은 목적을 위해 팀마다 별개의 작전이 주어졌나? 어쩌면 우리는 자신도 모르는 사이에 싸움에 붙여졌을지도 모른다.

그때 차 밖에서 쾅쾅하는 커다란 소리가 들렸다.

세 사람은 차량 뒷부분 창문으로 눈을 돌렸다.

호송차 바로 뒤를 달리는 자동차 두 대가 좌우로 조금 흔들리더니 급정거했다. 두 자동차 타이어가 동시에 펑크 난 듯했다.

"네 팀원 짓이야?"

라우가 고바에게 물었다.

"모르겠습니다."

"누구 짓이든 어림없어. 이 차를 노릴 작정이었겠지만 멈춘 건 뒤따라오던 차뿐이지. 이 차는 호송차니까 당연한 일이야. 방탄차인 데다 타이어가 쉽게 펑크 나지 않는다고."

하지만 차터가든 옆, 교통량이 많은 찌그러진 X자 모양 길로 접어든 직후, 호송차가 덜컹하고 크게 흔들리며 단숨에 속도가 줄어들었다.

속도가 느려진 채 꾸물꾸물 나아갔고, 액셀을 밟는 듯했지만 빨라지지 않았다. 라우가 광둥어로 운전석을 향해 무언가 말했고 운전자도 대꾸했다. 원인을 모르는 듯했다.

이내 차 밖도 소란스러워졌다. 행인뿐 아니라 반대 차선의 운전자들도 창문을 열고 몸짓으로 신호를 보냈다.

라우와 고바는 다시 차량 뒤쪽 창문으로 밖을 확인했다.

호송차 뒤에서 와이어로프 두 개가 길게 늘어져 반대 차선에서 승객을 태우고 달리던 2층버스 두 대의 뒷부분에 연결되어 있었다.

버스는 X자 모양 길에서 각각 좌우로 갈라지려다가 앞으로 나아가지 못하고 길가에 멈춰 섰다. 호송차와 버스 사이에 팽팽하게 당겨진 와이어로프에 앞길이 막힌 차량의 운전자들이 경적을 울리며 항의했다.

'뒤에서 오던 차들을 강제로 세운 건 와이어를 연결하기 위해서였나.'

고바는 깨달았다.

호송차의 운전자가 황급히 차에서 내려 뒷부분을 확인하다가 창문 너머로 "잠겨 있어"라고 말하며 고개를 절레절레 저었다.

호송차의 견인용 핀틀 후크에 와이어 두 개가 각각 커다란 자물쇠 두 개로 채워져 있었다. 와이어가 연결된 끝도 2층버스의 뒷문에 있는 세로형 난간에 단단하게 고정되어 있었다.

"어떻게 좀 해봐. 와이어 풀라고!"

라우가 고바의 머리를 움켜쥐며 소리쳤다.

"그런데 이게 다 무슨 일인지. 정말로 모르겠습니다."

고바가 고개를 저었다.

"이런 짓 할 놈이 네 팀원 놈들 말고 더 있어?"

라우가 무릎을 걷어찼다.

고바는 고통스러운 척 상체를 숙였다. 웃음이 터져 나올 것 같아서 입술을 깨물며 참았다.

죄수의 발목에 쇠구슬이 달린 족쇄를 채우듯 승객이 가득 탄 2층버스 두 대를 호송차에 매달아 발을 묶었다. 이 일을 꾸민 사람은 역시 자비스와 일라리.

계획을 생각해 낸 사람은 자비스이리라.

볼 앤드 체인은 식민 지배로 전성기를 누렸던 19세기 대영제국을 상징하는 노예 구속구다. 그것을 연상시키는 작전을 지금 상황에서 선보였다.

만약 차로 끌려가는 일이 생기면 행인들에게 피해를 끼치지 않는 선이라면 무슨 수를 써도 좋으니 차를 멈춰 세워 달라. 고바는 분명 그렇게 말했다. 그래도…… 계획을 짠 자비스도 장단을 맞춘 일라리도 어지간히 제정신이 아니다.

와이어에 길이 막히면서 도로 위를 달릴 수 없게 되자 트램까지 멈춰 섰다. 호송차를 몰던 경찰관은 따지고 드는 버스 운전기사와 차 밖에서 말다툼하기 시작했다. 행인들도 소동이 일어난 곳 주변으로 몰려들었다.

중국 은행 타워(중국 은행 본점), 씨티은행 플라자, HSBC 홍콩 본점 빌딩으로 둘러싸인 금융가 중심에서 이렇게 요란하고 무식하게 교통 방해를 일으키면 곧바로 경찰이 출동한다. 그리고 아무리 호송차라도 반드시 차량 내부를 검문한다. 은행 습격 현장에서 피해자 두 명을 빼돌린 라우 경장도 무엇을 하고 있었느냐고 문책당할 것이다.

자비스와 일라리는 납치된 고바를 구해내려고 호송차의 닫힌 문을 억지로 열 필요가 없다.

"밖으로 나가. 허튼짓하거나 튀려는 낌새라도 보이면 뒤에서 쏠 줄 알아."

라우가 허리에 찬 권총집의 단추를 풀렀다.

이로써 도망칠 기회가 생겼다.

클라에스가 접어놓은 휠체어로 손을 뻗으려는데 고바가 "걸을 수 있죠?"라고 물었다. "그래. 걸어"라고 라우도 말을 보탰다.

사이렌과 함께 신고를 받은 경찰차가 다가왔다. 호송차 뒷문이 열리고 고바와 클라에스가 도로에 내렸다.

운전했던 경찰은 자신의 역할을 알고 있는 듯 라우 쪽으로 이

목이 집중되지 않도록 발이 묶인 트램의 승객들과도 말다툼을 시작했다. 여러 행인이 현장을 둘러싸고 헛웃음을 지으며 제복 경찰과 시민 사이의 소동을 지켜봤다.

라우에게 등을 떠밀리며 도로에 늘어선 자동차와 사람들 사이를 빠져나와 뱅크 스트리트로 걸어갔다.

데보로드 센트럴 북서쪽으로 향했다.

"거기서 왼쪽."

뒤에서 날아온 라우의 지시에 따라 골목을 왼쪽 오른쪽으로 꺾으며 걸었다. 그런데 인적이 없는 길로 들어섰을 때 어깨를 들썩이며 숨을 쉬던 클라에스가 쭈그려 앉았다.

"잠시만요……."

라우가 작은 소리로 말하는 클라에스의 두 팔을 붙잡아 일으켜 세우려고 했다.

그 순간, 고바가 숨을 멈추고 라우의 뒤에서 머리카락과 몸을 붙잡아 짓눌렀다. 곧바로 몸부림치는 바람에 놓칠 뻔했지만 클라에스가 그보다 빨리 양산 끝을 라우의 얼굴에 들이밀며 단숨에 분사했다.

안개처럼 뿜어져 나온 물질이 라우의 얼굴을 뒤덮었다. 뒤이어 라우가 콜록거리며 다리를 떨기 시작했다 고바와 클라에스는 숨을 멈춘 채 곧바로 떨어졌다.

양산에서 뿜어져 나온 것은 러시아산 신경 작용제. 클라에스가 러시아 총영사관의 오를로프에게 받은 것이었다.

라우의 의식이 벌써 흐려지기 시작했다. 강력한 효과에 공포를 느꼈지만 직전에 당한 폭행 탓에 동정심은 전혀 들지 않았다.

움직일 수 없게 된 라우를 부축하는 척 좁은 길 끝에 앉혔다. 다른 행인은 없었다. 하지만 클라에스가 "괜찮아요?"라며 걱정하는 척 물었다. 라우는 고주망태가 된 사람처럼 눈을 감았다. 재차 확인했지만 보는 사람은 아무도 없었다.

"갑시다. 지도는 내 머릿속에 있어요. 이쪽이에요."

고바가 작게 말했다.

앞장서서 걷기 시작한 목덜미에 금속이 닿았다.

"아니, 내가 시키는 대로 걸어."

클라에스가 라우의 권총집에서 자동권총을 꺼내 들고 있었다.

"조금이라도 반항하면 바로 쏠 거야. 진짜야."

클라에스가 말을 끝내자마자 앉은 채 움직이지 않는 라우를 향해 두 발을 쐈다. 목과 볼에 총을 맞은 라우는 눈을 감은 채 피를 흘렸고, 미약하게 경련하던 몸은 이내 움직이지 않았다.

"죽일 것까진—"

클라에스의 번뜩이는 눈빛에 고바가 말을 삼켰다.

"가죠."

클라에스가 바싹 붙어서 고바와 팔짱을 꼈다. 고바의 허리에 총구를 꾹 눌렀다.

골목을 여러 번 돌아 음식점이 늘어선 폭이 약간 넓은 거리로 나갔다. 스쳐 지나가는 사람들은 자신들을 커플이라고 생각하겠지. 클라에스가 든 권총은 아무도 눈치채지 못했다. 미소 지으며 걷는 클라에스는 조금 전과는 다른 사람처럼 침착했다.

그러나 고바는 방금 사람을 쏜 총구에서 피어오르는 화약 냄새를 맡았다. 죽음과 피를 노골적으로 느끼게 하는 자극적인 냄새가 국숫집과 술집에서 풍기는 팔각과 산초 냄새와 섞였다.

"잠깐. 속이 안 좋아."

"수작 부리지 마."

클라에스가 거칠게 팔을 잡아당겼는데 결국 참지 못하고 길바닥에 게워 냈다.

은행에서 본 복면 모자를 쓴 남자의 머리에 뚫린 구멍, 방금 라우의 목과 볼에 뚫린 구멍. 그곳에서 흘러나오던 검붉은 피. 두 사람이 사살되던 순간이 고바의 머릿속에 천천히 재생됐다.

'무서워.'

평정을 가장하려고 해도 다리가 후들거렸다.

목구멍으로 치밀어오르는 것을 소리와 함께 또다시 뱉어냈다. 스쳐 지나간 젊은 여자가 강한 어조로 광둥어를 내뱉었다. "더러워"라고 욕을 했겠지.

"꼴사납게."

클라에스도 말했다. 그러나 말투와는 정반대로 걱정스러운 표정을 지으며 가방에서 손수건을 꺼내 내밀었다. 끝까지 커플 연기를 할 작정인 듯했다.

"어쩔 수 없죠. 익숙지 않으니까."

고바는 기운을 쥐어짜 입가를 손수건으로 닦은 뒤 클라에스를 쳐다봤다. 맞서야 한다. 두려워하기만 해서는 상황은 더욱 악화된다.

"당신은 익숙해 보이네요. 마시모를 죽인 자들과 손을 잡고 일을 꾸민 사람도 역시 당신입니까?"

"아니라고 말해도 안 믿겠지. 그 정도 떠들 힘이면 걸을 수도 있겠네."

클라에스가 카디건을 벗어 총을 감싼 뒤 다시 고바의 허리를 눌렀다.

스탠리 스트리트를 빠른 걸음으로 걷는 도중에 클라에스의 가방에서 휴대폰이 울렸다. 곧바로 꺼내 짧게 말을 주고받더니 전화를 끊고 다시 걷기 시작했다.

"누굽니까?"

"곧 알게 될 거야."

"오를로프는 아닌 모양이네요."

"입 안 다물면 진짜로 쏠 거야. 방금까지만 해도 시체 보고 쫄아서 토하더니 이제는 터프한 척 날 떠보려고? 정신없는(restless) 남자야."

"당신이야말로 그렇게 거친 말투를 쓰는 건 스스로 최면을 걸기 위해서 아닙니까? 사실 사람을 쏴 죽이고는 몹시 동요한 거 아닙니까?"

"건방진 소리 하지 마. 죽을 고비 좀 넘겼다고 무슨 전문 요원이라도 된 것 같아?"

"그렇게 우쭐하지 않았습니다. 그저 당신과 같은 심정일 뿐이에요. 병원에서 '난 아직 죽고 싶지 않아요. 그 심정이 우습게 느껴진다면 얼마든지 욕해도 좋아요'라고 말했죠? 나도 살아남을 길을 필사적으로 찾고 있어요."

"그럼 입 다물어. 내 말을 고분고분 듣는다면 일단 앞으로 몇 시간은 숨이 붙어 있을 테니."

상점가 뒤, 오른쪽에 실외기 몇 대가 늘어서 굉음을 내뿜는 길로 들어섰다. 왼쪽은 빌딩 공사현장이었다. 대나무로 짠 발판이 수십 층 높이로 올라가 있었고, 인부들의 목소리와 공사 소음이 들려왔다. 한낮의 햇빛이 가려져 어둑했다. 길 저 끝, 애버딘 스트리트와 엇갈리는 모퉁이에 사람의 모습이 보였다.

역광 속에 서 있는 사람은 밤색 머리의 키가 큰 남자.

클라에스의 표정이 미세하게 풀리면서 걸음이 빨라졌다. 저 남자와 합류할 계획이다. 넥타이에 슬랙스, 멀리서 봤을 때는 출장 중인 미국인 회사원 같아 보였다.

남자의 뒤에 세워져 있던 왜건의 문이 열렸다. 저 안으로 데려갈 생각이다.

하지만…….

"멈춰."

골목 옆 어둠 속에서 여자 목소리가 들린 것과 동시에 클라에스의 목에 총구가 꽂혔다.

좁은 길을 걷던 고바와 클라에스의 걸음이 멈췄다.

"겨우 따라잡았어."

가쁜 숨을 몰아쉬는 미아가 권총을 겨누고 있었다.

"내가 말했지. 남자한테 가련한 얼굴로 변명하는 여자는 믿을 수 없다고."

"아아, 그래. 당신이 옳았어."

고바가 말했다.

"그 사람 놔줘, 총은 땅에 내려놓고."

미아가 클라에스에게 명령했다.

"네가 방아쇠를 당기기 전에 내가 고바를 쏠 거야."

클라에스가 되받아쳤다.

"지금 네 총구와 내 총구가 어디 있는지를 봐. 방아쇠를 당기자마자 넌 내 총에 맞아 즉사할걸. 예쁜 얼굴에 총구멍이 나고 피와 뇌수가 튀면서 말이지. 고바도 신장 하나 정도는 관통당해 잃겠지만 처치만 제대로 하면 어떻게든 목숨은 부지할 수 있을 거야. 한번 해볼까?"

길 끝에서 밤색 머리 남자가 빠른 걸음으로 다가왔다. 역광에서 벗어나자 어스름 속에서 머리카락과 같은 밤색 눈동자와 반반한 얼굴이 보였다.

"동작 그만! 가까이 오면 클라에스 아이마로는 죽는다."

미아가 남자에게 사납게 말했다.

"내가 죽으면 너희도 곤란해져."

클라에스가 다시 말했다.

"당신은 아직 모르겠지만 대여 금고에 있던 계획서는 고바가 불태워 버렸어. 내용의 절반은 고바의, 나머지 절반은 내 머릿속에 있지."

"기록은 또 있잖아요."

고바가 말했다.

"휠체어라면 저 사람이 가져갔지."

클라에스가 멀리 서 있는 밤색 머리 남자에게 시선을 돌렸다.

"오를로프 측에 넘어가기 전에 말이야."

"아니, 이미 우리 팀이 빼돌렸어."

미아가 말했다.

"당신, 고바와 닮았네. 의미 없는 거짓말은 집어치워."

클라에스가 대꾸했다.

"사실입니다."

고바가 말했다.

"말이 안 되지. 나와 합류하고 나서 어떻게 동료들에게 휠체어 이야기를 전했지? 당신은 마이크 같은 건 숨기지 않았고, 누구와도 접촉하지 않았잖아."

"접촉했거든요."

"어디서? 은행원이나 SDU 대원 중에 동료가 있었다는 등 억지로 쥐어짜 낸 헛소리는 집어치워."

"은행에 들어가기 전에요."

길을 지나던 중년 여성이 클라에스를 알아보고 사진을 찍으려고 카메라를 꺼냈던…….

클라에스가 입을 다물었다.

그 사람은 그저께 묵었던 게스트하우스의 접수대에 있던, 고바가 맥도날드를 사줬던 중년 여자였다. 동료로 끌어들인 것은 아니다. 돈을 주고 이번 일만 부탁했다. 약속대로 그 여자는 친구들을 데리고 길 맞은편에서 걸어왔다. 그리고 사진을 찍는 척 다가와서 고바가 왼손 손가락으로 만든 간단한 신호를 확인한 뒤 자비스와 일라리에게 전달했다.

물론 그녀는 신호의 의미는 모른다. 건넨 돈은 입막음 비용을 포함해서 7천 홍콩달러. 적은 금액은 아니지만 가격에 걸맞은 연기를 선보였다.

"마시모의 계략대로 굴러간다는 말입니다. 당신뿐 아니라 러시아와 영국의 전문 요원들도 속으로는 우리를 패배자 아마추어 집단 취급하며 깔보고 무시하고 방심하죠."

고바가 말을 이었다.

"네가 죽는다고 해도 곤란하지 않아. 우리뿐 아니라 그 누구도."

미아도 클라에스의 목덜미에 총구를 거칠게 밀어붙이며 말했다.

그들이 서 있는 좁은 길 반대쪽 출구 근처에 브레이크 소리가 울렸다. 짙은 남색 해치백이 길을 가로막듯 멈춰 선 뒤 운전자가 창밖으로 얼굴을 내밀었다.

린차이화였다. 오른손으로 크게 손짓해 불렀다.

"그대로 앞을 바라본 채로 뒤로 물러나요."

고바가 클라에스에게 명령했다. 대나무 발판 위에서는 여전히 인부들의 목소리와 공사 소음이 들려왔다.

"내 허리에 들이민 총도 내리고."

클라에스가 지시에 따랐다. 세 사람은 에어컨 실외기가 소음을 내뿜는 뒷길로 되돌아갔다. 린차이화가 운전하는 해치백을 향해서…….

그러나 이번에는 "더 이상 움직이지 마!"라고 밤색 머리 남자가 크게 소리쳤다. 남자는 오히려 미아의 제지를 무시하며 좁은 길을 걸어들어왔다.

"여자를 쏘겠다. 진짜야."

미아가 대꾸했다. 그래도 남자는 걸음을 멈추지 않았다. 미아가 총을 쏘지 못하리라 확신해서가 아니다. 클라에스가 죽어도 상관없다는 뜻이었다.

그리고 밤색 머리와 눈동자의 남자가 다시 입을 열었다.

"내 말에 따르지 않으면 누구 하나 또 죽어 나갈 거야. 농담 아니야."

고바와 미아는 남자의 말을 듣지 않고 클라에스를 방패 삼아 물러났다.

"경고했다."

고바와 미아는 남자의 목소리를 뒤로 하고 린차이화가 기다리는 해치백으로 달리기 시작했다.

순간.

머리에서 한참 위에 있던 무언가가 우지끈 끊어지며 격렬한 충격음이 울려 퍼졌다.

내려앉은 철골이 길 끝, 린차이화가 타고 있던 해치백을 덮쳤다. 자잘한 파편이 허공에 흩날렸고 땅도 희미하게 흔들렸다.

“린차이화!”

고바가 소리쳤다. 녀석은 친구가 아니다. 좋아하지도 않고 믿지도 않는다. 그래도 “린차이화!” 하고 거듭 외쳐 불렀다.

그러나 해치백의 천장은 4분의 1 이상 짓눌려서, 방금까지 힘차게 손짓하던 린차이화의 오른팔은 철골과 문틈에 끼이고 잘려 땅바닥에 굴러떨어졌다.

더는 산 사람이 아니다.

가슴이 찢어지는 것처럼 아프고 괴로웠다. 홍콩에 와서 맞닥뜨렸던 어떤 죽음과도 전혀 달랐다. 지독한 통증이 슬픔보다 앞서 가슴이 미어졌다.

그런데 미아가 정신을 놓은 고바의 목덜미를 잡아당기며 엎드렸다.

밤색 머리 남자의 뒤에서 뒷길로 뛰어 들어온 남자 몇 명이 재킷 아래와 가방에서 일제히 자동권총을 꺼내 조준했다.

총성이 울렸다.

고바와 미아는 클라에스와 함께 실외기 뒤에 몸을 숨겼다. 위에서 쏟아진 철골과 길 위에 떨어진 한쪽 팔을 발견한 행인들의 비명이 들렸다.

미아가 맞서서 총을 쐈다.

클라에스는 다시 예의 겁먹은 눈으로 돌아가 자동권총을 쥔 채로 미동도 하지 않았다.

쌓인 채 늘어선 실외기가 방패 역할을 해 주고 있지만 얼마나 버틸 수 있을지 알 수 없었다. 조만간 실외기를 꿰뚫은 총알이 쏟아질 터였다. 그보다 먼저 다른 누군가가 머리 위에서 저격할지도 모른다.

돌아가려던 길은 린차이화를 태운 채 찌부러진 해치백과 철골 더미로 막혔다. 퇴로는 없다. 게다가 코앞에서 총격을 해오는 남자들.

“어떡하지? 머리 좀 굴려봐!”

미아가 말했다. 그렇지 않아도 이마를 손끝으로 세게 두드리면서 생각하고 있다. 주위를 둘러봤다. 도망갈 길이 어디 없을까?

답을 내기 전에 두 채 떨어진 건물의 철문이 열리며 푸쉬쉬 하는 소리와 함께 하얀 연기가 흘러나왔다. 최루 가스가 아니다. 발연통과도 다르다, 그래 소화기구나.

하얀 소화제 연기가 순식간에 좁은 뒷길을 뒤덮었다.

미아가 허리를 숙인 채 문으로 달려갔다.

클라에스는 실외기 뒤에 웅크린 채 움직이지 않았다.

“같이.”

고바가 손을 내밀었다.

"살아남읍시다."

하지만 클라에스가 공포에 질린 눈빛으로 고개를 약하게 저었다.

미아가 뒤에서 고바의 머리를 잡아챘다. "도 응우!"라고 말하는 사나운 목소리가 들렸지만 뜻을 알 수 없었다. 질질 끌려 열린 문 안으로 들어가자 대바구니가 쌓여 있었고 말린 조개관자와 해삼 냄새가 진동했다.

건어물상의 창고 같았다.

하지만 빛나는 전구 아래, 쓰임을 다한 소화기 몇 개와 함께 서 있는 사람은 자비스도 일라리도 아닌 루이초홍, 왕립 홍콩경찰총부에서 고바를 신문했던 독찰이었다.

"같이 와. 지금 여기서 죽고 싶지 않으면."

루이 독찰이 말했다.

8

2018년 5월 26일 토요일

홍콩섬 타이쿠에 있는 맨션 14층. 그 여성은 웃는 얼굴로 맞아주었다.

"미스 에이미와 미스터 웡. 만나서 반가워요."

구운 과자와 찻주전자가 놓인 테이블 너머에 노안경을 벗고 우리를 바라봤다.

그녀는 자우만징, 54세.

"저희야말로 만나 봬서 반갑습니다. 자우 여사님."

내가 말했다.

"린 부인이라고 불러 주세요. 그게 더 익숙하기도 하고, 미스터 고바의 따님은 꼭 그렇게 불러 줬으면 좋겠거든요."

"아뇨……."

나는 러시아 총영사관에서 본 사진이 고바 게이타와는 다른 사람이었다는 사실, 그리고 오를로프가 말하는 고바가 자신이 아는 아버지의 모습과 일치하지 않는다는 사실을 말했다.

아버지는 린 부인이 아는 미스터 고바와는 다른 인물일지도 모른다.

하지만 린 부인은 고개를 저었다.

"생김새가 다르다고요? 사람의 외모 같은 건 나이와 성형으로 얼마든지 바뀔 수 있어요. 게다가 고바는 차분한 사람이었지만 각오를 다지자 잔혹해지기도 했죠. 무엇보다 당신의 의지 강해 보이는 눈은 고바와 똑 닮았어요. 양딸이지만 양아버지에게 확실하게 물려받았네요."

'의지가 강한 눈? 또 내가 아는 아버지와 다르다.'

"미스터 웡은 루이 독찰의 친아드님이죠. 이지적이고 핸섬하던 아버님을 쏙 빼닮았군요."

"아버지가 독찰이셨다고요? 경찰관이셨다는 말씀이신가요?"

"네. 어머님께서 전혀 다른 이력으로 알려 주셨죠? 성도 어머님의 성을 따랐고요. 그건 미스터 웡을 지키기 위한 거짓말이었고 당신 스스로도 진실은 다르다는 사실을 어렴풋이 눈치챘을 거예요."

웡인컹은 당황하면서도 린 부인의 말에 고개를 끄덕였다.

"네. 미스 에이미가 아버지의 진실을 찾듯 저도 아버지의 과거를 찾고 있습니다. 미스 에이미의 가이드 역할을 받아들인 것도 어쩌면 아버지에 관한 일말의 진실에라도 닿을 수 있지 않을까 해서입니다. 러시아 총영사관에서 억지로 떠민 명령 같은 건 아무래도 좋습니다."

그것은 나도 마찬가지였다. 나는 스스로를 위해 이 집에 왔고 린 부인과 대화하고 있다.

"내 남편, 린차이화도 루이 독찰처럼 왕립 홍콩 경찰총부에서 근무했어요. 하지만 1997년 1월 2일에 살해당했죠. 머리 위로 철골을 떨어뜨렸어요. 사고로 가장한 살인을 지시한 사람은 미국인 프랭크 벨로(Frank Bello)였죠. USTR(미국 무역대표부)의 직원인 척했지만 사실은 CIA에서 고용한 전직 공작원이었어요. 그 사실을 알려 준 사람은 물론 여러분의 아버님들이었습니다. 루이 독찰은 나와 내 아들들을 보호하고 숨겨 줬죠. 두 아들은 바다 건너에서 대학을 나와 영국에 있는 기업에 취직해 지금은 버밍엄과 카디프에 살아요."

린 부인은 내 아버지가 고바 게이타라는 사실을 믿어 의심치 않았다.

"두 아들자식이 내 품을 떠나 캐나다에 머물 필요가 없어지고 나서 나 홀로 남편과 살았던 이 도시로 돌아왔어요. 즐거운 기억보다 괴로운 기억이 더 많았기에 처음에는 어떨까 고민했지만 직접 돌아와 살아보니 힘들었던 기억까지 근사한 추억처럼 느껴지더군요."

린 부인이 찻주전자를 들어 잔에 따랐다.

"이야기가 옆길로 샜군요. 미안해요. 여러분을 앞에 두고 있으니 미스터 고바와 루이 독찰과 대화하는 기분이 들어요. 그런데 루이 독찰의 이야기를 하다 보면 미스터 웡을 슬프게 할 수도 있는데, 괜찮겠어요?"

"괜찮습니다, 말씀해 주세요."

웡인컹이 대답했다.

"루이 독찰은 청렴하고 우수한 수사관으로, 마시모 조르지아니 살해 사건을 진심으로 수사하려고 했어요. 당시 홍콩에 살던 사람들은 그 사건이 흑사회와 외국 자본과 깊은 관련이 있다는 걸 눈치챘어요. 그런 만큼 진범을 밝히지 않은 채 가짜 실행범을 체포해서 사건을 흐지부지 덮으리라고 생각했죠. 경찰관의 아내가 할 소리는 아니지만 그게 바로 그 시절 이 도시의 모습이었어요. 하지만 루이 독찰은 달랐죠. 진심으로 진실을 좇았어."

린 부인은 찻주전자를 놓은 뒤 이어서 데니켄 운트 훈치커라는 은행의 습격 사건에 대해 이야기했다.

"루이 독찰은 마시모 사건, 그리고 1997년 1월 2일에 일어난 은행 습격 사건과 내 남편 살해 사건을 통해 미스터 고바 게이타와 깊게 엮였어요. 은행 습격 사건이 일어난 날 내 남편 린차이화가 살해당했지."

"제 아버지는 그로부터 약 한 달 후, 1997년 춘절인 2월 7일 돌아가셨습니다. 어머니는 담관암이었다고 말씀하셨죠."

웡인컹이 자신의 앞으로 내밀어진 찻잔을 받아들며 말했다.

"사실은 병으로 돌아가신 게 아니라고 생각하죠?"

린 부인이 물었다.

"네. 지금까지는 어렴풋이 짐작만 했는데, 지금 말씀을 들으니 확신이 생겼습니다. 젊어서 아무리 암 진행이 빨랐다고 해도 1월 2일에 두 가지 중대 사건을 수사하던 사람이 같은 해 2월에 죽는다니 말이 안 되죠."

피어오르는 홍차의 김 너머로 온화하게 고개를 끄덕이며 귀를 기울이는 린 부인. 그 얼굴을 보면서 나는 조금씩 불길한 느낌이 들기 시작했다.

기억 속 남편을 여전히 그리워하며 조용히 살아가는 장년의 여성. 아니, 그것이 전부가 아니다.

"내 추측이지만 미스터 웡의 아버님도 살해당했다고 생각해요."

린 부인이 웡인컹에게 말했다.

"누구한테요? 프랭크 벨로라는 공작원에게요?"

"미국, 중국, 영국, 러시아, 일본, 그 어느 나라의 기관에게."

나는 도무지 따라갈 수 없는, 전부 지어낸 이야기를 듣는 기분이었다.

헝밍은행에서 반출된 물건을 빼앗는다는 계획만으로도 믿기지 않는데 데니켄 운트 훈치커은행 습격, 게다가 각국 기관이 벌인 살인이라니……, 내가 아는 아버지 고바 게이타와 점점 멀어진다.

그러나 린 부인이 거짓말을 한다는 생각은 전혀 들지 않았다.

"부인의 추측이 맞는다면 왜 각국 기관이 아버지를 노렸을까요?"

웡인컹의 목소리가 점점 날카로워졌다. 줄곧 냉정하던 그의 표정이 조금씩 변하기 시작했다.

"미스터 고바와 미스터 린이 공모해서 플로피 디스켓과 서류를 빼돌리려고 해서요? 제 아버님은 청렴한 수사관이셨죠?"

웡인컹은 그렇게 말한 직후 린 부인을 어색하게 바라봤다.

"신경 쓰지 마요. 내 남편은 분명 마시모 조르지아니에게 고용되어 서류들을 가로채려고 했죠. 하지만 난 그게 조금도 부끄럽지 않아."

린 부인은 미소지으며 우리를 차례로 쳐다봤다.

"내 생각이 듣고 싶어요?"

"네."

웡인컹이 고개를 끄덕였다.

나도 주저주저 고개를 끄덕였다.

"헝밍은행에서 버뮤다 제도의 법률사무소와 몰타 공화국의 법인설립 컨설턴트 회사로 옮기려던 플로피 디스켓과 서류에 무엇이 기록되어 있을까? 어제 미스터 오를로프가 뭐라고 설명했죠?"

"각국 주요 인사들의 불법 투자 및 재산 축적 기록이었으며, 지금이라도 국회의원이나 기업 임원들을 끌어내릴 수 있을 만큼 강력한 것이라고요."

웡인컹이 대답했다.

"아니에요."

린 부인은 홍차에 우유를 따르며 말했다.

"투자나 재산 축적의 기록이 아니에요. 각국 인사들이 미국의 의뢰로 만든 개인 명의 유령회사 이름, 각국 정부 주도로 설립한 합작 유령회사 이름, 그리고 이를 통해 중동에서 북아프리카의 친미계 게릴라 조직에 분배된 막대한 자금과 무기 흐름의 기록이었어요. 심지어 공여된 무기에는 생물학 무기도 있었죠."

"제 아버지와 웡인컹 씨의 아버지는 그것을……."

내가 무심결에 입을 열었다.

"아뇨, 그 사실은 모른 채 마시모의 의뢰를 맡았어요. 하지만 도중에 깨달았죠."

"그것이 서방 국가들이 공모한 범죄의 기록이라는 사실을……."

웡인컹이 혼잣말처럼 중얼거렸다.

"말씀하신 바로 그대로예요. 이란-콘트라 사건, 알죠?"

우리는 고개를 끄덕였다.

1985년 8월, 미군 병사들이 내전 중인 중동 레바논에서 이슬람 극단주의 무장단체 헤즈볼라에 납치된다. 헤즈볼라는 이란의 지원을 받는 조직이었는데, 당시 미합중국 대통령 로널드 레이건과 장관들은 인질 구출을 위해 단교 중인 이란과 접촉한다. 그리고 제3국을 경유해서 극비리에 이란에 무기를 공급하는 대신 인질 석방에 힘쓸 것을 약속받는다. 레이건 정부는 나아가 이란에 대전차포와 대공 미사일을 판매하며 벌어들인 돈으로 이번에는 중미 니카라과의 반정부 우파 게릴라 '콘트라'를 지원한다. 윤리적으로도, 당신 미국 의회의 반 이란·반 게릴라 의결에도 현저히 위반되는 행위였기에 심각한 문제로 번졌다.

"규모도 금액도 이란-콘트라 때보다 훨씬 커요. 왜 그런 짓을 했을까?"

린 부인이 웡인컹을 바라봤다.

"유라시아와 아프리카 전역에 걸친 러시아와 반미 세력의 봉쇄 때문이죠. 그리고 자금이 궁한 게릴라 세력이 영리 목적으로 미 정부 관계자와 기업 관계자를 납치하는 걸 막기 위해서였어요."

웡인컹이 대답하자 린 부인이 고개를 끄덕였다.

"미스터 고바는 남편이 살해된 진짜 이유를 알려 주지 않았어요. 진상을 알고 나서야 나와 아들들을 지키려고 알려 주지 않았다는 걸 깨달았지."

"부인은 어떻게……."

웡인컹의 말을 린 부인이 이었다.

"알았냐고요? 이름을 밝힐 수는 없지만 어떤 사람이 알려 줬어요. 아들들과 캐나다로 도망친 후에 말이죠. 후에 내가 이렇게 홍콩으로 돌아와 언젠가 찾아올 여러분에게 내가 아는 진실을 말해 주는 조건으로요."

"저희가 오기를 기다려 주셨군요."

웡인컹이 말했다.

"아뇨, 감사한 사람은 오히려 저예요. 그 사람에게는 상당한 보수도 받았으니까요. 저와 아들들에게 꼭 필요한 돈이었죠."

"린차이화 씨를 살해한 무리에게 복수하기 위한 자금이었습니까?"

"맞아요. 미스터 웡이라면 이 마음을 이해할 것 같았어요."

린 부인이 미소지었다.

"서버에서 정보를 빼내는 데 프로를 고용했어요. 그뿐만 아니라 나와 아들들도 필사적으로 공부해서 크래킹 지식을 익혔죠. 지금 두 아들은 그 바닥에서 유명 인사가 되었어요. 물론 닉네임으로만 알려졌지만. 손에 넣은 주문이나 불법 재산 축적 정보를 CNN이나 메이저 신문에 흘렸어요. 실제로 뉴스에 보도된 비율은 30퍼센트 정도. 그래도 지금까지 남편의 살해에 관여한 열두 사람을 사회에서 매장했어요. 우리는 앞으로도 멈추지 않을 거예요. 하지만 걱정 마요, 이건 나와 아들들의 필생의 과업이니까. 여러분을 끌어들일 생각도 없고, 절대 폐를 끼치지 않을 거예요."

'이 사람은 복수심을 가장 크면서도 유일한 버팀목 삼아 지금까지 살아왔구나.'

나는 생각했다.

"하지만 당시 관계자라면 지금은 대부분 은퇴하거나 죽지 않았습니까?"

웡인컹이 물었다.

"아뇨, 오히려 지금부터죠. 아직 살아 있다면 말년에 후회와 굴욕을 지겹도록 맛보게 만들고 싶어요. 이미 죽었다면 그 성과 피를 이은 자손들이 치욕스럽고 괴로웠으면 좋겠고요."

린 부인의 눈빛은 변함없이 명쾌했다.

"내 이야기는 이걸로 끝이에요. 여러분도 나처럼 지금 해야 할 일을 해요. 다음으로 가야 할 곳을 알려드리죠."

"어디입니까?"

"오늘 한 이야기에 이미 나왔어요."

"데니켄 운트 훈치커은행이죠?"

내가 말했다. 린 부인이 고개를 끄덕이며 무언가를 내밀었다. 또 봉투다.

"여러분만 가는 게 아니야. 그 속에 적힌 사람과 함께 가요."

'다음 목적지는 동반자가 있는 건가.'

어이없는 홍콩 투어는 아직 계속된다. 나와 웡인컹은 자리에서 일어났다.

린 부인이 우리가 손대지 않은 테이블 위 접시의 스콘과 민스 파이를 냅킨에 싸서 주었다.

"미스 에이미, 괜찮다면 가져가요. 아무것도 못 먹었잖아요. 보아하니 어젯밤 잠도 못 잤죠? 이런 이야기로 더 피곤하게 해서 미안해요. 부디 좀 쉬어요."

우리는 스콘과 민스파이가 든 작은 가방을 받아들고 집을 나왔다.

미소 짓는 린 부인의 배웅을 받으며 웡인컹과 엘리베이터에 탔다.

문이 닫히고 움직이기 시작하자마자 현기증이 났다. 괜찮다고 생각했는데 서 있을 수가 없었다. 린 부인의 말대로 어젯밤 한숨도 자지 못했고, 아무것도 먹지 못했다.

하지만 피로와 공복만이 이유는 아니었다.

웡인컹의 부축을 받으며 비가 내리기 시작한 도로를 건너 주차장에 세운 SUV 좌석에 쓰러지듯 앉았다.

으슬으슬했다. 그런데 손바닥은 땀으로 축축했다.

'조현성 성격장애 증상 중 하나야.'

항상 이렇게 되어 버리곤 했다.

처음 만나는 사람과 연이틀 만나 오래 대화한 탓이다. 상대가 오를로프와 린 부인이었던 탓도 있지만, 상대가 누구인가 이전에 모르는 사람과 대화하는 것 자체가 큰 부담이었다.

괜찮다고 마음속으로는 강한 척해도 몸은 거부 반응을 일으켰다.

마음을 가다듬으려고 심호흡하고 싶지만 입이 뜻대로 벌어지지 않았다. 땀이 밴 손을 닦고 싶어서 무릎에 놓인 가방에서 손수건을 꺼내려고 했다. 하지만 어깨와 팔이 딱딱하게 굳어 움직이지 않았다.

게다가 내가 아는 아버지와 오를로프, 린 부인이 말하는 고바게이타가 머릿속에서 뒤섞였다가 다시 분리됐다.

혼란스러운 머리 때문에 몸이 더욱 뻣뻣하게 굳었다.

일본에서 체포당했던 일, 주 일본 중국대사관의 이해할 수 없는 지원, 오를로프의 불합리한 명령, 린 부인의 친절한 접대와 강한 복수심, 그리고 옆자리 운전석에 앉은 웡인컹의 정체……. 지금까지 억누르던 불안, 의심, 공포가 서서히 이어지고 합쳐져 몸과 마음을 무겁게 짓눌렀다.

일본에서 체포된 일이 우연이 아니었을지도 모른다. 일본에 있을 수 없게 되도록, 바로 지금 이 시기에 홍콩에 올 수밖에 없도록 모든 것이 계획된 일일지도 모른다.

그렇다면 누가 이런 일을 꾸몄을까?

"호텔로 돌아가죠."

휴대폰으로 검색하던 웡인컹이 말했다.

"데니켄 운트 훈치커은행에서 만나야 할 상대에게 연락해야 하고, 다음에 만나는 사람은 누구인지 좀 더 자세히 알아두고 싶거든요. 린 부인 말씀대로 지금은 조금 쉬는 게 좋겠어요. 은행도 완전 예약제라서 아마 오늘 갑자기 찾아가도 들어갈 수 없을 겁니다."

'드디어 혼자가 되겠구나.'

조금은 안도감이 들었는지 굳어 있던 입술이 움직였다.

"고맙습니다."

나는 쥐어짜듯 말하며 린 부인이 건네준 봉투를 열었다.

이메일 주소와 함께 적혀 있는 이름은 클라에스 아이마로.

모르는 사람이다. 웡인컹이 휴대폰으로 이름을 검색하고는 고개를 살짝 저었다. 아무것도 검색되지 않은 듯하다.

"미스 에이미만 그런 건 아닙니다. 저도 서두르는 게 조금 무서워졌어요. 휴식이 필요할 것 같아요."

웡인컹은 전방을 바라본 채 SUV를 출발시켰다.

◈◆◈

침대에서 눈을 뜨자 고층 빌딩에 반사된 빛이 커튼 사이로 들이쳤다. 유리에는 아직 빗방울이 남아 있지만 비는 그쳤다.

휴대폰 시계는 밤 12시 30분.

어제 오후 2시에 호텔에 돌아온 뒤 줄곧 누워 있었는데도 여전히 몸이 무겁다.

얕은 잠 속에서 몇 번이나 아버지의 꿈을 꾸었다.

옛날에 함께 갔던 곳을, 죽기 직전의 모습을 한 아버지와 둘이 걸었다. 거듭 질문했지만 아버지는 고개를 숙이고 왼손 끝으로 이마를 두드릴 뿐이었다.

골똘히 생각에 잠겼을 때 나오는 버릇을 드러내며 계속 걸을 뿐 아무 대답도 해 주지 않았다.

아버지는 정말로 고바 게이타야?

'그리고 나는 누구야?'

몇몇 생각이 머릿속에 떠올랐다가 사라졌다. 답을 찾기를 바라면서도 찾을까 봐 무서웠다.

알 수 없는 두려움을 느끼며 다시 눈을 감았다.

9

1997년 1월 2일 목요일 오후 6시

“장소는 알려 줄 수 없어. 목적지도 현재로선 딱히 정해지지 않은 것 같아.”

고바가 오른손에 쥔 휴대폰에 대고 말했다.

—위치를 파악하지 못하도록 이동 중이야? 뭘 타고 있는지도 말 못 해?

수화기 너머로 자비스가 물었다.

“응, 말 못 해. 하지만 대화가 끝나면 다시 연락할게. 당신과 일라리와도 꼭 만나고 싶대.”

—팀 전원을 초대한다는 말이야? 하지만 응할 수 있을지 없을지는 모르겠어. 이쪽으로도 연락이 왔어.

“러시아? 영국?”

—우선 러시아의 오를로프. 당신과 연락이 안 된다며 내 핸드폰으로 전화가 왔어. 다음으로 영국의 케이트라는 여자한테도 전화가 왔어. 다만 케이트가 아니라 새 대리인이 협상하러 온다더군.

"삼자회담? 무시하고 도망가면 안 돼?"

—안 될 것 같아. 길 건너편에 러시아 놈들 같아 보이는 무리가 서 있어. 누가 봐도 요원 같은 얼굴과 정장 차림이야. 보고 있으니 웃겨.

"미안한데 그쪽에 상황을 설명해 줘."

—아아. 당신과 미아가 납치당했다고 전하면 러시아와 영국도 그 자리에서 대답을 강요하지는 않겠지. 일단 어느 쪽 손을 잡을지에 대한 결정은 미룰 수 있어. 하지만 놈들은 당신들이 정말로 납치당했는지 확인할 때까지 나와 일라리도 잡아 놓을 거야. 그쪽에 같이 있는 녀석이 초대한다고 해도 반드시 가겠다고 대답할 수는 없다고.

"알겠어. 말해 두지."

—저기, 린차이화는 어떻게 됐어?

"죽었어."

—확실해?

"응, 안타깝게도."

—그래.

불쑥 뻗어온 손이 휴대폰을 빼앗는 바람에 통화가 끊어졌다.

고요히 흔들리는 어두운 배 안. 고바의 앞에는 고바에게 총을 겨눈 왕립 홍콩 경찰총부의 독찰 루이초홍이 앉아 있었다.

정장 차림 백인 남성들의 총격에서 간신히 목숨을 건진 고바와 미아였지만 이번에는 자신들을 구출해 준 루이 독찰에게 총으로 위협받고 있었다. 확실히 경찰차가 아닌 상업용 왜건의 창문 없는 뒷좌석으로 떠밀려 들어가 한참을 달린 뒤 항구에서 낡은 예인선으로 갈아탔다. 홍콩섬 동쪽 차이완에 있는 항구 같았는데 자세한 위치는 알 수 없었다. 예인선은 지금 바다 위를 유유히 떠가고 있었다.

"저항하지 마."

루이가 말했다.

고바가 고개를 끄덕이자 권총을 조용히 내렸다.

"휠체어에 숨긴 데이터는?"

루이가 물었다. 데니켄 운트 훈치커은행 안에서 몰래 촬영한 영상을 가리켰다.

"자비스가 아무 말도 하지 않은 걸 보면 무사히 빼돌린 것 같아. 하지만 어디까지 찍혔는지는 모르겠고 물에 젖어 데이터가 파손됐을지도 몰라."

"러시아인에게 들켜서 빼앗겼을 가능성은?"

"그 두 사람이 잘해 줬길 바랄 수밖에. 그런데 어떻게 알았지?"

"자잘한 상황을 분석해 쌓은 결과지. 달리 숨길 곳이 없어 보이고 신뢰하지 않는 당신과 클라에스 아이마로에게 러시아가 모든 걸 맡길 리 없으니까. 그 유추가 옳았던 덕분에 당신들을 구해내고 내가 유능하다는 걸 어필할 수 있었어."

"구해냈다니, 이게?"

고바는 중유 냄새가 진동하는 선실 천장을 올려다봤다.

"잘난 척하는 미국인들 총에 맞아 죽게 내버려 둘 걸 그랬나?"

"그놈들 정말로 미국인인가?"

"내가 조사했어. 틀림없어."

"당신이 우수하다는 건 알아."

"린차이화에게 들었나?"

"경찰총부 내에서의 당신의 평가가 어떤지 린차이화가 알려줬지. 공평, 공정, 실적도 나무랄 데 없고, 나쁜 소문이나 구린 인간관계도 없고. 그렇게 우수하고 지위도 좋은 경찰이 왜 이런 말도 안 되는 게임에 깊이 관여하려는 건지 모르겠군."

"린차이화와 같아. 앞으로 내 거취와 생활 보장을 위해서지."

여섯 달 뒤 홍콩이 중국에 반환된 후의 일을 이야기했다.

"게다가 나는 예나 지금이나 변하지 않는 내 신념에 따라 충실히 살아가고 있어. 그것이 지금까지는 남들 눈에 청렴결백하게 비쳤을 뿐이지. 지금 당신네 팀에 들어가면 그것만으로도 천만 홍콩달러를 선지급 받아. 게다가 마시모 조르지아니가 죽고 팀원 선택권은 당신들한테 있지. 그걸 아는 이상 팀원이 되고 싶은 게 당연하잖아."

"누구한테 들었지?"

"팀원으로 끼워 준다면 알려 주지. 목적을 달성하면 몇 배나 되는 성공보수를 받는다는 사실도 알고 있어."

"당신이 입수한 정보가 전부 거짓이라면?"

"사실이라고 확신해. 목숨 걸고 홍콩을 누비는 당신들을 보면 알 수 있어. 납득시키기에 아직 설명이 부족한가?"

"아니, 이미 충분해. 중요한 건 당신이 제시하는 조건이지."

"팀에 끼워 준다면 당신들 외에 나머지 세 팀에 관한 정보를 알려 주겠어. 구성 인원과 현시점 동향까지 포함해서. 그 핀란드인과 영국인이 합류해 너희 네 명이 모두 모이면 당장이라도 이야기하자고."

"우리 팀은 그저 미끼인가?"

루이는 배에 타기 전 차 안에서 넌지시 말했다.

"그래. 데코이*라는 듯해."

"다른 팀들의 눈속임 역할만을 기대한 언더독스 부대인가."

"아니, 실패하고 개죽음당하는 역할을 맡은 부대야. 러시아, 영국, 심지어 다른 팀 몇 명도 그렇게 보고 있지."

"잡히는 것조차 허락되지 않는군."

"마시모의 작전 결과가 어떻게 되든 너희가 죽으면 모든 죄를 뒤집어씌울 수 있지. 그렇게 체포와 책임추궁에서 벗어날 수 있는 사람들이 많다는 뜻이다."

* decoy. 사냥감을 유인하기 위한 새 모형.

고바는 채광창을 바라봤다.

뿌연 유리창 너머로 하늘만 보였다. 어렴풋이 짐작은 했지만 자신들이 처한 상황을 분명히 알게 되는 것은 역시 끔찍했다.

"언제부터 마시모를 주목했지?"

"죽기 반년 전부터. 소식통이 무기 밀매 일당과의 접촉을 알려왔고, 처음에는 반환과 관련된 중국 정부를 상대로 한 테러 선에서 쫓기 시작했지. 이후 각 영사관의 비합법적 부문이 술렁이기 시작했다는 보고가 있어서 조사해 봤더니 그 영감의 속셈이 조금씩 보이기 시작하더군. 마시모의 죽음은 예상하지 못했지만."

"센트럴의 헝밍은행 본점에 무엇이 보관되어 있는지 아나?"

"정치가, 관료들의 불법 축재 기록이지? 하지만 당연히 그렇게 단순한 물건이라고는 생각하지 않아. 아직 정확히는 모르지만 말이야."

"나는 어제까지만 해도 그것이 불법 축재 기록이라고 굳건히 믿었어. 의심조차 하지 않았지. 그런 남자가 리더인 데다 개죽음이나 당할 팀에 왜 들어오려는 거야? 어째서 패배가 정해진 말에 걸려는 거지?"

"패배가 정해진 건 아니지. 다크호스이기에 할 수 있는 일도 있어."

"예컨대 무슨 일?"

"그것도 팀에 들어간 뒤에 하지, 구체적인 이야기는."

"상당히 낙관적이군."

"낙관적인 게 아니라 대국적으로 판단한 결과다. 홍콩인들은 항상 그런 관점으로 보지. 당장 눈앞에 보이는 문제에만 사로잡혀 늘 본질을 놓치는 일본 관료에게는 없는 안목이라고."

"전직 관료야. 게다가 당신은 캘리포니아에서 나고 자란 화교 2세잖아. 홍콩으로 옮겨온 건 대학 졸업 후고. 홍콩 토박이도 아니면서."

"린차이화가 그런 이야기까지 했나? 불필요한 부분까지 알려지는 건 피차 싫은 일이야. 가벼운 농담도 못 하겠군."

루이가 재킷에서 담배를 꺼냈다. 고바에게도 내밀었지만 고개를 저었다. 루이가 불을 붙이고 연기를 가볍게 뿜으며 물었다.

"그래서, 당신 생각은?"

"난 당신이 들어와도 상관없어."

고바가 말을 이었다.

"하지만 나도 조건이 있어. 남겨진 린차이화의 아내와 아들들의 신변을 경찰이 보호해 줬으면 좋겠어."

린차이화의 지시로 홍콩 도심을 떠나 룩켕의 친척에게 신세를 지고 있는 가족도 그가 러시아와 손을 잡았다는 사실을 알고 있을 확률이 높다. 오를로프 일당이 증거를 없애려고 무슨 짓을 할지 모른다.

"언제까지?"

"6월 30일, 홍콩 반환 전날까지. 그 이후는 만약 내가 살아 있다면 어떻게든 하지.”

“이유는? 큰 빚이라도 졌나?”

“말하고 싶지 않아.”

어떤 이유에서든 린차이화는 고바와 미아를 구하려고 해치백을 끌고 그 자리에 왔다가 사고로 위장해 살해당했다.

“뭐, 됐어. 일본인답게 의리가 있네. 그런데 내가 움직이지 않아도 린차이화의 죽음이 확인된 시점에서 어떤 형태로든 그 가족들의 신변을 보호하고 격리시설에 수용해.”

“왜?”

“역시 아무것도 못 들은 모양이군. 린차이화는 2년 전부터 잠입 수사 중이었어. 통칭 F7이라는, 일본으로 치면 야쿠자 수준의 큰 조직이야. 러시아 신흥 마피아와 관계를 강화하고 있는데, 반환 이후를 내다본 중국 정부의 압박 때문에 러시아와의 사이에 오간 자금과 약물 흐름을 해명하려고 잠입해 있었지. 뭐, 실제로 어떤 성과가 있었는지까지는 모르지만. 2년 전 현장에서 형사정보과로 이동한 것도 잠입 수사 때문이었어. 실제로 좌천된 것은 아니었어.”

“린차이화와 러시아 총영사관과의 관계를 알고 있었나?”

“아니, 몰랐어. 그래, 린차이화는 당신네 팀의 움직임을 러시아에 흘리고 있었군. 악랄한 거짓말쟁이라고 경찰 내부에서도 욕 좀 먹겠어.”

“하나만 더 묻지. 거기에 린차이화를 죽일 덫이 놓여 있었다는 걸 당신은 정말 몰랐나?"

"그래. 몰랐어."

"그런데 나 말고 나머지 세 명을 설득할 수 있을까?"

고바는 어두운 선실 바닥을 바라봤다. 그곳에는 미아가 손발이 묶인 채 입에 재갈을 물고 널브러져 있었다. 몇 번이나 저항하려고 해서 루이가 총을 들이밀며 결박했는데, 이 배로 옮겨지고 나서는 얌전했다. 고바와 루이의 대화를 들으며 그저 그들을 노려보듯 올려다봤다.

"어떻게든 해보지. 이 여자는 다혈질이지만 다행히도 머리는 좋으니까. 둘이서 천천히 이야기할 테니 잠깐 밖에 나가 있어."

루이의 말을 들은 고바가 일어섰다.

아마 미아도 루이에게 설득당하리라. 두 사람 사이에 고바가 모르는 은밀한 약속이 오갈지도 모르지만 별수 없다. 미아 나름의 생존 방식이니까. 살아남으려는 노력을 고바가 부정할 권리는 없다.

"그래, 충고 하나 할까?"

루이가 말했다.

"마시모가 살해당한 날 밤에 조사를 받던 당신과 지금의 당신은 다른 사람 같아. 하지만 착각하지 마. 익숙해져서 마비된 것과 강해진 것은 전혀 다르거든."

'확실히 유익한 충고로군.'

나는 무뎌졌을 뿐, 자신을 지키는 기술을 새로 배운 것은 아니다.

"고마워. 가슴에 새기지. 독찰도 그날 조사할 때와는 다른 사람 같아."

"난 일에서 벗어나면 서글서글하고 좋은 놈이라고."

고바는 갑판으로 나갔다.

구름 낀 하늘이 더욱 흐려지고 가랑비가 내리기 시작했다. 입에 담배를 물고 키를 조종하는 홍콩인 같아 보이는 중년 남자가 웃으며 캔맥주를 던졌다.

인사하고 캔을 땄다.

고층 빌딩 위를 뒤덮은 구름 너머로 번개가 번쩍였다. 린차이화를 죽인 밤색 머리에 눈동자를 한 미국인을 향한 강한 적개심이 치솟았다.

복수심? 물론 복수심도 있다. 친구도 아니고 아직 동료라고 부를 만한 사이도 아니었다. 하지만 고바는 가족을 캐나다로 보내고 싶다고 발버둥 치던 린차이화가 어딘가 자신과 비슷하다고 느꼈다.

린차이화 본인이 말한 대로 홍콩이 중국에 반환되면 부모님이 강력한 친영파였던 그 녀석은 직장을 잃는다. 다른 직장으로의 취직이 거절될 뿐 아니라, 중국 당국에 구속될 가능성도 있다. 그런 상황을 타개하고, 아내와 자식들만이라도 비참한 패배자라는 처지에서 구해내려고 했다.

게다가 그 미국인들은 린차이화뿐만 아니라 자신도 죽이려고 했다.

그래, 놈들은 진심이었다. 타협도 화해도 없었다. 놈들이 그런 선택지를 들고 있었다면 처음부터 거래를 제안했을 것이다. 하지만 대뜸 총질부터 했다.

놈들을 제거하지 않으면 내가 살아남을 길은 없다. 죽기 싫으면 놈들을 죽일 수밖에 없다.

고바는 쓴맛이 강하게 나는 맥주를 삼켰다.

밤이 되고 번개는 보이지 않았지만 비는 계속 내렸다.

차이완으로 돌아온 예인선 선실에서 루이는 전화를 걸었다. 미아는 그 옆에서 담배 연기를 내뿜었다.

미아도 루이가 팀에 합류하는 것에 동의한 듯했다.

"클라에스 아이마로는 병실로 돌아오지 않았어. 경찰도 행방을 파악하지 못하고 있고."

루이가 전화를 끊고 말했다.

"그리고 린차이화의 죽음이 정식으로 확인됐다. 경찰도 사고가 아닌 살인사건이라고 보지만 골목길 총격전과 맞물려서 현장에서는 잠입 수사 실패나 흑사회 내부 분쟁 중 하나라고 생각하는 것 같아."

"우리는?"

고바가 물었다.

"목격 증언에서 나온 총격 현장에 있던 세 사람, 밤색 머리 여자, 검은 머리 여자와 남자의 행방도 쫓고 있어. 너희 말이야."

고바가 고개를 끄덕이고는 휴대폰을 꺼내 자비스에게 전화를 걸었다.

신호음이 세 번.

—납치당한 거 아니었나?

전화를 받은 사람은 자비스가 아니라 오를로프였다.

"일단 협상이 마무리돼서 결박당했던 건 풀렸습니다. 자비스와 일라리는 무사합니까?"

—손님 대접을 받고 있지. 클라에스는?

"총격전 중에 함께 도망치자고 했지만 거부당했습니다. 우리처럼 당신들도 클라에스에게 배신당한 것 같네요."

오를로프는 아무 대답도 하지 않았다. 고바가 말을 이었다.

"총질을 한 놈들 정체가 뭡니까? SDU 대원인 라우가 어느 조직과 연관되어 있는지도 알려줬으면 합니다."

—그것까지 포함해서 만나서 이야기하지. 우리도 마시모 계획서의 행방과 너희를 납치한 놈들에 대해 자세히 듣고 싶군.

"자비스와 일라리도 데려와요."

—그러지.

"그리고 영국 담당자에게도 연락해 우리 상황을 알려야겠습니다. 빼놓고 진행하고 싶지는 않군요."

—그들에게 성의를 표하고 싶은가?

"물론 아닙니다. 제 몸을 지키기 위해서죠. 그 두 가지를 양해해 주신다면 홍콩 어디든 가지요."

—연락은 해도 좋아. 삼자회담이 되리라는 건 각오했어. 대신 장소는 우리가 정하겠어. 다시 연락하지.

전화가 끊어졌다.

밤 10시.

고바는 예인선에서 내려 항구를 벗어나 택시를 탔다.

옆좌석에는 미아. 혼자서도 괜찮다며 거절했지만 이것이 본래의 일이라고 대답했다.

"난 당신들 경호원이잖아."

"가게에는 혼자 오라고 했어."

"밖에서 기다릴게. 안까지 따라 들어갈 마음은 없어."

고바는 루이가 사 온 염색약으로 머리를 밤색으로 염색하고 안경을 썼다. 미아도 어깨까지 오는 머리를 밝은 금발로 염색했다. 아시아인과 동떨어진 얼굴 탓인지 유럽이나 미국 쪽 혼혈 같아 보였다.

옷도 각자 버튼다운과 스테이프레스트, 연한 적갈색 원피스로 갈아입었다.

목적은 변장이었다.

"루이와 무슨 이야기했어?"

고바가 물었다.

"궁금해? 질투나?"

"하나도 안 웃긴 농담인 데다 당신이랑 어울리지도 않아."

"그렇지. 내가 가르쳐줄 리 없잖아."

미아가 창밖으로 시선을 돌렸다.

"도 응우."

고바가 말했다.

총격전이 벌어지던 중, 몸을 웅크린 채 움직이지 않는 클라에스 아이마로에게 고바가 "같이 살아남읍시다"라며 손을 내밀었다. 그때 미아가 내뱉은 말이었다.

'Đồ ngu'. 베트남어로 '바보'.

클라에스는 고개를 저으며 총성이 울리는 가운데 홀로 남았다.

"역시 들었군."

"응. 당시에는 금방 떠오르지 않았지만. 당신과 루이가 선실에서 대화를 나누는 사이 예인선 갑판에서 계속 생각하다가 떠올랐어."

"일본 전직 관료는 박식하네."

"당신은 중국계 호주인이 아니야. 베트남계잖아. 출신을 속이고 우리한테 접근한 이유가 뭐야?"

미아는 아무 말도 하지 않았다.

"왜 말이 없어?"

"생각보다 더 기분 나쁜 남자야."

미아가 곁눈질했다.

"어설프게 변명할까, 사실대로 말할까, 의심한다며 화를 낼까 예상하는 중이야? 뭐가 좋겠어?"

"내가 선택할 건 아니지. 당신이 골라야지."

"그래서 네 번째인 침묵을 택했는데. 그땐 진심으로 걱정해서 속마음이 나도 모르게 그만 가장 익숙한 언어로 튀어나와 버렸어. 그런 상황에서도 여전히 그 여자를 걱정하다니, 진짜 바보 같은 데다 사람 보는 눈도 없는 남자라니까."

"사람 보는 눈이 없다고? 내가?"

"스스로 깨닫지도 못하고, 구제불능에."

"신랄하네."

"친절하게 말하는 거야. 조심하지 않으면 나중에 더 큰 일을 당할 테니."

택시는 빅토리아 하버의 지하터널로 들어갔다.

홍콩섬에서 카오룽반도로 향했다.

"숨기는 게 많은 점은 사과할게. 하지만 당신들을 배신하지는 않아. 약속할게. 그러기는 힘들겠지만 믿어 줬으면 좋겠어."

미아의 말에 고바는 강한 불신을 품으면서도 고개를 살짝 끄덕였다.

약속, 신뢰. 두 단어 모두 최근 며칠 사이에 자신에게 전혀 의미 없는 단어가 되어 버렸다. 미아를 신뢰하지 않는다. 그래도 미아는 현재 자신에게 필요한 존재다.

'마음이 점점 좀먹는다.'

우는소리 말라고 스스로를 돋우고 싶지만 괴로웠다.

아직은 미아를 소모품으로 분류할 만큼 냉철함은 갖추지 못했다. 클라에스는 분명 자신과 함께 갈 것이라고 마지막까지 마음속 어딘가에서 믿었던 것처럼.

그럼에도 오늘밤을, 내일을 살아남기 위해서 의심 속에서 서로를 이용할 수밖에 없다.

린차이화의 최후가 머릿속에 떠올랐다.

차 안에서 몸이 짓눌린 채 잘린 오른팔만 길바닥에 떨어졌다.

나는 아직 그렇게 되고 싶지 않아. 그렇게 될 수야 없지.

청사완 캐슬 피크 로드 길가에 있는 차찬탱.

보도를 따라 커다란 창 너머로 가게 내부가 들여다보이고, 등받이가 높고 견고한 의자와 테이블이 즐비하다. 홍콩식 식당 카페가 아니라 고급 중국 다관이었다.

고바는 홀로 입구를 열었다.

넓은 실내의 절반 정도가 테이블로 채워져 있었다. 고급 다관답게 손님의 옷이나 소지품도 명품이 많았다.

예약자 이름을 말한 뒤 테이블로 안내받았다. 아직 아무도 오지 않았다. 다관 밖으로 시선을 돌리자 미아가 길 건너 신문 가판대 앞에 서서 담배를 피우고 있었다.

다관 내부를 둘러보며 화장실, 주방으로 향하는 통로, 뒷문을 확인했다. 아직 밤 10시 40분, 너무 일찍 도착했는지도 모른다. 약속 시간까지 앞으로 20분.

그때 낯익은 얼굴이 고바를 바라보고 미소 지으며 들어왔다.

흰 블라우스에 치마, 힐. 벗은 재킷을 한 팔에 걸치고 나머지 한 손을 가볍게 흔들었다.

"내 이름 기억해요?"

여자가 말했다.

"아니타 초우."

고바가 대답했다.

어제, 해가 바뀌던 날 밤에 묵었던 게스트하우스 로비에서 이어폰을 꽂고 잡지를 보고 있었다. 추리닝에 청바지를 입은 수수한 얼굴의 그녀에게 고바는 맥도날드를 사주고 시시한 이야기를 하며 가끔 함께 웃었다.

헤어질 때 냅킨에 아니타 초우라는 자신의 중국어 이름을 적어서 보여 줬다. 지금은 옷이며 머리며 화장이며 아름답게 꾸며서 마치 그때와는 다른 사람 같지만 틀림없이 그녀였다.

"머리 색이 바뀌었네."

아니타가 고바 앞에 앉았다.

"의외로 잘 어울리네요. 안경은 벗는 게 낫겠어."

"거긴 영국 정부의 대리인이 앉을 자리야."

"내가 그 대리인이야."

"그날 밤 알려 줬으면 좋았을 텐데. 그때 말했으면 당신과 쓸데없는 잡담도 하지 않았을 테고 이렇게 빙빙 돌아올 필요도 없었을 거잖아."

"당신이랑 대화하고 싶어서 안 알려 줬지. 게다가 그때는 아직 정식으로 결정된 건 아니었거든요. 당신이 공작원도 첩보원도 군인도 아닌 정말 그냥 일반인이라서 놀랐고, 함께 버거와 셰이크를 먹어서 즐거웠어."

주문을 받으러 온 웨이터에게 아니타가 백차를 주문했고 고바도 같은 차를 주문했다. 다관 건너편 보도에서는 미아가 흡연을 멈추고 고바 쪽을 주시했다.

"접수대에 있던 중년 여자도 동료야?"

"아니. 그날 밤 처음 만난 사람. 얼마 전에 빌딩 다른 층으로 이사 왔는데 엄마 애인이 찾아와서 있을 곳이 없다고 거짓말했더니 로비 소파에 앉으라고 하더라고."

"못 믿겠는데."

"안 믿어도 돼."

"당신에게 이걸 주지."

고바가 봉투를 내밀었다.

"뭐야?"

"나를 위한 보험 같은 거야. 무슨 문제가 생기면 러시아 총영사관의 오를로프와 같이 봐."

"오늘은 말투가 요원 같네. 좀 적응했어요?"

"적응하다니 뭘? 그냥 화가 난 거야. 날 속인 당신에게, 그리고 당신에게 쉽게 속은 멍청한 나 자신에게."

고바가 입을 다물었다.

아니타도 미소를 띤 채 조용히 바라봤다.

하지만 3분 후.

"늦었어."

아니타가 말했다.

말하는 척 눈동자만 굴려 주위를 살폈다.

약속한 11시까지 아직 15분이 남았다. 다관에는 얼후 연주곡이 조용히 흘러나왔고 손님들이 담소를 나누며 다기 부딪히는 소리가 울려 퍼졌으며 직원들의 표정도 변함없었다.

고바는 아무것도 눈치채지 못했다. 하지만 아니타는 이상을 감지했을지도 모른다.

"지금 어디쯤인지 전화해 볼게."

아니타가 휴대폰을 들고 자리에서 일어났다.

"근처에서 길을 못 찾고 있을 수도 있어. 같이 찾아봐요."

고바에게 말하며 다관 입구로 걸어갔다. 문을 열자마자 아니타가 어깨에 멘 가방에서 삐삐삐삐 소리가 울렸다. 휴대폰이 아니다. 무선 호출기 소리다.

"밖으로 나가, 빨리!"

아니타가 소리치며 도로로 뛰어나갔다. 긴급 연락인가? 고바도 일어나 뛰었다.

손님들의 시선이 집중됐다. 아니타가 경적과 함께 급브레이크를 밟고 선 자동차의 보닛 위를 솜씨 좋게 미끄러져 차체 뒤로 숨었다.

다른 손님들도 일어섰다. 고바도 다관 밖으로 나갔다.

그 순간, 뒤에서 폭발음이 터졌다.

고개를 숙이고 몸을 움츠리려고 했지만 이미 늦어 날아가 버렸다. 자잘한 무언가가 몸에 부딪히며 박혔다. 도로에 내동댕이쳐져 구른 몸이 분진으로 뒤덮였다.

깨진 안경을 벗었지만 보이지 않았다. 귓속이 웅웅 울리며 다른 소리는 아무것도 들리지 않았다.

앞으로 걸어야 해. 이곳을 벗어나야 해.

하지만 발을 내딛으려고 해도 움직이지 않았다. 손으로 더듬어 보니 오른쪽 종아리에 무언가가 튀어나왔다. 젠장, 가느다란 금속 파이프가 꽂혀 있었다.

분진 속에 빛이 떠오르며 곧장 다가왔다. 구조대인가? 그럴 리 없다, 너무 빠르다. 그것이 조준을 위한 레이저고, 권총을 겨눈 사람 그림자가 눈앞에 서 있다는 사실을 깨달았을 때는 이미 작은 총성이 울리고 있었다.

왼쪽 어깨에 극심한 통증이 치달았다. 총에 맞았다. 하지만 즉사는 아니었다. 고통에 시달리다가 죽는 걸까? 아니다. 미아가 뒤에서 부옇게 보이는 사람 그림자를 찔렀다.

그 덕분에 총알이 빗나가서 급소를 피했다.

뺨을 피로 적신 미아가 손에 움켜쥔 유리 조각으로 권총을 든 남자의 팔과 가슴을 찔렀다.

자욱한 분진 속에서 남자는 곧 움직이지 않았다.

죽었나……. 아니, 아무래도 좋다.

빨리 도망가야 한다.

미아가 휘청거리며 다가왔다. 고바도 비틀거리며 걸으려고 했다. 그런데 눈이 침침했다. 다리가 앞으로 나가지 않았다. 움직일 수 없었다.

어서 빨리 여기서…….

고바의 의식은 거기서 끊어졌다.

◈◆◈

머리 통증과 구토감 때문에 눈을 뜨니 어둑한 창고 같은 곳이었다.

몸은 움직일 수 없었고 파이프 의자에 묶여 있었다. 바로 가까이에 동양인 남자 두 명이 고바의 얼굴을 들여다보며 말을 걸었지만 광둥어 같아서 무슨 말을 하는지 파악할 수 없었다.

어리둥절해 있는데 갑자기 얼굴을 맞았다.

다시 무슨 말을 걸어왔지만 역시 알아들을 수 없었다. 뺨이 저릿하고 공포로 손발이 떨렸다.

고바는 눈으로만 주변을 둘러보며 필사적으로 떠올리려고 했다. 폭파 직후 분명 미아가 도왔을 텐데. 그 잔해 속에서 도망치기 전에 납치당했나? 아마도 그러리라. 미아는 어디 있지? 근처에서 기척이 느껴지지 않는다. 나만 잡혔나?

고가도로 아래인지 천장에서 끊임없이 차가 달리는 소리가 들렸다.

여기가 어디일까? 시간이 흐르면서 뺨뿐만 아니라 구타당한 왼쪽 어깨와 가느다란 파이프가 그대로 꽂혀 있는 오른 다리의 통증까지 느껴지기 시작했다. 이명도 여전히 남아 있었다.

시간이 그렇게 많이 흐르지는 않았고, 폭파된 고급 다관에서 그다지 멀리 끌려오지는 않은 듯했다. 공포에 사로잡힌 와중에도 필사적으로 끊임없이 생각했다.

무섭고 속이 울렁거리는데도 묘하게 흥분됐다. 심장박동도 평소보다 빨랐다. 약물에 문외한이지만, 정신을 들게 하려고 자신에게 암페타민 같은 각성제를 주입했다는 것을 알아차렸다.

남자들이 유선전화와 파이프 의자 한 개를 더 가져와 고바 바로 옆에 놓았다. 통화 상태인지 통화 중 램프에 불이 들어와 있었다.

—안녕, 미스터 고바.

수화기 너머로 남자가 말했다.

귀에 익은 목소리. 린차이화가 차째로 찌부러진 셩완의 그 뒷골목에서 총격을 지휘하던 밤색 머리 남자.

—프랭크 벨로다. 이야기를 좀 하고 싶은데.

"국적과 정체를 밝히시죠."

—미국인, USTR 직원.

"위장 신분 말고 진짜 정체를 밝히지 않으면 나도 할 말 없습니다. 당신이 직접 여기 오지 않는 이유도 알고 싶군요."

—쭈오바(做吧, 시작해)

벨로가 말했다.

명령이 떨어지자마자 동양인 한 명이 손에 든 막대기로 금속 파이프가 꽂힌 고바의 오른 다리를 후려쳤다.

고바가 비명을 질렀다. 번개를 맞은 듯 무릎에 찌릿한 통증이 엄습했다. 왼팔을 한 번 더 때리고 배를 걷어찼다. "우욱!" 하고 신음하며 의자에 묶인 채로 쓰러졌다가 곧바로 일으켜졌다. 전형적인 고문. 고통으로 숨이 막히고 "아악!" 하는 신음과 함께 눈물이 쏟아졌다.

—너한테 선택권은 없어. 이제 분위기 파악 좀 했겠지?

SDU 대원인 라우 같은 말을 지껄인다. 지독하게 무섭고 고통스럽다. 그런데도 맞설 마음이 솟구쳤다. 완전히 겁먹어서 정신이 지배당하면 상황은 더욱 나빠진다.

"폭력으로 고분고분하게 만들 셈입니까?"

—제대로 알아들었어. 본업이 에이전트가 아닌 넌 육체적 고통에 가장 취약할 테니까. 얻어맞거나 걷어차이는 훈련 따위 받은 적 없겠지.

"굉장히 억지스럽고 오만한 방법이군요."

—일을 효율적으로 추진한다고 말해 주면 좋겠어.

머리 위에서 차가 달리는 소리와 벨로의 목소리와 별개로 웅웅거리는 낮은 소리가 희미하게 들려왔다. 폭발의 여파로 아직 귀가 잘 들리지는 않지만 잘못 듣지는 않았다. 뭐지? 바닥에 내

팽개쳐진 고바의 가방 속 휴대폰, 진동 모드로 울리는 진동이었다. 누군가 전화를 걸어왔다.

동양인 남자들이 눈치채지 못했는지, 문제가 없다며 무시하는 것인지는 모른다. 다만 수화기 너머 벨로에게는 이곳의 진동음이 들리지 않는 것 같았다.

휴대폰 진동이 끊겼다.

저것은 누군가 자신의 행방을 찾고 있다는 증거다. 그렇다고 믿자.

벨로가 목소리로만 등장하고 실제로 모습을 드러내지 않은 이유는 안전 확보보다는 이곳에 올 시간적 여유가 없기 때문이리라.

역시 청사완의 캐슬 피크 로드에서 이곳까지 그리 멀지 않은 거리다.

벨로는 내가 구출되기 전에 회유, 아니 폭력으로 나를 굴복시켜야 한다.

'거꾸로 말하면 놈은 아직 날 못 죽이지.'

살려둘 만한 이용가치가 있는지 찾고 있다는 뜻이다. 일단 휴대폰이 다시 진동할 때 들키지 않도록 계속 떠들어야 한다. 그리고 시간을 끌어야 한다.

—그럼 본론으로 들어가지. 앞으로 우리 지시에 따라. 네 팀이 아니라 너 개인한테 하는 제안이다. 죽은 린차이화와 러시아처럼 우리도 관계를 맺자고.

"내통을 하라고? 플로피 디스켓과 서류 탈취 계획에서 손을 떼지 말고 당신들 명령대로 움직이라는 말입니까?"

—그래. 내통자가 되라는 말이야. 네 팀뿐 아니라 나머지 세 팀의 움직임도 살피려고 하지. 마시모가 전부 네 팀을 만들었다는 건 이미 들었을 거야.

"모르는 게 없군요."

—그럼. 너와 아니타 초우의 사이가 좋다는 것도 알지.

"이야기만 몇 번 나눴을 뿐 그냥 얼굴만 아는 사이입니다."

—그 아니타의 움직임도 우리한테 보고해. 그리고 춘절 당일까지 계속 마시모의 지시에 따라 움직이다가 마지막에 다른 세 팀을 포함한 모든 탈취 계획을 막아.

고바의 가방 속 휴대폰이 다시 진동하기 시작했다. 하지만 이번에는 세 번 울리고 나서 금세 끊어졌다.

"아마추어인 나한테는 무거운 짐이로군요."

—모든 걸 너 혼자 하라는 건 아냐. 기본적으로 우리 지시에 따라 움직이기만 하면 돼. 마시모와 맺은 계약과 요점은 크게 다르지 않잖아?

"생각할 시간을 주시죠."

고바가 대답했지만 말이 끝나기도 전에 벨로가 "쭈오바"라고 말했다.

근처에서 담배를 피우던 남자가 막대기를 번쩍 치켜들더니 총에 맞은 고바의 왼쪽 어깨를 후려 팼다.

"흡!"

고바의 입에서 끔찍한 소리가 새어 나왔고, 고통으로 무의식 중에 몸을 비틀었다.

—생각보다 이해력이 달리는군. 네게 선택권은 없어, 시간도 없지. 그냥 시키는 대로만 하면 돼.

"시키는 대로 안 하면?"

묻자마자 다시 맞았다. 고통으로 온몸이 떨리고 아찔했다.

질문권도 없다니까.

고바의 가방에서 휴대폰이 다시 두 번 진동하더니 이내 끊어졌다. 명백한 시그널. 아니타 초우일까? 아니면…….

"하지만……!"

고바는 겁에 질린 채 입을 열어 호소했다. 시간을 조금만 더 달라고.

"배신하면 무사하지 못할 겁니다. 마시모와의 계약을 어기면 죽어요."

—콘실료(consiglio, 평의회) 말인가.

벨로가 말했다.

마시모는 생전에 "계획대로 움직인다면 설령 실패하더라도 보수는 반드시 지불한다. 평생 몸을 숨기고 살 수 있을 만한 금액을"이라고 말했다. 반대로 이렇게도 말했다. "도중에 도망이나 이탈, 계획을 멋대로 변경하거나 배신하는 자에게는 엄벌을 내린다. 지급했던 돈을 전부 몰수하고 목숨으로 보상받겠다"고.

—만약 내가 사라져도 콘실료가 지켜보고 있다. 그들이 올바르게 평가할 것이다, 이 말인가. 나도 알아. 하지만 그 이탈리아인의 블러핑이라고는 생각 안 해?

"마시모는 이탈리아인이기 전에 시칠리아 남자입니다. 일생을 건 복수를 위해 보험과 감시인을 준비하지 않았을 리가 없어요."

—그럼 이렇게 묻지. 존재하는지도 확실치 않은 마시모의 콘실료의 손에 죽을지, 지금 여기서 우리 손에 죽을지 선택해.

정말로 죽일 작정인가? 이것이야말로 블러핑이 아닐까?

수화기 너머에서 벨로가 대답을 기다렸다. 무표정한 동양인 두 명도 기다렸다.

"잠시만요. 판단할 정보가……!"

고바가 비참하게 목숨을 구걸하던 중, 가방에서 또다시 휴대폰이 울렸다. 이번에는 동양인들도 눈치채고 곧바로 시선을 돌렸다.

그런데 바로 그때, 창고 조명이 떨어졌다.

순간 "악!", "윽!" 하는 짧은 신음과 함께 무언가가 바닥에 쓰러지는 소리가 났다. 동양인들이 총에 맞은 듯했다.

문이 열리는 소리가 나더니 몇 사람의 발소리가 다가왔다.

"고바, 살아 있나?"

어둠 속에서 오를로프의 목소리가 들렸다.

구하러 왔구나. 하지만 당연한 일이다. 이 남자와 아니타 때문에 이런 변을 당했으니.

벨로와의 통화는 진작 끊어져 있었다. 수화기에서는 뚜뚜 소리만 울렸다. 유일한 위안거리는 소변을 지리지 않았다는 점. 그러나 얼굴은 눈물과 침과 콧물로 뒤범벅되어 있었다.

"빨리도 왔네요."

고바는 한 손에 조명을 들고 다가오는 오를로프에게 말했다. 가볍고 담담한 말투였지만 이런 상황에서도 허세 부리듯 말했다는 사실에 스스로도 조금 놀랐다.

"그런 협박을 들이밀고도 무사할 줄 알아?"

오를로프가 사납게 되받아쳤다. 폭파 직전에 아니타에게 맡긴 봉투에 들어 있던 내용을 가리키는 말이었다.

고바는 자신의 신변에 무슨 일이 생기면 주 홍콩 러시아 총영사관과 홍콩총독부가 무슨 일을 꾸미고 있는지 인터넷에 자동으로 유포시켜 전 세계 언론에 고발하겠다고 협박했다. 클라에스 아이마로의 병실을 찾아갔을 때 오를로프와 했던 통화 내용도, 이후 린차이화와 나눴던 대화도, 전부 녹음기에 녹음했다. 녹음 파일과 고발문은 전부 일본에 있는 노시로와 쓰즈키에게 보냈다. 단순히 협박이 아니라 정말로 전 세계에 고발할 준비를 해둔 것이다. 노시로와 쓰즈키의 신변에 무슨 일이 생긴다면 그때도 물론 녹음 파일과 고발문이 자동으로 인터넷과 팩스로 발신된다.

녹음은 농림수산성 시절 다른 사람의 명령에 아무 생각 없이 그대로 따랐다가 실패한 경험에서 배운, 약자가 강자와 맞서기 위한 방어책이었다.

그래도 러시아를 협박하다니 제정신이 아니라는 것쯤은 안다. 하지만 다른 방법이 없었고, 협박하는 대신 건설적인 제안도 했다.

"일본인인 당신의 중개로 우리가 일시적으로 동맹을 맺도록 할 생각인가?"

오를로프가 기가 막힌다는 목소리로 물었다.

"네."

고바가 고개를 살짝 끄덕였다.

할 말은 많았지만 말이 나오지 않았다. 체력적으로도 정신적으로도 한계에 달한 모양이다.

"까불지 마."

오를로프가 노려봤다.

"미국 놈들 차례는 없어. 필요한 때가 오면 내 손으로 직접 널 죽여 버리겠어."

오를로프의 지시로 고바의 손발에 묶여 있던 나일론끈이 풀렸다.

긴장이 풀리면서 고바는 극심한 통증에 휩싸였다.

인터미션

1997년 1월 3일 금요일

❖ 자비스

홍콩섬 셩완에 있는 홍콩-마카오 페리 터미널.

자비스 맥길리스는 마카오행 고속선 특실로 들어가 창가 좌석에 앉았다. 뒤를 잇듯 문이 열리고 마흔 살 가량의 금발 백인 여성이 들어왔다.

"처음 뵙겠습니다. 미스 아스트레이."

자비스가 오른손을 내밀었다.

"케이트라고 부르세요. 처음 뵙겠습니다, 미스터 맥길리스."

케이트는 그 손을 맞잡지 않고 대답만 했다.

"자비스라고 부르세요."

여섯 명분 좌석이 있는 특실에 두 사람만 있었다. 케이트가 햇빛이 들이치는 창문을 커튼으로 치고 자비스의 대각선 앞 좌석에 앉았다.

"처음부터 나한테 맡겼으면 이렇게 번거로워지지는 않았을 텐데."

자비스는 SIS가 그 인도인, 니심 데비를 협상자로 내세운 일을 지적했다.

"저희가 원한 사람은 교활한 여우가 아니라 명령을 확실하게 수행할 개였으니까요."

케이트가 자비스를 여우라고 지칭했다. 정체를 파악하고 있다는 의미일 테지.

"하지만 결과적으로 당신들은 자신을 늑대라고 착각하는 바보 같은 개를 고르고 말았죠."

"미스터 조르지아니의 안목을 믿었을 뿐인데요."

"마시모의 눈은 틀리지 않았어요. 그 영감은 여차하면 잘라내 버릴 소모품을 각 팀에 한 명씩 넣어뒀거든. 당신들이 그걸 알아차리지 못했을 뿐."

"당신이 빈정대는 소리를 듣는 것도 계약 체결 조건 중 하나입니까?"

"아뇨, 그냥 세상 돌아가는 이야기나 좀 했습니다. 선급금은 이미 확인했어요. 현재 내가 파악한 정보는, 여기."

자비스가 선물용으로 포장된 작은 상자를 내밀었다.

"지방시 스카프예요. 플로피 디스켓을 스카프로 감싸놨습니다. 비밀번호는 전에 알려드린 대로. 아시죠?"

"네, 압니다."

고속선이 출항했다. 파도 위를 가르는 진동은 느껴졌지만 창문이 커튼으로 가려진 탓에 빅토리아 하버의 맑은 햇살을 즐길 수는 없었다.

케이트가 작은 상자를 가방에 넣고는 말을 이었다.

"저희 쪽 정보는 구두로 전하겠습니다."

"좋습니다. 녹음기나 도청 장치를 확인하겠습니까?"

"괜찮습니다. 당신의 동향은 상당히 오래전부터 살피고 있으니까. 아무것도 숨기지 않았다는 걸 압니다."

"신중하시네요."

"실패는 더 이상 용납할 수 없으니까요. 그럼 우선 프랭크 벨로부터. 가명이고, 본명은 알 수 없습니다. USTR의 직함을 달고 활동하지만 실제로 근무한 흔적은 없고요."

"소속은?"

"6년 전까지는 CIA 소속이었는데 지금은 완전한 프리랜서."

"미국도 절대로 정치 안건으로 번지지 않도록 하려고 꼬리 자르기용 외부 인사를 쓴다는 의미입니까?"

"네. CIA 퇴직 후에는 주로 아프리카와 중남미에서 미 정부의 청소부 노릇을 했죠."

미국의 국익에 반하는 사람을 지금까지 몇 명이나 죽여 왔다는 뜻이다. CIA를 퇴직한 이유도 내부 규율이나 미국 국내법의 처벌을 피하기 위해서고, 실제로는 지금도 CIA와 두터운 연대 관계다.

"귀찮은 상대로군요."

"우리 SIS가 직접 움직이면 CIA뿐 아니라 미국 국무부와 충돌하게 됩니다."

"극동 지역에서 벌어진 사소한 일로 끝나지 않는다는 말입니까? 헝밍은행 본점 지하에 보관된 물건의 진짜 정체가 점점 궁금해지네요."

"물론 말해드리겠습니다. 그전에 한 대 피우고 하죠."

눈가 주름이 두드러진 금발 여자가 가방에서 켄트 담뱃갑을 꺼냈다. 자비스도 재킷 주머니에서 로스만 담배를 꺼냈다.

두 사람은 각자 불을 붙였다.

"금고에 숨겨진 물건에 대해서는 퍽 즐겁게 들을 만한 이야기는 아닙니다. 홍콩 반환만 아니었으면 저도 평생 몰랐을 이야기인데 말이죠."

케이트는 조용히 연기를 토했다.

❖ 미아

미아 리더스는 연한 파란색 환자복 차림으로 병실을 나와 정원과 맞닿아 있는 휴게실로 들어갔다.

문병객이 소파에 삼삼오오 모여 앉아 대화를 나누고 있었다. 휴게실 안에 나란히 설치된 공중전화 중 하나를 골라 수화기를 들고 마카오 동전 5파타카를 넣은 뒤 번호를 눌렀다.

"제인 아셔입니다. 미스터 엡스타인 바꿔주세요."

사전에 정해 놓은 이름을 말했다.

—상품 번호를 말씀해 주세요.

수화기 너머의 목소리가 물었다.

"04 16 동풍 22 오후부터 비."

—확인했습니다. 지금 바로 연결하겠습니다. 대비는 해놨으니 상대방이 전화를 받으면 바로 통화하시면 됩니다.

도청당할 염려는 없다는 뜻이다.

통화 전환이 되며 다른 번호로 연결됐다.

—오를로프다.

상대가 전화를 받았다. 주 홍콩 러시아 총영사관의 겐나지 오를로프.

—아니타 초우는?

"지금은 병원에 없어. 괜찮아. 내가 보낸 데이터는?"

미아가 물었다.

—확인했다. 일단 약속대로 잘 해줬군.

"고마워. 다음에도 잘 처리할 수 있게 정보를 빨리 줬으면 좋겠어."

—마시모가 편성한 네 팀 중 A팀은 새 스폰서로 중국과 협상을 시작했다. 죽은 라우가 리더였던 C팀은 진작 와해됐고. 마시모와의 계약을 어기고 도중에 도망을 계획한 두 사람은 이미 행

방불명됐어.

"역시 도망은 용납하지 않는구나."

—그런 것 같아. B팀도 영국과 협상을 시작하면서 우리에게도 접촉하려고 해. 다들 불안과 의심에 사로잡혀서 필사적으로 새로운 뒷배를 찾고 있지.

"당신들이 바라는 대로 상황이 흘러가고 있지만 고바의 제안 때문에 앞으로는 또 어떻게 될지 알 수 없어."

—그건 당신이 신경 쓸 바 아니야.

"외주 직원은 영원히 외부자 취급하네. 본질은 소련 시대와 달라진 게 하나도 없어."

—그건 아니야. 우리는 항상 진보하고 있다고. 그런데 아니타 초우는 당신과는 전혀 다른 라인인가 보지?

"그 이야기가 듣고 싶으면 별도 요금이 필요한데?"

—그럼 질문의 의도를 솔직하게 말하지. 스카우트를 위한 신상 조사야. 지금 벌어지는 일련의 사건이 무사히 마무리되면 당신을 직원으로 채용하고 싶어. 물론 그 시점에 당신이 살아 있다면 말이야. 보수는 확실히 지금보다 많을 거야. 이쯤 되면 우리도 진보하고 있지?

"알겠어. 지금 내 고용주는 국가안전부 제4국이야."

국가안전부는 중국 국무원에 소속된 정보기관으로 그중에서도 제4국은 홍콩, 마카오, 대만을 담당한다. 국무원은 내각에 해당되며 그 직속 기관인 국가안전부의 권한은 막강하다.

미아가 말을 이었다.

"아니타 쪽은 중국 외교부 국외공작국 라인이고. 영국 SIS와 연계도 하는 것 같지만."

—국외공작원과 SIS가? 반환 후를 대비한 공동 전선인가?

"나도 몰라. 당신이 더 잘 알잖아?"

—중국 수뇌부도 불안해한다는 말인가?

"아무튼 이 일을 마치면 프리로 돌아갈 테니 잘 부탁해."

—당신을 웃으며 맞이하기 위해서라도 부디 무사하길 바라. 그럼 다음 약속 시간에 또 통화하지. 자비스한테는 안 들켰지?

"응. 아직까지는."

—계속 건투를 빌지.

"고리짝 시절 인사—"

말이 끝나기도 전에 전화가 끊겼다.

수화기를 내려놓았을 때 미아를 찾던 간호사가 그녀를 발견했다.

"미아 씨, 선생님이 절대 안정이라고 말씀하셨잖아요. 아직 병실에서 나오면 안 돼요."

"갈아입을 옷이고 뭐고 아무것도 없어서 매점에서 새 속옷만이라도 사려고 했죠."

미아가 왼손에 든 비닐봉투를 보이며 변명조로 말했다.

"그러다가 나온 김에 잠깐 전화 좀 했고요."

"마음은 잘 아는데요, 저희가 준비할게요."

"미안해요. 한 통만 더 할게요. 친구한테 입원했다고 알려야 해서요."

눈총을 받으며 다시 수화기를 들었다.

10

1997년 1월 5일 일요일

희미한 소독약 냄새와 침대 시트 감촉. 고바는 눈을 뜨기 전부터 자신이 병원 침대 위에 있다는 사실을 깨달았다.

"정신 들어?"

자비스의 목소리가 들렸다. 눈을 가늘게 뜨자 침대 옆에 다리를 꼬고 앉아서 휴대폰 화면을 바라보는 자비스가 보였다.

"몇 시야?"

고바가 물었다.

"오전 11시. 1997년 1월 5일이야."

청사완의 차찬탱이 폭파된 날이 1월 2일 밤 11시 직전. 폭파되자마자 납치당한 듯하니 구출된 지 이틀하고도 반이나 잠들어 있었던 듯하다.

근처 협탁에는 그 폭파 소식을 헤드라인으로 보도한 신문 몇 개가 놓여 있었다. 가스 폭발 사고라는 홍콩 경찰의 발표는 무시하고 사고라는 둥 흑사회의 항쟁이라는 둥 반환을 목전에 두고 반중 과격 세력의 테러라는 둥 제각각 멋대로 떠들어댔다.

“미아는?”

“아 그쪽은 경상. 그런데 머리와 가슴에 눈에 띄는 상처가 남았어. 당신을 구하려고 했지만 한발 늦어서 코앞에서 놓쳤다더군. 지금 일라리가 함께 있어.”

고바는 상체를 일으키려다가 왼쪽 어깨에 극심한 통증을 느끼고는 작게 신음했다. 어깨 외에도 몸 이곳저곳이 쑤셨다. 왼팔에 꽂힌 주삿바늘이 링거 튜브와 연결되어 있었고, 목덜미에 꽂혀 있는 링거 주사도 느껴졌다. 자신이 잠든 사이에 목덜미의 정맥주사로 영양제를 넣은 듯했다.

“38구경 총알이 왼쪽 어깨를 관통했고 쇄골을 다쳤어. 하지만 골절이 그리 심하지는 않아. 오른쪽 종아리에 박힌 쇠파이프는 당연히 제거했고. 종아리 쪽 뼈는 다치지 않았어. 폭발 후에도 상당한 부상을 당했나 본데. 찢어진 상처나 타박상 때문에 온몸에 두세 바늘씩 꿰맸대. 의사가 오른 다리 자체는 이상 없어서 목발을 사용하면 모레쯤은 걸을 수 있다고 하더군. 뭐, 움직이면 꽤 아프겠지만. 아니면 내가 휠체어를 밀어줬으면 좋겠어?”

병실의 커다란 창문을 가린 레이스 커튼 너머로 푸른빛이 펼쳐져 있었다. 하늘이 아니라, 바다. 푸른 바다가 저 멀리까지 끝없이 이어졌다. 시야를 가릴 만한 고층 빌딩도 없었다.

"마카오야."

자비스가 말했다.

"아니타 초우?"

고바가 물었다.

"응. 이쪽으로 입국해서 병원으로 옮기는 것까지 전부 그 여자가 준비했어. 물론 홍콩정청과 포르투갈 행정당국의 승인을 얻었겠지만."

창밖에서 대형 여객기가 푸른 하늘로 날아올랐다. 1995년에 개항한 마카오국제공항에서 이륙하는 항공편이리라.

병원은 카지노들이 늘어서고 중국 주하이시와 인접한 마카오반도 쪽이 아닌 페리를 타고 몇 분 이동해야 하는 타이파섬에 있었다. 포르투갈 자본으로 운영되고 외래 환자는 받지 않으며 아시아 부호와 정치인이 극비로 검사와 치료를 받는 시설이었다.

"한 가지 나쁜 소식이 있어. 중국 공무원도 많이들 이용하는 곳이라 너희를 여기로 옮길 때 놈들의 허가도 받았다더라고."

"머지않아 중국 정부 관계자도 찾아올 거라는 말인가."

자비스가 고개를 끄덕였다.

중국도 거래라는 명목으로 명령을 하려들 테다.

"무사히 치료를 받을 수 있는 곳이 이런 곳밖에 없었던 셈이야."

고바가 말했다.

"그렇지, 뭐. 하지만 완전히 악수를 뒀다고 말하기도 뭐해."

"그래, 확실히."

당사자가 늘어나서 이해가 얽히고설켜 삐거덕거릴수록 고바 팀이 자유롭게 움직일 기회도 점점 늘어난다.

"당연히 아니타 초우도 중국이 개입할 거라는 걸 알면서 판단했겠지. 그걸 전제로 누가 방해하기 전에 회의하자. 방금 막 정신을 차린 사람한테는 미안하지만. 당신이 잠든 이틀 반 동안 나와 일라리 둘이서 예정대로 작업해 놨어. 새 멤버 루이초홍에 관해서도 조금 이야기해 두고 싶고."

자비스와 일라리도 루이 독찰이 팀원이 되는 것에 동의했다.

"도청은?"

고바가 병실을 둘러봤다.

"아마 하고 있겠지만 딱히 상관은 없을 거야. 상대에게 들키고 싶지 않은 말은 서로 딱 달라붙어서 귓속말로 하면 되니까. 그 모습을 본 간호사가 우리 사이를 의심하는 것도 나쁘지 않겠지."

"그렇겠네."

고바가 작게 웃었다. 왼쪽 어깨와 온몸이 쑤셨다.

"내가 먼저 몇 가지 물을게. 폭파 전후에 당신과 일라리는 어디에 있었어?"

리모컨을 눌러 전동 침대의 등받이를 일으켜 세우며 물었다.

"밴에 실려 오를로프와 이동하던 중 충격을 받았어. 청사완의 다완까지 얼마 안 남은 길 위에서. 총성이 몇 번 울렸는데 타이어에만 한 발 맞았어. 본격적인 습격이 아니라 러시아 당국자들이 폭파에 휘말리지 않도록 발을 묶으려는 꼼수였겠지."

"적은 심각한 국제 갈등은 원하지 않고 어디까지나 플로피 디스켓과 서류만 사수하고 싶은 걸까?"

"그래. 목적은 처음부터 직접 움직이는 소모품인 당신이었다는 말이야. 그래서 오를로프 일행이 경계하면서 다른 차로 갈아타려고 할 때, 당신이 가게와 함께 날아가 버렸다는 연락을 받았고, 나와 일라리는 순간의 혼란을 틈타 도망쳤어."

"쫓지는 않았고?"

"오를로프는 쫓아오려고 했는데 부하들이 말렸어. 부하들이 러시아어가 섞인 영어로 '피라미 때문에 목숨을 걸 필요는 없다'고 했어. 그 시점에는 아직 총격의 의도를 파악할 수 없었고 가장 가능성 큰 표적은 오를로프였으니까. 홍콩 경찰도 이상하리만치 빠르게 도착해서 러시아 일행이 우리의 등에 총을 겨누는 걸 막아줬어."

그 직후에 자비스의 휴대폰으로 모르는 번호로 전화가 걸려와 아니타가 "고바를 잃어버렸다"고 알렸다고 한다.

"폭파와 러시아 차량 총격 모두 미국이 벌인 짓이야?"

자비스가 물었다.

"그 이후에 납치까지 흘러간 정황을 보면 미국이라고 보는 게 가장 타당하겠지. 납치 감금됐을 때, 지난번에 골목에서 나와 미아를 총으로 공격했던 벨로라는 놈과 통화했어."

"손을 떼라고 하던?"

“아니, 이대로 계획을 진행하라고 하더군.”

자신들 편에 붙으라고 회유한 것을 포함해 모든 사실을 숨김 없이 털어놓았다.

“어떻게 할 생각이야?”

“어떻게고 뭐고 안 해. 지금까지와 마찬가지로 우리 방식대로 계획을 진행할 거야.”

“당신이 납치당했다는 이야기를 들었을 때 더는 살아 돌아오지 못하리라 각오했어. 미국인들이 노리는 건 당신의 머릿속에만 존재하는 마시모의 탈취 계획 뒷부분이라고 생각했으니까. 당신을 죽이면 계획도 사라지잖아. 데니켄 운트 훈치커은행 지하에 무엇이 있는지 미아와 루이에게 들었어. 그런데 오를로프와 아니타의 도움으로 살아 돌아왔지.”

“납득이 안 돼?”

“납득이 안 되는 건 아니지만 불신은 들어. 당신이 미국에 붙지 않았다는 증거가 하나도 없으니까.”

“그러니까 몹시 의심스러워 보인다는 말인가. 지금까지와 달라진 게 아무것도 없잖아.”

“뭐, 그런 뜻이지.”

고바가 웃었고 자비스도 웃었다.

“클라에스 아이마로의 행방은?”

고바가 얼굴을 찡그리며 물었다. 웃었더니 상처가 찌릿 아팠다.

“나도 몰라, 시체도 발견되지 않았고. 현재는 그 미국인들과 함께 있다고 보는 게 맞겠지. 저기, 은행 지하에서 불태운 계획서 뒷부분은 정말 복사본도 영상도 안 남은 거지?"

"응. 형태로 남은 건 아무것도 없어."

"어쩌다 보니 더할 나위 없이 그럴싸한 상황이 만들어졌는데, 어쨌든 우리에게도, 아니타에게도, 오를로프에게도 당신을 전력으로 지켜야만 하는 이유가 생긴 셈이야. 그런데 외워온 계획은 정말 지킬 만한 가치가 있는 내용이야?"

"난 충분히 가치가 있다고 생각해."

"내가 만약 너라도, 그게 사실은 케어리스 위스퍼(영국 그룹 왬!의 곡) 가사를 그대로 베껴놓은 빌어먹게 쓸모없는 것이라고 해도 똑같은 대답을 하겠지."

자비스가 고개를 살짝 저었다.

"체념했어?"

고개를 저은 이유를 물었다.

"나 자신이 불쌍해서. 이렇게 의심 가득한 상황에서도 돈 때문에, 목숨 때문에 나아갈 수밖에 없는 나 자신이 말이야."

자비스가 웃으며 말을 이었다.

"클라에스의 휠체어에 설치된 카메라 영상은 나와 일라리뿐 아니라 미아와 루이도 봤어."

은행의 대여 금고 개인실에서 클라에스가 몰래 찍은 영상을 가리켰다. 입술을 살짝 움직여 계획서 앞부분을 소리 내지 않고 읽는 클라에스의 입가가 찍혔고, 영상을 분석하면 계획서에 적힌 내용을 알 수 있다.

"영상은 복사한 뒤 원본은 오를로프에게 돌려줬어."

"돌려주러 러시아 총영사관까지 갔어?"

"익명 처리해서 퀵으로 보냈어. 괜찮지?"

"당연하지. 좋은 판단이었어."

탈취 계획 앞부분의 내용은 클라에스가 당연히 미국 측에 전달했으리라. 고바 팀이 독점한 정보가 아니라 희소성도 떨어진 정보를 계속 숨겨 봤자 의미 없다.

거기까지 이야기를 나누었을 때 고바는 자비스가 상당히 큰 목소리로 말한다는 사실을 깨달았다. 폭발음의 충격이 아직도 귀에 남아 있어 잘 들리지 않는 듯했다. 머리도 무겁고 온몸의 자잘한 상처도 욱신거리기 시작했다. 부상 때문에 체력을 생각보다 더 소비했다.

"쉬고 싶겠지만 좀 더 이야기하자."

"괜찮아. 루이가 정보원에 대해 말했어?"

"응. 일단 우리가 듣고 싶은 이야기를 조건 없이 알려 줬어."

고바 팀 외에 다른 팀의 팀원 구성, 고바 팀이 받은 선급금, 활동비, 그리고 성공보수. 왕립 홍콩 경찰총부의 독찰이라는 지위를 감안해도 그 남자는 지나치게 많은 것을 알고 있었다.

"마시모야."

자비스가 말했다.

'역시.'

"그 영감이 직접 의뢰했다더군. 마시모가 편성한 네 팀을 전부 감시하고, 결원이 생겼을 때 교체 요원으로 들어가는 게 그 사람 역할이래. 인종을 불문하고 돈 많은 것들은 치밀하고 집착이 심한가 봐. 저기, 린차이화를 죽인 인간이 정말로 미국인이라고 생각해?"

자비스도 루이의 관여 여부를 의심했다.

러시아, 영국, 혹은 고바 팀이 아직 감지하지 못한 또 다른 조직이 자신들의 입김이 닿은 루이를 침투시키려고 미국의 습격을 틈타 린차이화를 죽였을지도 모른다.

"의심스러우면 루이의 합류를 취소해도 돼."

자비스의 말에 고바가 대답했다.

"아니, 이대로 가자. 지금 우리에게는 경찰 정보에 쉽게 접근할 수 있는 사람이 필요해. 마시모는 그 점을 예상해 루이를 선택했고, 자신의 가치를 알고 있던 루이도 지금 타이밍에 우리에게 접근했을 거야."

자비스의 말에 고바가 고개를 끄덕였다.

"하긴, 불안정하고 미덥지 못한 팀인 건 마찬가지지. 일본에도 이런 상황을 표현한 속담이 있었던 것 같은데, 진…… ."

자비스가 곰곰이 생각했다.

"진흙 배* 말이지? 속담이 아니라 옛날이야기야, 잘 아네."

* 일본 전래동화 딱딱산(かちかち山)에 등장하는, 진흙으로 만들어 가라앉기 쉬운 배. 금방 무너질 것 같은 조직이나 계획 등을 뜻하는 말이다.

"예전에 사귀었던 일본인 여자친구한테 배웠어. 베어링스은행(영국 메이저 은행)이 망하고 내가 실업자가 되자마자 전화를 아예 안 받기는 했지만. 아무튼 이 진흙 배를 함께 타고 갈 수밖에 없어, 우린."

"그렇지."

"앞으로 우선 플랜 2-E, 다음으로 플랜 3-B를 실행할게. 문제없지?"

자비스가 물었다.

"그래, 좋아."

1월 1일, 프린스에드워드역 근처 게스트하우스에서 세운 계획이었다.

그로부터 나흘이 지났지만 고바도 자비스도 크게 바꿀 필요는 없다고 느꼈다. 바꿔 말하면 상황이 나쁘기는 해도 아직 예측 범위 안에서 움직이고 있다는 의미였다.

고바가 말을 이었다.

"나는 여기로 오를로프를 부를 수 있는지 아니타에게 물어볼게."

"일본인이 가운데 끼어서 영-러 동맹을 맺을 수 있을까?"

"상황에 따라서는 삼국동맹이 될 수도 있겠지."

"영국, 러시아, 중국? 그쪽도 진흙 배 냄새가 진동하네."

자비스가 웃었다.

"우리만 가라앉을 수는 없지. 답이 없으면 놈들도 데리고 가야지."

고바는 농담 섞인 대화를 이어가려고 했지만 말이 막혔다. 어깨, 가슴, 배, 등을 누군가가 팔꿈치로 쿡쿡 찌르는 것처럼 아팠다.

"다 맞았네."

자비스가 말했다. 링거 튜브가 비어 있었다.

"간호사를 부를게. 통증이 심하면 한방에 천국으로 직행하는 강력한 진통제를 맞혀 준다고 하더군. 당신처럼 총에 맞고 싶지는 않지만 그것만은 빌어먹게 부러워."

"약은 가끔 즐기는 정도 아니야? 영국 미들 클래스 출신, 런던 정경대(LSE) 대학원을 졸업한 엘리트잖아."

"천만에. 아버지는 이혼하고 집 나갔고, 어머니와 남동생 셋이 살았어. 허름한 공영 주택 단지에서 자란 순도 백 퍼센트 워킹 클래스야. 헤로인은 근처에도 가기 싫지만 엑스터시(MDMA)와 대마라면 두 팔 벌려 환영이야. 아아 그래, 조사했구나. 당신, 우리 대학에서 유학했다며. 영어는 그때 배운 거야?"

"그래, 농림수산성에 들어가고 나서 2년 동안. 폴란드 출신 부부가 운영하는 핀칠리 로드(런던 북부 고급 주택가)의 하숙집에서 호턴 스트리트에 있는 학교까지 통학했지."

"우아한 공비 유학에 핀칠리 로드 생활인가. 난 아직도 대출받은 장학금을 갚고 있는데. 런던이 좋아졌어?"

"아니, 전혀. 하늘은 흐리기만 하고, 겨울은 더럽게 춥고, 주말 하숙집 주변 거리는 쥐죽은 듯 조용했어. 내 의지와는 상관없이 나고 자란 일본의 고향이 떠올랐지. 그 아무것도 없는 지루한 도시를 탈출하려고 필사적으로 공부했어. 그런데 취직하고 나서 아는 사람 하나 없는, 서쪽 끝에 있는 고향과 비슷한 동네에서 다시 지루한 생활을 했어. 왜 그래야 하는지도 몰라 짜증내면서 말이야. 게다가 그로부터 6년 후 내 꼴 좀 봐. 미국인에게 쫓기고, 총에 맞고, 홍콩인에게 나무 막대기로 신나게 얻어터지고, 마카오의 침대 위에서 직장을 잃은 영국인을 상대로 밑도 끝도 없는 소리를 지껄이고 있잖아."

자비스가 소리 내어 웃은 뒤 고바의 얼굴을 바라봤다.

"그런데 한 가지 더 짚고 넘어가야 할 게 있어."

"린차이화 말이지?"

고바가 물었다. 자비스가 고개를 끄덕였다.

"루이한테 들었어. 우리한테 말하지 않았던 이유를 알려 줘."

살해된 린차이화는 러시아 총영사관과 내통하며 팀 정보를 흘렸다. 고바는 그 사실을 알면서도 팀원들에게 알리지 않았다.

"린차이화에게 말하는 정보를 조정하고 살짝 바꾸는 것으로 오를로프 쪽을 역으로 컨트롤하는 방법을 찾고 있었어. 린차이화의 큰 비밀을 쥐고 있는 건 그 녀석을 협박해 조종할 커다란 수단을 쥔 것이기도 했지."

"우리에게 알리지 않은 게 아니라 보류했을 뿐이었고, 심지어 그게 팀을 위한 일이었다고?"

"그래."

"평범한 대답이지만 일단은 알겠어. 게다가 다행인지 불행인지 팀이 큰 피해를 입기 전에 린차이화가 죽고 말았으니까. 뭐, 녀석이 죽은 타이밍이 의심스러운 건 여전하지만."

"응."

"하지만 당신이 수상한 것도 데니켄 운트 훈치커은행 대여 금고 건까지 합해서 두 번째야. 다음은 없어. 만약 배신할 낌새가 보이면 다음에는 주저 없이 뒤에서 쏠 거야."

"낌새만 느껴져도 쏜다고?"

"자꾸 당신을 믿고 싶어지거든. 기대가 짓밟히면 그대로 큰 실망으로, 그리고 증오로 바뀌지. 사랑과 똑같아. 만국 공통의 진리지. 아니, 인간관계의 당연한 이치 같아."

"죽고 싶지 않으면 동료들에게 성실하라고?"

"만약 네가 우리를 동료라고 생각한다면 말이야."

자비스의 뒤에서 노크 소리가 울리며 동양인 간호사가 새 링거 튜브를 들고 들어왔다.

왼팔 주삿바늘을 통해 몸속으로 약이 흘러들어왔다. 머리를 쑤시는 통증과 몸을 잡아끄는 듯한 무거움이 허물처럼 벗겨져 떨어지며 서서히 사라졌다. 고바는 진통제가 만들어 내는 거짓 평온에 휩싸여 다시 잠에 빠져들었다.

◈◆◈

1997년 1월 8일 수요일 오후 5시 20분

바다에 반사된 석양이 창에 드리워진 레이스 커튼을 주홍색으로 물들였다.

노크 소리가 울리며 미아가 병실로 들어왔다. 녹색 환자복, 미아도 아직 입원 중이었다.

"아니타 초우는?"

미아가 물었다.

"돌아갔어. 이제 오늘은 안 와. 다른 세 사람은?"

고바가 침대에서 상체를 일으키며 되물었다.

지금부터 미아의 주도로 자비스, 일라리, 루이까지 팀원 다섯 명이 모두 모인 작전 회의가 열릴 예정이었다.

"안 와. 전에 정한 대로 하재. 큰 변동 없으면 다시 확인할 필요는 없다고."

"우리 둘뿐인가. 뭐부터 시작하지? 개별 작전에 대해 묻는다면 최대한 대답할 텐데."

"작전에 의문은 없어. 당신의 생각을 묻고 싶어."

"무슨 생각?"

"당신은 폭파 사건으로 살해당할 뻔했고 총에 맞고 납치까지 당했어. 지금도 여전히 위험하지. 그런데 왜 아직도 마시모의 계획에 참여하는 거야?"

"들어서 뭐 하게?"

"난 그동안 경호 일을 해왔어. 개중에는 목숨이 위험할 뻔한 적도 있었지. 루이는 현역 경찰관이고, 죽은 린차이화도 마찬가지로 경찰관. 두 사람 모두 일상이 죽음의 경계에서 그리 멀지 않아. 일라리는 군인 출신이지. 하지만 당신은 전직 관료로 목숨이 위험한 상황과는 몹시 먼 곳에서 살아왔어. 그런데 지금은 까딱하면, 아니, 까딱하지 않아도 목숨이 위험한 일을 하잖아."

"현재 내 삶의 목적과 원동력을 알고 싶어?"

"그런 거창한 걸 말하는 게 아냐. 아무런 훈련도 받지 않은 일반인이 왜 계속 이런 위험한 일을 하는지 순수하게 궁금할 뿐이야."

"모르겠다고 답하면 의심스러울까?"

"그래. 다쳐서 병원 침대에 누워 있는 이렇게 힘없는 남자가 여전히 싸우려고 하잖아. 어떤 조직이 목숨과 미래를 보장해 주는 거 아닌가 의심이 들지."

"자비스도 평범한 은행원인데."

"자비스한테도 다시 물을 거야. 지금은 당신 이야기를 하고 있잖아."

"몇 가지 이유가 있어. 나를 희생양으로 삼은 일본 정치인들과 관료들에게 복수하고 싶어. 내 전 상사처럼 쓸데없는 자존심에 사로잡혀 자살 따위 하고 싶지 않고, 패배자로 인생을 마치고 싶지도 않아. 그렇게 생각했는데 지금은 그저 살아남기 위해 작전을 수행하려고 해. 아니, 수행하는 것 말고는 달리 살 길이 없잖아? 마시모와의 계약 내용은 당신도 자세히 들었을 텐데."

"도중에 멋대로 계약을 파기하고 도망가면 목숨으로 갚아야 한다. 그걸 믿어?"

"의심할 이유가 없으니까. 러시아나 중국의 완벽한 비호 아래 들어간다고 해도 작전을 계속해야 하는 건 변함없어. 역으로 미국에 붙는 건 꿈도 못 꾸지. 당신의 말처럼 그야말로 난 무기 사용법도 모르고 아무 훈련도 받지 않은, 심지어 아무런 뒷배도 없는 사람이니까 말이야. 일이 끝나면 미국 놈들의 손에 쉽게 죽어버리는 결말이 기다리겠지."

"당신이 러시아, 중국, 영국, 미국 어디와도 뒷거래를 하지 않았다는 증거는?"

"없어. 그런 물증은 어디에도 없어. 의심스러우면 성에 찰 때까지 조사해도 좋아. 결국은 미국 말고 어느 나라가 됐든 균형을 잡으면서, 또 소모품으로 쓰이는 척하며 그 속에서 살아남을 수단을 찾는 수밖에 없어."

"모든 건 살아남기 위해서다?"

"그래. 그게 이상한 일인가?"

미아가 고개를 저었다.

고바가 말을 이었다.

"이런 알지도 못하는 낯선 땅에 와서 남의 생각에 휘둘리다가 결국 개죽음당한다니, 그것만으로도 열불이 나. 쥐도 궁지에 몰리면 고양이를 문다는 속담을 알아?"

"응. Despair makes cowards courageous. 절망은 겁쟁이를 용감하게 만든다는 뜻 맞지? 일라리와 루이도 같은 말을 했어."

"한번 부딪치고 싶고, 살아남고 싶어. 지금 상황을 어떻게든 헤쳐나간다면 그 이후에는 본래 목적이었던 복수도 이루고 패배자에서도 벗어날 수 있을지 몰라. 뭐, 덧없는 희망이지만. 지금까지 선급금이나 정기적으로 지급되는 활동자금을 보면 성공했을 때 보수를 받으리라는 건 틀림없어 보이고. 그런 거금은 역시 매력적이잖아? 그리고 독하지 못하다며 웃음을 살 것 같지만, 팀원 모두가 살아남았으면 좋겠어. 가능한 한 말이야."

미아가 가만히 응시했다.

"이런 뻔한 이야기를 듣고 싶었어?"

고바가 물었다.

"직접 듣지 않으면 모르니까. 자비스와 루이와 일라리는 들을 필요 없다고 생각하는 것 같지만 나는 상대의 생각을 짐작하는 건 싫어. 행간을 읽는 것 같은 일도. 그런 배려나 걱정은 쓸데없다고 생각하니까. 당신은 지금 이런 대화야말로 쓸데없다고 생각하지?"

"아니. 말로 표현하지 않으면 아무래도 마음이 편치 않고 납득이 가지 않는 사람도 적지 않으니까."

"당신은 어때? 말은 필요 없어?"

"필요 없지는 않지만 반드시 있어야만 하는 건 아니야."

"그러면 불안하지 않아?"

"불안해, 견딜 수 없이. 하지만 왜 아직도 이 작전에서 하차하지 않는지 너희에게 물어 봤자 진실을 들을 수 없을 거야. 말은 그저 말일 뿐 속마음을 들여다볼 수 있는 건 아니거든."

"시니컬하네."

"오히려 반대지. 불안하기 때문에 배신에 대한 대책을 짜면서도 너희를 믿으려고 하잖아. 의심만 쌓이면 결국에는 아무것도 못 해. 포기와 기대, 어느 표현이든 상관없지만 결국 어느 순간에는 다른 사람에게 맡겨야만 작전을 수행할 수 있으니까."

"애인은?"

미아가 불쑥 물었다.

"지금은 없어. 왜?"

"생각만 하지 말고 말로 해, 라고 여자 친구들이 말 안 했어? 일본 여자들은 그렇게 생각 안 하나?"

"그런 말 들었지."

"그럼 말하려는 노력은?"

"했지만 별로 효과는 없었던 것 같아. 하지만 나도 여자 친구들을 그다지 이해 못 했으니까 별수 없었다고 생각해. 소설을 읽거나 영화를 보다가 주인공이나 등장 인물한테 '전혀 공감 못 하겠다'며 곧잘 포기하거나 화를 내던 사람이 있었어. 난 그녀의 마음을 전혀 이해할 수 없었지. 공감되든 안 되든 소설이나 영화 자체를 즐기거나 재밌으면 된 거 아닌가 싶어서."

"당신이 인기 없는 남자라는 건 알겠네."

미아가 어이없다는 표정으로 쳐다봤다.

뭐 틀린 말은 아니지만.

노크 소리가 들렸다.

간호사가 저녁 식사를 실은 이동식 트레이를 밀며 들어왔다. 미아는 간호사와 교대하듯 자신의 병실로 돌아갔다.

11

1997년 1월 11일 토요일 오후 2시 30분

"운 트이는 건 지금부터예요."

퇴원 인사를 하러 갔더니 건물주이자 두부가게 주인이기도 한 노인이 말했다. 중년의 딸도 두유 페트병 네 개가 든 비닐봉지를 웃으며 내밀었다.

"얼굴이 좋아졌어요. 괜찮을 거예요."

다리와 허리가 불편한 건물주의 아내까지 가게 안쪽에서 나오며 격려했다. 마음은 고맙지만 이렇게까지 격려를 받으니 멋쩍어졌다.

건물주 가족에게는 마카오에서 전화를 걸어 '교통사고를 당했다'고 둘러댔다. 왕립 홍콩 경찰총부가 발표한 청사완 차찬탱에서 일어난 '가스 폭발 사고'의 피해자 명단에도 고바 게이타의 이름은 없었다.

지하철 몽콕역 근처 상하이스트리트 도로변. 1층이 두부 가게인 상가 건물 2층에 죽은 마시모가 고바 팀을 위해 빌린 사무실이 있다.

목발 생활도 조금씩 익숙해졌지만 엘리베이터가 없는 건물의 3층까지 계단을 걸어 올라가기란 역시 힘들었다.

목발을 짚을 때 울리는 소리가 들렸는지 일라리가 사무실 문을 열며 고개를 내밀었다.

고바를 도우려고 다가온 일라리에게 "스스로 하게 내버려 둬"라고 뒤에서 미아가 말했다.

"나 때문에 있는 거야?"

고바가 물었다.

"당연하지."

흰 블라우스에 검은 치마를 입고 팔짱을 끼고 있던 미아가 대답했다.

"그 다리로도 도망칠 수 있도록 익숙해져야지. 체력도 좀 길러야겠고."

팀의 경호원으로서의 입장은 여전히 변하지 않았다.

고바가 홍콩에 도착하자마자 입주했고, 그날 밤에 몰래 들어와 유일하게 가져다 놓았던 여행용 캐리어를 도둑맞은 사무실.

하지만 몰라보게 달라졌다.

고바가 잊을 뻔했던 홍콩에 진출하는 일본 기업을 돕는 광고대행사 사무실이라는 설정을 떠올렸다. 그럴듯해졌다. 천장의 구질구질했던 형광등은 할로겐램프로 바뀌었고, USM 할러나 빌칸 등 고급 사무 가구 브랜드 제품과 흡사한 집기가 즐비했다. 전부 실제 제품 가격보다 몇 배는 저렴한 모조품이었지만.

사무실을 개조한 사람은 일라리와 미아였다.

광고대행사 이름도 두 사람이 정했다. '이스턴 포커스 커뮤니케이션', 머리글자를 따서 디자인한 EFC 로고가 새겨진 명함도 만들었다.

"회사 이름은 잘 모르겠지만, 가구 배치와 로고 디자인은 나쁘지 않네."

고바가 말했다.

"일본 전직 관료한테 인테리어 감각과 디자인 센스가 있을까 몰라."

미아가 장난스럽게 타박하며 가방을 어깨에 멨다.

"조심해."

미아가 말했다.

"당신도."

고바도 말했다.

힐을 또각또각 울리며 미아가 밖으로 나갔다. 지금부터 루이와 만나서 이 광고대행사 'EFC inc.'의 주거래 은행인 형밍은행 몽콕 이스트 지점을 방문할 예정이다. 그곳에서 부지점장과 대출 담당 매니저를 협박할 것이다.

자비스도 다른 곳에서 주가 불법 조작 작업을 하고 있다.

사무실에는 고바와 일라리가 남았다.

곧 손님이 찾아온다.

마시모가 플로피 디스켓과 서류 탈취를 위해 편성한 네 팀 중에 지금까지 남아 있는 세 팀의 리더들이 이곳에 모여 회합을 한다.

SDU 소속 라우가 리더였던 팀은 이제 없다. 라우가 클라에스 아이마로에게 살해당하면서 팀이 해체되고 팀원들은 뿔뿔이 흩어졌다.

이 세 팀의 회합을 주선한 사람은 영국 정부의 대리인 아니타 초우였다.

마시모의 팀들 가운데 최정예(아니타는 A팀이라고 부른다)의 요청으로 A의 뒤를 잇는 B팀도 참가에 동의했다. 참고로 고바 팀은 이미 해체된 C팀을 포함해도 전체 네 팀 중 중요도가 가장 낮은 D팀으로 불렸다.

각 팀의 의도나 계획을 파고들지 않는다. 팀원의 프로필 등을 강요하지도 않는다. 그러한 조건이지만 고바 팀이 루이에게 다른 팀의 정보를 얻은 것처럼 어차피 상대도 고바 팀의 개인 정보를 어딘가에서 입수했으리라.

A팀과 B팀의 리더는 고바가 폭파 사건으로 부상을 당했다는 사실을 알고 보조자를 단 한 명 허락했다. 회담 장소를 이 사무실로 정한 것까지 포함해 이 회담에 가장 시큰둥한 고바 팀을

위해 상당히 양보했다.

"범죄 팀 리더의 회담이라니, 홍콩 누아르 영화나 일본 야쿠자 영화 같아."

일라리가 장신을 둥글게 구부리고 커피를 내리며 말했다.

"태연한 척(brave face)이야? 허세(whistle in the dark)야?"

고바가 물었다.

"둘 다 아니야. 사실은 불알이 쪼그라들 정도로 쫄았어."

일라리가 웃으며 말을 이었다.

"그런데 말투 진짜 할아버지 같네. 아무래도 당신이 쓰는 영어는 80년대에 멈춘 것 같아."

"공부해서 업데이트할게."

문을 두드리는 소리가 네 번. 곧이어 세 번. 약속한 신호다.

"들어오세요."

고바가 말하자 A팀의 리더가 들어왔다.

일라리가 몸을 수색했다. A팀 리더는 다크 슈트 차림으로 키가 일라리와 거의 비슷한 190센티미터 전후였다. 두꺼운 근육질 몸으로 30대 후반, 옅은 붉은색 머리에 수염, 파란 눈동자에 안경을 썼다.

"A라고 불러. 난 당신을 D라고 부르지."

그렇게 말했지만 이름은 로이 키팅, 아일랜드 국적의 남자로 아일랜드 경찰(정식명 아일랜드 치안 방위대 Guardians of the Peace of Ireland) 수사관 출신이라는 사실을 안다.

B팀 리더도 3분 뒤에 도착했다.

40대 초반 여성으로 긴 검은 머리, 검은 눈동자. 역시 일라리가 몸을 수색했다. 호리호리한 체격에 키 약 175센티미터. 눈썹이 굵고 아시아에 러시아계 피가 약간 섞인 외모였다. 보험설계사처럼 짙은 남색 바지 정장을 입었지만 블라우스 너머의 목덜미만 봐도 평소 엄격하게 몸을 단련한다는 것을 알 수 있었다.

그녀를 B라고 부르기로 했는데 터키 국적에 이름은 아주라 차크마크였다. 예전에 터키와 프랑스에서 미아와 같은 경호 관계 일을 했다.

응접용 소파에 앉은 고바는 낮은 탁자를 사이에 두고 맞은편 소파 자리를 권했다.

하지만 거절한 A와 B는 각각 사무용 의자에 앉았다. 일라리가 커피를 내왔지만 그것도 고개를 저어 거절했다.

세 사람이 서로 거리를 두고 묘한 삼각형을 그리며 마주 봤다. 일라리는 기척을 지우기라도 하려는 듯 사무실 구석 작은 싱크대 앞에 서 있었다.

창문은 모두 닫고 블라인드까지 내린 상태였고, 낡은 에어컨이 골골거리며 찬바람을 내뿜고 있었다.

"러시아, 영국, 중국에 그 밖의 조직까지 포함한 온건한 연대를 만들어서 앞으로 그렇게 각국이 모인 연합 대 미국이라는 구도를 더욱 선명히 한다. 당신의 목적은 분명 이거지?"

B가 D인 고바에게 물었다.

"네. 조금 보태면 탈취에 성공한 뒤 전리품 분배에 관해 각국과 개별 협상해서 그들이 연계하는 것을 막고 어디까지나 '온건한 연대' 정도의 관계로 한정시키는 겁니다."

"기본적으로는 우리도 같은 생각이야. 그리고 우리 행동 부대를 모두 합치자고 제안하고 싶어. 남은 세 팀이 하나가 되어 목표물을 가로채고 새 고용주인 각국 정부 기관을 상대하는 거지. 마시모가 각 팀에게 맡긴 계획 내용도 공개한다. 한 팀이 줄어들고 계약 당시와 상황이 많이 변한 지금, 부득이하게도 적은 인원으로 더 효율적으로 움직여야 한다고 생각해."

A가 말했다.

"명령 체계나 성공보수 분배율은 분명히 해두어야겠지만 팀은 합치자는 의견에는 우리도 찬성해."

B가 말했다.

"A와 B가 팀을 합치는 걸 반대하지는 않습니다. 하지만 우리는 그 팀에 합류하지 않겠습니다."

고바가 말했다.

"불신을 지울 수 없나?"

A가 물었다.

"아뇨, 인식의 차이를 느껴서요. 우선 저희 D팀의 고용주는 마시모 조르지아니입니다. 유일한 후원자는 아니게 되었지만 가장 존중해야 할 스폰서라는 사실은 여전합니다. 게다가 계약 당시 마시모는 어떠한 합류나 연계도 인정하지 않았습니다. 허락된 건 결원이 생겼을 때의 인원 보충뿐입니다. 글쎄요, 애당초 우리에겐 다른 팀의 존재 자체를 숨겼잖아요. 분명 그렇게 한 나름의 이유와 의도가 있을 겁니다."

"있었다는 걸 단언할 수 없는 걸 멋대로 상상하고 망상해 따르겠다는 말이야?"

B가 물었다.

"없었다고 단언할 수 있을 때까지는 기존의 규칙을 어기고 싶지 않군요."

"쓸데없을 정도로 엄격한 건 당신이 일본인이기 때문이야?"

"아닙니다. 우리 팀원들 모두 겁이 많아서입니다."

"콘실료가 신경 쓰이는 건가."

A가 말했다.

"물론 그렇기도 합니다."

마시모가 사망한 후에도 계획의 진행 상황을 감시하고 있다는 콘실료. 계약을 도중에 포기하면 그 팀은 죽음이라는 엄벌에 처한다고 한다.

"당신은 감시자와 벌칙이 정말로 존재한다고 생각하는군."

A가 확인했다.

"네. 실제로 마시모가 죽은 뒤에도 그가 매주 지급하겠다고 한 추가 활동비가 계좌에 입금됩니다. 조사해 봤는데, 해체된 C팀의 활동자금 계좌는 동결됐어요. 팀원이 해약해서 들고 튄 게 아닙니다. 돈은 고스란히 계좌에 든 채 전혀 운용할 수 없는 상태가 됐죠."

"어떻게 알아봤지?"

"알려 줄 수 없습니다. 게다가 마시모의 말대로 C팀의 팀원들 개인 계좌에서 그들이 받은 선급금과 같은 금액이 빠져나갔습니다. 계좌가 없는 사람은 부동산 등 자산을 몰수당했죠. 어떤 이유에서든 누구 한 명의 도망도 허락하지 않는다는 말입니다. 그 팀원들 개개인의 행방도 전혀 알 수 없고요. 클라에스 아이마로처럼 어디 정보기관의 보호를 받는 자도 일부 있을지 모르지만 대부분은 살해당했거나 붙잡혀 죽을 날만 기다리고 있겠죠."

"콘실료의 존재와 함께 그런 사실까지 전부 당신의 망상이라고 한다면?"

"지금 여기서는 아무런 증거도 제시하지 않았으니 그렇게 생각해도 어쩔 수 없습니다. 하지만 우리 D팀은 모두 사실이라고 믿습니다."

"설마 콘실료 사람과 만난 적 있나?"

"그것도 말할 수 없군요."

"꽤나 변죽을 울리는군."

"다른 뜻은 없습니다. 말 그대로 지금은 말할 수 없다는 뜻이죠."

"영광스러운 고립을 선택하겠다는 뜻이네. 아니, 좀 더 단순하게 말하면 우리보다 죽은 마시모의 말을 믿겠다는 뜻인가."

B가 말했다.

"당신 생각은 알겠어. 이제 나와 B 사이의 문제야. 여기서는 더 할 말 없군."

A가 자리에서 일어났다.

"다음에 당신과 만나면 서로 상관없는 사람이야. 총을 쏴야 하면 주저 없이 쏠 거야. 단 방침이 바뀌면 아니타 초우나 겐나지 오를로프를 통해 연락 주게. 기다리지."

"시간 좀 줄 수 있어? 나도 제안이 있는데."

B가 일라리를 포함한 모두에게 말했다.

"어떤 스폰서가 지금 당장 탈취 계획에서 손을 떼면 우리 모두에게 마시모가 제시한 금액의 두 배를 주겠대. 신변의 안정과 앞으로의 거처도 보장하겠다더군."

"사양하지."

A, 아니 로이 키팅이 대답하며 고바에게 시선을 돌렸다.

"팀을 합치는 이야기는 물 건너갔군. D의 말 대로 팀별로 각자 움직이는 게 좋을 것 같아."

로이가 문으로 걸음을 옮겼다.

"지금 밖으로 나가면 총에 맞을 거야."

B, 아니 아주라 차크마크가 말했다. 그리고 이곳에 있는 세 남자를 순서대로 쳐다봤다.

"마시모와 처음 만났을 때 그가 말했지. '자네의 선택지에 No(거부)는 없네. Si(승낙)가 아니면 Morte(죽음)뿐이야'라고. 기억하지? 나도 똑같이 말하지. 내 스폰서 말을 들어. 거부하면 세 사람 모두 여기서 죽어."

아주라는 재킷 주머니에서 휴대폰을 꺼내 번호를 누른 뒤 고바에게 내밀었다.

"자. 마시모를 원망하면서도 받아들였던 것처럼 내 휴대폰도 받아."

고바가 로이와 일라리를 본 뒤 휴대폰을 받아들어 귀에 갖다 댔다.

—오늘은 느긋하게 대화할 수 있겠어. 프랭크 벨로다.

잊을 리가 없다. 그 어두한 곳에서 고문을 명령하던 목소리.

—지시에 따르면 미국 달러로.

벨로가 회유하기 시작했다.

그러나 고바가 들고 있던 휴대폰을 바닥에 내던졌다. 그 휴대폰이 힘차게 튀어 올라 호를 그리며 날아가 다쳐서 아직 민첩하게 움직이지 못하는 고바의 머리를 향해 떨어졌다.

"내 거야. 조심해서 다루라고."

아주라가 일어나 허공을 날던 휴대폰을 한 손으로 잡았다.

"거절 의사를 밝히는 것 치고는 너무하네. 형편없군. 아마추어 주제에 깝죽대지 마."

로이 키팅은 앉은 채 고개를 숙이고 웃었다.

확실히 도가 지나치기는 했다. 익숙하지 않은 짓을 하는 게 아닌데. 하지만 벨로에게 품은 분노는 진짜였다. 그 남자에게 두 번이나 죽을 뻔했으니까.

"멍청한 자식. 1달러도 못 건지고 뻥이만 치다 죽게 생겼네. 내가 말했잖아. 스폰서의 명령을 받은 남자들이 권총집을 열고서 바로 앞에서 대기하고 있다고."

아주라가 차가운 시선을 던졌다.

"나는 분명 바보지만, 그런 미국인과 진심으로 거래할 만큼 어리석지 않고 아직 그런 상황까지 내몰리지도 않았습니다. 벨로가 어떤 사람인지 저 나름대로 알아보고 낸 결론입니다."

뒤이어 로이도 입을 열었다.

"나도 안심하고 등을 보일 수 있는 상대라고 생각 안 해."

역시 그도 벨로에 대해 세세하게 조사했다.

"2 대 2, 이쪽은 전투 경험이 풍부한 두 명. 그쪽은 무기를 조금 다룰 수 있는 키 큰 남자와 부상 입은 비전투 인력. 우리가 압도적으로 유리할 줄 알았는데."

아주라가 사무실에 있는 남자들에게 말했다.

"아니, 유감스럽게도 3 대 1로 당신이 불리해."

로이가 고개를 가볍게 저었다.

"전세가 역전될 가능성은?"

아주라가 물었다.

"글쎄? 네 수완에 달린 일 아닌가?"

"역전은 무리예요."

고바가 아주라를 보며 말을 이었다.

"당신은 거짓말이 서투니까."

"시비 걸어?"

"아니라는 이유를 말하기 전에 전화 한 통 할 수 있을까요?"

고바가 자신의 휴대폰을 꺼내 번호를 누른 뒤 통화연결음이 두 번 울렸을 때 전화를 끊었다.

신호를 보냈다.

"죄송한데, 5분 정도 기다려 주세요."

"그동안 나를 모욕한 것에 사과해."

아주라가 말했다.

"싫습니다. 당신은 우리한테 밖에 나가면 죽는다고 협박했어요. 사람이 여럿 대기하는 것처럼 말했지만 대기 인원은 많아 봤자 세 명."

고바가 쳐다보자 일라리가 고개를 끄덕이며 입을 열었다.

"둘이야. 어디서 약을 팔아."

"당신이야말로 블러핑은 집어치워. 내가 다 조사했어. CCTV도 감시자도 없었다고."

"알려 줘도 될 것 같아. 대단한 장치도 아니고."

일라리가 말했다.

고바가 말을 이었다.

"쥐나 소형 유해 동물을 쫓아내는 센서가 있습니다. 미국이나 캐나다 교외에 사는 가정에서 사용하는 제품으로 적외선에 반응하면 소형 동물들이 싫어하는 음파를 내보내죠. 조금 개조해서 음파 대신 신호를 보내는 인체 감지 센서로 개조했습니다.

크기도 작고 가격도 싸서 이 상가 건물과 주변에 열여덟 개를 설치했죠. 우리 팀원인 저 사람이 서 있는 구석진 싱크대 옆. 여기서는 보이지 않는 사각지대에 램프가 있어서 이곳에 접근한 사람 수와 위치를 알 수 있습니다."

"눈에 띄는 카메라를 설치하지 않고 작은 센서로 몰래 움직임을 살핀 거야."

로이가 아주라를 쳐다봤다.

"상황이 당신한테 불리한 것 같군."

"죽으려고 아주 고사를 지내는군, 진짜 멍청한 인간들."

아주라는 세 사람에게 말한 뒤 고바에게 물었다.

"그 센서, 일본 제품이야?"

"네."

"역시. 미적지근하고 우유부단해. 나라면 쫓아내지 않고 감지한 순간 그 자리에서 쥐를 죽이는 장치를 했을 텐데."

아주라가 패배를 인정하지 않고 억지를 부리자 문이 열렸다. 1층 두부 가게 노주인과 노인의 중년 딸이 들어왔다.

"바이 선생. 이 사무실의 주인이자 마시모가 말한 콘실료의 멤버입니다."

고바가 얼굴을 찡그리며 자리에서 일어나 바이(白)라는 이름 그대로 백발에 하얗게 수염을 기른 바이 선생을 맞으려고 했다.

"자네는 그대로 앉아 있어."

바이 선생이 고바의 앞에 놓인 소파에 앉았다.

"증거는?"

로이가 물었다.

"금방 알게 될 걸세."

바이 선생이 대답한 뒤 고바에게 물었다.

"그래서, 어느 쪽인고?"

"여성입니다."

"알겠네. 그리고 밖에 있는 두 사람은 정리했네."

"죽이진 않으셨죠?"

"그래, 자네와의 약속은 지켰네. 꼼짝하지 못할 정도로 혼쭐을 내서 가둬놨지. 미국인이 아닌 것으로 보아 거기 여자와 같은 팀 녀석들일 게야. 나머지 두 명은 비상시에 긴급 연락책과 도주용 차량 운전자로 대기시켜 놨나? 뭐, 어쨌든 저 여자의 팀은 전원이 적에게 붙었다는 뜻이지."

"안 그랬으면 다섯 명 모두 죽었어." 아주라가 말했다.

"미스 차크마크, 당신도 감금하겠습니다." 고바가 말했다.

"미세스 차크마크일세. 딸이 있지."

"실례했습니다 미세스. 그럼 그 따님과 다시 만날 수 있도록 쓸데없는 저항은 마세요. 2월 7일 춘절이 지날 때까지 감금하되, 지시에 잘 따르면 가능한 한 자유롭게 생활할 수 있도록 하겠습니다."

"감금 전에 이 노인네를 방패 삼아 도망치려 한다면? 그게 안 되면 물귀신처럼 당신을 끌어들여 죽을까?"

"뭐가 됐든 저기 있는 내 딸이 주저하지 않고 자네를 쏠 게야."

바이 선생이 말했다.

"죽지 않고 움직일 수 없을 정도로만. 그리고 일족이 모여서 자넬 능욕하고 고문할 게야. 제발 죽여 달라고 애원해도 억지로 계속 살려두면서 말이야. 그렇게 정해져 있어, 나도 거역할 수 없지. 뭐, 고바야 어쨌든 이제 와 내가 죽은들 아무도 곤란해하지는 않겠지만. 죽여도 아무것도 변하지 않는다는 뜻일세. 젊은 사람들이 움직이기 쉽도록 쓸모없는 노인네가 이름뿐인 얼굴마담을 맡고 있을 뿐이지."

바이 선생의 딸이 밖을 향해 신호하자 동양인 남자들이 문을 열고 들어왔다.

아주라 차크마크는 저항하지 않았다. 그저 고바를 노려볼 뿐이었다.

남자들은 아주라의 손과 발에 수갑과 족쇄를 채우고 입을 막고 눈을 가리고 머리에 자루까지 뒤집어씌웠다.

그리고 나무 상자에 담았다.

"지금 딱 좋군. 고분고분하게 굴면 침대에서 잘 수 있고 맛있는 식사를 할 수도 있어."

바이 선생이 나무 상자를 두드렸다.

"나는 자넬 죽이려고 했네. 미스터 조르지아니와의 계약을 어겼으니 말이야. 하지만 목적을 달성하기 위해 살려두자고 고바가 말하더군. 자네에게 아직 이용가치가 있다던가."

바이 선생의 딸의 지시에 따라 남자들이 이삿짐 가구를 나르듯 나무 상자를 옮겼다.

아주라를 포함한 B팀은 퇴장했다, 이 사무실에서도 마시모가 구상한 계획에서도. 동시에 그것은 프랭크 벨로가 이끄는 미국 청소 팀에 대한 거부와 개전 표시이기도 했다.

"마시모가 별다른 특기도 없는 전직 관료인 당신을 끌어들인 이유를 조금 알겠군."

로이가 고바에게 말했다. 그리고 일라리를 바라봤다.

"미안하지만 아까 거절한 커피 좀 부탁해도 될까?"

"새로 내릴게요. 잠시만 기다리세요."

일라리가 웃으며 말했다.

바이 선생을 포함한 세 남자의 손에 커피가 든 컵을 건넸다.

"두 가지 여쭤도 되겠습니까? 바이 선생님과 가족분의 정체가 뭡니까?"

로이가 물었다.

"남적수일세. 아나?"

놀란 로이가 고개를 끄덕였다.

19세기 말 이후, 중국 본토에서 유입된 주민 일부가 홍콩 내에서 범죄로 손을 물들이면서 후에 흑사회라는 일본의 야쿠자와 비슷한 범죄 조직을 형성했다. 한편 그보다 더 극소수였던 주민들은 살인과 납치에 특화된 기술을 생업으로 하는 남적수라는 조직을 만들었다.

조직에 들어가려면 고급 기술과 비밀 엄수가 요구되며, 허락된 자만이 라피스 라줄리로 만든 남색 안료로 서약서에 손바닥 도장을 찍고 조직을 향한 충성을 맹세했다.

대부분 전설처럼 회자되지만 실제로 존재하는 조직이다. 20세기인 지금도 아시아권에서 계속 활동한다.

"마시모, 아니, 미스터 조르지아니의 의뢰로 우리의 행동을 계속 관찰하셨군요."

바이 선생이 고개를 끄덕이며 로이에게 말했다.

"긴장할 필요 없네. 고바와 마찬가지로 자네 팀은 미스터 조르지아니와의 계약에 따라 일을 진행하고 있지. 우리가 손을 쓸 이유가 없어, 현재로서는 말일세."

"미스터 조르지아니와 친구셨습니까?"

"그래. 유럽인치고는 도리를 아는 남자였고 대화만 나눠도 즐거웠지."

키가 약 190센티미터인 근육질의 로이가 하체 힘이 약해지기 시작한 노인을 앞에 두고 안절부절못했다. 고바는 그 심정을 이해했다.

잔인하고 폭력적이기만 한 범죄 조직이 아니라 치밀하게 조직화 된 프로 살인 조직인 남적수와 마시모가 계약했다. 고바 팀을 포함한 행동부대 팀의 팀원들이 계약을 어기는 행위를 했을 때 가차 없이 죽여 없애 버리려고. 게다가 마시모는 단순한 의뢰인이 아니라 그들과 신뢰를 쌓은 관계였다.

그 사실을 깨달았을 때, 이 탈취 계획이라는 이름의 복수에 담긴 그 이탈리아인의 집념을 새삼 뼈저리게 깨달았다.

"어째서 고바에게만은 당신의 정체를 밝히셨습니까?"

"밝히지 않았네. 스스로 눈치챘지. 그 점에서는 고바가 더 능력이 좋단 말이지."

바이 선생의 입꼬리가 느슨하게 휘어졌다.

"핑계처럼 들리겠지만 자네들의 행동을 감시하고 감사하겠다는 계약은 맺었네. 하지만 '정체를 들키면 안 된다'는 계약 조항은 없지. 그리고 정체를 들킨 사람은 우리 가족과 몇 명뿐일세. 다른 동료들이 지금도 정체를 숨기고 자네와 고바 팀을 계속 감시하고 있네."

"당신은 어떻게 눈치챘지? 뭘 한 거야?"

로이가 고바에게 물었다.

고바의 시선이 바이 선생에게 향하자 그가 고개를 끄덕였다.

허락이 떨어지자 입을 열었다.

"일본에서 출국하기 전에 아는 경찰 관계자와 거래해 아시아권 중범죄자 리스트를 봤습니다. 거기에 바이 선생님 얼굴이 있었죠."

"지금 사진이 아니지. 위에서 비스듬한 각도로 찍은 27년 전 얼굴 사진이었어. 일본인의 병적인 성미가 드러나지? 보통 사람은 눈치채지 못했을 텐데."

바이 선생이 웃었다.

"그 많은 얼굴 사진과 경력을 전부 외웠나? 그런 도움이 될지 안 될지도 모르는 정보를?"

로이가 물었다.

"완벽하게 기억한 건 아닙니다. 최대한 외우려고 했을 뿐이죠."

"아니, 완벽하게 기억했어. 그렇지 않았다면 정체를 꿰뚫어보지 못했을 걸세. 전직 관료다운 특기지?"

바이 선생이 로이에게 시선을 던졌다.

"그래. 당신은 전직 일본 관료였지."

로이가 말했지만 고바 혼자서만 아직 잘 이해하지 못했다.

"그 기억력은 어떤 의미에서 직업병이라는 말이야."

일라리가 끼어들었다.

"당신은 데니켄 운트 훈치커은행에서 밖으로 가지고 나갈 수 없는 마시모의 계획서를 전부 외워 오겠다고 했어. 처음 그 제안을 들었을 때는 분명 들키지 않을 만한 장치로 녹화해 오리라 생각했지. 그런데 머리로 외워 왔잖아? 그 긴박한 상황에서 서류를 전부 외워 오다니 평범한 사람은 쉽게 못 하는 일이야."

몇 년 전까지의 자신의 업무를 되돌아봤다.

관료 시절, 국회 회기 중에는 전날 밤에 나온 야당 측 질의를 한 번 읽어 기억하고 밤을 새워 필요 자료를 찾아내 다음 날 아침 6시에는 대신(大臣)의 답변을 완성해 비서관에게 보냈다. 질의 내용을 반복해서 읽을 여유조차 없었다. 답변 작성뿐 아니라 모든 업무에 늘 신속성이 요구된 탓에 서류는 한 번 읽고 전부 머리에 때려넣는 것이 관료의 필수조건이기도 했다.

자신에게는 그저 평범한 일이었다. 지금도 그것이 특이하다고 느끼지 않는다. 그저 다른 사람보다 기억력이 아주 조금 좋을 뿐이었다.

"아니, 얼굴만 보고 바이 선생님의 정체를 알아챈 건 아니야."

이해하지 못한 고바가 말을 이었다.

"물론 다른 이유도 있어. 이 사무실 임차인인 마시모가 죽었는데도 임대인인 바이 선생님은 임대 계약 해지도 재협상도 요구하지 않았어. 홍콩에서는 상상할 수 없는 일이잖아? 분명 사무실 빼기 싫으면 당신이 직접 재계약을 하라고 했을 텐데."

이 도시에서 죽음을 애도하는 마음과 사업은 완전히 별개며 그것이 상식이었다.

"그리고 칼이나 권총을 매일같이 다루는 사람들에게 어떤 신체적 특징이 엿보이는지도 공부했어. 바이 선생님의 따님과 처음 악수했을 때 손바닥이 거칠고 굳은살이 딱딱하게 배겨 있었지. 게다가 칼싸움에 능숙한 사람의 몸놀림이었어."

"당신은 역시 이상한 아마추어야."

로이가 웃었다.

"그저 무지한 아마추어일뿐이죠. 그리고 신경이 쓰여서 바이 선생님 가족의 동향을 살폈어요."

"루이초홍과 미아 리더스에게 지켜보라고 했구나?"

고바가 고개를 끄덕였다.

"증거를 남기지 않고 계획을 적확하게 외울 수 있는 능력. 약자이기에 몸에 밴 경계심, 거기에 이상하리만치 뛰어난 관찰력까지."

로이가 말했다.

"그야말로 미스터 조르지아니가 찾던 인물이지?"

바이 선생이 로이를 바라봤다.

로이가 고개를 끄덕이며 말을 이었다.

"그 이탈리아인은 실전에 가장 적합하지 않은 당신들에게 가장 기대했단 말인가. 그래서 D팀이라는 가장 주목받지 못하는 포지션을 부여했군. 깨닫고 보니 지극히 당연한 일이야. 하지만 그가 죽으면서 예상치 못한 상황이 계속된 탓에 그 단순한 사실을 간과했어."

"우리도 마찬가지일세. 하지만 덕분에 이 노인네에게는 은퇴할 좋은 핑곗거리가 생겼지."

"그런 말씀 마십시오."

로이가 고개를 저었다.

"적어도 우리 A팀은 당신들의 감시를 전혀 눈치채지 못했습니다. 플로피 디스켓과 서류 탈취 계획에도 도움을 주시면 저희에게 큰 힘이 되겠습니다."

"거절하지. 그런 무모한 도박에 뛰어들 리 없잖나. 우리 영역 밖의 일일세. 내 능력 밖의 일에 손을 대서 남적수의 역사에 먹칠하고 싶지는 않네."

"그러니까 저희가 실패할 거라는 말씀이신지."

"지금으로서는 말이네. 다만 앞으로 자네들이 어떻게 움직이느냐에 따라 승산이 설지도 모르지. 상황은 늘 유동적이고 절대적인 건 없으니까. 고바가 우리 정체를 알아챈 것처럼. 뭐, 자네 의뢰에는 응할 수 없지만 맡은 일은 끝까지 책임질 생각이네."

바이 선생이 고바를 바라봤다.

"그래서, 이제 뭘 해야 하지?"

"저와 일라리는 살해당한 것으로 해 주세요. 이 사무실도 엉망으로 만들어 총격을 당한 것처럼 꾸며 주시고요."

"알겠네. 모처럼 예쁘게 꾸몄는데 조금 아깝기도 하구만. 옳지, 부수기 전에 사진 좀 찍겠네. 다음에 이대로 개조해서 가구를 들여놓은 뒤 세를 놓아야지. 지금 임대료보다 두 배는 더 받을 수 있을 게야."

바이 선생이 웃었다.

그런데 순간, 밖에서 유리창을 연달아 텅텅텅 세게 때리는 소리가 났다.

12

1997년 1월 11일 토요일 오후 3시 30분

"총격이야."

로이가 말했다.

"9미리 철갑탄. 계속 쏘면 이 방탄유리도 못 버텨."

일라리가 말했다.

남자들이 바닥에 엎드렸다. 나이 많은 바이 선생도 기민하게 몸을 수그렸다. 블라인드가 쳐진 상태라서 바깥 상황을 파악할 수 없었다.

"역시 비싼 유리로 할 걸 그랬어."

고바가 말했다.

"재고가 없었어, 재입고까지 두 달 기다리고 싶어?"

일라리가 대꾸했다.

휴대폰이 울렸다.

고바가 이 자리에 있는 남자들의 얼굴을 한번 둘러보고 나서 전화를 받았다.

—제가 누군지 알겠어요?

휴대폰 너머에 있는 인물이 물었다.

"물론 압니다. 미스 아이마로."

고바가 대답했다.

클라에스였다. 하지만 그녀가 자의로 건 전화가 아니라는 사실도 금세 알아챘다.

"무슨 일이 있어도 대화해야겠다며 당신을 시켰군요."

—네. 무사합니까?

"네. 미스 아이마로도 무사하신 것 같군요. 아직 홍콩에 있습니까?"

—미안합니다. 제 의사로 말할 수 있는 건 여기까지입니다. 앞으로 미스터 벨로의 말을 제 목소리로 전달하겠습니다. 저는 통역이라고 생각하세요.

"빌어먹을 새끼."

고바가 중얼거렸다.

—대화해 준다면 뭐라고 말해도 상관없어.

클라에스의 목소리를 빌려 벨로가 말했다.

"끈질기군요."

—그만큼 네가 중요하다는 뜻이지. 하지만 우리는 아주라 차

크마크만큼 상냥하지 않아. 밖에 매복한 사람도 내 동료지. 지난번 실수도 있고, 허락 없이 밖으로 나가려고 하면 쏴 죽이겠어.

"미스 아이마로에게 대신 말하게 하는 이유는? 지난번에는 폭력을 썼고, 이번에는 감정에 호소할 생각입니까?"

—솔직히 아주라한테는 별 기대 안 했어. 그 여자는 속임수였지. 이로써 B팀은 기능을 상실했으니 목적의 절반은 이룬 셈이지. 너와는 이후의 이야기를 하고 싶다. 그러니까 클라에스를 사이에 꼈지. 네가 클라에스한테 관심 있는 것 같으니까. 내 목소리로 요구하는 것보다 우호적으로 진행할 수 있겠다 싶어서 말이야. 아름다운 여자에게 호의를 품는 건 결코 나쁜 짓이 아니라고.

"아닙니다. 난 그녀가 가엽습니다."

—클라에스의 어디가?

"나처럼 스스로를 과신해서 크게 넘어져 굴러떨어진 뒤 헤어나올 수 없게 됐죠. 그런데도 능력 부족과 실패를 완전히 인정하지 못하고 발버둥 치고 있어요. 그런 미스 아이마로의 모습을 보면 내 꼴사나운 부분을 보는 것 같아 무시할 수 없거든요."

—넌 정말로 나이브한 인간이군.

클라에스의 목소리가 간간이 끊겼다. 감정적인 상태였는데, 그것이 변명의 여지도 없이 자신을 단정하는 말에 대한 분노 때문인지 슬픔 때문인지는 알 수 없었다.

—다시 한번 부탁하는데 우리에게 협력했으면 한다.

"그렇게나 고문해 놓고 이번에는 대화로 호소할 생각입니까?"

—그게 내 일이니까. 수단과 방법을 가리지 않고 결과를 얻으려고 노력하지. 맡은 일에 너무 충실해서 주변을 보지 못한다는 단점도 있지만. 널 닮아 우직한 인간이라고.

"닮았다고? 사람을 바보 취급해도 유분수지."

—기분 나빠 하지 마. 네가 순순히 우리 제안을 받아들인다면 더는 쓸데없는 위험을 무릅쓰지 않아도 되고 죽는 사람도 없을 거야. 못 믿겠다면 제3국의 총영사를 보증인으로 세우자고. 프랑스든 호주든 마음에 드는 나라를 지정해. 원한다면 미스 아이마로도 보내주지. 둘이서 미서부 해안 어딘가에서 조용히 살아. 집과 직장도 마련해 줄 테니까.

"그게 미국식 대외 협상술입니까?"

—그래. 상대가 바라는 것 이상을 주면서 마음을 움직여 설득하지.

"거절하겠습니다."

—뭐 때문에 고집을 부리는지 모르겠지만 더는 무리수를 둘 때가 아니야. 신뢰하지 않는 상대와의 거래라는 의미에서는 마시모나 우리나 같잖아. 넌 은혜도 빚도 없는 마시모한테 반쯤 억지로 이 일에 끌려 들어왔지만 계획을 수행하려고 하지. 그 자세는 확실히 높게 평가하지만 이제는 충분해. 죽은 자에게 조의를 표할 만큼 표했다. 이제 서로 돈과 마음의 평안을 얻고 모든 일을 평화롭게 마무리하자고.

"당신들은 마시모보다 더 믿을 수 없습니다. 오히려 온통 의심스러울 뿐이죠. 당신 개인과는 직접 관계없는 일이지만, CIA에서 의도적으로 누설한 정보 탓에 난 근무하던 부처에서 쫓겨났습니다. 미국의 비공식적인 국책 때문에 직장을 잃었죠."

—알고 있었나? 누구한테 들었지? 마시모? 아, 그 양반이 알려 줄 리는 없나.

"당신들은 정치적 발언권도 있고 자금력도 있는 전국 규모 농업 조직을 일본에서 없애고 싶었지. 무슨 수를 써서든 치워 버리고 싶었어요. 미국 농작물을 유통하기 위해서. 일본 농산물의 미국 의존도를 더욱 높이기 위해서. 그래서 우리의 비자금 조성 건을 터뜨려 정책 자체를 무너뜨렸습니다."

—너희가 농림수산성 안에서 했던 일은 정책이 아니야, 단순한 범죄 행위지. 그래서 넌 불기소 됐지만 여론은 용서하지 않아서 농림수산성에서 쫓겨났지. 네가 퇴직으로 심판을 받은 건 실제로 국민을 속이는 죄를 지었기 때문이야.

"당신이 법적 정당성을 논할 줄은 몰랐네요. 그 이야기를 꺼내면 미국이 일본에서 행했던 정보 수집 활동도 훌륭한 범죄 행위지. 우리는 불법으로 입수한 정보 때문에 재판받았습니다. 미국에서였다면 무죄 안건이었죠."

—의미 없는 법률 논쟁을 하고 싶은 게 아니야. 너도 그렇지?

"네. 이건 논리와도 정의와도, 물론 법률과도 관계없죠."

바이 선생이 휴대폰으로 통화하는 고바에게 조용히 다가왔다.

"그대로 시간 끌게."

작게 소곤거렸다. 그리고 일라리를 쳐다봤다.

"여기 인테리어를 바꾼 사람이 자네지, 찾았나?"

"물론입니다."

"그럼 빨리 여기서 나가지."

일라리가 싱크대 아래쪽 문을 열고 밑판을 앞으로 당기자 쉽게 빠졌다. 밑으로 이어지는 사다리 계단이 설치되어 있었다.

고바는 휴대폰에 대고 계속 말했다.

"단적으로 말하면 난 당신들을, 미국을 용서 못 합니다. 농림수산성에서 쫓겨난 동료 중에는 이혼해서 가정을 잃은 사람, 자살한 사람도 있어요. 다들 직장뿐 아니라 인생까지 빼앗겼지."

벨로도 클라에스의 목소리를 빌려 계속 말했다.

—생각도 능력도 부족한 인간들이었으니까 그랬겠지. 넌 보답받지 못한 옛 동료들의 뜻을 짊어지고 승산 없는 싸움을 하는 셈이야. 복수를 위한 가미카제인가. 생각보다 더 일본인답고 어리석기까지 하군.

"전형적인 일본인상이죠. 당신이야말로 힘만 있으면 모든 걸 뜻대로 할 수 있다고 믿는 전형적인 미국인이야. 그런 사고방식은 통하지 않는다는 걸 베트남에서 실패하고도 못 배웠습니까?"

고바도 휴대폰을 들고 다친 다리를 질질 끌며 사무실 구석 싱크대로 다가갔다.

"꽤 좁군."

가장 먼저 사다리 계단을 내려간 로이가 중얼거렸다.

"동양인에 맞춰 만들었으니까요. 머리 조심해요."

일라리가 말했다.

"충격을 연출하는 수고를 덜 수 있을 것 같군."

바이 선생도 아래로 내려갔다.

마지막으로 고바가 사다리 계단에 다리를 걸쳤다.

—유감스럽게도 서로 생각 차이가 있군. 그걸 메우는 셈 치고 보수를 하나 더 추가하지. 네 팀에는 스파이 셋이 섞여 있어. 우리 제안을 받아들이면 지금 당장 이름을 알려 주지.

수화기에서 목소리가 들렸다.

"안 알려 줘도 됩니다. 직접 찾아내겠습니다."

고바가 대꾸했다.

—이 방법은 안 먹히나. 역시 너한테는 회유보다 협박이 더 효과적인 모양이군.

"일본에 남겨 두고 온 내 가족이라도 죽이시려고? 안타깝게도 가족의 피를 흘릴 각오도 돼 있습니다."

—내가 그렇게 고상한 방법을 쓰는 놈 같아? HOUNOU 트러스트, 너도 잘 알잖아. 불우한 시기에는 너도 여기서 나오는 돈으로 생활했으니.

호노신탁주식회사. 고바처럼 농림수산성을 불명예 퇴직한 사람들의 생활을 보조하는 안전망.

"법적으로도 아무 문제 없는 일반 기업입니다. 당신들은 아무

짓도 못 합니다."

—이봐, 거짓말하면 나쁜 아이라고 안 배웠나. 농림수산성이라는 정부 기관의 네트워크를 풀가동해서 많은 관련 기업을 통해 일반 기업의 미공개 주식과 제품개발 내부자 정보를 잔뜩 얻고 있잖나. 죄다 소액이고 눈에 띄지 않도록 조심하지만 엄연한 범죄행위라고.

고바가 입을 다물었다. 벨로의 말이 맞았다.

—불법으로 이익을 본 증권회사가 있고, 심지어 그 이익을 농림수산성을 범죄와 부정으로 몰고 간 인간들에게 돌려주고 있다. 그게 세상에 알려지면 어떻게 될까? 영혼까지 털리고 배당도 막히겠지? 생활고에 시달리다가 얼마 전에 죽은 네 전 상사 같은 사람이 나올 거야. 너 때문에.

'이 새끼, 사사이 씨를 들먹이다니.'

증오, 아니 주체할 수 없는 상실감, 그리고 살의가 끓어올랐다.

"그만."

말이 머리를 거치지 않고 입 밖으로 튀어나왔다.

—강경하군. 그 기세를 꺾기 위해서라도 HOUNOU를 해체시킬 계획을 이미 일부 발동했어. 거짓이 아니라는 걸 확인하길. 하지만 이후는 너 하기 나름이지, 지금이라도 늦지 않았어. 일라리나 A팀의 로이에게는 협상이 결렬됐다고 말하면 돼. 그러고 나서 저번에 말한 대로 너와 개별적으로 계약을 맺고 싶다. 그러면 그 HOUNOU 트러스트는 건들지 않을 테고, 아무도 괴로

워지지 않을 거야.

뭐라고 대꾸해야, 대답해야 좋을지 판단할 수 없었다.

"서둘러."

일라리가 밑에서 불렀다.

'어떡하지?'

고바가 순간 망설이다가 갈피를 잡지 못한 채 아직 목소리가 흘러나오는 휴대폰을 내던졌다. 그리고 미끄러지듯 사다리 계단을 내려간 순간, 머리 위에서 격렬한 총성과 함께 유리창이 깨지는 소리가 들렸다.

사다리 계단을 타고 내려간 1층은 양쪽 벽 사이에 낀 비밀 통로였다.

통로 앞쪽에 있는 문으로 나가자 바깥에도 상가 벽이 서로 닿을 듯 좁은 길이 이어졌다. 게다가 길이 좌우로 꺾이며 이 방향 저 방향으로 갈라지고 교차했다. 위에는 차양이 쳐져 있어서 건물 옥상에서 저격당할 위험도 없었다.

남적수다운 완벽한 퇴로였다.

"지금은 앞으로 움직이는 것만 생각하게."

바이 선생이 말했다. 자신의 표정을 보고 벨로에게 흔들렸다는 사실을 쉽게 눈치챘다. 일라리와 로이도 아무 말 없지만 눈치챘겠지.

고바는 고개를 끄덕이고 아직 낫지 않은 오른 다리를 절뚝이며 바이 선생이 이끄는 줄에 합류했다.

확실히 우선 생각하기보다 이 자리를 벗어나야 한다.

"다음 은신처는 확보했나?"

선두에서 나이를 느낄 수 없는 속도로 움직이는 바이 선생이 물었다.

"카포쿠오코(Capocuoco, 주방장)에게 가겠습니다."

고바가 대답했다.

"그럼 됐군. 이 끝에 차를 준비해 놨네. 셋이서 타고 가. 난 딸한테 전화해서 데려갈 사람을 보내라고 할 테니."

"감사합니다. 비용은?"

"잘 알지 않나. 하지만 지금은 베푼 셈 치지. 춘절이 지나고도 자네들이 살아 있다면 그때 꼭 받겠네."

"혼자 남으십니까?"

로이의 걱정스러운 목소리에 바이 선생이 뒤를 돌아봤다.

"괜찮네. 그 미국인도 나를 죽이고 아시아 전역에 흩어져 있는 모든 남적수를 적으로 돌릴 만큼 바보는 아니겠지. 위험한 건 자네들이야."

"그건 그렇군요."

일라리가 말했다.

"바이 선생님이라는 부적을 잃고 들판에 내던져지는 건 우리인가."

로이도 말했다.

그 상가 건물이 바이 선생 소유가 아니었다면 협상이 결렬된 순간 청사완의 차찬탱보다 더 많은 화약으로 고바 일행을 건물째로 폭파시켰을 지도 모른다.

길게 이어진 길 끝에 스테이션왜건이 세워져 있었다.

세 사람은 인사하고 차에 올라탔다. 창문은 밖에서 안을 볼 수 없는 유리로 되어 있었고 차에는 얼굴 가림용 헌팅캡과 선글라스도 마련되어 있었다.

"주방장이 있는 곳에서 차분히 생각하면 되네. 목숨을 거는 것도 잃는 것도 전부 자네 자신일세."

바이 선생이 문을 닫기 직전에 말했다.

"적절한 답은 찾을 수 있을까요?"

고바가 물었다.

"그걸 어찌 알겠나. 난 선인이 아니라 그저 살인자들의 두목일세. 자네가 배신하면 죽이러 가지. 하지만 계약을 지키다가 목숨을 잃으면 지금까지와 마찬가지로 할 수 있는 일은 다 해주겠네."

바이 선생이 웃었다.

목숨을 잃는다라. 그만큼이나 자신들이 살아남을 가능성이 희박하다는 말인가.

차가 달리기 시작했다. 캡을 쓴 로이가 운전을 맡고 헌팅캡을 쓴 일라리가 조수석에. 전투능력이 가장 낮은 고바가 뒷좌석에 앉았다.

"일단 우리 팀원들과 합류하기로 한 지점으로 가주시겠어요?"

일라리가 말했다.

"좋아. 그 후에 우리 팀원들과 합류할 지점까지 가서 당신한테 운전대를 넘기지."

캔톤 로드를 따라 남쪽으로 내려가다가 우회전해서 워털루 로드로 향했다. 그리고 다시 우회전해서 페리 스트리트로 진입했다.

"미안한데 전화 통화 좀 해도 될까?"

고바가 물었다. 역시 지금 이 자리에서 확인하고 싶다.

로이와 일라리가 고개를 끄덕였고 고바는 휴대폰 번호를 눌렀다.

도쿄는 홍콩보다 한 시간 빠르다. 신호음이 세 번 울린 뒤 노시로가 전화를 받았다.

"지금 어디야?"

—어디긴 어디야, 청이지.

"토요일인데?"

—새삼스럽게. 너야말로 무슨 일이야?

"거기 무슨 일 없어?"

—뭐라고? 네가 얽혀 있었어? 잠시만 기다려.

노시로가 복도로 나가 사람이 없는 곳으로 이동했다.

—아사쿠사바시 건으로 난리가 났어.

호노신탁주식회사 및 안전망을 가리키는 은어였다.

"특종이야 적발이야?"

—신문사 두 곳이 내부자 정보 관련해서 냄새를 맡아서 내일 조간에 뭐가 실릴 것 같아. 아직 자세한 내용은 모르고 윗선에서 필사적으로 알아보는 상황이야.

벨로의 말은 사실이었다. 생각지도 못한 급소를 찔렸다.

"정보 출처는? 외국이야?"

—그렇겠지. 국내는 말이 안 돼. 저기, 너 미국과 무슨 문제 있었어?

"안 듣는 게 좋아. 그리고 이제 내가 부탁한 건에서 손 떼도 상관없어. 쓰즈키한테도 그렇게 전해 줘."

—알겠어. 하지만 사사이 씨 가족 동반 자살 건으로 언론이 여기저기 쑤시고 다녀서 내 발등에도 불이 떨어졌어. 지금 아사쿠사바시 건까지 해서 농림수산성 전체가 전전긍긍하고 있어.

일본농업생산자조합연합회 해체에 대비한 자산 세탁과 축적, 즉 비자금 조성을 가리키는 말이었다.

—그 약해 에이즈 문제나 모노쓰쿠리대학 뇌물 공여 사건의 논점을 흐리는 데 기를 쓰느라 여당 중진 중에 농수산업계에 힘 좀 쓴다는 능구렁이 같은 놈들이 불을 끌 생각은 않고 오히려 부채질하고 있어. 완전히 희생양으로 만들 작정이라고. 너보다 더 발을 담갔던 사람이 나야, 이번만큼은 더는 딱 잡아뗄 수 없을 거야.

농림수산성에서 고바의 부서는 주로 자산 이전과 명목 변경,

이른바 세탁을 담당했다. 노시로의 부서는 가명 계좌에 들어가는 자금의 축적과 관리를 담당했으며 그중에서도 노시로는 회계감사 같은 중요한 역할을 맡았다.

하지만 노시로 부서가 관여한 사실은 지금까지 밝혀진 적 없었다.

검찰과 경찰이 체포된 사사이 슈이치 과장과 여러 차례 임의조사를 받은 고바와 직원들에게 공모자의 이름을 밝히라며 거듭 설득했지만 결코 입을 열지 않았기 때문이었다. 그것이 다행이었는지 불행이었는지 고바와 노시로 사이의 신뢰를 두텁게 하는 역할도 했다.

"어떻게 할래?"

고바가 물었다.

—전에 협의했던 대로 할게. 증거를 인멸하면 목이 잘리기 전에 그만두고 검찰의 시선이 쏠리기 전에 베트남 부근으로 달아날게. 한동안 아시아와 유럽을 돌다가 관심이 식을 무렵 일본으로 돌아갈 수 있다면 돌아가야지.

"그렇게 잘 될까?"

—해야지. 네 비극에서 배웠으니까.

고바가 농림수산성에서 쫓겨났던 일을 언급했다.

—긴급 피난책은 짜놨어. 그건 그렇고 넌 도망갈 길은 있는 거야? 정말로 너 때문에 미국이 아사쿠사바시 근처까지 손을 뻗는다면 일본으로 돌아올 수 없을 거야.

"나도 어떻게든 해보지 뭐."

방법도 없는데 말했다.

—다시 만날 수 있으면 좋겠다.

"응."

통화가 끊겼다.

'젠장.'

치밀어 오르는 분노를 어쩌지 못해 문을 발로 걷어찼다. 이런 행동은 아무런 도움도 되지 않는데.

비자금 조성 때문에 노시로가 궁지에 몰린 일은 어쩔 수 없다. 자업자득. 하지만 호노신탁주식회사는 어떻게 하지?

나 때문에 안전망이 무너진다. 많은 사람이 생활 기반을 잃는다. 이 상황을 어떻게 헤쳐나갈 수 있을까?

벨로의 명령에 따라 일라리와 팀원들을 배신하고 로이의 팀도 속인 다음 작전을 무너뜨리고 나서 남적수의 손에 죽을 것인가? 벨로의 명령을 무시하고 호노신탁과 안전망의 붕괴를 감수하면서 마시모의 작전을 성공시킬 것인가? 어느 쪽을 선택하든 곤란해지기는 마찬가지고, 마지막에는 나쁜 결말밖에 기다리지 않았다. 벨로의 명령에 따라 봤자 놈이 약속을 지키리라는 증거도 없다.

아니면 이 두 가지 외에 다른 선택지가 있을까?

"무기는 뭘 가지고 있지?"

생각에 잠겨 있는데 운전석의 로이가 말을 걸었다.

호노신탁에 정신이 팔려 자신들이 지금 당장 위험에 직면한 상황이라는 사실을 잊고 있었다. 그래, 우리는 총격을 받고 도망치고 있었다.

"글록 두 자루와 예비 탄창이 두 개씩 있어요. 그리고 칼 네 자루."

일라리가 대답했다.

"한 자루는 당신이 가지고 있어. 탄창과 칼도 나누지."

"나는?"

고바가 물었다.

"위험한 상황이 오면 시트 밑에 웅크리고서 고개 들지 마. 다친 오른 다리로도 잘 뛸 수 있도록 마음의 준비도 하면서. 아무 일도 일어나지 않도록 지금부터 기도해도 좋고."

로이가 웃으며 말했다.

'완전히 전력 외 취급이군.'

일라리도 시선을 내린 채 웃었다. 궁지에 몰린 고바는 웃을 수 없었지만 그래도 두 사람이 보여 준 여유가 달가웠다.

'일단은 지금 무사히 빠져나가는 데 집중하자.'

우회전해서 바운더리 스트리트로 향했다. 카오룽반도를 크게 우회하면서 반도 끝의 침사추이로 향했다.

호출음이 삐빅 삐빅 울렸다. 로이의 무선호출기였다.

"미안한데 나도 잠깐 전화해도 되나?"

고바와 일라리가 고개를 끄덕이자 로이는 스테이션왜건을 갓

길에 세웠다. 홍콩에서도 운전 중 통화 단속에 점점 엄격해졌다. 권총 두 자루를 숨기고 있는 상황에서 시답잖은 일로 경찰의 신문을 받고 싶지 않았다.

로이가 통화를 시작하자마자 상대가 아들이라는 사실을 눈치챘다. 로이는 기가 막힌다는 표정으로 "알겠어"라고 반복했다.

"게임 이야기였어. 닌텐도 64를 사달라고."

전화를 끊은 로이가 다시 스테이션왜건을 출발시켰다.

"살 거예요?"

일라리가 물었다.

"그때도 여전히 살아 있으면. 3월 발매라는 것 같거든(닌텐도 64의 유럽 발매는 1997년 3월). 하지만 멋대로 사주면 전 부인이 또 '오냐오냐한다'며 한소리 하겠지."

서쪽으로 기울기 시작한 태양이 비추는 워털루 로드를 달렸다.

"아주 잠깐, 별 것 없는 내 신세 한탄 좀 해도 될까?"

운전대를 잡고 전방을 주시하는 로이가 말했다.

"오랜만에 아들 목소리를 들었더니 마음이 느슨해지네. 대신 너희들 이야기까지 밝히라고는 안 할 테니까."

"말씀하세요. 잔뜩 쫄아서 주변을 경계하는 것보다는 재밌을 것 같네요."

일라리가 말했다. 로이가 이야기하기 시작했다.

"아일랜드 코크에서 태어나 더블린으로 나가 경찰 생활을 했어. 전 부인은 영국 셰필드 출신 교사였고. 우리 집안은 가톨릭

이고 전 부인네는 영국 국교회였지. 순탄치 않겠다는 말을 꽤 들었지만 13년 전에 결혼했어. 가정을 잘 꾸려나가는 친구들도 있었고, 자신도 있었지. 하지만 아니더라고. 모든 게 종교와 태어난 나라가 달라서라고 탓하고 싶지는 않지만 그게 컸어. 결혼하면 두 사람뿐 아니라 서로의 집안도 얽히게 되잖아. 식을 어느 교회에서 올릴지를 놓고도 다퉜고, 아들이 태어났을 때도 세례 문제로 한바탕했지. 7년 전에 별거하기 시작했고 전 부인은 아들을 데리고 영국으로 돌아갔어. 이혼은 작년에 했고(아일랜드는 1995년에 이혼이 합법화됐다)."

괜찮지? 한마디 양해를 구한 로이가 담배를 꺼내 불을 붙인 뒤 조금 열린 창틈으로 카멜 담배의 연기를 내뿜었다.

"전 부인은 셰필드로 돌아가지 않고 서리주의 워킹에서 미들클래스 가정을 상대로 영재 교육을 하는 내니(전문 지식을 지닌 유모)로 일해. 나는 4년 전에 경찰을 그만두고 경호회사에 들어갔지. 주요 인사 경호라는 이름뿐인 용병 같은 일을 해왔어. 범죄자를 합법적으로 때리던 것이 불법적으로 때리는 것으로 바뀌었을 뿐이지만. 스페인, 모로코, 이집트, 라오스를 떠돌다가 지금은 홍콩에 있지."

"왜 아일랜드 치안 방위대를 그만뒀어요?"

고바가 물었다. 그의 이력을 안다는 사실을 숨기지 않았다.

"당신은 나서서 위험에 몸을 던지거나 마시모의 제안에 흥미를 보일 부류로는 보이지 않아서요."

궁금했던 것이 아니라 물어봐 주기를 바라는 것처럼 느껴졌기 때문이었다.

"아들놈이 소아 골육종이야."

로이가 말을 이었다.

"4년 전에 진단받았어. 올해 열한 살인데 하루의 대부분을 병원 침대에서 보내. 의료보험만으로는 계속 살기 어려워. 고도화된 의료에는 막대한 비용이 들지. 그래서 홍콩에 온 거야."

그때도 아직 살아 있으면. 조금 전 로이가 내뱉은 한마디에는 자신뿐 아니라 아들의 알 수 없는 미래도 담겨 있었다.

"제 이야기도 좀 해도 될까요?"

일라리가 말했다.

"배려랍시고 그럴 필요 없어."

로이가 곁눈질했다.

"아뇨, 당신 이야기를 듣고 있으니 저도 죽기 전에 한 번쯤은 다른 사람에게 털어놓고 싶어서요."

"기브 앤 테이크인가. 뭐, 상관없어. 들어보지."

로이가 운전대를 잡으며 담배를 입에 물었다. 이번에는 일라리가 이야기를 시작했다.

"반타에서 태어났어요. 핀란드 남쪽 끝에 있는 도시죠. 바닷가에 있고 헬싱키와도 가깝지만 다들 상상하는 대로 겨울이 길고 빌어먹게 추운 곳이에요. 어린 시절에는 그곳에서 어머니와 둘이 아버지의 가정 폭력에 시달리며 자랐어요. 지옥이었죠. 하지만 열두 살 때 아버지가 폐암과 당뇨병으로 죽었어요. 이제 살았다 싶었어요. 하지만 어머니도 같이 망가졌죠. 아니, 아버지가 망가뜨렸다고 하는 게 맞을 거예요."

일라리도 자신의 담배에 불을 붙였다. 폴몰의 냄새가 차 안에 퍼졌다.

"어머니는 아버지의 거친 폭력과 강한 의심이 전부 자신을 향한 깊은 애정 때문이라고 믿었어요. 아버지에게 세뇌당한 건지, 어떻게든 정신을 붙잡으려고 스스로 억지로 그렇게 생각한 건지. 어느 쪽이든 어머니는 아버지를 향한 의존을 끊을 수 없어서 저를 아버지 대용품으로 만들려고 했어요. 키스는 당연하고 섹스와 구타까지 애원하더라고요. 그래서 집을 떠나려고 열여덟 살에 육군에 입대했어요. 기초훈련 기간을 마친 뒤 전자기기 제어 부문에 희망을 걸고 죽을힘을 다해 프로그래밍을 배웠어요. 태어난 집뿐 아니라 아예 핀란드를 떠나려고. 나라 안팎으로 여기저기 이력서를 보냈죠. 그중 한 군데에서 답장을 받았어요. 애플 컴퓨터에서 쫓겨난 스티브 잡스가 만든 NeXT 소프트웨어였죠. 바로 제대하고 기꺼이 미국으로 건너갔어요. 6년 전, 제가 스물다섯일 때였어요. 취업비자를 받는 데 엄청 애먹었고, 입국하고 나서도 불쾌한 미국 관공서 인간들을 질리도록 겪었는데, 그걸 전부 용서할 수 있을 만큼 기뻤죠."

예전에 게스트하우스에서 미아를 포함한 D팀의 다섯 사람이 서로의 사정을 이야기한 적이 있다. 일라리는 그때보다 훨씬 자세하게, 그리고 말을 고르지 않고 이야기했다.

"2년 후에 여자 친구가 생겼고 그 1년 뒤에는 임신도 했어요. 아홉 달 뒤, 저는 딸을 둔 아빠가 됐죠. 그런데 재작년 말에 최악의 사태가 벌어졌어요. 망할 잡스 놈이 자기를 내쫓은 애플에 NeXT 소프트웨어를 팔 계획을 꾸몄어요. 자기가 순조롭게 애플로 돌아가려고 말이에요. 지난 달(1996년 12월) 합의를 발표한 그 매수였어요. 언론에 발표되기 전부터 인원 정리가 시작됐고 개발 성과를 모두 뽑아낸 전 해고당했어요. 이대로면 제 취업비자는 취소될 거예요. 설상가상으로 여자친구는 과테말라에서 온 불법 이민자예요. 여자 친구도 딸도 미국은커녕 어느 나라 여권도 가지고 있지 않아요. 지금 상태로는 딸을 데리고 셋이 핀란드로 돌아갈 수조차 없죠. 그래서 홍콩에 왔어요. 돈을 벌어서 EB-5 프로그램을 사려고."

조건을 충족하는 외국인 투자가에게 그린카드(영주권)를 부여하는 미국 제도(1991년 시행)였다. 미국 내 지정 기업에 백만 달러 이상 투자하고 미국인 열 명 이상을 정식 고용해야 하는데, 조건을 충족하면 중대 범죄 이력이 있지 않은 한 일라리와 딸은 영주권을 취득할 수 있다. 불법 이민자인 여자 친구도 일라리와 정식으로 결혼하면 번거로운 절차를 거치고 시간은 걸리겠지만 언젠가는 영주권을 취득할 수 있다.

일라리는 시선을 한 번 떨구더니 크게 숨을 내쉬었다.

"열변을 토했네요."

손에 든 담뱃불을 청바지에 떨어뜨려 작은 구멍이 났다.

"나도 뭔가 이야기하는 게 좋을까?"

고바가 물었다.

"아니, 구질구질한 고백 타임은 끝났어. 당신 이야기는 사무실에서 잠깐 들었으니까."

로이가 새 카멜에 불을 붙였다.

"그리고 조금 후면 목적지야."

일라리가 말했다.

"다행이네. 난 두 사람처럼 남에게 내보일 수 있을 만큼 드라마틱한 에피소드도, 재미있는 이야기도 없거든."

"아니, 벨로와 미국을 향한 복수 선언은 감동적이었어."

로이가 말했다. 일라리가 옆에서 웃었다.

채텀 로드 사우스에서 카메론 로드로 향했다.

오후 4시 30분. 길이 조금 막혔다. 이제 얼마 남지 않았다. 이 앞에 있는 일식 초밥 레스토랑 앞에서 만나기로 했다.

"미행은?"

고바가 주위를 살피며 확인했다.

"없어."

"없어."

로이와 일라리가 대답했다.

그 순간, 갑자기 인도에서 사람이 튀어나왔다.

로이가 급브레이크를 밟았다. 속도를 늦춘 상태였던 덕분에 충돌 직전에 멈췄다. 차 앞에 버티고 선 남자가 차 안으로 고개를 돌렸다.

그 사람은…… 만나기로 했던 자비스 맥길리스였다.

자비스는 움직이지 않았다. 두 눈을 부릅뜨고 경악과 체념이 뒤섞인 얼굴로 고바 일행을 바라봤다. 그런데 "엎드려!"라고 로이가 소리쳤다. 총탄이 두 발, 세 발 스테이션왜건 앞 유리에 커다란 균열을 남기며 관통했다.

자비스가 등에 총을 맞고 있었다.

고바는 엎드리지 않고 그를 바라봤다. 공포와 무력감이 머릿속에서 소용돌이쳤다. 그리고 눈이 마주쳤다. 그 순간 자비스의 뒤통수가 터졌다.

총탄에 맞아 피가, 머리카락이, 뇌수가 튀었다.

'또 한 명의 지인이, 아니 동료가 죽었다.'

자비스의 상체가 보닛으로 엎어져 쓰러진 뒤 주르르 미끄러져 내려갔다. 고바가 스테이션왜건의 문을 열었다.

"하지 마!"

로이와 일라리가 동시에 외쳤다. 무시하고 차 밖으로 뛰어나갔다.

낫지 않은 자리를 절뚝이며 자비스에게 달려가 끌어안고 말을 걸었다. 하지만 이미 늦었다. 숨을 거뒀다. 고바의 팔과 셔츠가 자비스의 피로 점점 물들었다.

비통했다. 분했다. 그러나 분노를 느끼며 자비스의 상의와 바지를 뒤져 휴대폰과 지갑을 꺼냈다.

뒤에서 오던 차들이 앞길이 가로막히자 경적을 울렸다. 상황을 눈치챈 행인들이 비명을 지르며 주변이 술렁이기 시작했다. 관광객이 촬영하려고 비디오카메라를 꺼냈다. 로이가 그 카메라를 들어 도로에 내동댕이쳤다.

일라리가 자비스가 들고 있던 가죽 가방을 주워들었다. 그리고 고바의 팔을 잡아 일으켜 세웠다. 옷이 피범벅 된 상태로 일라리와 로이에게 안겨 근처 골목으로 뛰어들었다.

13

2018년 5월 27일 일요일 오후 2시

데니켄 운트 훈치커은행 문을 열고 로비로 들어가자 머리숱이 적은 초로의 담당 행원이 다가왔다. 가슴팍 ID에는 호라는 이름이 적혀 있었다.

"기다렸습니다. 오랫동안 격조했습니다."

담당 행원은 나와 웡인컹이 아닌, 미스 클라에스 아이마로에게 가장 먼저 인사했다.

"정말 오랜만이네요."

명품 원피스를 입고 가방과 양산을 든 클라에스도 웃으며 인사했다. 왼손 약지에 낀 지 오래되지 않은 새 결혼반지가 가슴팍과 오른손을 장식한 주얼리 사이에 섞여 반짝거렸다.

"예전에 미스터 고바와 함께 오셨습니까?"

웡인컹이 클라에스에게 물었다.

"네. 벌써 20년도 더 된 일이지만."

"그 이후로 미스터 고바와 만난 적은?"

"전화 통화만 몇 번 했어요. 마지막으로 대화를 나눈 건 미스터 고바가 화재로 숨지기 두 달 전이었죠. '에이미를 부탁한다'고 했어요."

사실일까? 나는 의심스러웠지만 되묻지 않았다. 이 자리에서는 내가 누구이고 왜 홍콩에 왔는지도 다시 설명하지 않았다. 웡인컹이 어젯밤에 미스, 아니 미세스 아이마로와 약속을 잡으면서 내 사정을 대강 전했다.

은행 내부는 천장이 높았고 인테리어도 간소했다. 한 걸음 걸을 때마다 구두 소리가 울려 퍼져서 개신교 교회가 떠올랐다.

"많이 닮았네요."

미세스 아이마로가 나를 바라봤다. 창문으로 들이치는 햇살에 메이크업으로도 숨길 수 없는 잔주름과 칙칙한 피부가 고스란히 드러났다. 그래도 이목구비가 반듯하고 매우 아름다웠다.

"눈매도 표정도 고바와 똑 닮았네. 친 부녀지간 같아요."

"린 부인도 비슷한 말씀을 하셨습니다."

웡인컹이 대신 대답했다.

"린 부인의 자우만징, 그리운 이름이네요. 그분도 과거에 사로잡혀 이 도시로 돌아왔군요."

철저하게 몸수색을 받고 나서 담당자 호 씨의 지시에 따라 나와 웡인컹의 지문을 조회했다. 그리고 미세스 아이마로도.

"나를 포함한 세 사람의 지문이 일치하면 우선 대여 금고 열쇠를 건네받아요. 하지만 대여 금고실에 들어가서 문을 열고 보관물을 소유할 수 있는 사람은 당신들 두 사람뿐이죠. 내게는 권리가 없어. 마시모 조르지아니의 대여 금고 사용권을 고바가 물려받았을 때 그가 그렇게 정했거든."

"대신 설명해 주셔서 감사합니다."

호 씨가 웃으며 내 손에 D-26 표식이 달린 열쇠를 건넸다.

그러나 곧바로 지하 대여 금고실로 향하지 않고 대기실로 안내받았다. 전통 있고 격식을 갖춘 은행답게 엘리베이터와 통로에서 다른 고객과 마주치는 일이 없도록 기다려야 했다.

소파에 앉은 세 사람 앞에 찻잔이 놓이고 찻주전자에 담긴 홍차를 따랐다.

"대여 금고 안에는 뭐가 있을 것 같아요?"

상큼하게 퍼지는 오렌지 페코 향 사이로 미세스 아이마로가 물었다.

"모르겠어요."

내가 대답했다. 웡인컹은 억지로 말하지 않아도 된다고 했지만 도발하는 듯한 미세스 아이마로의 시선에 자극을 받아 입을 열었다. 나를 싫어하나? 무서워하나? 어느 쪽인지 모르겠다. 하지만 나보다 그녀가 더 무리하는 듯 보였다.

"당신은? 상사한테 보관물에 대해 뭔가 들은 이야기 없어요?"

미세스 아이마로가 웡인컹에게 의미심장한 시선을 보냈다.

웡인컹은 고개를 저으며 되물었다.

“미스터 고바와는 어떤 관계셨습니까?”

“린 부인에게 못 들었어요?”

“네, 아무것도.”

“형밍은행 본점 지하에서 반출된 플로피 디스켓과 서류를 빼앗으려고 서로 다투던 사이.”

“친구 아니셨어요?”

“난 그렇게 생각 안 했어요. 고바는 어떻게 생각했는지는 모르겠지만.”

“그럼 미세스 아이마로는 누구의 지시로 이 자리에 오셨습니까?”

“취조받는 것 같네.”

“죄송합니다. 여쭙고 싶은 이야기가 많아 마음이 조급해졌습니다.”

미세스 아이마로는 미소지으며 말했다.

“직접 부탁한 사람은 고바, 21년 전 일이지만. 고바가 정한 규칙에 따라 나를 지금껏 감시해 오고, 오늘도 여기로 오라고 명령한 건 주 홍콩 러시아 총영사관 사람들이에요. 물론 모든 것은 당신의 선배들, 중국 정부 공무원들의 승인하에 이루어진 일이지만. 고바는 당신 선배들 사이에서도 유명인이었어요.”

웡인컹이 질문을 멈췄다.

"왜 그래요? 묻고 싶은 것투성이인데 본인한테 불리해지면 입을 다무는 타입?"

미세스 아이마로가 나를 쳐다봤다.

"저 사람 직업이 뭔지 들었어요? 당신, 사람들과 어울리는 게 서툴다면서요. 고바한테 들었어요. 그래도 잠깐 말벗 좀 해 줄래요?"

"홍콩 공공기관에서 근무하는 공무원이라고."

"맞는 게 공무원밖에 없네. 저 사람은 중국 외교부 국외공작국 신입 직원이에요. 즉 외교관이라면서 사실은 첩보나 방첩 활동을 하는 사람이라는 뜻이야."

나는 손에 든 홍차 잔을 찻잔 받침에 내려놓았다.

"안 놀라네. 속았다는 생각에 상처받지 않았어요? 아니면 이미 눈치챘나? 처음부터 의심했어요?"

"의심하지는 않았어요. 하지만 처음부터 믿지도 않았죠. 그래서 속았다고 생각하지 않고 상처받지도 않았습니다."

"좋은 대답이에요. 그런 점은 고바와 다르네. 그 사람은 한없이 의심하는 와중에도 무의식중에 사람을 성선설 관점으로 보는 사람이었거든. 어벙하고 살아가는 방식이 야무지지 못한 남자였지만 그게 그 사람 매력이기도 했어요."

미세스 아이마로가 홍차를 한 모금 마시고는 말을 이었다.

"당신은 여기까지 듣고도 여전히 입을 다물고 있네요?"

찻잔에서 은은하게 피어오르는 김 너머로 웡인컹을 응시했다.

"어제, 당신 연락을 받은 뒤에 당신이 누군지 알아봤어요. 내게도 아직 그만한 힘과 인맥은 남아 있거든. 루이 독찰의 친아들이죠. 하지만 첩보원으로서는 아직 아무 실적도 남기지 못했고. 루이의 아들이라는 이유만으로 열쇠 역할을 하라고 투입돼서 지금 이 자리에 있죠. 흔한 피벨로(pivello, 풋내기)일 뿐, 아무 능력도 공적도 없어."

말투에 점점 위압감이 서렸다.

그녀가 어디로도 돌릴 수 없는 회환과 증오를 품고 이 도시에, 홍콩에 살고 있다는 것을 눈치챘다.

"신입 격려입니까? 아니면 질투인가?"

윙인컹이 물었다.

"사실을 말했을 뿐이에요."

"본인은 훨씬 유능했다고?"

"그래요. 적어도 당신보다는."

"달라진 게 없네요, 스스로를 과대평가하는 건 여전하군요. 좀 더 직설적으로 말하자면 제멋대로 착각한다는 말입니다. 그래서 당신이 실패한 거예요, 미세스 델네리."

"아는 건 그 정도인가?"

"아뇨, 훨씬 자세히 조사했죠. 옛날과 다르게 각국 기관이 소유한 기밀 자료가 전산화됐고 국제공유가 진행돼서 조금만 압력을 넣으면 당신에 관한 데이터도 바로 열람할 수 있는 시대가 됐으니까요."

웡인컹이 이쪽으로 시선을 돌리자 내가 고개를 끄덕였다. 나도 그녀의 정체를 알고 싶었다.

“본명 그레타 델네리. 아버지와 숙부는 이탈리아 국가 경찰 직원이고 당신은 대학 시절 SISMI에 스카우트 됐죠. 양성 기관에서는 우수했던 것 같더군요. 지적인 숙녀 역할에 능숙해서 많은 남자를 속였고, 프라하와 필라델피아 임무에서도 성과를 냈습니다. 그래서 스스로를 과신했던 걸까요? 마시모는 SISMI에서 데이터를 빼내는 데 성공했지만 그 때문에 감시 대상이 됐고, 비서로 가장한 당신이 투입됐습니다. 하지만 마시모가 살해당했고, 당신은 그 틈을 타 미국과 러시아를 조종하면 형밍은행 본점에 보관된 물건을 독점할 수 있다고 믿었죠. 결과는 대실패. 독단 행동을 한 당신은 오히려 미국과 러시아가 이용하기 좋은 먹잇감이 됐고 조국으로부터 이중 첩자 취급을 받은 뒤 끝내는 쓰레기처럼 버려졌어요.”

“도발하면 내가 말실수할 줄 알고?”

“네. 다른 걸 끌어낼 수 있지 않을까 해서.”

“유치하군. 그렇게는 안 돼. 치욕도 비참함도 지긋지긋하게 맛봤거든. 고작 그 정도로 감정적으로 변할 리가. 루이 독찰이 왜 죽었는지 난 알고 있어요. 에이미의 부모가 누구고, 그녀가 누구인지도 알지. 하지만 알려 주지 않을 거야.”

“부탁해도 안 알려 주시겠죠. 당신의 임무는 이 은행에 와서 저희와 함께 지문 조회를 받는 일뿐. 단지 그뿐입니다.”

"그 말이 맞아요. 있잖아 에이미……."

그녀가 들고 있던 컵을 내려놓았다.

"당신에겐 아무런 적의도 원한도 없어요. 당신이 앞으로 순조롭게 진실에 다가갈 수 있기를 기원할게요."

"감사합니다."

"하지만 말이야, 에이미의 양아버지는 용서 안 해. 당신들한테 이런 시답잖은 설명이나 하게 하려고, 현재의 나를 놀림거리로 만들려고 고바는 20년 넘게 날 홍콩에 묶어뒀어. 이 도시에서 자유롭게 사는 대신 이 도시 밖으로는 한 발짝도 나갈 수 없었지. 선전도 마카오도 갈 수 없었어. 돌아가시기 직전인 어머니를 만나러 이탈리아로 돌아가는 일조차 허락되지 않았어. 거역하면 죽음이 기다리고 있었지. 그것이 고바가 우리 배신자들에게 내린 형벌이야."

왜일까? 홍콩에 온 뒤로 알아가는 게이타 고바와 자신이 어려서부터 알던 아버지 고바 게이타. 그렇게나 동떨어지고 다른 사람 같았던 두 사람의 모습이 아주 조금씩 가까워졌다.

미세스 아이마로가 말하는 옛이야기 속에서 아버지의 모습을 느꼈기 때문이었다.

그래, 기억한다.

평소 고바 게이타는 온화하고 심약하다고 느낄 정도로 상냥했지만 주식 거래를 하는 순간에는 깜짝 놀랄 정도로 비정한 얼굴을 보일 때가 있었다. 버릇처럼 이마를 손끝으로 두드리며 생각하다가 한번 답을 내면 이후에 더는 타협하지 않았다. 자신의 판단으로 기업이 파산하든 다른 수많은 트레이더가 파멸에 이르든 아랑곳하지 않고 매수하고 매도했다.

막다른 승부일수록 냉정하고 지독했다.

문을 두드리는 소리가 울렸다.

"오래 기다리셨습니다."

우리 순서가 돼서 담당 행원인 호 씨가 데리러 왔다.

"먼저 돌아가시겠습니까?"

웡인컹이 물었지만 미세스 아이마로는 고개를 저었다.

"기다릴게요. 대여 금고 속에 뭐가 들었는지 좀 보고 싶네."

미세스 아이마로를 남겨둔 채로 엘리베이터를 타고 지하로 내려갔다.

"죄송합니다."

둘만 남자 웡인컹이 말했다.

"그 여자 말대로 저는 중국 외교부 국외공작국 소속입니다. 하지만 공작원은 아니에요. 주로 경제 정보 수집을 담당하는 외교관이죠."

"신경 쓰지 마세요. 오히려 제가 실례를 범해 죄송합니다."

"사과하시면 곤란합니다. 미스 에이미는 아무 문제 없습니다."

엘리베이터 문이 열렸다.

"그리고 하나 더. 미세스 아이마로, 아니 그레타는 거짓말을 했습니다."

웡인컹이 복도를 걸으며 말했다.

"그 여자는 이 도시에 갇혀 사는 게 아닙니다. 홍콩에서 러시아 총영사관과 중국 정부의 보호를 받아야만 살 수 있는 겁니다. 홍콩 밖으로 나가면 곧바로 SISMI의 손에 죽습니다. 21년 전 배신의 대가는 지금도 따라다니죠."

처음부터 그런 사람이었는지, 아니면 이 도시에서 지낸 오랜 시간이 그녀를 변하게 만들었는지 나는 모른다. 그러나 어느 쪽이든 그녀는 더는 살아 있지 않다.

홍콩이라는 새장 속에서 아주 오래전에 마음이 죽어 버렸다.

D-26 대여 금고를 열자 접힌 종이가 한 장 들어 있었다.

종이에는 푸른색 손바닥 도장이 찍혀 있었다.

"남적수."

손바닥 도장을 본 웡인컹이 말했다. 그리고 그것이 몇 세기 전부터 홍콩에서 살인을 생업으로 하는 사람들이 모인 조직의 증거라고 설명했다.

그러나 손바닥 도장뿐, 다음 목적지의 주소나 전화번호는 적혀 있지 않았다.

"뭐가 들어 있었어요?"

대기실에 돌아오자 미세스 아이마로가 물었다.

나는 푸른색 손바닥 도장이 찍힌 종이를 보여 줬다.

"남적수. 이게 다예요? 이런 걸 당신들에게 넘겨주려고 날 이 도시에 꽁꽁 묶어놨다고?"

혼잣말처럼 중얼거린 미세스 아이마로는 돌아서서 문으로 향했다.

"배웅은 됐어요. 패배자의 뒷모습을 보이기 싫으니까. 이게 마지막이야, 앞으로 당신들과 만날 일도 없어요."

"아직도—"

나는 무슨 일이 있어도 묻고 싶었다.

"고바 게이타를 싫어하세요? 미우세요?"

그녀가 어깨 너머로 돌아봤다.

"알면서 뭘 물어요. 싫지 않아서 아직도 미워요. 21년 전, 고바가 날 죽여 줬다면 이런 비참한 생각을 하면서 살지 않은 채 끝났을 텐데."

문이 닫혔다.

나와 웡인컹은 망자에게 묵념하듯 잠시 말없이 서 있다가 소파에 앉았다.

그때 다시 노크 소리가 들렸다.

방금 닫힌 문이 반쯤 열리며 담당 행원인 호 씨가 고개를 내밀었다.

"맡겨 두셨던 물건을 드려도 되겠습니까?"

맡겨 둔 물건? 누가 맡겼지?

우리 두 사람의 표정을 본 호 씨가 말을 이었다.

"맞습니다. 미스터 고바가 8년 전에 맡기셨습니다."

"아버지를 아시는군요."

"네. 21년 전, 강도가 이 은행을 습격했을 때도 제가 미스터 고바를 담당했죠. 돌아가셨다니 정말로 유감입니다."

"8년 전에 아버지가 무엇 때문에 여기에 오셨죠?"

"하나는 미스터 고바가 빌린 금고의 사용 기한을 확인하기 위해서였습니다. D-26의 대여 계약은 이달 말, 2018년 5월 31일에 종료됩니다."

"그래서 저를 홍콩으로 불렀군요……."

"글쎄요? 저는 자세한 사정은 모릅니다. 그리고 나머지 하나는 미스 에이미가 여기 오시면 이걸 전달해 달라고 하셨죠."

호 씨가 내민 것은 또 다른 봉투였다.

카오룽반도, 몽콕이라는 주소가 적힌 메모가 들어 있었다.

대여 금고를 열게 하고, 클라에스 아이마로에게 푸른색 손바닥 도장만 보여 준 뒤, 다시 호 씨에게 단서를 건네받는다. 이렇게 수고를 두 번 거치게 한 이유는 21년이 지난 지금 다시 한번 클라에스를 모욕하기 위해서일까? 아니면 클라에스 안에 도사린 플로피 디스켓과 서류를 향한 집착을 21년 후에 완전히 끊어 버리기 위해서일까?

호 씨가 웃는 얼굴로 생각에 잠긴 나를 바라봤다.

"두 분이 찾으시는 것을 찾아내기를 진심으로 기원합니다."

14

1997년 1월 13일 월요일 오후 1시

1. 셩완의 헝밍은행 본점을 출발해 콘노트 로드 센트럴(Connaught Rd Central)에서 하코트 로드(Harcourt Rd), 글루체스터 로드(Gloucester Rd)를 지나 크로스 하버 터널을 통과해, 카오룽반도 1호 간선 홍총 로드(Hong Chong Rd), 이스트 카오룽 코리도(East Kowloon Corridor)를 거쳐 카이탁 공항으로 들어간 후, 수송 차량에서 화물 전세기편으로 옮긴 뒤 항공로로 출발.

2. 헝밍은행 본점을 출발해 데 부 로드 센트럴(Des Voeux Rd Central)로 빠져나와 홍콩 마카오 페리 터미널에서 트럭째 페리에 승선. 빅토리아 하버를 건너 콰이칭 컨테이너 터미널에서 화물선에 환적한 뒤 7호 부두에서 해로로 출발.

2월 7일 춘절 당일. 고바 팀이 노리는 플로피 디스켓과 서류의 유력한 운반 경로 두 가지다. 어떤 방법으로 이동하든 방탄 장갑 수송 차량에 실리며 경호 차량이 앞뒤로 지키며 무장 경호원 약 쉰 명이 대동한다. 더해서 벨로 등 미국 요원들도 보이지 않는 곳에서 지원하리라.

전부 여덟 가지 경로를 찾아냈고 그중 두 가지로 추렸다. 잠정적인 경로라서 이후에 변경될 가능성도 있다. 그렇지만 관광객과 귀성하는 현지인들로 혼잡하고 들뜬 분위기에 휩싸인 홍콩 시내에서는 이 두 가지 경로가 가장 타당했고, 나머지 여섯 경로는 현실성이 희박해서 속임수나 긴급 회피용일 가능성이 컸다.

견고한 은행보다 타락한 은행가를 노려라.

영국의 협박 범죄자들 사이에 오래전부터 내려오는 말에 따라 자비스 맥길리스는 헝밍은행의 경영 중추에 있는 중역들과 그 가족을 철저하게 조사했다. 자비스는 '여왕 폐하의 은행'이라고 불릴 정도로 전통과 격식을 자랑하다가 투자 실패로 파산한 영국 베어링스은행 직원 출신. 은행원의 악랄한 성미를 꿰고 있다. 그 경험을 유감없이 발휘해서 자신들의 표적인 일당이 숨기고 있는 추문과 부정, 범죄행위, 파렴치한 취미와 취향들을 샅샅이 파헤쳤다.

현역 왕립 홍콩 경찰총부 수사관인 루이 독찰은 자신이 알아낸 여러 비밀을 들고 미아와 함께 중역들과 직접 만나 협박했다.

한 치의 거짓 없는 진실일수록 상대를 당황시킨다.

루이도 홍콩 상인들 사이에 내려오는 격언에 따라 우선 경찰 신분증을 제시한 뒤 홍콩 중심부에 군림하는 두 흑사회 조직인 워싱세와 타이싱건의 승낙을 받은(실제로 루이가 접촉했다) 사실, 자신들의 뒤에는 영국과 러시아가 있다는 사실을 정중하게 설명해서 입을 열게 했다.

그러나 중요한 경로는 알아냈지만 고바, 일라리, 로이가 보는 앞에서 자비스의 머리가 날아가고 말았다.

협박당한 은행가들의 복수가 아니었다. 중국과 영국 요원들이 결성한 팀이 저지른 범행이었다.

그리고 유품이 된 휴대폰과 전자수첩의 비밀번호를 파헤쳐 데이터를 샅샅이 조사한 결과, 그 저격으로 고바 일행도 목숨을 건졌다는 사실을 알았다.

자비스가 D팀의 정보를 영국에 흘리는 내통자라는 사실은 고바도 이미 눈치챘다. 그러나 자비스는 영국까지도 속였던 것이다.

그는 미국의 명령을 받는 프랭크 벨로가 이끄는 요원과 내통했다. 그리고 마시모가 고바 팀에게 맡긴 홍콩 내 곳곳에 흩어져 있는 은신처 일곱 군데, 루이가 제공한 거점 세 군데, 게다가 마시모의 탈취 계획에 관해 본인이 알아낸 모든 것을 팔아넘기기 직전에 살해당했다.

이틀 전 1월 11일에도 고바 일행이 탄 스테이션왜건이 향하던 카메론 로드의 합류 지점에서 기다리던 존재는 자비스가 아니라 벨로의 지시를 받은 습격 부대였다.

그날 그대로 약속 장소로 향했으면 죽은 사람은 고바 일행이었으리라는 의미다.

고바 일행이 살해당하리라는 사실을 알면서 미국에 정보를 팔아넘기려고 했다.

그리고 자비스가 제거된 또 다른 이유가 있었다.

계획 실행 당일 중국 정부가 고바와 로이 팀을 은밀히 '지원'하려고 전문 훈련을 받은 인력 마흔 명을 파견할 계획을 벨로에게 전하려고 했기 때문이었다.

자비스의 전자수첩에는 관광객으로 위장해 선전에서 홍콩 국경을 넘는 지원 병력을 영국 측이 묵인할 뿐 아니라 그들에게 무기까지 빌려주기로 약속했다는 문서 데이터의 사본이 남아 있었다.

그러나 그 마흔 명이 정말로 고바 팀을 지키려고 파견되는 인원인지는 알 수 없다. 탈취에 성공한 순간, 수송 차량의 경호원이나 미국 요원들이 아니라 그 지원 병력이 등 뒤에서 총을 쏠 가능성도 있다.

아군이나 동료가 늘어난 기분은 전혀 들지 않았다. 새 불안 요소만 늘어났을 뿐이다.

고바는 멍하니 TV를 바라봤다.

화면에는 TVB(홍콩 민영 방송국)의 뉴스 방송이 나오고 있었다. 고바가 빌린 몽콕 사무실에서 벌어진 총격 사건을 보도하더니 화면이 바뀌고 그저께 밤부터 내리기 시작한 때아닌 폭우 소식을 전했다. 맨홀 위로 하수가 범람해 벌써 침수된 지역이 속출하고 있다고 했다.

커튼을 친 이 방 안에서도 리듬을 새기는 듯한 세찬 빗소리가 들려왔다.

그 리듬을 깨뜨리듯 노크 소리가 울렸다.

"왔어. 어떡할까?"

문이 열리더니 루이가 물었다.

"이야기해 볼게. 고마워."

아니타 초우가 한 손에 식료품이 담긴 비닐봉지를 들고 들어온 뒤 물었다.

"좀 먹었어?"

"아니."

고바는 고개를 젓고 아니타가 손에 들고 있는 비닐봉지를 쳐다봤다.

"뭐 좀 사왔어?"

"응. 먹을래?"

"입맛이 있을 리가."

아무것도 목구멍으로 넘어가지 않았다. 자비스의 피가, 머리카락이, 뇌수가 사방에 튀는 장면을 보고 말았으니까.

"심정은 헤아려주고 싶지만 지금 당신한테 초췌해 있을 여유는 없어. 아는 사람의 사체를 본 것도 벌써 세 번째잖아."

"몇 번을 봐도 익숙해지지 않아. 그런 거에 익숙해지고 싶지도 않고."

고바와 팀원들이 있는 곳은 지하철 삼수이포역 부근의 맨션 7층. 일시적인 피난처로 이곳을 제공한 사람은 아니타였다.

"그래서?"

고바가 물었다.

"결정됐어. 영국, 러시아, 프랑스, 호주는 당신들한테 맡긴대. 중국도 일단은 동의했고. 그 작전의 명목적인 주인공은 당신들이라는 말이야."

"실패했을 때 관계없는 척 발 빼기 좋게?"

"그래. 미국도 그게 개수작(farce)이라는 걸 알면서도 우리 쪽의 어이없는 변명을 쉽게 받아들이도록, 실례지만 당신들이 멋대로 폭주했다고 보기 가장 적절한 타협점이야. 꼬리를 잘라내도 국가적 손실은 아무것도 없고. 다만 지금까지 보여 준 뜻밖의 활약은 모든 나라가 높게 평가하고 있어요."

"입으로만 칭찬하지 말고 물질적인 지원을 해 줬으면 좋겠네."

"맞아. 돈도 물건도 제공할 거야."

"하지만 자기들 손은 더럽히기 싫고?"

"응. 사실 본국 사람들은 깊게 엮이기 싫어해. 진작에 끝난 정권과 은퇴한 관료들이 멋대로 남기고 간 재앙을 뒤처리하는 거니까. 어느 나라나 사정은 마찬가지지. 혈안이 된 건 아직도 살아남아 있는 소수의 장로에게 매달려 겨우겨우 권력을 유지하고 있는 무능한 놈들뿐."

"워싱턴 D.C.는?"

"민주당 빌 클린턴 대통령이 재선한 덕분에 거기도 어떻게든 될 것 같아."

TV를 끄고 아니타를 쳐다봤다.

"네가 양다리 걸치는 여자일 줄은 몰랐군."

"기분 나쁜 소리 마."

아니타도 고바를 쳐다봤다.

"내 뜻이 아니야. 그들의 사정이라는 말이지. 난 반환 때 영국이 중국에 넘기는 물건 중 하나야. 2년 전까지는 영국을 위해 일했고 지금은 양국 모두를 위해 일하지. 7월 홍콩 반환 이후에는 중국 외교부 국외공작국에 배속돼. 하지만 홍콩을 위해 일한다는 사실은 변하지 않을 거야."

"요원에게도 이적의 자유가 있나?"

"비웃어?"

"아니, 정말로 궁금해서."

"베를린 장벽이 무너진 뒤 유럽 여기저기에서 국적과 인종에 상관없이 이적하고 재고용됐어. 지금 내 경우는 사정이 조금 다르긴 하지만."

"당신이 가진 정보망을 그대로 중국에 넘김으로써 영국 정부는 오히려 홍콩 내 보유하던 기밀 데이터를 중국의 간섭 없이 본국으로 가지고 돌아간다. 그런 계약이야?"

아니타는 대답 없이 모호하게 웃더니 되물었다.

"그 사람 일, 언제부터 눈치챘어?"

자비스의 내통을 가리켰다.

"니심 데비와 총격이 벌어졌을 때, SIS의 케이트 아스트레이한테 연락이 왔어. 총격 현장에서 꽤 벗어나 우리끼리 서로 한바탕 욕을 주고받고 의견까지 정리했을 때 말이야."

"타이밍이 너무 좋았네."

"그래. 누구라도 내통자가 있으리라 의심할 만하지. 그래서 나도 감시자를 세웠어. 내가 당신과 처음 만난 그 게스트하우스에 물파이프를 피우던 독일인들이 있었지?"

"대마에 취해 있던 두 사람한테 옆 방 소리를 엿들으라고 했어?"

대마가 식욕만 왕성하게 하는 건 아니다. 청력도 예민해져서 작은 소리에도 민감해진다.

"키가 큰 북유럽 사람이 맥주와 담배를 사러 나갈 때마다 방에 남아 있던 남자가 다급히 휴대폰 키를 누르는 소리와 통화 소리가 들렸다더군."

"벽이 그렇게나 얇은 걸, 잘 들렸겠지."

"그런데 연락 상대는 게이트일 거라고 생각했어. 청사완의 차찬탱에서 당신의 정체를 안 뒤에도 그랬지. 자비스는 영국의 개, 정보를 흘리는 상대는 당신이라고 믿었어."

"그래서 좀 더 움직이게 내버려 둘 생각이었어?"

"응. 당장은 해가 되는 존재는 아니라고 느꼈으니까."

"그럼 내가 당신을 구했다고 생각해도 되겠네."

자비스를 죽인 일을 말했다. 그래, 그 총살을 지시한 사람은 아니타였다.

"부정하지 않을게. 지금 살아 있는 건 당신 덕분이야. 청사완에서의 폭파에 이어 두 번 도움을 받았네. 게다가 간호까지 받았어."

폭파 후 마카오의 병원에 입원했을 때의 일이었다.

고바가 의식을 찾을 때까지 무슨 일이 있었는지 죽은 자비스에게 들었다. 아니타가 줄곧 옆에 붙어 있었다고 했다. 그 모습을 보고 자세한 사정을 모르는 젊은 필리핀인 간호사는 중간까지 진심으로 고바와 아니타가 부부인 줄 알았다고 했다.

"솔직히 나는 즐거웠어요. 그 며칠 동안 내가 살아온 것과 전혀 다르게 흐르는 시간 속에서 지낼 수 있었거든."

고바는 언짢은 표정을 지었지만 아니타는 웃었다.

"누군가 죽은 덕분에 내가 지금 살아 있는데 나는 그렇게 웃을 수 없다는 얼굴을 하고 있네."

맞는 말이었다. 아니타가 자비스와 미국의 내통을 알아채지 못했다면. 자비스를 죽이라고 지시하지 않았다면 고바는 지금 이 자리에 없었으리라.

'놈이 죽은 대신 나는 살아남았어.'

"당신의 그런 우유부단한 점도 난 싫지 않아. 내 부하나 동료였다면 절대 용납 못 했겠지만."

"당신은 어떻게 자비스와 벨로가 연결되어 있다는 걸 알아냈지?"

"그건 영업 비밀. 아마추어한테 선뜻 알려 줄 수 있는 내용이 아니랍니다."

아니타가 몇 살이지? 고바는 몰랐다. 1997년으로 해가 넘어가는 날 밤에 게스트하우스에서 처음 만났을 때는 트레이닝복에 청바지 차림으로 수수하게 화장해서 20대 중반으로 보였다. 다음에 만났을 때는 흰 블라우스에 치마 차림으로 자신과 같은 30대 초반 같다고 생각했다. 굽 높은 샌들에 갈색 원피스를 입은 지금 눈앞에 있는 아니타는 그 어느 때보다 젊어 보인다. 그러나 속에 감춰둔 노회함과 비정함을 다 숨기지 못하고 조금씩 흘러나오는 듯해 견딜 수 없이 섬뜩하기도 했다.

"자비스 일은 너무 신경 쓰지 말아요. 당신도 조사했겠지만 나도 그 사람 진짜 경력을 영국에 알아봤어. 완전히 구리더라고. 베어링스 은행에 근무할 때부터 유럽 경찰의 표적이었어. 영국, 독일, 프랑스에서 협박 및 사기로 체포당한 것만 일곱 번. 그 사람과 공범들 때문에 어업 조합과 양모 산업자, 전통 있는 샤토*가 파산 위기에 몰렸어. 그런데 어찌나 용의주도했는지, 피해자

* 프랑스 보르도 지방 와이너리.

들을 뒤에서 협박했는지, 증거불충분이나 고소 취하로 기소까지 간 적이 한 번도 없어. 하지만 정체는 틀림없이 약자를 먹잇감으로 삼는 뱅커 마피아, 일본으로 치면 경제 야쿠자야. 심지어 일본에서의 당신처럼 무지하거나 젊어서 휘말린 게 아니야. 그 인간이 주도했지."

마시모는 그런 경력까지 전부 파악하고서도 쓸 만한 인재라고 판단해 스카우트했으리라.

"그런 인간이니까 죽었어도 마음에 두지 말라고?"

"그래. 억지로라도 마음을 바꾸지 않으면 버틸 수 없어."

"당신한테 마음이란 게 있나?"

"당연히 있지. 그래서 당신이 그런 얼굴을 하면 슬퍼."

"만약 자비스한테 했던 것처럼 당신의 과거 경력을 샅샅이 조사한다면 어떻게 될까? 당신의 정체가 자비스보다 더 구리다는 걸 알면 난 분명 겁에 질려 말도 제대로 못 하겠지."

"부정 안 할게요. 내 손은 더러워. 하지만 말이야, 난 셰익스피어의 희곡에 나오는 맥베스 부인과 같아. 과거에 시달리며 몇 번이나 울면서 손을 닦는 밤도 보내지. 피투성이가 되어 깨끗해지지 않는 내 손을 가련히 여기면서."

"난 당신 과거를 연민할 정도로 강한 남자가 아니고 지금은 그런 이야기보다 훨씬 중요한 게 있어."

고바가 아니타를 응시했다.

"약속대로 알려 줘."

"좋아. 그런데 그전에 당신은 어디까지 알고 있지?"

"게릴라로 흘러간 돈과 무기 제공 기록이라고 들었는데, 아닌가?"

"그게 다가 아니야. 더 성가신 게 숨어 있어."

아니타의 입에서 셩완의 헝밍은행 본점 지하 금고에 사실은 무엇이 숨겨져 있는지 흘러나왔다.

"엄청난 판도라의 상자지?"

"아니, 그거보다 더 심한데."

고개를 살짝 저었다.

"판도라의 상자라면 마지막에 희망은 남지. 하지만 이건 열기만 하면 재앙을 마구 뿌려대는 것도 모자라 상자 바닥에 훨씬 큰 재앙이 남아 있잖아."

고바는 거기까지 말한 뒤 침묵했다. 놀라지는 않았다. 오히려 자신의 추측이 크게 빗나가지 않았다는 사실을 확인했고, 납득도 했다. 게릴라에 지원한 자금과 무기의 증거를 서로 차지하기 위해서라고 해도 각국이 이렇게까지 필사적으로 계속 일을 꾸밀 리 없었다.

엄청나게 성가신 것이 숨겨져 있다. 그러나 그만큼 성가시면서도 중요한 것이기에 자신들에게도 대책은 있었다.

자신의 계획도 매우 완벽하다고는 할 수 없고, 두렵다. 그렇지만 더는 두려움이나 불안에 사로잡혀 있을 여유는 없었다. 앞으로 나아가야만 한다. 자비스처럼 되지 않으려면.

"마시모를 증오해?"

아니타가 물었다.

"그래."

"나도?"

"물론 원망스럽지."

노크도 없이 문이 열렸다.

"시간 다 됐어."

미아 리더스가 고개를 내밀었다.

"알았어."

고바가 일어났다. 목발을 짚고 갈지 망설이다가 두고 가기로 했다.

"안 도와줘. 어떤 상황이 벌어지든."

미아가 말했다.

"짐 정도는 들어줄게."

루이초홍이 방으로 들어와 고바의 가방을 들었다.

아직 통증이 남은 오른 다리를 조금 끌면서 방을 나갔다.

"다시 돌아올 거야?"

아니타가 물었다.

"아니. 하지만 전화할게. 아직 물을 게 있거든."

"기다릴게."

"서둘러. 비 와서 길이 막혀."

미아가 고바의 팔을 잡았다.

미아의 말대로 창밖에 강한 비가 쏟아지고 있었다.

"클라에스 아이마로 때와 같은 짓은 이제 그만 둬. 다음에는 안 도와줄 거야."

미아는 얼굴을 보지 않고 말했다. 아니타에게도 그 말이 들렸다.

총격이 벌어지는 가운데, 꼼짝하지 않는 클라에스에게 고바는 "같이 살아남읍시다"라며 손을 내밀었지만 거절당했다.

"그때 일까지 포함해서 내가 당신 목숨을 벌써 세 번 구했어. 잊지 마."

미아는 혼자서 먼저 맨션 문을 열고 나갔다.

"여러 가지로 고생이 많네."

루이가 작게 말했다.

"바보 취급하는 거야?"

고바가 대꾸했다.

"조금 우습게 보는 건 있지만, 방금은 달라."

"동정?"

"그것도 아니야. 중요한 순간에 사람 마음을 못 읽는군. 그래서 당신이 안 되는 거야."

표정에 변화가 없는 루이의 옆모습을 보며 고바는 아주 조금 웃었다. 홍콩 엘리트다운 말투가 왜인지 기분 좋았다.

◈◆◈

세찬 빗줄기가 길에 꽂혔다.

지나가던 차가 흙탕물을 튀기자 행인이 고함을 지르며 우산을 번쩍 치켜들었다.

"여기야."

작업용 헬멧과 방진 마스크를 쓴 일라리가 크게 손짓했다.

센트럴의 한구석. 총 34층 중 20층 부분까지 지어진 빌딩 건설 현장 지하 3층. 구석진 벽에 붙은 판자를 떼고 사다리를 내려가 다시 연락용 스위치를 두 번 누른 뒤 가짜 하수 배관 뒤에 숨겨진 잠긴 문을 열었다.

"네이호우*."

삭발에 뚱뚱한 로라는 남자가 말했다.

명품 로고가 새겨진 검은 티셔츠는 땀에 젖어 있었다. 어두컴컴한 굴은 열기를 피할 곳이 없어 상당히 더웠다.

남자가 오른손을 닦은 뒤 내밀자 고바도 오른손을 내밀었다.

로는 생각보다 젊었다. 간부 중 한 명이라는 말을 들은 탓에 마흔 남짓한 나이리라 예상했는데 아직 서른 가량으로 보였다.

고바는 인사하면서 느낀 점을 솔직하게 말했다.

"역시 일본인은 겉치레를 잘하는군."

* 중국어 인사말(你好, 니하오)의 광둥어 발음.

그가 영어로 말했다. 젊은 나이지만 훌륭한 남자라고 평가했다고 받아들인 듯했다.

로는 홍콩 유력 흑사회 조직 워싱세의 일원이다. 고바 팀이 의뢰한 일의 워싱세 측 채널로 정해진 사람이 그였다.

로의 안내로 어두컴컴한 굴속으로 들어갔다.

소형 굴착기 두 대 주변에서 작업하던 남자 중 가장 마른 중년 남자가 한 손을 올려 헬멧을 벗었다.

"미스터 바오다."

로가 소개했다.

"이런 식이오."

바오가 구멍을 바라보며 말했다.

발전 장치에 연료 탱크. 배기용 굴뚝. 콘크리트 커터에 그라인더, 분쇄기, 그리고 대량의 케이블. 전부 좁은 동굴 안에 가지런히 놓여 있었다. 밖은 비가 내리지만 빗물이나 바닷물에 잠긴 기색은 아니었다.

"순조롭다는 뜻입니까?"

고바가 물었다.

"그렇소. 하지만 다음은 밖에서 이야기하지. 한 대 피우고 싶군."

바오가 담뱃진으로 누래진 이를 드러내며 웃었다.

말보로를 입에 물고 불을 붙인 다음 흠뻑 들이마신 바오가 연기를 천천히 내뿜었다. 로도 담배에 불을 붙여 똑같이 연기를 내뱉었다.

"동굴 안은 화기엄금이라서 말이야. 화장실 가는 횟수도 줄이려고 물이랑 밥도 덜 먹고 있어."

바오가 콘크리트 바닥에 걸터앉아 아이스박스에서 꺼낸 페트병 속 탄산음료를 한 모금 마셨다.

빌딩 지하 3층, 쌓아 올린 자재들에 둘러싸여 만들어진 사각지대. 전구 불빛이 탁한 공기 속에 부유하는 먼지와 고바, 미아, 일라리, 루이의 얼굴을 비췄다.

"이제 다 모인 거지?"

로가 물었다. 루이가 고개를 끄덕였다.

"시킨 대로 빌딩 밖 두 군데와 공사 차량이 드나드는 곳에는 24시간 감시를 세워놨어. 감시자는 입이 무겁고 신원이 확실한 사람이야. 현장 감독의 약점과 가족 관계도 확실하게 파악해서 분명히 입단속을 시켰어. 여기까지 지시한 대로 맞지?"

"네. 문제없습니다."

고바가 대답했다.

"지역계획국에 사양 변경 신청도 완료했어. 가스관과 전기 케이블 설치 위치, 상수도와 하수관 배치도도 최신으로 구해놨고."

앞으로 한 달 반 동안 이 빌딩 공사현장 지하에는 고바 팀의 허락을 받지 않은 자는 아무도 들어올 수 없다.

죽은 자비스가 빌딩 건설 발주자와 하청을 맡은 건설회사 사장의 과거를 철저히 조사해 형사 처벌받을 수 있는 추문을 찾아냈다. 고바 팀은 그 사실을 넘기는 대신 이곳 지하의 치외법권과 독점권을 손에 넣었다. 물론 저항도 있었다. 발주자인 부호와 건설회사 사장은 처음에는 자신들의 추문에 대한 증거를 폭력적으로 빼앗으려고 했다. 그러나 루이와 로가 그들보다 훨씬 센 공권력과 폭력을 사용해 제압했다.

1970년대에는 세계에서 가장 뿌리 깊다고 알려진 부패와 부정을 1980년대에 한꺼번에 제거해 지금은 세계에서 손꼽힐 정도로 청렴하다고 평가받는 왕립 홍콩 경찰총부지만, 흑사회와의 연계는 아직도 물밑에서 지속되고 있다. 그리고 여기 홍콩에서 흑사회와 경찰총부의 연합에 맞설 자는 없었다. 주요 선진국의 요원들을 제외하고는.

"그 갈색 머리 영국인 일은 들었어."

바오가 말했다. 자비스 이야기였다. 로와 바오와 금전 협상을 한 사람은 바로 그였다.

"불안하게 해드려 죄송합니다."

"도중에 누가 사라지는 건 확실히 기분 좋은 일은 아니야. 일부러 여기 온 것도 그 일로 상의하고 싶은 일이 있어서고. 선급금 경비랑 우리가 받을 수수료를 추가했으면 하는데."

"이유는?"

"방음형 디젤 발전기를 두 대 추가할 거야. 너무 커서 옮길 수 없으니까 트럭 안에 실어 다른 곳에 두고 케이블을 끌어당겨 올게."

"작업을 서두르고 싶다는 말인가요?"

"응. 뭐니 뭐니 해도 굴 파는 건 동력원 문제야. 본 대로 바닷물과 지하수, 빗물 침수는 지금 상황에서는 문제없어. 그러니까 될 수 있으면 이렇게 순조로울 때 서두르고 싶단 말이야. 발전기 소리가 새어 나가지 않도록 트럭 컨테이너 안을 방음재로 씌울 거야. 발열 대책도 생각 중이야. 낮에만 풀가동하고 밤에는 출력을 절반 이하로 떨어뜨릴 거야. 그러면 교통량이 많은 이 근처라면 한밤중 울리는 차 경적이 훨씬 더 시끄럽겠지. 가장 골칫거리인 교통 단속은 그쪽 독찰님한테 해결을 부탁할게."

고바가 루이를 쳐다봤다.

"어떻게든 해볼게."

루이가 말했다.

"서두르는 이유는 뭐죠?"

고바가 바오와 로에게 물었다.

"짐작한 대로야."

바오가 말했다. 로도 옆에서 고개를 끄덕였다.

"그 영국인은 총에 맞아 죽었지. 자세한 사정은 모르고 알고 싶지도 않지만 욕심이 명을 단축했다는 건 아주 잘 알아. 달리 말하면 이 일은 그만큼 유혹이 많다는 뜻이야."

"엄청나게 위험한 유혹이 말이야."

옆에서 로가 끼어들었다.

"그렇지 않아도 개런티가 비싼 데다가 정보를 얻고 싶다며 돈을 싸 들고 오는 놈들이 싫어. 난 지금까지 함께해 온 내 동료들과 로를 믿어. 하지만 세상에 절대란 없지. 작업을 질질 끌면 유혹에 넘어갈 기회도 많아져. 아무리 숨기려고 해도 찾아내려는 놈은 개미가 단내를 찾아내듯 귀신같이 찾아내 원하는 정보를 가진 사람이 있는 곳까지 기어오거든. 냄비에서 뚝뚝 떨어지는 기름처럼 정보도 자신도 모르는 사이에 낮은 곳으로 흘러가 버려. 가능한 한 일을 서둘러서 그걸 막고 싶은 거야. 우리 안에서 부끄러운 일이 생기기 전에 해야 할 일을 확실하게 끝내고 우리는 홍콩에서 사라지고 싶다는 말이야. 말귀 알아듣는 이 핀란드인 꺽다리한테 뒷일을 부탁하고서."

바오가 일라리를 쳐다봤다.

"여기 작업에 관여한 사람들을 데리고 몰디브라도 가야지."

로가 말했다.

"춘절은 거기서 맞지. 그대로 몰디브에서 반년 정도 지내면서 홍콩에 남은 당신들이 어떻게 될지 구경하기로 결정했어. 그런데 만약 잔금을 입금하지 않으면 무슨 일이 있어도 당신들 모두 찾아내 죽여 버릴 거야."

"서로에게 나쁜 제안은 아니라고 생각하는데."

로가 말했다.

"알겠습니다. 내일까지 계좌에 12만 달러를 입금하겠습니다."

고바가 말했다.

"화끈하시네."

로가 작게 말하면서 흑사회 세계에서 살아가는 남자 특유의 모습을 한순간 보였다가 이내 웃으며 지워냈다.

"그러니까 이런 거야. 우리 같은 사람들 습성이 그래. 돈 냄새에는 무슨 일이 있어도 반응하거든. 의리에 목숨 거는 놈들도 특히 당신들 같이 돈깨나 쓰는 사람들한테는 마음이 흔들릴 수밖에 없어. 나도 그렇고, 마가 끼어서 남적수 손에 죽기 전에 좋은 일을 하는군."

이 일에 남적수가 엮여 있다는 사실은 바오와 로도 당연히 안다.

적임자로 바오를 처음 고바에게 소개해 준 사람은 몽콕에 있는 고바 팀 사무실의 주인이자 남적수의 유력자 가운데 한 명인 바이 선생이었다.

바오도 로도 바이 선생이 중개하지 않았다면 아마추어 일본인이 의뢰한 이런 일은 절대로 받아들이지 않았으리라. 그보다도 접촉하려고 시도한 것만으로도 이미 죽었을지도 모른다.

바오는 웨이다이와캉(위대한 굴 파기)라는 별명으로도 불린다. 조금은 농담 섞인 이름을 얻었을 정도로 그의 경력은 눈이 부시게 화려했다.

1970년대부터 1980년대 초반까지 홍콩과 마닐라에서 지하굴착으로 강도를 일곱 번 성공시켰고, 1983년 사건에서의 실수로 지명수배됐으나 체포되지 않고 오랫동안 몸을 숨기고 있다. 10대에 결혼해서 2년 만에 헤어진 열일곱 살 연상 전 부인과 산다고 한다. 전 부인이 바오와 낳은 아들과, 그와 헤어진 뒤 다른 남자와 낳은 아이 틈에 섞여 형제인 척 주변을 속이며 지낸다고 했다.

거짓말 같은 이야기지만 사실이라고 한다.

바오가 두 번째 담배를 필터까지 다 피운 다음 일어섰다.

"당신은 바이 선생한테 들은 것과 똑같네. 생각보다 곱상하게 생겼지만 그것 말고는 정말 평범한 아마추어야. 범죄에 찌든 놈들한테는 볼 수 없는 후회와 미련이 덕지덕지 붙은 얼굴이지. 하지만 아마추어인 만큼 우리처럼 음지에 있는 놈들의 도리와 인의에도 얽매이지 않아. 때로는 상상할 수 없을 정도로 잔혹해지기도 하고."

"당신들을 만나는 건 이번이 처음이자 마지막이기를 빌지."

로도 담배를 다 피우고 일어섰다.

고바, 루이, 미아가 두 사람과 악수를 나눴다. 일라리와도.

일라리와 다음에 만나는 날은 춘절 전날. 그때까지 만날 필요는 없었다.

"죽지 마. 또 만나자."

일라리가 말했다.

"당신이야말로 죽지 마."

고바도 말했다. 그리고 마주 안았다.

"괜찮아. 난 무슨 일이 있어도 아내와 딸한테 돌아갈 거야. 세 가족이서 행복하게 살아야지."

고바의 머릿속에 비슷한 말이 스쳐 지나갔다.

팀원이었던 린차이화도 가족과 캐나다로 이민 가겠다고 말했다. 그러나 아내와 아이들을 남겨둔 채 차 안에서 철골 더미에 깔려 죽었다.

고바 일행은 건설 중인 빌딩을 떠났다.

비가 계속 내렸다.

야우마테이의 좁은 길가에 있는 오래된 차찬탱. 세 사람의 마지막 회의가 끝나고 루이가 고바에게 눈짓했다.

미아와 둘이 해도 괜찮겠냐는 신호. 고바는 바라지 않았다. 미아가 루이에게 부탁했겠지.

고바는 아무 말 없이 눈을 한 번 천천히 깜빡였다.

같은 테이블에 있던 미아도 고바와 루이가 주고받은 눈짓을 눈치챘다.

"무슨 일이 있으면 연락하겠지만 당일까지 더는 접촉할 필요가 없기를 기도할게."

루이가 말했다.

"기도도 해?"

고바가 물었다.

"그날 살아남은 걸 매일 밤 감사하고 있지."

"믿는 신은 있어? 종교는?"

미아도 물었다.

"난 내 안에 있는 신의 이름은 함부로 입에 올리지 않아."

루이가 가게를 나가며 말했다.

고바 앞에는 커피가, 미아 앞에는 원앙차가 담긴 컵이 놓여 있었다. 처음 미아를 만나 고용하겠다고 말했을 때도 이런 가게에서였다.

"날 어떻게 생각해?"

미아가 물었다.

"어떤 의미로?"

"말 돌리는 거야? 내가 우스워? 린차이화나 자비스 때처럼 당신이 내 신상을 샅샅이 조사했다는 걸 알아. 아니타 초우를 통해서. 그래서 뭘 알았는데?"

"당신이 일본의 시세이도 화장품을 애용한다는 것. 센트럴에 있는 춘회당에서 배합한 한방차를 즐겨 마신다는 것. 의외로 취향이 고급이야."

컵 너머로 미아가 노려봤다.

"내 모든 걸 안다는 뜻이야?"

"아니, 지극히 일부야. 내가 아는 건 당신이 경력과 이 계획에 가담하게 된 진짜 동기를 말하지 않았다는 사실 정도야."

그래, 미아는 중요한 거짓말을 했다.

"왜 거짓말했다는 걸 알면서도 말 안 했지? 왜 루이나 일라리에게 말 안 했어? 날 협박하고 싶어서? 조종하고 싶어서?"

"그럴 마음은 없어."

"만약 조금이라도 협박할 기미가 보이면 지금 당장 오른쪽 쇄골도 부러뜨릴 거야. 오른팔도 어깨 위로 못 올리게 되겠지."

"협박은 네가 하고 있는데."

"무서워하지도 않네. 조금은 흔들리면 좋을 텐데. 사격 훈련도 해본 적 없는 아마추어 주제에 이런 상황에서도 건방진 소리나 지껄이고. 그런 점 때문에 당신을 좋아할 수 없어."

"이야기는 끝났나?"

"아직이야. 내 무엇을 아는지 말하지 않으면 정말로 죽일 거야."

"날 죽이면 당신도 죽을 텐데?"

고바가 가게 밖으로 시선을 돌렸다.

포스터 몇 장과 메뉴가 붙어 있는 커다란 유리창 너머로 러시아 총영사관의 겐나지 오를로프가 빗속에 서 있었다.

"날 못 믿어서 경호를 부탁했나?"

"아니. 조금 이따가 저 사람과 미팅이 있거든."

"그래서 데리러 오라고 한 거야? 대단해지셨어."

"저번에 저 사람이 부른 탓에 죽을 뻔했으니까."

"나도 폭파에 같이 휘말렸는데. 게다가 그 현장에서 당신을 구한 건 나였어."

"물론 기억하지. 그래서 당신에 대해 뭘 알든 믿으려고 했어. 지난번에 당신이 말했잖아, '당신들을 배신하지는 않아. 약속할게. 그러기는 힘들겠지만 믿어 줬으면 좋겠어'라고. 당연히 불안하기도 하고 불신감도 들지만 당신이 필요한 이상 지금은 그 말을 믿을 수밖에 없어. 그뿐이야."

"당신의 그런 솔직한 점이 싫어. 다정한 면이 너무 싫다고."

"나도 당신이 정말 싫어. 고용하지 말 걸 그랬다고 후회해."

고바는 1백 홍콩달러 지폐를 테이블 위에 놓은 후 자리에서 일어났다.

가게를 나섰다.

"이 상황에서 그런 대화가 무슨 의미가 있나. 당신들의 유치하고 우유부단한 신경전을 보고 있으면 내가 다 불안해진다고."

밖에서 기다리던 오를로프가 말했다.

"들었습니까?"

"도청하지 않아도 그 정도 대화는 표정과 입 모양만 봐도 알 수 있어. 출구와 가까운 창가 자리에 앉아 있었으니까."

"죄송합니다."

"고분고분 사과하니 더 불안하군."

오를로프가 입매를 늘이며, 기다리던 밴에 올라탔다.

"러시아 공무원도 다른 사람 앞에서 웃는군요."

"일본에서는 아직도 그런 비뚤어진 시각이 통하나 보지? 당연히 웃기도 하고 감동도 받고 남을 칭찬하기도 해. 모욕당하면 분개도 하지."

"새로운 걸 배웠군요."

오를로프의 옆 좌석에 앉은 고바도 입매를 늘였다.

"당신은 역시 그 폭파 현장에서 죽었어야 했어. 아니면 그 뒤에 벨로의 손에 죽었어도 됐고. 구해주는 게 아니었어. 악운이 당신을 단단히 붙잡고 있는 통에 내가 귀찮은 일만 떠맡고 있잖아."

"저는 살아남은 덕분에 뜻밖에도 당신이 책임감 강한 사람이라는 걸 알게 됐습니다. 감사합니다."

"이 위아래도 모르는 자식 같으니라고. 당신 같은 남자를 키맨으로 앉힌 마시모는 역시 책략가였어. 진작에 죽어서 다행이야."

밴이 빗속을 달리기 시작했다.

15

1997년 1월 13일 월요일 오후 6시

전세 어선이 가랑비가 내리는 저녁 부두에 닿았다.

작은 배가 늘어선 광경은 고바의 고향인 일본 미야기현 마쓰가하마와 이소자키의 어항을 떠올리게 했다.

란타우섬 동쪽에 위치한 면적 약 1만 제곱킬로미터의 펭차우섬.

영어를 모르는 어선 주인에게 돈을 건네고 배에서 내리자 금발에 푸른 눈을 한 덩치가 작은 초로의 남자가 맞아줬다.

마시모에게 카포쿠오코(주방장)이라고 불렸던 그의 전속 요리사 파올로 마세리아. 마시모와 같은 시칠리아섬 출신으로 홍콩으로 옮겨오기 전부터 40년 정도 마시모를 모셨다. 자살한 마시모의 아들, 로베르토 조르지아니의 일도 알고 있는 인물이었다.

"좀 걸으시겠습니까? 그 어깨와 다리로도 자전거를 탈 수 있다면 준비해 드릴 수 있습니다."

파올로가 물었다.

펭차우섬 안에서는 자동차 통행이 금지되어 있어서 차량 자체가 없다. 주민 약 육천 명도 여름에 해수욕을 하러 찾아오는 여행객들도 이용할 수 있는 교통수단은 도보나 자전거뿐이다.

고바는 목발을 가져오지 않은 것을 후회하며 걷기 시작했다.

한적함을 넘어서 관광지다운 것은 아무것도 없었다. 슈퍼마켓 한 집만 있을 뿐 패스트푸드점 간판도 보이지 않고 손님을 끌어 모으는 점원의 목소리도 들리지 않았다.

"만나 뵙게 되어 영광입니다."

파올로가 옆에서 걸으며 말했다. 전화나 문자는 여러 번 주고받았지만 그와 직접 만나는 것은 이번이 처음이었다.

"희생은 적지 않았지만 파드로네(주인님)가 돌아가신 뒤에도 당신 덕분에 간신히 여기까지 올 수 있었습니다."

"그쪽은 순조로운 것 같네요."

"네. 제가 3주 후에 베트남으로 모시러 갑니다."

"언제 돌아오십니까?"

"춘절이 지난 뒤가 될 것 같습니다. 그러니까 당신은 꼭 그때까지 살아남으셔야 합니다. 저도 살아 돌아오리라고 확신하고서 드리는 말씀은 아닙니다만."

"어머니도 데리고 옵니까?"

"아니요, 그건 안 될 듯합니다. 지금 상태로는 가석방 가능성이 제로라서요."

"부디 몸조심하세요."

고바는 잠시나마 위안의 미소를 지었고 파올로도 화답하듯 웃었다.

"그건 그렇고 내일 동양일보에 클라에스 아이마로가 그 총격 사건에 대해 인터뷰한 기사가 실린다고 합니다. 주인님의 오랜 친구분께서 알려 주셨습니다."

"정치성은 전혀 없는 금전 관련 살인사건이라고 말했답니까?"

"그렇다는 것 같습니다. '시뇨르 조르지아니는 훌륭한 분이셨지만 경영 일은 완전히 독단적으로 결정하셨습니다'라거나, '그가 보유한 여러 회사가 하나같이 인사문제나 금전적 갈등을 안고 있었습니다'라거나."

"이제 와서 그런 거짓 언론 플레이는 의미 없는데."

"네, 정말로. 완전히 끝난 목숨이나 마찬가지인 지금도 미국의 명령에 따라 움직이고 있어요. 참으로 비참하죠. 그 여자는 한시라도 빨리 죽어버렸으면 좋겠습니다. 그런데 역시 시뇨르 고바께도 사과해야 합니다."

파올로가 얼굴에 묻은 비를 닦고 고바를 바라봤다.

"주인님처럼 저 역시 스물다섯 명 중에 당신을 선택하고 말았습니다."

스물다섯 명이란 마시모가 편성한 A팀부터 D팀까지의 모든 사람과 브라이언 루이처럼 중간에 합류한 다섯 명을 뜻했다.

"제게 무슨 일이 생기면 베트남에서 모셔오는 일을 포함해 뒷일을 잘 부탁드립니다."

"아이를 돌본 경험은 없습니다. 게다가 미스터 파올로보다 제가 먼저 죽을지도 모르는데요."

"그러니까 시뇨르 고바는 무슨 일이 있어도 살아남아야 합니다. 당신께 기대하면서도 한편으로는 육중한 책임을 지게 한다는 생각에 무거운 마음이 사라지지 않는군요. 비겁한 줄은 알지만 지금 이 자리에서 사과함으로써 죄의식을 조금이라도 지우고 싶습니다."

파올로는 사죄의 마음을 가득 담은 경건한 가톨릭 신자 다운 눈빛으로 바라봤다.

"솔직히 미스터 마시모를 원망합니다."

고바가 말을 이었다.

"하지만 왜 그렇게까지 지독하게 원망했는지 이유가 점점 모호해져서 스스로도 잘 모르게 됐습니다. 수없이 많이 생각하고 겁먹을 일이 너무 많았던 탓 아닐까 싶습니다. 온통 살아남아야 한다는 생각뿐이라 죽은 자를 원망할 만한 여유가 없었습니다. 하지만 미스터 파올로에 대해서는 실례지만 원망보다는 연민이 더 큽니다. 어떻게 보면 당신도 희생자니까요."

"아뇨, 저는 원해서 가담한 사람이지요. 시뇨르 고바처럼 말려든 분과는 다릅니다."

"추모의 마음이 아직도 당신을 움직이고 있다는 말씀입니까?"

"그것과도 조금 다릅니다. 제 안에서 주인님은 아직 돌아가신 분이 아니거든요. 슬픔에 잠기는 건 이 복수가 모두 끝난 뒤입니다."

"제가 일을 무사히 끝내지 못하면 당신은 울지도 못하겠군요."

"네. 그래도 오늘 밤만큼은 우리 두 사람이 살아서 만난 일에 감사하며 건배합시다."

"누구에게 감사합니까?"

"물론 주인님, 시뇨르 마시모지요. 신이 아니라요."

파올로 마세리아는 빙긋 웃었다.

◈◆◈

어두운 방.

고바는 아주 조금 취한 얼굴로 커튼 틈으로 밖을 바라봤다.

밤 11시.

줄기차게 내리는 비가 어두운 수면을 때리며 온통 검은 하늘과 바다의 경계를 알렸다. 저 멀리 수평선 끝, 안개 너머로 반짝이는 홍콩 시내의 빌딩 숲이 보였다.

저 도시의 소음에 익숙해져 버리면 경적도 엔진소리도 취객이 떠드는 소리도 들리지 않는 고요한 펭차우섬이 오히려 불안하다.

이곳은 마시모 조르지아니가 지난해 홍콩에 만든 일곱 번째 안전 가옥이다. 정작 마시모 본인은 한 번도 사용하지 못한 채

작년 12월 30일에 살해당했다.

그날 밤에 만약 마시모가 고바와 무사히 만났다면 마시모는 회합이 끝나자마자 카이탁 공항으로 이동해 전세기를 타고 홍콩에서 팔라우로 향할 예정이었다. 마시모를 죽인 측으로서는 그 해상 레스토랑에서의 몇 시간이 마지막 기회였던 셈이다.

마시모가 그때 죽지 않았다면…….

—결과는 다르지 않아.

마시모가 무사히 팔라우에 도착해서 완벽한 경호 시스템을 갖춘 외딴섬에서 지휘할 일은 절대 없었다고 겐나지 오를로프는 단언했다.

미국은 공항으로 향하는 길과 공항 안에도 습격 부대를 배치했으며 최악의 경우에는 전세기 격추까지 고려했다고 한다. 이 이야기도 오를로프에게 들었는데 그날 밤 피해자는 마시모와 경호원 두 명뿐만이 아니었다고 한다. 레스토랑 옥상과 다른 층, 주변 바다 위에서 마시모를 비밀리에 경호하고 있던 전문 경호원 여덟 명도 소식 불명 되었다고 했다.

—도망치거나 배신한 게 아니야. 마시모가 극비리에 세운 경호원들이 역으로 전부 납치당했어.

이탈리아인 부호가 소유한 기업의 경제적 내분, 해고자들의 개인적 앙심. 살인의 이유를 그 방향으로 몰려고, 해상 레스토랑 내부를 많은 사람의 피로 더럽히지 않으려고 여덟 명을 다른 장소로 옮긴 뒤 살해했다.

—당신이 죽지 않은 건 우연에 불과해. 더 정확히 말하면 당신처럼 소품보다 못한 존재는 살든 죽든 나중에 별다른 영향을 끼치지 못한다고 생각했기 때문이지. 신경 쓸 필요도 없는 존재였어, 그 시점에서는.

어쩌면 죽을 뻔했던 그 소품보다 못한 존재가 지금, 여러 강대국을 끌어들이고 마시모가 남긴 계획의 선봉장이 되어 있었다. 전혀 바라지 않았는데도.

마침내 빗줄기가 약해지기 시작했다.

바다 위 안개가 걷히며 홍콩 도심이 더욱 선명하게 빛났다.

고바는 조금 전 아니타 초우와 나눈 통화에서 전화를 끊기 전에 새삼스레 물었다. 미국은 왜 나중에 화근이 될 물건을 헝밍은행 본점 지하에 계속 보관했을까?

아니타가 대답했다.

—그건 불안과 무책임에 대응하기 위한 상징물, 그러니까 공물이야. 미국의 악행에 가담한 각국 수뇌부들의 의심을 없애기 위한 처방전 같은 존재지. 그들과 손잡은 자들에게, 설령 거대한 악행이 발각되더라도 절대로 희생양으로 삼지 않겠다는 안도감을 심어줄 게 필요했어. 그래서 누가 중심에 있는지 객관적으로 기록해서 보존해야만 했지. 그게 없으면 비겁한 양들은 절대로 사악한 목동의 명령을 듣지 않았으니까.

그런 허무한 공물을 차지하려고 지금 고바는 목숨과 신경줄을 갉아먹으며 버티고 있다.

휴대폰 진동이 울렸다.

일라리의 번호가 표시됐다. 고바는 얼른 전화를 받았다.

—당했어.

일라리의 목소리다.

"무슨 일이야?"

—바닥이 무너졌어, 몇 층이나. 분진투성이라 정확하게 몇 층인지는 모르겠어. 외관은 그대로고 폭음도 거의 안 들렸는데.

일라리가 당황하며 무슨 말을 해야 할지 안간힘을 다해 머릿속에 정리했다.

그 공사 중인 빌딩에서 이미 완공한 층의 바닥을 몇 층씩이나 한꺼번에 폭파해서 무너뜨렸다는 말인가?

"빌딩 외벽은 남은 거지?"

—남아 있어.

"무사해?"

—나? 조금 베인 정도야. 바깥에 있는 컨테이너 트럭으로 발전기를 조정하고 있거든. 하지만…

"바오 씨랑 로는?"

말을 하던 중에 답을 들을 필요도 없다는 사실을 스스로 깨달았다. 수백 톤이나 되는 거대한 콘크리트 더미가 머리 위에서 쏟아져 내렸으니까. 산 채로 깔렸을 가능성은 거의 없다. 지하 3층에서 굴을 파던 사람들은 목숨을 잃었으리라.

전화 너머로 사이렌 소리가 들렸다.

"일라리, 일단 거기서 벗어나. 주변 단단히 경계하면서."

―알겠어.

그 한마디를 마지막으로 전화가 끊겼다.

야간 일반 공사 금지 구역이기에 출입구와 사무실에 경비원 몇 명만 남아 있었을 뿐, 건설 인부들은 전부 철수한 상태였다. 표면상으로는 붕괴 순간 현장에는 아무도 없었던 것으로 되어 있다.

이대로 아무도 없었던 시간대에 일어난 사고로 처리된다. 아무도 죽지 않은 셈이 된다.

다리가 후들거렸다. 오한도 들었다.

지금 당장 루이초홍과 미아 리더스에게 알려야 할까?

고바는 손끝으로 이마를 두드리며 망설이다가 협탁 위 휴대폰으로 손을 뻗었다. 그러나 분노 때문인지 공포 때문인지 이유도 모르게 떨리는 손가락 때문에 제대로 잡을 수 없었다.

기이한 감각이었다. 지금까지 살면서 남을 미워하거나 원망한 적은 여러 번 있었다. 그러나 진심으로, 심지어 직접 죽이고 싶다고 생각한 적은 없었다.

그 사실을 지금 분명하게 느꼈다.

프랭크 벨로를 죽이겠다. 아직 놈이 꾸민 짓이라고 결정 나지도 않았고, 당연히 아마추어가 프로 요원을 상대로 쉽게 덤빌 수 있을 리가 없다. 어린아이처럼 충동적인 생각이다. 하지만 합리적인 사고는 어디론가 날아가고 살의만 소용돌이쳤다.

휴대폰을 간신히 잡았을 때 방문이 열렸다.

"움직이지 마."
뒤에서 들리는 남자 목소리.
"지금 당신에게 총을 겨누고 있습니다. 명령에 따르지 않고 움직이거나 조금이라도 수상한 행동을 보이면 방아쇠를 당기겠습니다. 알아들었으면 대답하시죠."
"네."
고바가 대답했다.
'어느 쪽 사람이지?'
"자, 놀라운 여행을 떠납시다."
남자가 말했다. 암호. 순식간에 안도감에 휩싸였다.
"그 여행에서 누구나 알아야 할 것을 배운다."
고바가 말했다. 아직 하나 더 남았다. 남자가 계속 말했다.
"그 책에 적힌 말에서."
"행복으로 이끄는 빛이 보인다. 그러나 거짓일지도 모른다."
확인은 끝났다.
"고맙습니다. 하지만 아직 그대로 있으세요. 휴대폰은 제가 맡겠습니다."
고바의 손에서 휴대폰을 빼내 갔다. 그리고 한층 더 강도 높은 몸수색을 했다.
"실례했습니다. 이제 움직이셔도 됩니다."
천천히 고개를 돌리자 온몸을 어두운색으로 위장 도색하고 자동소총을 든 남자가 고글을 벗었다. 아프리카계 갈색 피부에

갈색 눈동자.

"무례한 방문, 죄송합니다. USPACOM*(미태평양사령부, United States Pacific Command) 저스틴 위카드 중위입니다."

"미스터 파울로 마세리아는 무사하십니까?"

고바는 가장 먼저 이 안전 가옥 주인의 안부를 물었다.

"네. 부하가 감시하고 있는데, 상황을 이해하시고 조용히 기다리고 계십니다."

"중위님이 와주셨다는 건 상원의원과 부장관이 승낙하셨다는 의미로 받아들여도 되겠죠?"

"SIS의 케이트 아스트레이 차장이 한 제안에는 기본적으로 동의하셨습니다."

케이트는 전화 통화로만 대화를 나눴을 뿐 직접 만난 적은 없었다. 케이트가 그렇게 대단한 사람이었나.

"그런데 실례지만 당신의 일반적인 경력만 알고 있을 뿐 요원으로서는 어떤 활동을 했는지 저희 쪽에도 아무런 기록이 없고, 실적과 정체가 불분명했습니다."

"그래서 중위님이 행동부대인 저희를 직접 면담하러 오셨습니까?"

"단적으로 말하면 그런 셈입니다. 이 자리에서 마지막으로 확인하고 싶습니다."

* 현 미국 인도-태평양 사령부(USINDOPACOM).

"아니타가 케이트를 통해 전달한 대로, 이송될 플로피 디스켓과 서류에는 불법 자금과 무기의 흐름뿐 아니라 '로즈 가든 작전'에 관한 것도 포함되어 있습니다. 세슘 134와 137이 함유된 소형 무기 사용 경위와 효과 측정 및 분석에 관한 자료입니다."

134, 137 모두 세슘의 방사성 동위원소로 '더티밤'이라는 방사능 폭탄의 원료가 된다.

'로즈 가든 작전'은 무엇일까? 고바는 아니타에게 받은 단편적인 정보를 바탕으로 추측했다.

윤리적, 정치적 두 가지 이유로 미국 내에서 실험하기 어려운 극소방사능 폭탄을 사우디아라비아, 이집트, 이스라엘의 승인을 받은 후 이라크와 리비아 영토 내 폐쇄적인 산간 지역에 숨어 있는 반미 무장 세력을 대상으로 극히 한정적으로 사용해서 비인도적인 해당 무기의 효과 데이터를 극비에 얻어냈을 것이다. 2차 세계대전 후에 원자폭탄을 투하한 히로시마와 나가사키에 전략 폭격 조사단을 파견해 인적 · 물적 피해 데이터를 자세히 조사했던 것처럼.

'가로채야 하는 플로피 디스켓과 서류 속에는 미국을 중심으로 한 서방 국가들의 어두운 부분을 폭로하는 기록뿐 아니라 더 위험한 것들도 섞여 있구나.'

다만 어디까지나 개인적인 추측일 뿐이었다. 자신의 생각을 입 밖으로 낼 생각은 없었고 사실을 확인할 마음도 없었다. 가뜩이나 위태로운 목숨을 그런 짓으로 쓸데없이 궁지로 몰고 싶지 않았다.

"그 '로즈 가든' 관련 파일을 입수하면 열지도, 보지도 않고 당신들에게 넘기겠습니다. 프랭크 벨로와 그 배후에 있는 공화당 쪽 인물이 아니라 민주당 쪽 당신들한테 말입니다."

"저는 조국을 위해 임무를 수행할 뿐입니다. 당파와는 관계없습니다."

"실례했습니다. 그러면 중위님께 명령을 내린 분들에게 넘기겠다고 바꿔 말하겠습니다. 저희가 비밀번호 크래킹이나 복사 같은 작업을 하지 않았다는 것은 원하는 만큼 조사하십시오. 그리고 당신들과 접촉한 건 반드시 기억에서 지우고 절대로 발설하지 않겠다고 맹세합니다. 이 내용은 영국 정부 및 SIS가 보증합니다."

"이 대화는 녹음하고 있습니다. 괜찮으시죠?"

"물론 알고 있습니다."

"계약 체결 조건대로 우선 저희는 프랭크 벨로가 일본 내에서 벌이는 정보 유포 활동을 저지하겠습니다."

"감사합니다."

호노신탁주식회사 및 농림수산성 퇴직자들의 안전망을 파괴하려고 흘리는 모든 정보를 책임지고 차단하겠다는 말이다.

이대로라면 일본 국회 개원(1월 20일) 직후부터 호노 의혹에 관한 질의가 난무해 집권 여당은 심각한 타격을 입게 될 것이다. 그러나 결정적인 증거가 공개되지 않고 의혹에 그친다면 아직 복구하고 만회할 수 있다.

"회수 성공 후 약속 장소로 오는 사람은?"

중위가 이어서 질문했다.

"저입니다."

"우리 쪽에서는 제가 갑니다. 변경은 안 됩니다, 반드시 당신이 오셔야 합니다."

그렇게 말한 중위는 방에 놓여 있던 짐으로 시선을 돌렸다.

"저건?"

"금고 다이얼식 잠금 부분의 단면 샘플이고 그밖에도 자물쇠 잠금 기구 샘플 몇 개입니다. 그리고 잠금장치 해제 기구입니다."

"금고 터는 연습을 하신 겁니까?"

"전문가에게 배운 걸 복습하고 있었습니다. 부득이하게 필요해지는 순간이 올지도 모르니까요."

"당신은 전직 관료로 보름 전까지 증권회사에서 근무하셨죠."

"지금도 명목상은 그 증권회사 직원입니다."

"우리가 조사한 바로는 전과도 없습니다. 그건 금고 따기 훈련인가요? 실로 일본인다운 탐구심이군요."

중위가 작게 웃으며 오른손을 내밀었다.

"성공하기를 기도하겠습니다."

"감사합니다."

악수한 커다란 손의 온기가 채 가시지도 전에 중위는 재빨리 철수했다.

고바는 크게 숨을 내쉬었다.

미국인은 두 부류가 있다. 그 사실이 고바에게 유리하다는 것을 처음 깨닫게 해 준 사람은 일라리 론카이넨이었다.

일라리는 아내와 딸과 함께 미국 영주권을 얻기를 바라지만, 미국의 지시에 따라 움직이는 프랭크 벨로와 맞서 미국이 몰래 숨겨둔 데이터를 빼앗는 일에 아무런 거부감도 없고 불안해하지도 않았다.

"오히려 플러스가 되지. 지금 대통령은 민주당원이니까. 우리가 빼앗으려는 건 대통령이 공화당원이고 상원의 다수가 공화당이었던 시절에 벌였던 악행의 증거잖아. 그런 걸 약소한 선물로 가져가면 반대편 세력의 사람들은 겉으로는 눈썹을 찌푸리지만 속으로는 두 팔 벌려 환영한다고."

그 전통적인 권력 갈등을 고바도 이용하기로 했다.

그러나 그것 말고는 달리 방법이 없기도 했다. CIA 내부에서도 물론 대립하는 양대 세력이 있다. 그리고 호노신탁주식회사라는 일본 조직을 무너뜨리기 위해 활동하는 CIA를 막을 수 있는 존재는 같은 CIA뿐이다.

복도에서 발소리가 들리고 파올로 마세리아가 나타났다.

"어떻게 됐습니까?"

파올로가 물었다.

"일단은 합의했습니다."

"그거 참 잘됐군요."

"하지만 미스터 조르지아니가 바라던 결말과는 조금 다른 형태가 될 것 같습니다."

"괜찮습니다. 그분이 가장 바라셨던 건 로베르토 씨를 극한으로 몰아간 무리를 확실하게 심판하는 것. 사회적, 정치적으로 매장하는 것입니다. 세상에 공개하지 않아도 그 바람을 이룰 수 있다면 주인님도 이해하실 겁니다."

파올로는 입매를 늘이며 말을 이었다.

"게다가 요즘은 인터넷이라는 편리한 존재가 생겼습니다. 정체를 숨긴 채 전 세계에 진실을 퍼뜨릴 수 있다지 않습니까. 악행은 언젠가 드러날 겁니다. 자, 다시 한번 축배를 듭시다."

"아뇨, 그럴 수 없어요. 센트럴에서 작업하던 동료들이 살해당했습니다."

"위대한 굴 파기 팀 말입니까?"

고바가 고개를 끄덕였다.

"유감입니다."

파올로의 표정이 단번에 변했다.

"디카페인 커피라도 내려오겠습니다."

얼굴에서 웃음이 사라진 그가 부엌으로 걸어갔다.

고바의 손끝이 다시 떨리기 시작했다. 그것이 두려움 때문인지 벨로를 향한 분노 때문인지, 역시 아직은 알 수 없었다.

루이와 미아에게 연락해야 한다. 중위가 침대 위에 놓고 간 휴대폰을 떨리는 손으로 집어 들었다.

16

2018년 5월 27일 일요일 오후 3시 30분

웡인컹과 내가 탄 SUV가 빅토리아 하버 지하를 가로지르는 웨스턴 하버 크로싱을 통과했다. 홍콩섬에서 카오룽반도로 향하는 길이었다.

몽콕에 있는 상하이 스트리트를 달리자 외벽이 하얀 12층짜리 빌딩이 보였다. 목적지인 두부 가게가 그곳에 있다. '바이 두부 Bai dou ye'라고 적힌 간판이 걸려 있었는데, 1층은 두부 가게, 2층과 3층은 두부·두유 디저트를 판매하는 카페였다.

"아아, 에이미와 웡이죠? 어머니께 들었어요."

사정을 잠깐 설명했을 뿐인데 앞치마를 두르고 키가 큰 밤색 머리에 수염을 기른 가게 주인이 웃는 얼굴로 고개를 끄덕였다. 가슴에 단 이름표에는 바이 알렉스 보원이라고 적혀 있었다.

2층 카페로 올라가 RESERVED(예약석) 푯말이 놓인 테이블로 안내받았다.

가게 내부는 하얀색으로 통일되어 있었다. 자리는 만석으로, 2층까지 올라오는 계단에도 카페에 들어오려는 현지인과 관광객 여성들의 대기 줄이 늘어서 있었다.

"이거 먹으면서 잠시 기다려요."

알렉스가 두유로 만든 라떼와 바바루아를 내왔다.

"어머니는 지금 입원하셔서. 두 사람도 그리로 왔으면 하세요."

만날 상대도 모른 채 방문한 우리에게 말했다.

"위치가 어디입니까?"

웡인컹이 물었다.

"내가 안내할게요. 가게 사람한테 뒷일을 부탁할 테니 그때까지 느긋하게 기다려요. 이래 봬도 사장이라서 일이 많거든."

즐거운 시간 보내요, 라고 말하며 자리를 떠났다.

"다시 한번 사과드리겠습니다."

웡인컹이 고개를 숙였다. 자신의 신분을 숨겼던 사실을 사과하고, 당시 아버지의 탈취 계획에는 영국 SIS, 중국 외교부 국외공작국과 국가안전부 제4국, 러시아 대외정보국까지 깊게 관여했다는 사실을 가르쳐 줬다.

대화가 끊겼다.

그대로 15분 정도 지났을 때, 앞치마를 벗은 알렉스가 돌아왔다.

"준비 다 됐어요. 두 사람 모두 표정이 심각한데 갈 수 있겠어?"

우리는 고개를 끄덕였다.

"당신 이야기는 들었어요."

알렉스가 내게 웃어 보였다.

"그러니까 억지로 말하지 않아도 돼요. 그래도 어두운 표정은 좋지 않아. 웃으면 아름다운 얼굴이 더 빛날 것 같아요."

"이탈리아계 분이시네요."

웡인컹이 말했다.

"그래요. 아버지가 이탈리아계 미국인이세요. 이름과 외모를 보고 알았나요? 내가 삼 형제 중 막내인데, 아버지 피를 이어받아서 우리 형제들은 모두 여성에게 이런 식으로 행동해요. 어머니는 한탄하시죠. 하지만 웡, 당신도 여성에게는 능숙하죠? 당신 상사가 웡은 대학 시절에 침대에서 혼자 잠드는 밤이 없었다고 하던데."

"잘못된 정보입니다."

웡인컹이 떨떠름한 표정을 지었고 나는 시선을 내리고 웃었다.

일본의 아르바이트 직장 탈의실 문을 연 뒤로 줄곧 이어진 긴장이 이곳에서 농담을 들으면서 처음으로 아주 조금 풀렸다.

"자, 남은 이야기는 차에서 하자고요."

세 사람은 가게 대각선 앞에 주차된 SUV에 올라탔다.

알렉스가 알려 준 주소를 웡이 내비게이션에 입력했다.

"미스터 알렉스도 남색 그룹 쪽 분이십니까?"

웡인컹이 말을 고르며 물었다.

"아니, 내가 이은 건 두부 가게뿐이에요. 그쪽 일은 안 해. 그렇지 참, 에이미에게 전해야 할 말이 있어요. 21년 전, 예전에 그 자리에 있던 상가 건물 3층이 고바 때문에 총격을 받아 못쓰게 됐거든. 개축하기로 했을 때 할아버지의 두부 가게를 이어받는 조건으로 2, 3층에 카페를 열기로 했어요. 어떻게 보면 고바는 나와 이 가게의 은인이기도 해."

"제 상사와도 잘 아시는 것 같네요."

"그럼요. 어머니 지인이세요. 고바를 통해 알게 되신 사이 같아. 웡 군의 상사, 정확히는 상사의 상사지. 중국 외교부 국외공작국의 아니타 초우 부부장이 여러분을 부디 잘 부탁한다고 했어요."

조수석의 알렉스가 뒤를 돌아보며 뒷좌석에 앉은 내게 말했다.

"뭐, 이 사람은 날 아직 완전히 신뢰하지 않는 것 같지만."

다시 운전석의 웡인컹을 쳐다봤다.

"나는 외교부의 조사 명단이나 자료에 실리지 않았으니까. 의심스러운 거죠?"

"네, 아직 완전히 신뢰할 수는 없습니다. 지금까지 미스 에이미와 함께 만난 모든 사람을 의심했던 것처럼 미스터 알렉스도 경계하고 있습니다. 그런데 도청이 불가능한 신문실에 불려가 부부장이 제게만 했던 말을 아는 건, 아니타 본인이 말해 줬거나 누군가 억지로 아니타의 입을 열게 했거나……."

"어느 쪽이라고 생각하지?"

"아직 대답 못 하겠습니다. 아니타가 저희를 함정에 빠뜨리려고 할 가능성도 없지는 않으니까요."

"당연한 생각이에요. 하지만 아니타가 이렇게 말했지. '웡은 너무 신중한 구석이 있어서 매뉴얼이나 규칙을 따르는 바람에 정작 가장 중요한 자신의 직감을 따르는 것을 잊는다'고."

"저는 본래 외교관입니다. 부부장이 말하는 그런 기술은 익히지 않았으니까요."

"외교관에게도 필요한 기술이라고 생각하는데."

"미스터 알렉스도 두부 가게 주인치고는 너무 많은 정보를 아는 것 같으십니다."

"그런 가족 틈바구니에서 자라면 싫어도 이렇게 되고 말지. 두 형은 어머니의 일을 이어받았고, 접근하는 사람도 자연스럽게 아니타 같은 사람들뿐이죠. 하지만 남적수가 하는 일도 21년 전과는 많이 달라진 모양이더군요. 이제 쏘고 찌르는 일은 거의 없어요. 병사로 위장해 약물 살인을 한다거나 자살 또는 사고로 위장한다거나, 아니타와 웡 같은 사람들에게 하청받는 일 같은 것들뿐. 그래서 나한테는 카페 일이 더 매력적이에요."

"저는—"

"지금은 아직 엮이지 않았을 뿐이에요. 앞으로 순조롭게 출세하면 싫어도 그런 일을 당신이 직접 의뢰하게 될 겁니다."

알렉스가 이번에는 나를 쳐다봤다.

"웡을 보면 누구 생각나는 사람 없어요?"

나는 고개를 끄덕였다. 지금 두 사람이 나눈 대화를 듣고 분명하게 느꼈다.

'웡 씨의 말투, 아버지와 닮았어.'

"임무를 위해 몸에 익히라고 명령받았지. 그렇게 명령한 사람이 아니타 초우고. 그 사람도 고바와 아는 사이였어요. 어떤 사이였는지까지는 모르지만."

웡인컹이 운전하면서 알렉스를 곁눈으로 봤다.

"괜찮아요. 에이미와 만나면 말하라고 아니타가 그랬거든. 여기까지 온 에미이에게 더는 숨길 필요 없고, 말한다고 해서 웡을 거절하거나 의심할 사람은 아니라고. 나도 그렇게 생각해요. 에이미, 웡을 대신해 변호하자면 그가 따라하는 상대가 게이타 고바였던 것도 그것이 당신에게 친근감을 심어주기 위해서였던 것도 웡 본인은 몰랐어요. 영문도 모른 채 상사의 명령에 따랐을 뿐. 그리고 웡이 루이초홍의 아들이고 아버지의 진실을 알고 싶어 하는 것도 사실이에요. 거짓이 아니야."

"네. 의심 안 합니다."

그래, 웡인컹에 대해서는 아무런 의심도 하지 않는다.

"하지만 아버지는……."

나는 혼잣말처럼 중얼거렸다.

"고바가 일본에서부터 홍콩에 걸친 이런 대대적인 일은 계획한 이유 말인가요? 모든 것은 현실이라는 걸 당신한테 알려 주기 위해서 아니었을까?"

알렉스가 말했다.

"내가 당사자가 아니라서 그런지 그런 생각이 드네요. 아무리 남적수 집안 사람이라고 해도 21년 전 그런 쟁탈전이 벌어졌다는 사실이 좀 어이없기도 하고, 처음에는 솔직히 정말 믿기지 않았으니까."

오를로프, 린 부인, 미세스 아이마로, 그리고 다음으로 만날 한 사람. 당사자들의 이야기를 직접 들으면서 이 모든 것이 상상도 허구도 아니라 진실이라는 사실을 내게 차근차근 알려 주려고?

순서대로 따라가면서 조금씩 알려 줘야 소화할 수 있을 만큼 무겁고 거대한 진실인가?

"이제는 미스터 알렉스도 믿으시는군요?"

웡인컹이 알렉스에게 물었다.

"권총도 제대로 쏴본 적 없는 일본인이 미국 요원에 진심으로 맞섰다는 이야기는 상당한 픽션 같지만. 창과 방패가 없는 돈키호테 같은 거지. 하지만 듣기로는 나쁘지 않은 싸움 방식이었다고 생각해요."

알렉스가 고바 게이타의 팀이 무엇을 계획했고 실제로 어떻게 플로피 디스켓과 서류를 가로챘는지 말했다.

"미국과 대립하면서도 자신의 뒤를 봐줄 미국 내의 또 다른 세력에 의탁했지. 좋게 말하면 죽을 각오로 전력을 다한 것이고,

나쁘게 말하면 지조 없는 철면피 같은 방법이지만 평소라면 명예를 걸고 무시했을 프로 요원들까지도 지지했어요. 아마추어인 그 사람의 페이스에 넘어갔겠지."

"지금은 안 통하겠죠."

웡인컹이 말했다.

"그래, 안 통하겠죠. 당시 러시아와 중국의 발언권과 국력이 지금과는 비교도 안 될 정도로 약했기에 가능한 대담한 일이었어."

알렉스는 만난 지 막 한 시간밖에 되지 않은 사람이었다. 그런데도 그가 하는 말에 거부감이나 의심은 들지 않았다.

아버지 고바 게이타는 마시모 조르지아니의 계략에 넘어가 이런저런 의도에 농락당하면서도 어떻게든 탈취 계획을 성공시키려고 했다.

'분명 그것밖에 살아남을 길이 없었을 테니까.'

그래, 이해한다.

계획을 포기하고 도망쳐도 너무 많은 것을 알아 버린 아버지가 무사할 수 있을 리 없었다.

하지만 그렇다고 해도 나를 입양한 일과는 아직 연관이 없다. 내가 누구인지도 여전히 안갯속이다.

게다가 그런 아버지가 돌아가신 3년 전 호텔 화재도 정말 사고였을까? 설마 누군가가 고바 게이타를 죽인 걸까?

SUV가 푸른 하늘 아래 란타우섬으로 이어지는 긴 다리를 건넜다.

◈◆◈

홍콩섬 서쪽, 란타우섬.

고급 주택가인 디스커버리 베이 변두리에 있는 산마리노의원. 요양소 시설도 갖춘 고급 종합병원으로, 광대한 부지는 예전에 마시모 조르지아니가 소유했던 땅이라고 한다.

병원 정면 입구로 이어지는 게이트 앞에서 알렉스 혼자서 차에서 내렸다.

"이 앞에서 택시로 돌아갈게."

"어머님은 안 뵙고 가십니까?"

"만나 봤자 다른 사람이 있든 없든 잔소리나 하시고 나는 또 불퉁한 얼굴로 대꾸하겠지. 오늘 처음 만난 당신들에게 그런 부끄러운 모습을 보이고 싶지 않아서 말이야. 또 만납시다."

"또라니요?"

내가 묻자 알렉스가 웃는 얼굴로 고개를 끄덕였다.

"아마 우리 인연은 계속될 거예요. 두유가 마시고 싶으면 언제든 꼭 가게로 놀러와요."

손을 흔들며 떠났다.

게이트 경비원의 표정은 삼엄했지만 우리가 이름을 대자 미소 지었다. 방문 통보를 받은 듯하다.

SUV를 주차장에 세우고 호텔 라운지처럼 넓은 면회실로 들어갔다. 기다리고 있으니 커다란 창으로 들이치는 석양을 배경으로 바이춘위가 간호사와 함께 다가왔다.

"여기까지 일부러 와줘서 고마워요."

은발에 호리호리한 바이 씨가 천천히 소파에 앉으며 말했다.

"요즘 당뇨병에 신장 상태가 안 좋아서 말이야."

70대 중반쯤. 얼굴은 주름으로 덮였지만 눈빛은 날카롭고 말도 명료했다. 엷은 화장으로 여자다움도 잊지 않았다.

"좋은 곳이네요."

웡인켱이 말했다.

"그렇지. 비싸기는 한지만."

바이 씨가 대답했다.

"이곳은 예전에 미스터 마시모 조르지아니가 홍콩 영내에 소유했던 집 네 채 중 하나가 있던 자리라우. 그가 살아 있을 적에 내가 아버지를 따라 한 번 와본 적이 있지."

창밖으로 하늘에 낀 구름이 갈라지며 햇살이 내리쳤다.

"이것저것 하고 싶은 이야기가 많지만 우선 이걸 받도록 해요."

바이 씨가 내게 봉투를 내밀었다.

"고바 게이타가 내 아버지에게 맡겼고, 아버지가 돌아가신 뒤에는 내가 보관하던 물건이라우. 여러분이 다음에 가야 할 곳도 거기 들어 있어요."

열어보니 수령증 두 장과 짧은 편지 한 통이 들어 있었다.

훑어보고 웡인켱에게 건넸다.

"이런 곳에요?"

웡인컹이 바이 씨에게 물었다.

"그래. 좋은 은신처죠. 루이 독찰이 제안했다고 해."

내가 편지를 펼쳤다.

—이런 귀찮은 일을 시켜서 미안하다. 하지만 아빠가 꾸민 이 제멋대로 계획에 앞으로 조금만 더 어울려 주렴.

그런 문장과 앞으로 기다리고 있을 일에 대한 설명에 이어, 우리 모녀의 사소한 추억들이 담겨 있었다.

니시쿠보초공원에서 그네를 타다가 다쳤던 일. 요코하마의 소테츠 조이너스에서 바닐라 셰이크를 두고 싸우고서 보름 동안 서로 말을 하지 않았던 일. 내가 입양아라는 사실을 알았을 때 서로 부딪치고 대화를 나눴던 수많은 추억…….

하나같이 우리 부녀만 아는, 남들은 알 리 없는 기억들. 이 글씨도 그렇다. 눈에 익은 아버지 특유의 일본어가 적혀 있었다.

이 모든 것이 내게 게이타 고바가 아버지 고바 게이타와 동일 인물이라는 증거였다.

"맞죠? 당신 아버지가 쓴 것들이지?"

바이 씨가 말했다.

"하지만 아직도 반신반의 상태입니다."

"괜찮아요. 갈피를 못 잡는 게 당연해."

"그 사람은 어째서……."

"억지로 말할 필요 없다우. 당신이 안고 있는 정신적 문제를 아니까."

“아뇨, 꼭 말씀해 주세요. 그 사람은 왜 이런 일을 계획했을까요?”

“그건 앞으로 만날 사람에게 듣는 게 좋겠어요.”

‘아직 내가 만나야 할 사람이 더 있구나.’

“그럼 바이 씨께서 아시는 고바 게이타는 어떤 사람이었습니까? 왜 여러분은 아직도 그 사람과의 약속을 지키며 저희를 도우십니까?”

“둘러 말하지 않아도 괜찮을까?”

내가 고개를 끄덕였다.

“그 사람은 정말 아무것도 할 줄 모르는 관료 출신 일본인이었지. 머리는 남달리 좋았지만 말이우. 하지만 아무것도 할 줄 몰랐기에 남에게 의지하고 배우려고 했어요. 절대 허세를 부리지 않고 말이야. 그리고 그에 대해 아낌없이 보답했지. 그래서 돌아가신 우리 아버지도 고바에게 힘을 빌려주기로 했어요. 도리를 아는 남자라면서 말이우. 우리가 여러분을 돕고 행선지를 알려 주는 이 역할을 맡은 이유도 아버지가 고바와 약속했기 때문이지. 단지 그뿐이에요. 우리가 누군지는 이미 알고 있지? 무도한 우리라서 약속에는 더 절대적이거든. 아버지가 받아들인 이상 그것을 전달하는 일을 따를 수밖에 없어. 당신은 모르겠지만 고바는 8년 전 아버지 장례식에도 참석했어요. 그와는 그게 마지막이었지.”

데니켄 운트 훈치커은행의 호 씨가 알려 준 대로였다.

역시 몰래 왔었구나.

기억한다. 아버지는 평범한 싱가포르 출장이라고 했지만 평소와는 다른 모습에 거짓말이라는 사실을 눈치챘다. 숨겨둔 애인과 여행이라도 가는가 보다 생각해 거짓말을 눈감아 줬다.

행선지는 홍콩이었고 조문을 하고 호 씨에게 물건까지 맡긴 것이었다.

"성가신 사람이네요, 고바라는 사람은."

내가 말했다.

"그래요, 정말로 성가시죠. 바보 같은 사람이었어요. 타로카드의 바보 카드(THE FOOL) 같은 사람. 카드 번호 0번인, 숫자가 없는 남자. 지식욕은 왕성. 그러나 금전욕, 물욕과는 관계가 없으며 아무것도 소유하려고 하지 않았지. 동료는 있었지만 파벌이나 무리를 만들지도 않았다우. 어디에도 속하지 않은 데다가 정말로 자신의 매력을 깨닫지 못했기에 오히려 타인을 끌어당겼지. 당신에게는 어떤 아버지였나요?"

순간 말문이 막혔다가 떠오른 것을 말했다.

"제게는, 그냥 평범하고 특별할 것 없는 중년 남자였습니다."

"하지만 사랑했죠?"

쑥스러워하며 고개를 끄덕였다.

"당신이 피가 섞이지 않은 고바 게이타를 친아버지라고 여겼던 건 그가 당신을 친딸로 여겼기 때문이에요. 대가를 바라지 않고 사랑했으니까. 그리고 고바는 사랑하는 당신을 지키기 위해 흔하디흔한 중년 남자처럼 지내며 당신이 눈치채지 못하는 사이에 여러 가지를 가르쳤지. 무거운 운명을 짊어진 당신에게 살아가는 방법을 가르쳤어."

바이 씨가 내 눈을 바라봤다.

"곧 서류와 플로피 디스켓을 차지하게 될 텐데 그걸 어떻게 할 생각이죠?"

"없애겠습니다. 더는 누구의 손에도 넘어가지 않도록 완전히요."

"그게 좋겠군요."

바이 씨가 웡인컹에게 시선을 돌렸다.

"이 사람도 그러라는 명령을 받았어요. 하지만 린 부인이 원할지는 모르겠군."

"아뇨, 부인은 린 씨 집안의 복수에 저희를 끌어들일 마음은 없다고, 폐를 끼치지 않겠다고 말씀하셨습니다."

"그 말을 믿는군요?"

"네. 남의 것을 가로챈 것으로 복수하는 건 남편인 린차이와 씨를 향한 부인의 사랑과 자존심이 허락하지 않는 것 같거든요."

바이 씨가 고개를 끄덕였다.

"21년 전에 고바도 없애길 바랐지만 그러지 못했지. 당신, 웡인컹과 그 어머니, 탈취 계획에 가담했던 다른 팀원들의 유족들, 클라에스 아이마로. 많은 사람의 목숨을 지키고 더는 죽는 사람이 나오지 않게 하려고 데이터를 각국의 공유재산으로 만들고,

그에 더해 다시 봉인해 누구도 건드릴 수 없게 했어요. 21년이 지나서야 비로소 봉인이 풀리고 없앨 기회가 찾아왔어. 그것의 존재를 두려워하는 자들도, 차지하고 싶어 하는 자들도 이제는 사라졌지."

간호사가 서쪽으로 기울어 낮게 들어오는 햇빛을 가리려고 커다란 창의 커튼을 쳤다.

"자신이 누군지 이미 깨닫기 시작했군요? 그게 상상이 아니라 진실이라는 걸 알게 된 순간, 당신은 고바 게이타의 딸이 아닐 거야. 하지만 두려워 말아요. 당신 몸속에 흐르는 피의 정체를 아는 것을."

바이 씨의 말에 나는 고개를 끄덕였다.

"그럼 다음으로 내가 아는 루이 독찰의 이야기를 해볼까. 루이 독찰과도 조금 아는 사이였지. 겉으로는 청렴결백해 보였지만 뒤로는 악랄한 짓도 했어요."

미소 짓는 바이 씨의 시선이 웡인컹에게 향했다.

17

1997년 2월 6일 목요일 오후 10시 30분

고바는 창가 자리에 앉아 휴대폰으로 통화했다.

—벌써 홍콩섬이야?

상대 남자가 물었다.

"응."

남자의 이름은 리지만, 어차피 가명이리라.

관광객으로 가장해 선전에서 홍콩으로 들어온 '전문 훈련을 받은 중국인 마흔 명' 중 한 사람이다. 리는 그중 절반을 이끄는 사람이다. 요컨대 군 특수부대의 분대장이었다.

—당신이 올 때까지 기다릴게. 하지만 너무 늦으면 먼저 시작할 거야.

"알겠어. 서두르지."

전화를 끊었다.

리의 부대는 CT(Chinese Tourists) 2라고 부른다. CT1는 로이 키팅이 이끄는 팀을, CT2는 고바 팀을 지원하기로 했다.

우선은 고바 쪽에서 세운 작전에 따라 철저하게 후방 지원하는 듯하지만 어디까지가 진심인지 모른다. 방금 선언한 것처럼 고바 팀이 늦게 도착하면 그들끼리 멋대로 공격을 시작할 심산이다.

"우리는 목적 달성을 위해서라면 방아쇠를 당기는 데 주저하지 않아."

리가 잘라 말했다.

트램 2층 좌석에서 내려다보는 밤거리는 바람개비와 꽃으로 넘쳐났다.

바람개비는 나쁜 기운을 쫓고 좋은 기운을 불러들인다고 한다. 꽃은 상승하는 운을 의미하는 수선화나 성공을 의미하는 도화. 장사 번창과도 관련 있는 금귤 화분도 많았다.

고바는 방금 산 영자 석간신문을 펼쳤다.

헝밍은행 본점과 가까운 센트럴에서 일어난 교통사고 기사가 실려 있었다. 염소산나트륨을 실은 탱크 트럭이 접촉사고를 일으켜 약품이 미량 유출되는 바람에 안전이 확인될 때까지 주변 지역이 일시 봉쇄됐다.

플로피 디스켓과 서류를 실은 수송 차량의 경로를 바꾸기 위해 로이 키팅의 A팀이 일으킨 사고였다.

1면에는 시위대의 카이탁공항 점거 기사가 있었다.

중국 정부의 반 민주화 정책 중 하나인 반환법에 반대하는 시민단체가 국제 여론에 호소하기 위해 1년 중 가장 붐비는 춘절 시기에 공항을 점거하기로 계획했다고 한다.

한 시간쯤 전에 본 TV 뉴스에서는 이미 공항 농성이 시작된 상황이었다. 벌써 출입국 수속이 늦어진다고 했다.

이것도 원래라면 시위대 해체에 경찰이 동원됐을 테지만 아니타가 중국 정부에, SIS의 케이트 아스트레이가 영국 홍콩정청에 요청해 시위 활동을 일부 용인하도록 했다. 단 과격해지면 즉시 진압될 예정이다.

신문에는 1월 13일에 일어난 건설 중인 고층 빌딩 붕괴 사고 속보도 작게 실려 있었다. 예상대로 공식적으로는 단 한 명의 사망자와 부상자도 나오지 않은 사고로 보도됐다.

사고라는 이름의 학살로 희생된 로, 그리고 위대한 굴 파기 바오와 그가 이끌던 작업팀 모두의 유족에게 고바는 사전에 약속한 대로 위로금을 보냈다. 그 냄새를 맡은 홍콩 중심부를 지배하는 흑사회 조직 워싱세와 타이싱건이 돈을 더 짜내려고 으름장을 놓았지만 고바 팀의 배후에 중국과 영국이 버티고 있다는 사실을 눈치채고는 금세 손을 뗐다. 무도한 무리답게 빠르게 태세 전환해 오히려 협조적이기까지 해서, 워싱세와 타이싱건에 해를 끼치지 않고 세력 범위에 있는 일반인을 최대한 휘말리게 하지 않는다는 조건으로 도시 일부가 일시적인 무법 상태가 돼도 눈감아 주기로 했다.

마시모가 고용한 고바와 로이 키팅의 팀원들, 중국 본토에서 투입된 리 부대 등 마흔 명, 프랭크 벨로가 지휘하는 공작원들, 그리고 수송 차량을 경호하는 러시아인들. 이 네 팀끼리만 서로 죽고 죽인다면 흑사회와 그들의 입김이 닿는 경찰들은 일절 관여하지 않겠다는 뜻이었다.

피를 흘릴 준비는 충분히 마쳤다.

펭차우섬과 란타우섬의 안전 가옥에 몸을 숨겼던 고바는 일주일 전에 시내로 돌아왔다. 춘절이 임박한 시기, 매년 홍콩 내 일곱 군데 공원과 광장에 포장마차가 늘어서고 대규모 꽃시장이 열린다. 그 노점 꽃가게를 흉내 낸 잠복 거점을 찾아다니며 오늘 밤을 기다렸다.

2월 7일 자정까지 앞으로 한 시간 30분.

붐비는 번화가의 거리와는 반대로 트램 2층 좌석은 비어 있었다. 고바를 제외하고는 이런 날 이런 시간까지 학원에서 공부하고 집으로 돌아가는 중학생 무리뿐. 그러나 1층 좌석에는 고바를 미행하는 패거리가 숨어 있다. 프랭크 벨로 소속 공작원들이리라. 카오룽반도 쪽에서 지하철을 타고 홍콩섬으로 들어간 시점에 눈치채고 따라붙었다.

일라리, 루이, 미아와 만나기 전에 놈들을 떼어내야 한다.

PHS*에 짧은 메시지가 도착했다.

—Pick up some eggs(달걀 사와).

일라리 론카이네의 연락이었다.

교통사고와 공항폐쇄의 영향으로 센트럴에 있는 형밍은행 본점 지하 주차장에서 예정보다 이르게 플로피 디스켓과 서류를 수송 차량에 싣기 시작했다고 한다. 수송차와 호위차는 예상대로 여러 대 준비됐다. 여러 경로를 만들어 교란할 심산이리라.

은행 내부 상황은 CCTV와 통신 회선에 침투해서 80퍼센트는 훔쳐볼 수 있다. 컴퓨터와 사무 자동화가 도입된 덕분에 악의를 품은 기술자에게는 두꺼운 콘크리트 벽도 투명하게 들여다보이는 유리나 마찬가지가 됐다.

그러나 멀리서 손가락 빨며 보기만 할 뿐 실제로 건드릴 수는 없다.

수송차가 거리로 나오기 전에 은행 안으로 들어가는 방법도 여러 차례 시뮬레이션해 봤지만 역시 불가능했다. 티타늄 합금 재질인 금고를 어떻게든 부순다고 해도 탈출할 때 좁고 견고한 건물 안에서의 격돌은 피할 수 없었다. 본격적인 전투가 벌어지면 아무리 발버둥 쳐도 고바 팀에게 승산은 없다. 그렇다고 해서 수송차가 도로로 나온 뒤라고 승률이 치솟는 것은 아니지만.

창밖에서 건배하는 목소리가 들려왔다.

* Personal Handy-phone System. 간이형 개인 휴대전화 시스템으로, 가정용 무선전화기를 휴대폰처럼 외부에서 사용할 수 있는 전화. 무전기로도 사용할 수 있다.

"싼닌파이록(新年快樂)*" 하고 조금 이른 신년 인사가 여기저기서 들렸고, 벌써 붉은 주머니에 든 세뱃돈을 받은 소녀가 "쿵하이팟초이(恭賀發財)**"라며 웃는 얼굴로 인사했다.

한 해의 마지막 날과는 다른 화려하고 따뜻한 분위기가 거리에 가득했다. 영국령이라고 해도 역시 이곳은 동양인들이 사는 동양의 도시임을 느꼈다.

고바는 헐렁한 후드에 청바지, 운동화 차림이었다. 손목시계를 본 뒤 무릎에 올려놓은 커다란 숄더백 지퍼를 열었다. 어디에 무엇을 넣었는지 마지막으로 다시 확인하고 크게 심호흡했다.

트램이 코즈웨이 베이의 푸밍 스트리트 정류장을 출발하자마자 고바는 구식 차량의 커다란 창문을 밀고 반대 차선에서 신호를 기다리던 왜건 지붕으로 뛰어내렸다.

그리고 그대로 거리를 달리기 시작했다. 미행하던 무리도 트램에서 뛰어내려 뒤쫓았다.

셔터가 닫히고 고급 시계점과 고급 장식품 가게의 네온사인만 줄지어 빛나는 러셀 스트리트를 지나, 커낼 로드의 고가도로 밑을 지나 완차이 로드로 향했다.

길가에 늘어선 죽과 면요리 전문점, 테이크 아웃 주스 가게가 아직 문을 닫지 않았고 오가는 사람도 많았다. 그 인파에 섞여 들려고 했지만 뒤를 쫓는 일당도 프로인 만큼 놓치지 않았다.

*　새해 복 많이 받으세요.

**　홍콩의 설 인사로, 새해에 재산이 불 일 듯 불어나라는 뜻.

작은 식료품 가게가 밀집한 크로스 스트리트로 들어섰다.

모든 가게가 문을 닫았지만 유리잔과 음식을 손에 든 많은 사람이 거리로 나와 날짜가 바뀌어 춘절이 되는 순간을, 그들에게 진짜 새해가 오는 순간을 기다렸다.

고바의 휴대폰이 울리기 시작했다. 모르는 번호. 이런 순간에 누구지?

무시하고 빠른 걸음으로 계속 걸었다.

졸린 아이들에게 세뱃돈을 나눠주는 노인이 보였다. 축하 음식 냄새가 여기저기서 풍겼다. 성격 급한 누군가가 어딘가에서 축하 폭죽을 터뜨리기 시작하자 고바는 흠칫 몸을 떨며 뒤를 돌아봤다. 알고 있는데도 겁을 먹고 말았다.

그래, 이런 일이 한 달쯤 전에도 있었다.

그때는 옆에 린차이화가 있었지…….

쫓아오는 놈들과의 거리가 점점 좁혀졌다. 흥겨운 주변 사람들과는 달리 고바는 점점 긴장됐다. 과일가게 모퉁이를 돌아 액세서리 가게가 늘어선 폭이 좁은 길로 들어섰다. 뒤를 쫓는 무리와의 거리가 더욱 좁혀졌다. 셔터를 내린 아기용품점 앞에 그릴을 내놓고 고기를 구우며 즐기는 사람들 사이를 빠져나와 연기를 피해 더욱 좁고 어두운 샛길로 뜀박질했다.

그리고 그곳에서 곧바로 몸을 수그렸다.

주변의 폭죽 소리에 맞추듯 지근거리에서 총성이 울렸다.

방아쇠를 당긴 사람은 길 끝에 선 미아 리더스. 고바 뒤로 여러 사람이 쓰러지는 소리가 났다.

하지만 뒤를 돌아보지 않았다.

곧바로 일어나 미아의 뒤를 따라 어둡고 좁은 길을 걸었다.

"아무리 봐도 발이 걸려 넘어진 사람 같았어."

미아가 말했다.

"총으로 쏜 놈들은? 살았어?"

"글쎄?"

미아가 대꾸하며 권총을 가방에 넣었다.

묻기는 했으나 확실히 어떻게 됐건 상관없는 일이었다. 그 대상이 자신을 죽이려고 한 적이었다고 해도 다치게 하거나 죽이는 일은 아직 망설여지고 두려웠다.

고바의 휴대폰이 다시 울리기 시작했다. 조금 전에 걸려왔던 전화와 같은 모르는 번호.

"찝찝하면 받지 그래?"

미아의 말에 통화 버튼을 누르자 남자 목소리가 들렸다. 주 홍콩 일본영사관 부영사라고 소개한 그 남자는 미국의 요청으로 연락했다고 했다.

"미국의 어느 기관에서 요청했습니까?"

남자는 기관명을 분명히 밝히기를 꺼리면서도 고바가 지금 당장 행동을 멈추면 일본에 아무 문제 없이 귀국할 수 있으며 그에 더해 농림수산성 관련 민간 기관으로 복직할 수 있다고 설득했다.

'이제 와서 이런 회유 해 봤자 아무 소용 없는데.'

고바는 대답하지 않고 전화를 끊은 뒤 걸려 온 전화를 착신 거부 설정했다.

"누구야?"

"잘못 건 전화야."

길가에 세워둔 경차에 미아와 올라탔다.

그리고 곧바로 출발했다.

센트럴까지 이동해서 어둑어둑한 일방통행 길에 경차를 세운 지 15분…….

시작됐어.

왼쪽 귀에 꽂은 리시버에서 일라리가 말했다.

"응, 보여."

조수석에 앉은 고바가 대답했다. 운전석의 미아도 마찬가지로 길 끝을 지나는 수송차와 호위차의 행렬을 눈으로 좇았다. 헝밍 은행 본점 지하 주차장을 나온 차량 행렬은 콘노트 로드 센트럴을 잠깐 달리더니 예상대로 두 팀으로 나눠졌다.

멀어지는 차량 행렬 쪽을 로이 키팅의 A팀과 CT1이, 나머지 한쪽을 고바 팀과 CT2가 좇았다.

로이와 협의해서 역할을 나눈 것이 아니다. 마시모의 계획에 따랐을 뿐이다.

보이는 바로는 차량 행렬은 총 다섯 대. 가장 앞에서 달리는 세단 한 대, 앞뒤로 SUV형 경호차를 거느린 수송차, 후방을 지키는 세단 한 대가 그 뒤를 따랐다.

편의상 로이 팀이 쫓는 행렬을 '첸(乾)', 고바 팀 쪽을 '쿤(坤)'이라고 불렀다.

'첸'의 예상 경로는 하코트 로드, 글루체스터 로드를 지나 크로스 하버 터널을 통과해, 카오룽반도로 넘어간다. 1호 간선 홍총 로드, 이스트 카오룽 코리도를 거쳐 카이탁 공항으로 들어간 후, 물건을 화물 전세기에 옮겨 싣고 항공로로 출발.

고바는 카메론 로드에서 사살된 자비스 맥길리스가 찾아낸 이 정보를 로이에게 제공했다. 첸의 차량들은 화학약품 유출 사고 탓에 도로가 봉쇄된 영향으로 경로를 약간 바꾸면서도 기본적으로 이 코스를 지날 것이다.

로이 팀과 연계할 생각도 함께 움직일 마음도 없다. 다만 정보를 넘겨도 불리하지 않다고 확신할 수 있는 상대에게는 자신들이 쥐고 있는 정보를 아낌없이 내줬다.

미아는 반대했지만 고바는 홍콩에 온 뒤 고수하고 있는 이 방식을 이번에도 관철했다.

믿을 수 없는 상대라는 것을 알면서도 리가 지휘하는 CT2 부대에도 경로와 고바 팀의 탈취 작전 일부를 공개했다.

벨로를 제거하지 않으면 자신들이 죽는다.

그래서 놈과 대립 관계인 조직을 되도록 자신들의 편으로 끌어들여 이용하기로 했다. 설령 그 조직들이 뒤나 옆에서 총을 쏠 확률이 제로가 아니라고 해도.

벨로는 린차이화, 로와 바오 팀을 납치하거나 총으로 쏘아 죽이지 않고 마치 개미나 작은 벌레를 짓밟듯 위에서 콘크리트와 철골을 떨어뜨려 죽였다. 느닷없이 전화를 걸어서는 오만한 어조로 말하고, 고바가 대화 자체를 거부하면 아주라 차크마크와 클라에스 아이마로를 이용해 협상 테이블에 앉게끔 강요했다.

그리고 지금은 호노신탁주식회사를, 고바처럼 농림수산성에서 쫓겨난 사람들의 안전망까지도 무너뜨리려고 계략을 꾸민다.

이곳에서 벨로의 협박에 굴복해 회유에 넘어간다고 해도 지금 벌어지는 일련의 소동이 끝나면 린차이화, 로, 바오처럼 살해당할 것이다. 놈이 약속을 지켜야 할 이유는 전부 사라져 버리니까.

자신을, 그리고 자신처럼 농림수산성에서 버림받은 사람들을 구하는 안전망을 지키기 위해 놈을 쓰러뜨려야 한다. 설령 승률이 아무리 희박하다고 해도.

'마치 육식동물에게 습격당해서 죽기 살기로 발악하는 초식동물 같군.'

그런 생각이 들었다. 매우 단순하게도 죽음에 대한 공포와 삶에 대한 갈망이, 그리고 유치한 분노가 자신을 이 터무니없는 전쟁으로 내몰았다.

이런 곳에서 놈들이 주무르는 일 때문에 죽고 싶지는 않다.

지금에 와서야 용케 깨달았다. 자신의 등을 떠미는 존재는 결의가 아니라는 사실을. 그것은 막다른 곳에 몰린 자만이 품는 하찮을 정도로 단순하고 어처구니없는 광기였다.

제정신으로는 이런 무모한 도박에 뛰어들지 못한다.

고바 팀이 노리는 '쿤'의 예상 경로는 데 부 로드 센트럴에서 하코트 로드를 거쳐 홍콩 마카오 페리 터미널에서 수송 차량째로 전세 페리에 승선. 빅토리아 하버를 건너 콰이칭 컨테이너 터미널에서 화물선에 환적한 뒤 7호 부두에서 해로로 홍콩을 떠나는 것이다.

화학약품 유출 사고 영향으로 '쿤'의 경로도 약간 우회했다. 퀸스 로드 센트럴을 지나 지금 본햄 스트랜드로 진입했다. 좁고 유동인구가 많은 길을 '쿤'의 차들이 천천히 지나고, 고바 팀의 경차가 '쿤'과의 사이에 일반 차량 네 대를 두고 뒤에서 쫓아갔다. 차량은 이 길 끝에서 우회전해 하코트 로드에서 다시 왼쪽으로 크게 돈 뒤 터미널로 들어가리라.

그러나 건어물 가게가 늘어선 이 본햄 스트랜드를 조금 더 달리면 경찰 검문이 기다리고 있다. 인근에서 일상적으로 발생하는 절도 사건을 핑계로 루이가 수배를 내렸다. '쿤'의 발을 묶을 생각은 아니다. 각 차량과, 외부에서는 보이지 않는 화물칸 안에 경비가 몇 명 있는지 진짜 경찰에게 확인시킬 계획이다. 이곳에서의 목적은 그뿐이다.

2월 7일 자정까지 남은 시간은 20분. 건어물 가게의 셔터가 반쯤 열려 있고, 이곳도 길가를 따라 캔맥주와 유리잔을 손에 든 사람들이 담소를 나누고 있다.

검문 차례가 되자 '쿤'이 멈춰 섰다. 네 대 뒤에서 달리던 고바 팀의 경차도 검문 대기 때문에 멈춰 섰다. 루이가 제복 경찰에게 달아놓은 마이크를 통해 고바 팀도 운전사와 경비원과의 대화를 들을 수 있었다.

떨어진 장소에서 경관들의 대화를 듣는 루이가 내용을 정리해 보고했다.

선두에 선 세단에는 운전자까지 네 명, 수송차를 경호하는 SUV 두 대에 각각 네 명. 수송차 운전석에 두 명. 화물칸 문을 여는 데는 실패했지만 작은 창문을 통해 안을 확인하는 데는 동의해 금속제 대형 아타셰케이스* 여섯 개와 세 사람을 확인할 수 있었다. 거기에 후방 세단에도 네 명. 총 스물한 명. 지금 육안으로 확인할 수 있는 경호원들은 이뿐이다.

총기 등은 발견하지 못했지만 틀림없이 숨기고 있으리라.

검문을 끝낸 '쿤'이 다시 달리기 시작했다.

그때 총성이 울렸다.

밖에서 탕탕 때리는 듯한 소리가 차 안까지 울렸다. 총격을 당하는 차는 고바가 탄 경차였다.

"엎드려!"

미아가 소리쳤다.

* 일명 007가방. 대사관 관원 등이 중요한 서류를 넣는 튼튼한 손가방.

총성이 멈추지 않는다. 겉보기에는 경차지만 방탄 차량으로 개조했다. 하지만 길 양옆 샛길에서 차체가 흔들릴 정도로 쏘아 대니 총탄이 차체를 두드리는 소리 때문에 마치 세차게 쏟아지는 장대비 속에 있는 듯한 기분이었다.

'어떡하지?'

고바가 답을 내놓기 전에 다른 곳에서도 총성이 울렸다.

경차 바로 뒤에 따라붙은 왜건 세 대의 창문이 빼꼼 열리고 반격을 시작했다.

왜건에 탄 사람은 CT2 요원들이었다. 좁은 길 위에서 총격전이 벌어지면서 캔맥주와 유리잔을 들고 있던 사람들의 담소가 순식간에 비명과 고함으로 바뀌었다. 유탄을 맞은 중년 남자가 팔에 피를 흘리며 길바닥에 주저앉았다. 검문하던 젊은 경찰들은 망연하게 총격전을 바라봤다. 고바 팀 앞 차량이 도망치듯 서둘러 출발했고 미아도 타이어를 삐거덕거리며 경차를 급하게 출발시켰다.

멀어져가는 '쿤'을 따라 우회전해서 힐리어 스트리트를 달렸다.

그러나 속도가 순식간에 줄어들었다.

"엔진에 맞았어."

미아가 말했다.

—버리고 가.

루이가 리시버로 말했다.

미아가 곧바로 경차를 갓길에 세웠다. 그리고 두 사람은 문을 열고 나와 길을 달리기 시작했다. 차량에 문제가 생겼을 때를 대비해서 '쿤'이 지날 경로 근처 주차장 몇 군데에 갈아탈 차를 준비해 놨다. 고바는 일라리와 만나기로 한 지점으로 향했고, 미아는 두 번째 차가 주차된 약 백 미터 떨어진 윙온백화점의 화물차 전용 주차장으로 향했다. 영업시간 외에도 차를 뺄 수 있도록 경비원에게 미리 말해놨다.

총을 쏜 무리는 틀림없이 벨로의 부하들일 것이다.

고바는 뛰면서 숄더백을 뒤졌다. 그러나 휴대폰을 꺼내려다가 그만뒀다. 리에게 연락해 "왜 반격했냐"고 따져 봤자 "임무를 수행했다"는 대답만 돌아올 뿐일 테니까.

CT2도 벨로 팀처럼 시민의 안전 따위 아예 안중에도 없었다.

광기에 등을 떠밀리고 있는 사람은 고바만이 아니었다. 게다가 놈들의 광기는 냉정과 확신까지 뒷받침된 상태였다. 무관한 사람을 끌어들여 죽이는 데 조금도 망설이지 않았다.

'침착해.'

스스로를 타일렀다. 우리도 행동을 개시한다. 우리는 우리가 해야 할 일을 할 뿐이다.

—꺼낼게.

일라리가 말했다.

"시작해."

고바가 달리며 말했다.

'쿤'의 행렬이 편도 3차선인 콘노트 로드 센트럴로 진입하기 직전에 일라리가 길에 장애물을 놓을 것이다.

왼쪽 귀의 리시버 너머로 드르르 소리가 들렸다. 와이어로 스파이크를 장착한 카 스토퍼를 길로 끌어냈다.

—안됐어.

조금 후 일라리가 말했다.

선두 세단의 타이어가 펑크나지 않았고 뒤따라오던 차도 마찬가지로 스파이크를 타고 넘어갔다고 한다. 하지만 다음이 있다. 통과하면 금속 그물이 튀어나오는 장치로, 그물 네 개가 앞뒤 바퀴 네 개에 휘감긴다.

—걸렸어.

일라리가 말했다.

고바에게도 작은 소리가 들렸다. 차로 막힌 일방통행 길 끝에 '쿤'의 선두에서 달리던 차가 멈춰 섰다. 이로써 앞으로 나갈 수 없고 뒤도 차로 막히는 바람에 쉽게 후진할 수도 없었다. 제법 발을 묶어놓을 수 있다.

그러나 소용없었다. 뒤따르던 경호차가 움직일 수 없는 선두 차량을 대각선 뒤에서 망가질 정도로 거칠게 박으며 좁은 일방통행 도로에서 억지로 밀어냈다. 그리고 수송차가 지나갈 수 있도록 선두 차량을 길가의 은행 외벽에 더욱 바싹 밀어붙였다.

2분도 지나지 않아 선두 차량이었던 세단만 잃은 '쿤'은 다시 달리기 시작해 편도 3차선인 콘노트 로드 센트럴로 진입했다.

5분 정도 달려 우회전하면 터미널과 바로 이어지는 해안의 청콩 로드까지는 금방이었다.

—먼저 갈게.

커다란 백팩을 등에 멘 일라리가 대형 스쿠터를 타고 달리기 시작했다.

고바도 준비된 스쿠터에 올라탔다.

그때 휴대폰이 울렸다. CT2의 리였다.

—이제 전초전인데 벌써 힘에 부치는 건 아니겠지?

휴대폰 너머에서 리가 말했다.

"이제 시작이지."

—센 척할 필요 없어. 한마디만 하면 우리끼리 움직일게. 준비는 끝났어.

"이쪽도 준비는 끝났어."

고바는 전화를 끊었다.

'역시 리 쪽도 이 차량 행렬이 전초라는 걸 알고 있다.'

진짜 프로니까 당연한가. 조금 전 길 위에서 벌인 총격에 굳이 대응 사격한 이유는 예측을 확신으로 바꾸기 위한 그들 나름의 절차였으리라.

하지만 CT2가 국가에 충성하는 진짜 프로이기에 '쿤'을 지키는 무리와는 직접 대치시키고 싶지 않았다. 상대도 전직 러시아 군인으로 프로이기는 하지만 용병이다. 목숨을 버리면서까지 임무를 완수하려 하지는 않을 것이다. 상황을 정리해 주면 순순히 투항하리라.

무르다는 말을 듣는 한이 있어도 더는 쓸데없이 그 누구의 목숨도 잃고 싶지 않았다. 죽는 사람은 그 죄를 짊어져야 할 지독한 악인만으로 족했다.

고바가 스쿠터에 시동을 걸었다.

그 순간 등 뒤에서 다시 총성이 울렸다.

뒤에서 두 발 맞고는 걸터앉았던 대형 스쿠터와 함께 길바닥에 쓰러졌다. 등에 극심한 통증이 번졌다. 아스팔트에 이마와 무릎을 부딪치면서 의식이 흐릿해졌다. 그래도 팔다리로 기어 눈앞에 보이는 골목으로 도망쳤다.

저격한 놈들이 한층 더 총을 쏘며 빠른 걸음으로 다가왔다. 고바를 향해 총구를 겨눈 사람은 트레이닝복 차림의 동양인 남자 두 명과 점퍼 차림의 중년 여자 한 명. 현지인으로 가장한 벨로의 부하들이리라.

그때 총을 겨눈 세 사람의 양옆에서 또 다른 총성이 울려 퍼졌다.

트레이닝복 남자들과 점퍼 차림의 여자가 쏟아지는 총탄을 맞으며 고꾸라지듯 쓰러졌다.

세 사람을 쏜 사람은 리가 이끄는 CT2였다.

조금 전까지 고바와 미아가 탄 경차를 뒤따르던 왜건 세 대에 나눠 탔던 CT2의 대원은 다섯 명뿐. 매복했던 이쪽이 본진이었다.

고바는 이번에도 스스로 미끼가 됐다. 하지만 뒷길로 유인했을 뿐인 아까와는 달랐다. 최신 금속 섬유 방탄조끼를 입었어도 등에 실탄을 두 발 맞으니 상당히 고통스러웠다. 뒤에서 쇠망치로 얻어맞은 느낌이었다. 부러진 쇄골이 겨우 나은 참인데. 크게 심호흡했지만 역시 그런 것으로는 통증이 가시지 않았다.

CT2가 쓰러진 세 사람에게 달려들어 재빨리 구속한 뒤 데려갔다. 골목에 주저앉은 고바에게는 눈길조차 주지 않았다.

세 사람 모두 출혈이 없었던 것으로 보아 CT2는 약속을 지킨 듯했다.

조금 전 본햄 스트랜드에서 벌어진 총격에서는 분명 실탄을 사용했다. 그러나 이곳에서 사용한 것은 살상능력이 낮은 제압용 고무탄이었다. 고바의 제안이었다. 거절당할 줄 알았는데 뜻밖에도 리가 선뜻 받아들였다. 죽이지 않고 구속하고 심문해서 미국의 의뢰를 받은 요원이라는 사실을 자백시킨 다음 협상에 사용하려는 듯했다.

다만 CT2은 무슨 일이 있어도 '고바 팀이 사적으로 고용한 인민해방군 출신 용병'이라고 설명하라고 리가 강력하게 요구했다. 러시아 총영사관의 오를로프나 다른 국가 기관의 의심을 받더라도 이 터무니없는 거짓말을 밀어붙이라는 말이었다.

의미 없다. 눈에 빤히 보이는 국가 간의 속임수 따위 아무래도 좋다.

그보다 서둘러야 한다. 그런데 이렇게 아파가며 고생했는데 사로잡은 적은 세 명뿐인가. 수지타산이 안 맞는군. 주변 빌딩 뒤에 숨어 있던 나머지 적들도 습격해 잡아줄 줄 알았건만. 그들도 아직은 본격적인 시가전으로 발전할 위험까진 무릅쓰지는 않는 것인가.

그래도 이로써 잠시나마 벨로의 추적을 따돌릴 수 있다.

총알 여러 발을 맞은 스쿠터 연료통에서 기름이 새고 있었다. 미아가 말한 대로였다. 연료통은 총에 맞아도 영화처럼 폭발하지는 않는구나.

멍하니 생각하면서 간신히 일어나 보도까지 나오자 미아가 새 차로 데리러 왔다. 조수석에 올라탔다.

"어때? 내기에서 이긴 기분이?"

미아가 물었다. 머리에 총을 맞을 수도 있었던 일을 에둘러 말했다. 물론 맞았다면 즉사였다.

"아직 내기가 끝나지 않았잖아. 게다가 이런 하이 리스크 로우 리턴은 더는 싫어."

넋두리하듯 말했다.

미아가 웃었다.

"남 일이다 이거지."

고바가 대꾸했다.

"진심으로 걱정했어. 그래서 당신이 무사해서 조금 안심했고."

스스로를 미끼로 이 함정을 제안했을 때 루이와 일라리가 보인 반응을 떠올렸다.

"머리나 심장에 직격탄을 맞았을 때 살아남을 확률은 9퍼센트, 거의 죽는다는 말이야. 하지만 그 외 부위에 맞으면 생존율 90퍼센트지. 대부분 살아남아. 그러니까 뭐 당신도 괜찮을 거야."

루이가 말했다.

"총에 맞아 치명상을 입을 수 있는 부위는 신체 중 약 20퍼센트야. 나머지 80퍼센트는 총에 맞아도 그리 위독해지지는 않는다고 해. 뭐, 출혈량에 따라 다르겠지만. 게다가 총에 맞아도 심장이 뛰고 있을 때 이송되면 생존율이 88퍼센트는 된다는 것 같아."

일라리도 말했다.

어떤 데이터인지는 몰라도 냉정한 녀석들이다.

죽은 린차이화와 자비스를 포함해 형편없는 녀석들뿐이지만 나쁘지 않은 팀이었다. 성공한 놈이나 자신감이 넘치는 놈은 한 명도 없다. 스스로의 실패와 능력 부족으로 궁지에 몰린, 글자 그대로 패배자 팀, 언더독스.

그래서 지금도 조금 아쉽다. 거짓과 허구로 점철된 관계라는 사실이.

이런 상황에서 만나지 않았다면 정말로 좋은 동료가 될 수 있었을지도 모른다. 동료라는 관계는 중학교 이후로 내내 잊고 살았건만.

제한 속도에 걸리기 직전까지 속도를 끌어올려 콘노트 로드 웨스트를 우회전하는 '쿤'의 뒤를 따라붙었다.

카페리가 대기하고 있는 심야의 터미널까지 얼마 남지 않았다.

홍콩섬과 카오룽반도를 잇는 크로스 하버 터널은 위험물 적재 차량 통행이 금지되어 있다. 그래서 화약이나 화학약품 등을 실은 트럭을 빅토리아 하버 너머 반대편으로 운반하려는 카페리 수요가 여전히 높다.

—시작한다.

리시버로 일라리의 목소리가 들렸다.

“응.”

고바가 대답했다.

두 번째 계획을 가동했다.

콘노트 로드 웨스트에서 터미널로 바로 연결된 해안의 청콩 로드로 나가는 길에는 청킹 로드라는 짧은 2차선 도로가 있고, 그 길가에 해양경찰서가 있다. 그러나 해양경찰서는 중국 반환 뒤 새 관할 경찰서로 사용할 목적으로 전면 공사 중이라서 야간에는 민간 경비원 몇 명만 있을뿐이다. 게다가 춘절인 덕분에 비즈니스 타운의 거리는 상점 골목과는 반대로 전부 평소와 비교도 되지 않을 정도로 텅 비었다.

‘쿤’의 행렬이 달리는 청킹 로드가 아무런 전조도 없이 푹 꺼졌다.

그리고 드르륵 소리와 함께 도로 아스팔트가 점점 갈라졌다.

20미터에 걸쳐 땅이 가라앉으며 각종 배관이 지나는 3미터 깊이의 공동구가 수송차를 포함한 차량 네 대를 집어삼켰다.

이것으로 끝이 아니었다. 곧바로 공동구*로 상하수도 물이 초당 톤 단위로 들어가기 시작했다. 차 엔진도 덩달아 멈췄다. 수송차가 수륙양용 차량이었다고 해도 땅 위에서 크레인이나 와이어를 사용하지 않으면 물 웅덩이에서 빠져나올 수 없다.

고바가 위대한 굴 파기 바오에게 의뢰한 것은 홍콩섬에 이렇게 무너지기 쉬운 공동구를 사용한 트랩을 여러 군데 만드는 일이었다. 바오는 부실 공사로 약해진 장소를 몇 군데 찾아내 훌륭하게 작업해 줌으로써 기대에 부응했다.

마지막 작업으로, 헝밍은행 본점으로 통하는 예비를 포함한 모든 전선, 전화선, 인터넷 전용회선에 절단 장치를 설치하는 작업을 건설 중인 고층 빌딩 지하에서 하고 있었다. 목적은 전선과 전화선. 홍콩은 단단한 암반 위에 세워진 도시다. 그 단단한 암반을 깎아 헝밍은행 본점까지 사람이 지날 수 있는 수십 미터짜리 땅굴을 파는 것은 좋은 방법이 아니다. 은행에 잠입하기보다 고바 팀이 원하는 타이밍에 모든 전기 공급을 차단하기로 계획했다.

하지만 그 작업은 벨로에게 저지당했다.

점점 물에 잠기는 SUV와 세단에서 총을 든 경호대가 허리까지 찬 물 속으로 내렸다. 리와 CT2가 그 무리를 향해 소총을 겨눴다.

홍콩도 민간인 화기 소지 사용은 엄격히 금지한다. 그러나 이

* 전선, 수도관, 가스관 등을 한데 모아 수용하는 지하 터널.

곳은 공사 중인 경찰서 외에는 이렇다 할 건물이 없는 조성 중인 연안 지역. 더욱이 춘절 전날 밤이다. 주변에 사람은 보이지 않는다. 누군가 땅이 꺼진 것을 알아차리고 상황을 살피러 올 때쯤에는 모든 일이 끝난 상황일 것이다. 게다가 경호부대인 러시아인들도 진심으로 싸울 마음은 없을 터였다. 총격전을 벌이지 않고 수송차에서 케이스를 가로챌 수 있다.

단 이것도 전부 제1막에 불과했다.

저 수송차에는 플로피 디스켓도 서류도 실려 있지 않다. 그럴싸하게 꾸민 속임수. '쿤'의 행렬이 위장이라는 것을 확신하려고, 그리고 어설픈 속임수는 통하지 않는다는 사실을 상대에게 전하려고 고바와 CT2는 굳이 가짜 수송차를 웅덩이에 빠뜨렸다.

고바의 PHS가 울렸다.

루이의 메시지.

—Waiting at that usual(평소에 보던 가게에서 기다릴게).

헝밍은행 본점에서 플로피 디스켓과 서류를 실은 진짜 수송부대가 출발했다.

멀리서 폭죽이 터지기 시작했다. 파팟, 피융피융, 거리 곳곳에서 수없이 터지며 고층 빌딩과 오래된 벽돌 건물에 반사되고 울리며 고바의 귀에까지 닿았다. 그 소리는 환희의 외침처럼 들리기도, 마지막 탄식처럼 들리기도 했다.

2월 7일, 자정.

영국 통치하의 마지막 춘절이 시작됐다.

◈◆◈

센트럴에 있는 헝밍은행 본점을 출발한 진짜 수송부대 차량은 총 세 대. 플로피 디스켓과 서류를 실은 것으로 보이는 4톤 트럭 앞뒤를 대형 밴이 지키고 있다.

앞서 수송부대 차량 행렬을 쫓는 루이가 리시버로 보고했다.

속임수였던 '쿤'의 경로를 흉내 내듯 지금, 춘절인 탓에 텅텅 빈 하코트 로드를 달리고 있다고 했다.

—어디쯤에서 따라붙을 거야?

루이가 물었다.

"크로스 하버 터널 직전에 합류할 수 있을 것 같아."

운전대를 잡은 미아가 대답했다.

—나도 그 근처일 것 같아.

일라리도 말했다.

0시 10분, 춘절을 축하하는 폭죽은 아직도 거리 곳곳에서 울려 퍼졌다.

"다음 계획은?"

미아가 서둘러 차를 몰며 물었다.

"말 못 해."

고바가 조수석에서 대답했다.

"뭐라고? 여기까지 와서 아직도 비밀주의 타령이야?"

"행동 담당인 루이와 일라리에게는 말했어. 당신은 지금 시점에서는 아직 내 경호 담당이지, 사전에 합의한 대로일 텐데. 기분 나쁘겠지만 말해야겠어, 당신은 너무 안달해. 아니타 초우가 개입한 뒤로 계속."

미아가 운전하면서 곁눈으로 봤다.

"당신을 둘러싼 치정 싸움이 마이너스 요인을 만들고 있다는 말이라도 하고 싶은 거야?"

"그렇게 얼버무리는 거, 아니, 그런 위장 전술은 이제 그만해. 당신은 중국 국가안전부 제4국의 의뢰로 우리 정보를 흘리고 있었잖아. 그런데 아무런 예고도 없이 중국 외교부 국외공작국이 끼어들면서 더 큰 공적을 내놓으라고 압박받기 시작했겠지. 그렇게 해석하면 되지?"

미아가 체념과 각오가 섞인 듯한 한숨을 내쉬었다.

"내가 맡은 일이었는데 규모가 너무 커지자 거물 에이전트와 중국 본토 인력이 본격적으로 투입됐어."

"그래서 무슨 성과라도 내놓지 않으면 보수가 줄어드는 거야?"

"뭐, 그런 셈이지. 자비스가 알려 줬어?"

"그래. '자신과 미국의 관계'를 중국에 흘린 사람은 '저 여자다'라고 알려 줬지."

"죽은 다음에 말이지? 정말 도움이 안 되는 다잉 메시지네. 그런데 내가 알아챈 자비스의 정체를 아니타 쪽도 동시에 알아채서 결국 성과는 없는 셈 되고 말았어. 지금 단계에서 중국 국가안전부 제4국이 내 행동을 인정하는 포인트는 센트럴 뒷골목에서 당신과 클라에스 아이마로를 벨로 놈들 손에서 구해낸 일과 청사완 폭발 현장에서 당신이 죽기 직전에 구출한 일이야."

"중국까지 나서서 나를 지켜준다니 고마운 일이네. 하지만 둘 다 내가 원래부터 당신한테 부탁한 경호 일에 해당하잖아."

고바가 작게 웃었고 미아도 자조하듯 입매를 길게 늘였다.

"그래. 그래서 국가안전부 제4국이 인정은 해줘도 평가는 낮아. 지금부터라도 죽기 살기로 해야지, 목숨 걸고 하는 짓인데 쥐꼬리만큼 건져서야 되겠어? 마시모가 주는 보수는 이제 기대할 수 없잖아?"

"아, 그래. 당신은 한 푼도 못 받지."

마시모와 체결한 계약에는 여러 고용주 밑에서 일하는 것을 엄격히 금지한다.

"알고는 있었지만 확실하게 못을 박으니 역시 힘이 빠지네. 이봐, 예전에 내가 숨기는 게 많은 점은 사과하지만 당신들을 배신하지는 않는다고 했잖아. 난 지금까지 내가 한 말을 지켰고 앞으로도 그럴 거야. 이 작전의 성공 여부와는 관계없이."

이 대화는 루이와 일라리도 리시버를 통해 듣고 있다.

"4톤 트럭을 세우려고 어떤 계획을 세웠어? 나한테 알려 주면 CT2에 전달해서 상호작전을 펼칠 수 있어. 하지만 안 알려 주면 CT2가 자체 판단으로 움직이겠지."

"그렇게 말하라고 시켰어?"

"이건 내가 하는 말이야, 물론 나한테 어떤 게 유리할지 계산은 했지. 국가안전부 제4국은 그냥 고용만 했을 뿐이지 이런 간절한 멘트를 가르쳐 줄 만큼 친절하지 않아."

"중국 국가안전부 말고. 당신의 진짜 고용주 말이야."

순간 미아가 입을 다물더니 이내 강한 어조로 말했다.

"지금 상황에서 하기에는 너무 무신경한 농담 같지 않아? 내가 아군이라고 단언할 수는 없어도 적은 아니야."

"아니, 적 맞아. 본론이라고 할까, 문제가 심각해지는 건 지금부터야. 당신은 중국 국가안전부 제4국에 정보를 흘리는 동시에 러시아 총영사관의 오를로프와도 은밀히 내통하며 계속 정보를 흘렸지. 여기까지의 행동은 아니타 초우를 통해 우리도 파악하고 있었어. 하지만 그것도 전부 중국, 러시아의 움직임을 살피려는 속임수였다는 사실은 아니타도 우리도 눈치채지 못했지. 당신은 원래 그 어느 쪽 공작원도 아니었고, 뒤에서 당신을 조종하던 놈은 따로 있었어."

"복잡하네. 또 자비스야?"

"그래. 복잡하니까 실례지만 자비스의 표현을 빌릴게. 미아는 돈이라면 누구한테든 다리를 벌리는 창녀인 척하지만 실은 프랭크 벨로라는 포주한테만 충성하는 여자다."

"빌어먹을 새끼. 자기야말로 미국에 엉덩이 흔들면서 빌붙던 배신자 주제에. 그런 모욕적인 말을 했다는 증거 있어?"

"린차이화가 아직 살아 있을 때 마지막으로 다섯이서 회의했잖아. 자비스가 했던 말 기억해? 도중에 피곤에 절어서 음악 이야기를 했을 때 말이야. '내 노래 플레이 리스트를 보면 취미뿐 아니라 가치관이나 무슨 말이 하고 싶은지도 알 수 있어'라고 했잖아."

"그게 뭐?"

"그게 그놈의 진정한 다잉 메시지였어. 그래서 죽은 뒤에 놈이 가지고 있던 휴대폰과 전자수첩을 조사할 때 CD와 MD도 똑같이 뒤졌지. 당신도 있었잖아? 그때 더 큐어라는 밴드의 MD에 붙어 있던 곡목 중에 'Pray for mia(미아를 위한 기도)'와 'Hooker's sanctuary(창녀의 성역)'이라는 곡을 발견했지."

"제목만 들어도 구릴 것 같은데."

"맞아. 실제로 그 밴드의 노래 중에 그런 노래는 없어. 큐어를 좋아하는 나와 일라리는 곧바로 알아차렸지."

"수상한 낌새를 느끼고는, 내가 자리를 떴을 때 둘이 몰래 들었나 보지?"

"응. 당신이 벨로와 내통한다는 증거를 말한 자비스의 목소리와 구체적인 물증을 숨긴 장소가 녹음되어 있었어."

"그게 날조라면? 자비스 본인이 벨로와 내통하는 걸 들킬까 봐 시선을 돌리려고 날 모함했겠지. 벌써 잊었어? 몇 번이나 말하는데 당신이 차찬탱 폭파 현장에서 총 맞아 죽을 뻔한 걸 살려준 사람이 바로 나라고."

"그것도 벨로의 명령이었지. 슬슬 정체가 탄로나기 시작한 당신을 내가 다시 믿게 하려는 연출이었잖아. 연출치고는 너무 과격했지만. 나한테 총구를 겨눴던 남자는 당신 손에 죽어서 시체로 발견됐으니까."

"실례를 넘어서 멋대로 추론까지 하네."

"물론 추론만은 아니야. 자비스가 남긴 증거의 진위 여부는 전부 확인했거든."

"네가 직접? 그럴 시간도 여유도 없었던 주제에. 일라리나 루이도 그런 건 없었잖아. 당신한테는 달리 조사를 부탁할 만한 동료도 없고."

"확실히 동료는 없어. 하지만 친구는 있지, 일본에."

"상상 속 친구?"

"아직 농림수산성에서 근무하는 전 동료 한 명. 나머지 한 명은 나와 함께 농림수산성에서 쫓겨난 후배로 지금은 굴드&페렐만 법률사무소 일본 지사 소속 변호사야. 녀석들을 통해 굴드&페렐만 홍콩 지사를 움직여 물증도 회수하고 확인도 했지. 중국 외교부 국외공작국에도 검증받았어."

"그래."

미아가 인정하기 싫어 버티는 사람처럼 말했다.

"개인 변호사로는 어림도 없지만 굴드&페렐만의 이름과 돈을 아낌없이 쓰면 당신과 미국 요원의 연결을 찾아낼 수 있어. 두 사람 모두 나와는 달리 우수한 인재라 일 처리도 빨랐고."

"그래서 날 어쩌고 싶은데? 지금 운전대 잡은 사람이 누군지 잊은 건 아니겠지?"

"CT2와 다음에 합류할 때 당신을 넘길 거야."

"이미 다 이야기됐어?"

"맞아. 중국 외교부 국외공작국이 당신을 구속할 거야. 벨로가 당신과 국가안전부와의 관계를 어떻게 알았고 어떤 조건으로 꼬드겼는지 분석한다더군."

"중국 내부의 권력 다툼의 도구로 쓰려나 보네."

"그래. 다만 자세히 말하면 국외공작국에서 험하게 다루지는 않겠다고 약속했어. 그쪽에 인도되는 게 오히려 당신의 안전을 지키는 길이라고 생각하는데."

"그러게."

미아도 고개를 가볍게 끄덕였다.

미아가 미국을 위해 움직이고 있었다는 사실이 드러난 지금 벨로의 손에 죽을 가능성이 크다. 중요한 인물도 아니고 더욱이 정보 누설로 이어질 우려를 안고 있는 단순 소모품에 불과한 존재를 굳이 살려둘 필요는 없으니까.

아마 지금 나누는 대화도 미아가 숨겨둔 마이크를 통해 벨로가 듣고 있으리라.

"그러니까 CT2와 합류할 때까지 쓸데없는 생각 말고 운전에나 집중해."

고바가 숄더백에서 자동권총을 꺼내 미아를 향해 총구를 겨눴다.

"쏠 수는 있고?"

"쏠 수 있을 것 같아. 못 본 사이에 연습했으니까."

"소름 끼칠 정도로 공부에 매달리는 건 나도 알아. 당신은 철학도 목표도 없이 오로지 배우는 것과 출세에만 매달리는 일본 전직 관료잖아. 지금 내 질문은 사람을 쏠 수 있겠느냐는 말이었어."

"내가 살려면 쏠 수 있지 않을까. 그렇다고 시험하려고는 하지 마. 당신을 죽이고 싶지 않으니까."

"주둥이만 살아서는. 아마추어 주제에."

"아마추어니까 사소한 걸로 쉽게 방아쇠를 당기게 되는 법이지."

"그걸 쏘면 바로 교통사고가 날 텐데. 운 나쁘면 당신도 죽어. 중상을 입고 간신히 살아남아도 내 사인을 밝힌 경찰에게 살인혐의로 체포될 거야."

"그러니까 그러질 않기를 비는 중이라고."

"잔뜩 쫄았으면서 허세 부리기는."

"허세 부린 적 없어. 너무 무서워서 지금도 조금만 방심하면 총을 든 손이 덜덜 떨리거든."

"이걸로 두 번째……."

미아가 혼잣말처럼 중얼거렸다.

"이봐, 왜 날 당장 쳐내지 않았지? 내 정체를 눈치챘다는 걸 벨로가 모르게 하려고? 설마 그런 속 편한 이유 때문은 아니겠지?"

"당신이 확실하게 결정하지 못한 것 같아서. 벨로가 아니라 우리를 선택할 수도 있다고 생각했거든. 우리 편에 붙으면 큰 전력이 됐겠지."

"그래서 시간을 줬다고?"

"기대하고 기다렸을 뿐, 그런 대단한 의도는 아니었어. 나를 어지간히도 싫어하는군."

"그래. 당신의 그 우유부단한 면이 정말 역겹고 지겨웠어. 아무리 일이지만 혐오만 느껴지는 상대를 계속 마음에도 없는 태도로 상대해야 하는 것도 지긋지긋했고. 착각하지 마, 허세가 아니라 진심이니까. 나사 빠진 패배자들 집단이었던 D팀 놈들도 짜증나. 대놓고 아마추어티를 내는 사내새끼들이 프로한테 깝치는 꼬라지도 아니꼽고."

—자기는 패배자가 아닌 것처럼 말하는군.

잠자코 듣던 루이가 리시버로 대꾸했다.

"맞아. 난 당신들과는 달라."

—닥꽁(Đặc công, 베트남 인민군 특공대)의 낙오자가? 첫 여성 입대자들로 기대를 받았지만 성과 없이 제대하고 쿠알라룸푸르, 싱가포르를 전전하다가 홍콩으로 흘러들어온 네가 할 소리인가?

"경력만 봐도 어떤 인간인지 알 것 같네. 자칭 엘리트다운 건방진 착각이야."

—아마추어들 틈바구니에서의 잠입 수사가 목적이었겠지만 고바한테 계속 뒤통수나 맞은 주제에. 끝까지 인정하기 싫어서

발악하는 네가 더 착각하는 것 같군.

루이가 일부러 도발한다는 것을 안다. 감정적인 상태인 미아의 말을 끄집어내서 벨로 측 정보를 최대한 캐내려는 의도다.

하지만 "그만, 됐어"라고 고바가 말했다.

—아니, 되긴 뭐가 돼.

루이가 말을 이었다.

—고바는 확실히 마음이 약하고 바보 같은 남자이긴 하지만 존경할 만한 남자이기도 해. 그런데 넌 기껏해야 근거 없이 자의식만 과한 미친년이지.

"그래서 날 욕한다고? 독찰이면서 아무것도 모르는군. 그러니 왕립 홍콩 경찰총부는 흐리멍덩하다고 다들 우습게 보지. 고바 같은 인간이 제일 나쁜 놈인데. 온화하고 상냥한 얼굴로 모두를 끌어들이고는 결국 모두 죽게 만들거든."

글루체스터 로드와 만나는 교차점이 보이기 시작했다.

미아가 속도를 늦추며 좌회전했다. 텅 빈 도로 저 멀리 자신들이 쫓는 4톤 트럭 뒷부분과 그 뒤를 보호하는 밴이 보였다.

그 순간.

차 앞 유리에 금이 가며 시야가 막혔다.

총격이다. 차가 보도 위를 타고 오르며 상가 건물 1층에 셔터를 내린 가게를 향해 돌진했다. 조수석에 앉은 고바 앞에 에어백이 터지고 차가 멈췄다.

운전석 에어백도 터졌다. 그런데 피로 물들어 있었다. 미아가 총에 맞았다.

"왜?"

고바가 몸을 숙이며 물었다.

이 차도 방탄차일 텐데. 유리가 총에 쉽게 깨졌다. 아마 미아가 직접 손을 쓴 듯했다. 아무런 장치도 하지 않은 보통 차량으로 바꿔치기했으리라.

"당신이 맞을 거였는데."

미아가 두 눈을 부릅뜨고 숨을 거칠게 몰아쉬며 고바를 쳐다봤다.

'앞으로의 계획을 캐내지 못하고 정체까지 들킨 미아가 나 대신 처리됐다.'

고바는 지혈하려고 손을 뻗었다.

그런데 "만지지 마" 하고 미아가 말했다.

"후두(Hoodoo, 재수없는 자식)."

작게 되뇌며 출혈로 몸을 떨기 시작했다. 그러나 미아를 신경 쓸 겨를이 없었다. 습격은 끝이 아니었다.

다음 표적은 자신이다. 죽지 않은 대신 납치당하겠지.

앞부분이 완전히 망가진 차 안에서 고바는 몸을 숙인 채 권총을 다시 쥐었다.

바로 옆에 차가 멈춰 섰다. 왔구나, 생각했지만 아니었다.

차체에 세탁회사 로고가 새겨진 회색 왜건. CT2 대원이 탄 차 한 대였다. 나를 지켜주는 건가? 아니, 빚을 지우는 것이겠지.

—이봐, 살아 있어?

리시버에서 루이의 목소리가 들렸다.

"응, 어찌저찌."

고바가 대답했다.

—그럼 빨리 나와. CT2의 왜건 바로 뒤에 있으니까.

다행이다. 루이가 제때 도착했다.

고바는 아직 미약하게 숨이 남아 있는 미아를 남겨두고 문을 열고 밖으로 기어나갔다.

"이봐, 날 쏴. 괴로우니까 차라리 편하게 해줘."

미아의 목소리가 들렸다.

"그냥 끝장을 내줘, 겁쟁이 자식아."

쉰 목소리로 되뇌었다. 그러나 무시했다.

머리를 숙이고 개처럼 네 발로 달려 루이가 운전하는 짙은 남색 미니 밴 조수석에 올라탔다. 그 모습을 확인한 듯 CT2 대원들이 탄 회색 왜건이 출발했다.

엄호하며 방패 노릇을 하던…….

고바 팀의 미니 밴도 뒤따라 달리기 시작했다.

"토할 것 같아?"

운전대를 잡은 루이가 물었다.

"아니."

"성장했네. 죄책감은?"

"없어."

"그럼 됐어. 적을 한 명 제거했을 뿐이야."

속도를 높이며 루이가 말을 이었다.

"당신은 자비와 기회를 베풀었어. 하지만 그 여자는 끝까지 배신하고 대립했잖아."

'그 말이 맞다.'

하지만 고바는 고개를 끄덕이지 않았다.

죄책감은 없지만 후회는 한다. 미아가 벨로를 등지고 고바 팀으로 올 가능성은 분명 있었다. 강하게 부정하고 싫어하는 척해도 미아 본인도 틀림없이 D팀에 무언가를 느끼고 있었다. 거짓과 허구로 점철된 불확실한 관계지만 지금까지 살아남았고, 작전을 수행해 온 우리 팀으로.

"이제 우유부단과 망설임은 버려. 안 버리면 죽어."

루이의 말이 끝나기 무섭게 고바의 휴대폰이 울렸다.

번호를 확인했다. 리의 전화다. 조금 전 베푼 은혜에 대한 보답을 받을 생각이다.

—무사해서 다행이야. 우리가 곧바로 엄호하러 따라붙은 덕분이야.

"아아, 맞아."

—그 대가라고 하긴 뭐하지만, 다음은 우리 방식대로 움직이려고.

"괜찮아."

—상황 파악이 빨라서 편하네. 그건 그렇고 미스 리더스는?

"두고 왔어. 아직 숨은 붙어 있지만 아마 목숨을 건지기는 힘들 거야."

—안됐군.

통화가 끊겼다.

홍콩섬에서 카오룽반도로 건너가는 크로스 하버 터널이 가까워졌다. 그러나 길이 막히기 시작하며 빠르게 달릴 수 없는 상황에 맞닥뜨렸다.

평소보다 도로가 한산한 춘절 시기, 더욱이 자정을 지난 시간에 마주친 갑작스러운 교통 체증. 터널 안에서 '첸'의 차량들과 그 뒤를 미행하던 로이 키팅의 A팀, 게다가 CT1 사이에 무슨 일이 일어났을 것이다.

"로이한테 연락은 없었어?"

루이가 물었다.

"아직 없어."

목표물을 빼앗았을 때, 혹은 뒤쫓던 수송차에 목표물이 실려 있지 않은 것을 확인했을 때만 로이와 연락을 주고받기로 정했다.

"터널 안에서 사고가 났다는 것 같은데 확실치는 않아."

루이가 경찰 무선을 확인하며 말했다.

"구급대와 교통반뿐 아니라 PTU(경찰기동대)까지 출동 명령이 떨어졌어."

교전이나 그에 준하는 상황이 벌어졌을지도 모른다. 로이에게는 미안하지만 덕분에 크로스 하버 터널을 강제로 봉쇄하는 수고를 덜었다.
“발포 사안인지는 모르겠지만 긴급사태는 맞는 것 같아. 하코트 로드 쪽에서 총에 맞은 미아와 파손된 차도 발견된 모양이고. 시끄러워지겠어.”
도로 저 앞에서 고바와 루이가 쫓던 수송 차량들이 우회전해 샛길로 들어갔다. 교통 체증 속에서 습격당하는 일을 피하기 위해서였다.
CT2의 왜건 세 대와 고바의 미니 밴도 곧바로 우회전해 뒤를 쫓았다.
글루체스터 로드를 따라 홍콩섬 서쪽으로 달렸다.
보통 심야에 지하철이 끊기고 빅토리아 하버를 건너는 여객 페리도 운행이 끝나면 홍콩섬에서 카오룽반도로 이동할 수 있는 수단은 자동차 터널인 크로스 하버 터널과 이스턴 하버 크로싱 두 개로 좁혀진다.
그러나 수송부대는 두 터널을 이용할 생각이 없어 보였다.
앞으로 생각할 수 있는 경로는 두 가지.
“역시 패턴 F야.”
고바가 일라리에게 전했다.
—그래. 이미 그쪽으로 가고 있어.
리시버 너머에서 일라리가 대답했다.
운전대를 잡은 루이의 공무용 PHS가 울렸다.
“받을 거야?”

고바가 물었다.

"안 받으면 의심받아."

루이가 통화 버튼을 누르고 운전하며 통화하기 시작했다. 고바는 루이가 운전 중 통화로 경찰의 저지를 받을까 봐 신경 쓰였다. 권총을 숨기고 있는 지금, 소지품 검사라도 당하면 사태는 더욱 복잡해진다.

루이의 동료 목소리가 PHS에서 새어 나왔다. 본햄 스트랜드에서 벌어진 길거리 발포 사건, 청킹 로드 함몰과 차량 여러 대의 추락, 크로스 하버 터널 안에서 벌어진 긴급사태 등 여러 가지 중대 사건이 일어나고 있는데, 윗선에서는 우선 관할 경찰서에 대응을 맡기고 왕립 홍콩 경찰총부는 나서서 움직이지 말라고 지시했다는 듯했다.

루이의 동료는 그 상황을 이상하다고 여겨 "뭐 아는 거 없어?"라고 루이를 떠봤다.

SIS의 케이트 아스트레이와 중국 외교부 국외공작국의 아니타 초우가 경찰총부를 압박하고 있으리라.

경찰차 몇 대가 맞은편 차선을 달려왔다. 크로스 하버 터널이나 미아의 총격 현장으로 향하는 지원 인력인 듯했다. 별일 없이 지나가는 듯했는데 그중 한 대가 사이렌을 울리며 U턴해왔다.

고바와 루이가 탄 미니 밴 뒤에 따라붙어 스피커를 틀고 광둥어로 무언가를 통보하기 시작했다.

"멈추래."

루이가 혀를 차며 통화를 끊고는 차를 갓길에 댔다.

흰색 차체에 파란색과 빨간색 선이 들어간 경찰차가 미니 밴 앞을 가로막듯 멈춰 섰다. 고바와 루이는 당연히 경계했다.

차에서 내린 사람은 제복 경찰 두 명이었다.

"진짜야."

루이가 말했다. 물론 그렇다고 긴장을 푼 것은 아니다. 루이는 창문과 문을 열지 않은 채 차 안에서 경찰 신분증을 내보이며 빠른 영어로 설명했다.

경찰들은 창문을 열고 면허증과 신분증을 제시하라고 반박했다. 소지품 검사도 지시했다. 루이가 이유를 묻자 "위반자이기 때문"이라며 강경하게 말했다.

"얼마 받았어?"

루이가 물었다. 순간, 경찰들이 말을 멈춘 동시에 차 뒤에서 총성이 울렸다.

황급히 엎드린 경찰들을 남겨 두고 루이는 곧바로 미니 밴을 출발시켰다. 그러나 총성도 뒤따라왔다. 뒤쪽 붉은색 해치백이 총을 쏘아댔다.

"차 세우고 내리라고 했지?"

루이가 속도를 높이며 말했다.

아마도 루이의 말이 맞을 것이다. 두 경찰이 놀라는 모습을 보면 금품을 받아 챙기고 간단한 지시를 받았을 뿐, 설마 발포하리라고는 생각하지 못한 듯했다.

해치백과 함께 회색 세단도 쫓아왔다. 타이어를 노리며 총을 쐈다. 한산한 한밤중 간선 도로, 달리는 다른 차들 사이로 끼어들어 숨을 수도 없다.

"일단 한번 샛길로 빠질게."

루이가 타이어를 긁더니 무리해서 U턴했다가 다시 우회전했다. 해치백과 세단도 경적을 울리며 마주 오는 차들을 헤치며 뒤따라왔다.

지금 여기가 어디지? 애드미럴티의 펜윅 스트리트 같았다.

"다음 모퉁이를 두 번 돈 다음 속도를 줄일 거야. 뛰어내려."

루이가 말했다. 자신이 미끼가 되겠다는 뜻이다.

"낙법은 기억하지?"

루이가 묻자 고바가 고개를 끄덕였다. 그리고 스스로도 마이크를 통해 일라리에게 재차 확인했다.

"시간에 맞출 수 있을 것 같아?"

—응. 난 괜찮아. 당신이야말로 괜찮겠어?

일라리가 되묻자 루이도 고바를 쳐다봤다.

앞으로 두 가지 선택지 중 하나를 골라야 하는 고바를 향해 물었다.

"만약 카페리를 이용한다면 그때는 내 머리를 쏴. 책임질게."

고바가 말을 채 끝내기도 전에 일라리와 루이가 대꾸했다.

—장난해?

"그래 봤자 아무 도움도 안 돼."

왜인지 웃음이 치밀었다. 두 사람도 같은 기분이었는지 아주 잠시나마 셋이서 소리 내어 웃었다. 총을 든 무리가 바로 뒤를 쫓고 있는데도.

이 탈취를 처음 계획한 사람은 분명 마시모 조르지아니였다. 그러나 상황이 변했고, 많은 요소가 추가된 탓에 계획은 이미 고바의 것이 되었다.

"다음이야."

루이가 운전대를 오른쪽으로 꺾으며 브레이크를 밟았다.

고바는 조수석 문을 열고 두 손을 앞으로 뻗었다. 유도의 낙법처럼 몸을 둥글게 말고 구르며 도로 위로 몸을 던졌다.

등이 아스팔트에 닿은 순간 극심한 통증이 엄습했다. 방탄조끼를 입은 상태로 실탄을 맞은 것이 40분 전. 어쩌면 갈비뼈에 금이 갔을지도 모른다.

다시 늙은 개처럼 네 발로 기어 좁은 골목으로 숨어들었다.

주위를 살폈다. 때마침 구형 토요타 코롤라 왜건이 갓길에 주차되어 있었다. 춘절 밤은 흥겨운 소리가 끊이지 않으며 길가 건물의 창문으로 불빛과 목소리가 새어 나왔지만 근처에 사람의 모습은 보이지 않았다.

고바는 코롤라 문의 열쇠 구멍에 절도용 특수 열쇠를 꽂았다.

그리고 다이얼을 돌리며 조정했다. 사용법을 지겹도록 연습한 덕분에 1분 만에 문을 딸 수 있었다. 운전석에 앉아 운전대 옆 열쇠 구멍에 다시 특수 열쇠를 꽂고 불안에 떨며 시동을 걸었다. 생애 첫 자동차 절도에 성공한 고바는 차를 출발시켰다.

퀸즈 로드 이스트에서 퀸즈 웨이로 달렸다. 그런데 데보로드 센트럴로 진입한 순간 숄더백에 넣어 둔 휴대폰이 진동했다. 리였다. 초조하지만 갓길에 차를 세우고 전화를 받았다.

—페리 선착장은 지나쳤어. 역시 사이잉푼인 것 같아.

수송차 행렬이 홍콩 마카오 페리 터미널로 향하는 샛길로 빠지지 않고 직진했다는 연락이었다.

일단은 예상대로 움직이고 있다. 스스로 머리를 쏘지 않아도 될 듯하다.

홍콩섬 셩완의 사이잉푼에서 카오룽반도의 조단을 연결하는 제3 해저 자동차 터널, 웨스턴 하버 크로싱. 아직 정식 개통 전(1997년 4월 10일, 정식 운영 개시)으로, 조명 설비와 표지 작업 등은 미완성이지만 노면 포장은 마친 상태였다.

수송차는 아직 사용되지 않은 이 길을 이용해 빅토리아 하버를 건너려고 한다.

터널 입구에는 민간 경비원이 대기하고 있고, 바리케이드도 설치되어 있지만 무장 집단이라면 당연히 뚫을 수 있다.

—터널 안으로 들어가면 바로 설치할 거야. 거리를 충분히 확보해.

리가 말했다.

안전을 생각해서 배려하는 듯하지만 사실은 방해하지 말라는 경고겠지. 구태여 전화를 건 이유도 자신들의 방식에 고춧가루를 뿌리지 말라는 의미다. 리가 지휘하는 CT2는 총 길이 2킬로미터에 사람이 없는 3차선의 지하 공간을 전쟁터로 바꿀 생각이다.

"조심해."

—본인 걱정이나 해.

리가 미련 없이 전화를 끊자마자 다시 휴대폰이 진동했다.

A팀 로이 키팅의 번호였다.

—아직 살아 있나?

로이 본인의 목소리였다.

"그쪽은?"

—실패……라기보다, 차에 물건이 실려 있는 게 아니라 무장한 놈들이 타고 있었어. 이쪽은 중국인들까지 절반 정도 죽었어. 살아남은 인원은 나 말고는 거의 다 병원으로 이송됐거나 경찰 체포됐고.

"상대는?"

—거의 다 도망쳤어. 그놈들, 전직 러시아 군인 따위가 아니야. 니카라과나 콩고에서 닥치는 대로 사람을 죽여댄 미 해병대(USMC)나 프랑스 외인부대(FFL) 출신들이야. 처음부터 우릴 아예 쓸어 버리려고 작정을 했다고.

"당신도 당장 공항으로 가는 게 좋겠어요. 홍콩을 떠나야죠."

—진짜는 웨스턴 하버 크로싱으로 가나?

"네. 아직은 그렇게 움직이고 있습니다."

—역시 당신이 옳았군.

"키팅 씨 잘못이 아닙니다. 처음부터 여러분을 미끼로 사용하려던 마시모가 나쁜 겁니다."

—그럴 가능성을 짐작하면서도 분석 결과를 버리지 않고 첸을 추적하자고 고집한 우리 잘못이야.

"지금은 그런 이야기를 할 때가 아닙니다. 다친 데는 없어요? 움직일 수 있으면 지금 당장 홍콩을 떠나요."

—다리와 등에 한 발씩 맞았어. 이 상태로는 탑승 거부당해.

"그럼 어디에 몸이라도 숨겨요."

—아니, 안 숨어. 전화한 건 부탁할 게 있어서야. 지금부터 그쪽에 합류할 테니 만약 내가 도움이 된다면 보수를 올려줬으면 좋겠어.

"당신은 지금도 보수를 받을 수 있어요."

—처음에 계약한 액수뿐이잖나. 실패했으니 파격적이었던 성공 보너스는 못 받게 됐지. 그걸로는 모자란다고. 내 사정 알잖아?

최근 보름 사이에 로이 아들의 병세가 급격히 악화됐다.

—전 부인과 담당의한테 또 연락이 왔어. 감성팔이 같지만 부탁할게.

"합류해서 뭘 할 수 있죠?"

—목숨을 걸지.

고바는 침묵했다.

—제발 예스라고 말해. 모르핀으로 간신히 버티고 있지만 사실 말하는 것도 힘들어.

"알겠습니다."

속으로 크게 혀를 차며 대답했다.

—그렇게 말해줄 줄 알았어.

통화가 끊겼다.

한숨 한 번. 고바는 휴대폰을 숄더백에 던져넣고 액셀을 밟았다.

18

1997년 2월 7일 금요일 오전 1시

고바가 사이잉푼에서 웨스턴 하버 크로싱으로 들어가는 입구에 도착하자 늘어서 있어야 할 방호책이 제거된 상태였다. 경비초소의 조명은 꺼져 있고 근처에서 신음소리가 들렸다. 손발이 묶인 경비원들이리라.

고바는 왜건을 운전해 완만한 내리막길을 내려가 어둡고 큰 터널의 입구 바로 앞에 차를 세웠다. 유도등과 비상구 안내 패널에는 불이 들어오지 않았다.

한없이 깊고 어두운 동굴. 그런데 끝없이 이어지는 어둠 속에 작은 빛 몇 개가 보였다. 총이 발사되는 불빛이었다. 발포음도 희미하게 들려왔다.

고바는 그 빛을 응시하고 소리를 들으며 기다렸다. 전투가 끝나기를.

고바는 물론 이 웨스턴 하버 크로싱 외에 다른 경로를 이용할 가능성도 고려해서 각각 대책을 세웠다. 그런데 결국 이 터널이 '거의 확실하다'는 마시모의 예측대로 흘러가고 말았다.

그 키 작은 노인의 말이 떠올랐다…….

터널 끝에서 보이는 총구의 불꽃은 자네에게는 분명 승리의 빛이 될 것이네.

자신 있게 스스로의 인생을 걸어온 이탈리아 남자다운 말이었지만 고바는 도무지 그렇게 생각할 수 없었다.

어둠에 흩어지는 죽음의 빛이 스파클라 폭죽처럼 보였다.

작게 터지고 덧없이 사라졌다.

로이는 USMC나 FFL 출신 인력이 첸에 숨어 있었다고 했는데, 이쪽에 있는 진짜 수송부대를 지키는 사람도 같은 패거리에, 심지어 훨씬 실력이 좋은 정예 부대일 것이다. 리가 이끄는 CT2도 전력을 다해 싸우겠지만 아무리 잘해도 비등비등. 아마도 이길 수 없으리라.

어둠 속 죽음의 빛이 점점 작아졌다.

'이제 곧.'

―난 이제 제어실 쪽에 도착했어.

일라리가 리시버로 말했다.

"알겠어."

고바는 짧게 대답했다.

일라리는 지금 웨스턴 하버 크로싱의 전기제어실 근처에 있다. 제어실 자체는 이미 프랭크 벨로의 부하들이 안전 확보를 핑계로 장악했지만 그 안에 없어도 문제없다. 살해당한 위대한 굴 파기 바오와 그의 작업팀은 이 터널의 케이블 설비도 훌륭하게 작업해 줬다.

루이를 불렀다. 아직 살아 있었다.

—거의 다 왔어! 먼저 가!

루이의 고함 같은 목소리가 리시버에서 들려왔다. 계속 도망 중인 듯했다.

터널 안에서도 방재 무선을 통해 루이와 일라리와 대화할 수 있도록 설정했다. 다만 서로의 목소리는 들려도 단독 행동임은 변함없다.

고바는 헤드라이트를 켜지 않고 천천히 액셀을 밟아 터널로 들어갔다. 저 멀리 터지는 총구의 불빛에 의지하며 앞으로 나아갔다.

마치 저승으로 떨어지는 듯한 느낌. 눈치채지 못하는 사이 유탄에라도 맞으면 끝장이다.

어둠은 생각보다 훨씬 무서웠고, 시커먼 천을 덮은 것처럼 몸과 마음을 짓눌렀다. 하지만 가야만 했다.

터지는 빛의 수가 적어지고 발포음 대신 사람이 내지르는 고함이 들려왔다.

점점 가까워졌다.

눈대중으로 교전 현장 백 미터 정도 앞까지 나아간 고바는 차를 세웠다. 가장자리에 차를 대고 벽면을 따라 들키지 않도록 살금살금 걸었다. 전투는 여전히 계속됐지만 이제 항복한 상대를 포획하는 단계로 접어든 듯했다. 중국어가 아니라 영어 대화가 터널 안에 울렸다. 플로피 디스켓과 서류를 빼앗는 데 성공하면 리가 반드시 연락하기로 했다. 그러나 휴대폰이 울리지 않는다. 역시 제압당한 쪽은 CT2였다.

어둠 속에 커다란 빛이 켜졌다. 수송부대의 4톤 트럭과 대형 밴이 끄고 있던 헤드라이트를 일제히 켠 모양이다.

현장까지 앞으로 60미터.

고바는 벽가에 있는 피난용 문의 패닉 디바이스를 더듬거렸는데 역시 굵은 쇄사슬로 고정되어 열리지 않았다. 춘절 휴가로 공사를 멈춘 동안 밖에서 절도단이 침입해 조명기구와 철판을 떼어가지 못하도록 엄중히 봉쇄했기 때문이었다.

숄더백에서 꺼낸 와이어로프를 패닉 디바이스에 단단히 묶고 한쪽 끝을 자신의 허리띠에 고정했다. 강력한 자석이 달린 후크도 문 표면에 붙여 후크에 팔을 걸었다.

"시작해."

일라리에게 신호를 보냈다.

10초 후, 저 멀리 터널 안쪽에서 우당탕 소리가 울렸다. 카오룽반도 쪽 터널 안 방화 셔터가 내려가는 소리. 셔터를 내리는 사람은 당연히 일라리였다. 그리고 곧바로 뒤를 이어 한층 더 큰 모터 소리가 시끄럽게 울리기 시작했다.

수송부대는 당연히 요란하게 경계태세를 취했다. 하지만 이미 거센 바람이 터널 안에 몰아쳤다. 그 바람은 20초도 지나지 않아 돌풍으로 바뀌었다.

환기 시스템의 대형 축류 팬*과 천장에 무수히 설치된 제트 팬을 풀가동해서 카오룽반도에서 홍콩섬 방향 한쪽으로만 거센 기류를 만들어냈다.

계산상으로는 최강 수준 태풍에 가까운 풍속 50미터의 바람이 불면 4톤 트럭도 달릴 수 없게 되며 옆으로 전복된다.

이 터널 자체를 거대한 바람 동굴로 만들어 놈들과 무기를 한꺼번에 날려 버리는 작전이었다. 이렇게 되면 소총을 장전한 프로 전투원과 대치하며 총격을 벌일 필요도 없었다.

그러나 장시간 사용할 수는 없다. 최고 출력으로 가동하는 팬의 모터가 언제까지 버틸 수 있을지 모른다. 초당 50미터 강풍에 계속 노출된 방화 셔터도 금세 부서지고 말 것이다.

소리가 격렬하게 울려 퍼지며 고바의 몸도 뒤로 날렸다. 문의 패닉 디바이스와 후크에 젖 먹던 힘까지 짜내 매달렸다. 고바 바로 옆 어둠 속에서 사람들이 뭐라고 소리치며 구르고 날아갔다. 벨로의 부하인지 CT2 소속 중국인 대원인지 분간할 수도 없었다. 총기나 부서진 차의 파편 같은 금속류도 소리를 내며

* 축 위에 달린 프로펠러로 바람을 일으키는 송풍기. 주로 건축물이나 굴 안 통풍에 사용된다.

날아갔다.

눈을 뜨고 있을 수 없을 만큼, 숨을 쉬는 것조차 힘들 정도의 돌풍이 계속 불었다. 체온을 빼앗겨 몹시 추웠다.

고바는 얼굴을 숙이고 기다렸다. 필요 없는 모든 것이 날아가 버리고 사라지기를.

5분, 10분, 시간이 흘렀다. 고바가 타고 온 붉은 왜건이 옆으로 쓰러지더니 그대로 주르륵 길바닥을 미끄러져 어둠 속으로 사라졌다.

고바는 마음속으로 사죄했다.

죽어간 동료들이나 일에 휘말린 사람들을 향한 사죄가 아니었다. 웨스턴 하버 크로싱 공사 담당자들에게 하는 사죄였다. 터널 개통 예정 시기인 4월 말까지 앞으로 한 달 반 하고도 몇 주. 오늘 밤 벌어진 소동으로 망가진 공조기기류를 그 짧은 기간에 수리하고 복구해야 할 것이다. 총격전으로 피바다가 되어 얼룩진 아스팔트 바닥을 치우는 일보다 훨씬 어려운 작업이리라.

길바닥에 흐른 핏자국은 앞으로 무수히 지나갈 타이어에 금세 흔적을 감추겠지. 오늘 밤 이곳에서 벌어진 일 또한 절대로 보도되지 않을 것이다.

고바와 팀원들의 기억 속에만 남으리라.

—셔터가 부서졌어.

일라리가 리시버로 말했다. 내렸던 카오룽반도 쪽 방화 셔터가 부서진 탓에 바람이 반대 방향으로도 불기 시작했다. 무섭게 불던 바람이 점점 잔잔해졌다.

더는 돌풍 효과를 기대할 수 없었다.

—멈출게. 나도 그쪽으로 갈 거야.

"알겠어."

천장에 주르륵 매달려 요란하게 돌아가던 제트팬의 속도가 점점 느려지며 하나둘 멈췄다. 바람이 그치고 터널 안이 조용해졌다.

고바는 몸에 감았던 와이어를 풀고 다시 어둠 속을 걸었다. 숄더백에서 권총을 꺼냈다. 충격과 그 뒤에 덮친 돌풍으로 부상자가 상당수 발생했으리라. 이 자리에서 먼 곳까지 날아간 사람도 있었다. 하지만 모든 사람이 움직이지 못하는 것은 아니었다. 반격당할 가능성도 컸다.

저 멀리 뒤에서 희미한 숨소리가 들려오자 고바가 황급히 뒤돌았다.

아무도 보이지 않았다, 하지만 리시버로 목소리가 들렸다.

—나야.

루이였다.

—곧 따라잡아.

"따돌렸어?"

—응. 하지만 차는 도중에 버렸어.

바람이 그치자마자 루이가 이곳까지 차를 끌고 들어와서 빼앗은 플로피 디스켓과 서류를 싣고 그대로 차를 타고 사라지기로 계획되어 있었다.

—15분만 기다려. 나도 합류할게.

두 사람의 대화를 듣던 일라리가 말했다.

—적의 차를 빼앗거나 일라리가 도착하기를 기다리거나 아니면 빼앗은 거대한 아타셰케이스를 직접 들고 뛰어서 도망가거나…….

서둘러 도착한 루이와 합류했다. 루이도 총을 쥐고 있었다.

"거침없이 쏴. 망설이다가는 죽어."

루이가 스스로 다짐하듯 말했다.

옆으로 나뒹군 4톤 트럭이 보였다. 뒷부분 짐칸은 닫혀 있었다. 그것을 왜건 네 대와 대형 밴 다섯 대가 에워싸고 있었다. 제각각 헤드라이트를 켠 채 전복되거나, 부딪치거나, 길을 막듯 세워진 왜건들은 CT2의 것이었다. 총 다섯 대였을 터인데 한 대는 날아가 버린 듯했다. 반대로 수송부대의 밴은 도중에 지원 병력이 합류했는지 차가 더 늘어나 있었다.

하나같이 무수히 많은 탄흔이 있었다. 그리고 차체에 가려진 곳에 쓰러진 몇 사람이 보였다. 다만 살았는지 죽었는지는 알 수 없었다.

아무도 소리를 내지 않는 이유는 적을 경계해서일까?

헤드라이트가 터널 천장과 벽을 비췄지만 길 위는 여전히 어두웠다. 고바와 루이는 이번에는 개구리처럼 납작 엎드려 어둠 속을 기어갔다.

제트팬이 아직 미세하게 돌았고, 팬 소리 외에는 숨소리조차 들리지 않았다. 바람이 불지 않는 탓에 이번에는 덥고 숨이 막혔다.

고바와 루이는 갖고 있던 플라스틱 폭탄을 옆으로 쓰러진 트럭 뒷부분 짐칸에 설치했다.

숨을 죽이며 떨어져서 폭파시켰다.

폭발음이 울리며 잠금이 풀렸고 옆으로 쓰러진 차체의 육중한 여닫이 철문이 쿵 하고 아스팔트 길바닥을 때렸다.

그래도 아무도 소리를 내지 않았다. 고바는 자신과 루이 외에는 모두 죽었기를 바라며 트럭으로 다가갔다. 오른손에는 권총, 왼손에는 핀을 뽑은 최루탄을 쥐고 리더로서 캄캄한 컨테이너 속을 들여다봤다.

순간, 총성 여러 개가 컨테이너 안에서 울렸다.

총에 맞았다.

총탄을 뒤집어쓴 고바의 몸이 뒤로 넘어지며 날아가 아스팔트에 나뒹굴었다. 크억 하고 소리가 새어 나왔다. 손전등 빛과 총성이 고바를 따라왔다. 채 던지지 못한 최루탄 연기가 눈과 코를 찌르며 주위로 퍼졌다. 고바는 데굴데굴 구르며 전복된 왜건 뒤로 죽을힘을 다해 몸을 숨겼다. 그곳에는 총에 맞아 숨진 CT2 중국인 대원이 쓰러져 있었다.

일어나려고 했지만 가슴에 극심한 고통이 번져서 엎드린 채 움직일 수 없었다. 방탄조끼가 총알은 막아줬다. 그러나 힐리어

스트리트에서 총에 맞았을 때보다 훨씬 심한 충격이었다. 권총이 아니라 자동소총이었던 듯하다. 숨이 턱 막히고 너무나 고통스러워서 눈앞이 팽팽 돌았다.

총성이 계속됐다. 그리고 벨로의 목소리가 들려왔다.

"고바, 어디 있어?"

어둠과 최루탄 연기가 퍼지는 가운데 회색 정장 차림의 벨로와 부하 세 명의 모습이 보였다. 조명을 비추며 트럭 컨테이너에서 다른 밴 두 대로 커다란 금속 아타셰케이스 일곱 개를 나눠 옮겼다.

"더러운 아마추어 하이에나 새끼, 나중에 반드시 죽여 주마."

벨로는 수송을 우선시할 생각이다. 발목을 잡아야 했다. 그러나 여전히 숨을 쉴 수 없었다. 권총을 겨누려는 손이 덜덜 떨렸다. 잘못 터진 최루탄 연기에 눈도 따가웠다.

—반격하지 마.

루이가 리시버로 속삭였다.

녀석도 아직 살아 있는 듯하다. 다행이다. 하지만 소리는 들려도 되받아칠 수는 없었다. 몸이 뜻대로 움직이지 않았고 숨어 있는 것만으로도 용했다.

벨로 패거리와 케이스를 실은 밴 두 대가 출발했다.

헤드라이트 불빛이 어두운 터널 속으로 점점 멀어졌다.

'놓쳤다.'

쫓아야 한다. 숄더백에서 펜라이트를 꺼내 전복된 왜건에 매달려 몸을 일으켰다. 발밑을 비추며 걸음을 내디뎠다. 그러다가 구토했다. 마지막으로 마신 커피와 위액이 뒤섞인 쓴 물이 목구멍 깊숙한 곳에서 솟구쳤다.

"움직일 수 있겠어?"

경계하며 달려온 루이가 물었다.

"억지로라도 움직여야지. 잡히기 싫으면."

고바가 대답했다. 입구 경비원들은 손발이 묶였지만 경비회사 본부에서 CCTV를 보고 상황을 눈치채 이미 경찰에 신고했을 확률이 높았다.

루이가 굴러갈 것 같은 왜건을 발견했다. 버려진 자동소총 두 자루를 주워들고 운전석에 올라탔다. 고바도 가슴을 총에 맞은 고통으로 신음하면서 조수석에 올라탔다. 시트에 피가 튀어 있었지만 상관없었다. 입고 있던 오버 사이즈 후드는 앞이니 뒤니 할 것 없이 총에 맞아 벌집이 되어 있었다.

루이가 소총 한 자루를 건넸다.

"배운 대로만 쏘면 돼. 주저하지 말고. 한순간이라도 망설였다가는 다음에야말로 머리에 구멍 날 거야."

고바가 고개를 끄덕였다. 루이가 왜건을 출발시켰다.

터널 안으로 들어왔어.

일라리가 리시버로 말했다.

—그런데 잔해가 생각보다 더 많이 널려 있어서 앞으로 3, 40분은 걸릴 것 같아.

"우리도 차로 움직이기 시작했어. 따라잡을 수 있을지는 모르겠지만."

고바가 말했다.

—경찰 무선으로 들었어. 앞으로 5분 뒤 홍콩섬 쪽 터널 입구에 도착한대.

역시 벌써 신고가 들어갔다. 서둘러 터널을 빠져나가지 않으면 자신들이 체포되고 만다.

휴대폰이 울렸다. 로이 키팅의 전화였다.

—지금 어디야?

"아직 터널 안입니다."

—앞에서 가까워지는 저 불빛인가?

로이는 카오룽반도 쪽에서 들어온 듯하다. 그런데 목소리가 쉬고 떨렸다. 출혈이 심한 듯했다.

"아니. 그건 벨로입니다. 놓쳤어요."

—그럼 내가 멈춰 세울게.

"어떻게?"

—뻔하잖아. 약속이나 잊지 마.

통화가 끊기고 7초 뒤, 터널 끝에서 격렬한 충돌음이 들렸다.

'로이가 차로 들이받았구나.'

그것 말고는 없다.

곧바로 전방에 차 세 대가 보이기 시작했다.

차체 왼쪽 절반이 완전히 부서진 세단 한 대. 로이는 라이트를 끈 채 반대쪽에서 접근하다가 충돌 직전에 차체를 옆으로 꺾으며 나란히 달려오던 벨로 패거리의 밴 두 대를 정면으로 들이박았을 것이다.

밴은 두 대 모두 정면이 우그러졌다. 한 대는 차체가 터널 옆벽에 쓸린 채로 멈춰 섰고, 나머지 한 대는 차 내부 등이 켜진 상태로 옆으로 쓰러졌다.

루이는 곧바로 운전하던 차의 헤드라이트를 끄고 추돌 현장 20미터 앞에서 멈췄다.

전복된 밴 안의 작은 등만이 주변을 비추는 희미한 어둠 속에서, 고바는 소총을 꽉 쥐며 앞으로 걸었다. 정면이 찌그러진 밴 안에서 남자 두 명이 앞 유리에 머리를 박고 피투성이가 된 상태로 미동도 하지 않았다. 차체가 쓸린 또 다른 밴 근처에도 흉한 모습으로 고개가 꺾인 사람을 길 위에서 발견했지만 회색 정장 차림의 벨로는 보이지 않았다.

'로이와 벨로보다 일단은 그 케이스가 먼저다.'

머리로는 알았다. 그러나 고개를 낮게 숙이고 엉망으로 부서진 세단으로 달려갔다.

로이는 차체 옆에 쓰러져 있었다. 무엇에 쓸렸는지 얼굴 왼쪽의 피부 절반이 벗겨졌다. 왼팔과 왼 다리는 각도기처럼 기묘한 형태로 꺾였다.

이미 죽었다.

"로이, 로이!"

키 190센티미터의 우람한 로이의 상체를 번쩍 안아 일으켰다.

그 순간, 고바는 총에 맞았다.

연달아 총성이 울렸다. 방탄조끼를 입은 로이의 몸 뒤로 숨었다.

그러나 왼 다리에 총을 맞고 말았다.

이 어둠 속에서 어떻게? 야간 투시경이라도 썼나? 총알이 종아리를 관통한 듯 몹시 고통스러웠다. 쇠파이프 때문에 다친 오른 다리가 간신히 낫기 시작했는데 나머지 한쪽까지 다치다니. 왼 다리에 관통당한 부위를 테이프로 칭칭 감아 지혈했다. 역시 아프다. 신음이 새어 나올 것 같았다. 하지만 이 정도로는 죽지 않는다던 루이와 일라리의 말을 믿기로 했다.

루이가 총성이 울리는 방향으로 발연통을 던졌다. 붉은 불꽃이 어두웠던 노면을 비췄다. 벨로는 전복된 밴 뒤에 숨어 있는 듯했다. 놈이 얼마나 다쳤는지 알 수 없지만 차체 너머에서 총성이 울려 퍼졌다. 루이도 소총으로 대응 사격을 했다.

고바도 숄더백을 뒤져 수류탄을 꺼냈다. CT2 소속 중국인 대원의 사체에서 멋대로 가져온 것이었다.

핀을 빼서 던졌다. 격렬한 폭발음으로 귀가 먹먹해졌다. 하지만 벨로도 분명 자신과 마찬가지로 귀가 들리지 않게 됐을 터다. 두 번째 수류탄도 던졌다. 폭발음으로 다시 귀가 먹먹해졌다. 벨로에게 타격을 입혔는지는 모르지만 이것으로 됐다.

벨로는 간헐적으로 총을 쏘아댔다. 루이도 대응 사격을 멈추지 않았다.

고바도 로이의 두꺼운 근육질 몸을 방패 삼아 소총 방아쇠를 당겼다. 죽은 자에 대한 모독일까? 아니, 그는 틀림없이 기꺼이 이해할 것이다. 물론 사례도 할 것이다.

루이와 고바는 총을 쉬지 않고 쏘아댔다. 맞았는지 맞지 않았는지는커녕 벨로가 있는 방향을 제대로 조준했는지조차 알 수 없었다. 아니, 벨로를 맞히지 못했어도 상관없다. 어쨌든 루이만 맞히지 않았으면 다행이다.

멈추지 않는 총성 속에서 벨로가 갑자기 전복된 밴 뒤에서 일어섰다. 무방비한 머리가 얼핏 보였다. 총성에 묻혀 어둠 속에서 희미하게 들려오는 엔진 소리를 눈치챈 모양이었다.

그러나 이미 늦었다.

일라리가 모는 SUV가 라이트를 끈 채 벨로를 향해 달려왔다.

그리고 그대로 들이받으며 놈의 상체를 자동차 보닛에 얹고 다리는 아스팔트에 질질 끌며 더 달려가 터널 벽에 세차게 부딪쳤다.

총성은 멎었지만 SUV의 라디에이터가 망가졌는지 푸쉬쉬 소리가 났다.

루이는 곧바로 밴 두 대에 실려 있던 금속 아티세케이스를 챙기기 시작했다. 성하게 달릴 수 있어 보이는 차는 이제 루이와 고바가 타고 온 왜건 한 대뿐이었다. 차의 가장 뒷좌석을 밀고 억지로 케이스를 차곡차곡 실었다.

일라리가 정면이 크게 우그러진 SUV를 후진했다. 차와 벽 사이에 끼었던 벨로의 몸이 아스팔트 바닥에 무너져내렸다. 셔츠와 양복이 피로 물들었다. 척추가 부러지고 내장도 터졌으리라. 로이의 세단과 충돌할 때 생긴 상처인지 이마가 찢어졌고, 귀에서도 피가 흘렀다.

그래도 아직 미약하게 숨이 남아 있는 것으로 보아 살아 있었다.

고바를 노려보며 무언가 말하고 싶은 듯 입을 움직였다. 그러나 들리지 않았다.

'이대로 방치하고 싶다.'

실컷 고통에 시달리다가 죽으면 좋을 텐데. 고바는 생각했다.

"시간 없어."

루이가 말했다.

"서둘러."

아파 보이는 얼굴로 SUV 운전석에서 내린 일라리도 말했다.

'아쉽지만 어쩔 수 없지.'

고바는 손에 든 소총으로 벨로를 쐈다.

머리와 가슴에서 피가 흘렀고 몸의 경련이 멎었다.

태어나서 처음 저지른 살인. 그러나 고바는 공포를 느끼지도 속이 울렁거리지도 않았다. 반대로 기쁨과 성취감도 없었다. 죄책감도 들지 않았다.

죽은 벨로의 몸을 더듬어 목에 건 열쇠 두 개의 체인을 피로 흠뻑 젖은 셔츠 아래서 찾아냈다. 아티셰케이스 일곱 개를 열 수 있는 마스터키.

체인이 견고해서 잡아당겨도 끊어지지 않았다. 눈을 부릅뜬 놈의 머리를 들어 목에서 벗겨냈다.

루이와 일라리를 도와 케이스를 실으려고 일어섰을 때 총에 맞은 왼쪽 종아리에 극심한 통증이 느껴지기 시작했다. 후드처럼 청바지에도 구멍이 뚫렸는데 충분히 지혈하지 않은 바람에 피가 흘러 아디다스 흰색 운동화까지 검붉게 물들었다.

루이가 왜건에 케이스 일곱 개를 모두 실었다.

고바와 일라리도 로이의 무거운 시신을 애써 뒷좌석까지 옮겨와 무릎과 허리를 구부리고 앉혔다.

'로이 키팅, 당신의 몸을 끝까지 유용하게 쓰겠습니다.'

왜건이 달리기 시작했다. 운전석에는 루이, 조수석에는 일라리가 탔다.

뒷좌석에 앉은 고바가 채 감지 못한 로이의 두 눈을 감겨 준 뒤 마치 그가 아직 살아 있는 것처럼 얼굴에 난 상처에 수건을 대고 손을 잡아 쥐었다.

"딱 하나……."

루이가 입을 열었다.

"이상하게 유독 무거운 아타셰케이스가 있었어. 생각보다 훨씬 무거웠어."

고바의 등줄기를 타고 소름이 돋았다.

금세 터널 출구가 보이기 시작했다. 오르막 경사 끝에 카오룽 반도의 조단에 늘어선 고층 빌딩의 야경, 그리고 경찰차 한 대가 보였다. 방금 막 도착한 듯했다.

제복 경찰이 어두운 터널을 빠져나온 차를 보고 놀라면서도 팔을 크게 뻗으며 멈추라고 지시했다. 경찰 뒤에는 민간 경비원 몇 명도 있었다.

루이는 지시대로 차를 세웠고, 곧바로 자신의 경찰 신분증을 내보였다.

“부상자를 이송 중이다. 급해!”

강하게 말한 뒤 경비원들에게도 소리쳤다.

“병원으로 간다. 거기 바리케이드 치워!”

당황한 경비원들에게 더 크게 소리쳤다.

“총에 맞은 부상자가 있다고. 서두르지 않고 뭐해!”

“저, 무선으로 불법 침임이 있다고 들었는데, 무슨 일이 벌어졌습니까?”

경찰이 자신보다 계급이 까마득하게 높은 루이 독찰에게 정중히 물었다.

“터널 안에서 항쟁이 벌어졌다.”

“네?”

“맥박이 떨어지고 있어.”

고바도 뒷좌석에서 로이의 손을 잡으며 말했다.

“항쟁에 휘말린 일반인을 이송하고 있다.”

루이가 경찰에게 강하게 말했다.

"다른 부상자가 있을 가능성이 크다. 너희도 서둘러 현장으로 가봐."

경찰은 미심쩍은 표정을 지었지만 반박하지는 않았다.

바리케이드가 열리고 루이가 곧바로 왜건을 출발시켰다.

아직 개통 전인 웨스트 카오룽 익스프레스웨이(현 웨스트 카오룽 하이웨이)를 잠깐 달린 뒤 곧바로 화물선용 하역 크레인이 왼쪽에 늘어선 바닷가 샛길로 진입했다. 웨스턴 하버 크로싱에서 도심 옛길과 이어지는 우회 도로로 만들어진 새 도로로, 아직 이름도 없고 가로등 정비도 되어 있지 않은 길이었다.

야우마테이 번화가가 지척인데도 주변에는 상점도 민가도 없고, 왼쪽에 심야의 바다만 보일 뿐이었다.

"고마워요."

고바는 로이의 시신에 작게 말하며 그의 두 손을 가슴팍에 엇갈리게 놓았다. 로이가 자신은 가톨릭 신자라고 말한 적이 있었다. 커다란 몸에 담요를 덮어주고 숄더백에서 꺼낸 시카고 컵스의 야구모자를 푹 눌러 씌워줬다.

그리고 자신의 종아리 상처도 처치하지 않은 채 뒷좌석에 실었던 케이스를 열기 시작했다.

확실히 플로피 디스켓과 서류가 들어있었다.

"분명해."

고바는 루이와 일라리에게 말했다.

단 하나만 열쇠 종류가 다른 납판이 붙은 몹시 무거운 케이스도 열었다. 그런데 이 케이스만은 열쇠 자물쇠 외에 총 여덟 자리의 숫자 다이얼 잠금장치도 달려 있었다.

고바는 귀를 갖다 대고 소리를 들으며 다이얼을 돌렸을 때 손끝에 느껴지는 미세한 진동 차이에 신경을 집중해 잠금장치를 열기 시작했다.

"아직 멀었어?"

루이가 물었다.

"재촉하지 마. 달리는 차 안이잖아."

고바가 대꾸했다.

"당신이라면 할 수 있잖아. 변태적일 정도로 성실히 훈련한 성과를 보여 줘."

"닥쳐."

숫자가 모두 맞으며 마침내 케이스가 열렸다. 이 케이스 속에도 목표물이 들어 있었다.

'로즈 가든 작전'의 경과와 그 소형병기의 사용 효과를 상세하게 기록한 수많은 플로피 디스켓.

그러나 그뿐만이 아니었다.

'생각보다 케이스가 무거웠어.'

"젠장."

고바가 무심코 말했다.

그 말을 듣자마자 운전대를 잡고 백미러로 뒤를 확인한 루이도 깊은 한숨을 토했다.

"무슨 일인데?"

일라리도 뒷좌석을 돌아봤다가 이내 소리쳤다.

"워어!"

케이스에는 실험 데이터뿐 아니라 작전에 사용된 것과 같은 세슘 137이 함유된 소형병기 '로즈 가든형 폭탄' 실물이 있었다. 다만 터지지 않도록 신관은 제거되어 있었다.

무게 12~13킬로그램. 과거 미국이 개발에 성공해 1970년대 초까지 각지의 부대에 배치했던 W54형 핵탄두(중량 50파운드, 약 23킬로그램)보다 한층 더 경량화된 무기였다.

미국이 주도하고 서방 각국이 협력해 게릴라에 불법으로 무기를 공여하고 자금을 제공한 기록 이상으로, 이 초소형 방사능 병기 실물이 각국 기관을 분주하게 하는 원흉이었구나.

이런 물건까지 있을 줄은 과연 짐작도 못 했다.

미국은 서방 각국을 비겁한 작전에 동조시키려고, 악행이 탄로 났을 때 한배를 탔다는 증거로 이 더티밤을 플로피 디스켓과 서류와 함께 홍콩섬에 있는 은행 지하 금고에 보관하도록 했다.

아마도 그런 그림일 것이다.

"대박."

일라리가 말했다.

"아주 신이 났군."

루이가 말했다.

"자주 볼 수 있는 건 아니니까."

"난 이런 건 보여 준다고 해도 절대 사양이야."

루이가 욕을 짓씹듯 말했다. 겁먹은 얼굴이었다.

고바도 같은 심정이었다.

"그거 어쩔 거야?"

일라리가 물었다.

"예정대로."

고바가 대답했다.

병기의 사용기록과 함께 처치 곤란한 본체도 USPACOM의 저스틴 위카드 중위를 통해 미국 민주당 측 세력에 넘길 것이다. 나머지 서방 각국 정부와 게릴라 세력의 유착 증거는 누구도 건드리지 못하도록 조치해서 왕립 홍콩 경찰총부의 지하 증거보관고에 봉인할 예정이다.

막대한 희생의 대가로 목표물을 차지했다.

그런데 마시모는 과연 이런 물건까지 숨겨져 있다는 사실을 알았을까? 러시아 총영사관의 오를로프는? 그리고 아니타 초우는?

생각에 잠겼는데 어두운 도로 뒤에서 다시 경찰차가 다가왔다.

"왕립 홍콩 경찰총부가 일을 이렇게나 열심히 하는 집단이었나?"

고바가 짓씹듯 말했다. 정말로 지긋지긋했다.

"춘절 밤이잖아. 경계가 심한 건 어쩔 수 없어."

운전대를 잡은 루이가 대꾸했다.

경찰차가 사이렌을 짧게 울리며 차를 세우라고 재촉했다. 루이는 지시에 따라 어두운 해안도로에 차를 세웠다. 루이, 일라리, 고바는 옷과 가방 속 권총을 확인했다. 이 차에는 세 사람뿐 아니라 시신까지 타고 있다. 더불어 방사능 병기까지 실려 있다.

제복 경찰 두 명이 운전석 옆에 섰고, 한 명이 펜라이트로 차 안을 비추며 창문을 두드렸다.

"창문 여세요. 면허증 좀 봅시다."

"왜지?"

"웨스트 카오룽 익스프레스웨이에서 나왔죠? 거긴 아직 개통 전이라 진입 금지입니다. 잘 아실 텐데요."

경찰의 말투가 점점 엄중해졌다.

"공무 수행 중이다."

루이도 신분증을 보이며 위압감 서린 어조로 말했다.

"어떤 공무입니까?"

"그걸 말할 리 있나. 동승자는 동료다."

"못 믿겠습니다."

"신분증 안 보여?"

"물론 잘 보입니다만 여긴 홍콩이라고요. 3천 홍콩달러만 내면 정교한 위조품을 구할 수 있죠."

"그럼 인식번호를 조회해라."

"다시 말하지만 여긴 홍콩입니다."

"진짜 경찰도 못 믿겠다는 말인가?"

"네. 죄송하지만 차 내부와 소지품도 보여 주시죠. 동승자 여러분도요."

'끈질기군.'

고바는 생각했다.

'그만 됐다. 출발하자.'

분명 루이도 같은 생각을 했으리라. 그러나 간발의 차이로 액셀을 밟는 것보다 빨리 경찰이 권총을 꺼내 창문을 쐈다.

루이도 거의 동시에 가방에서 꺼낸 권총을 쐈다.

단 몇 초 사이에 여러 발의 총성이 울렸고 경찰이 엉덩방아를 찧으며 길바닥에 쓰러졌다.

경찰만이 아니었다. 동시에 총을 쏜…….

"루이!"

고바가 소리쳤다.

그러나 나머지 경찰 한 명이 뽑아 든 권총이 자신을 겨눴다.

"내려! 빨리!"

깨진 유리 너머로 경찰의 얼굴과 총구가 보였다.

총을 쏠 때 망설이지 않는 점과 권총을 빼내는 속도가 이 남자들이 경찰도 일반인도 아니라는 사실을 대변했다. 아마추어인 고바도 알 수 있을 정도였다.

'프로 암살자다.'

"망했어. 완전."

조수석의 일라리가 중얼거렸고 총성이 울렸다.

권총을 겨눴던 가짜 경찰은 일라리에게 시선을 돌릴 새도 없이 머리를 맞고 가슴에 두 발을 더 맞았다.

물론 쏜 사람은 일라리였다.

고바는 일라리가 백팩에서 권총을 꺼내는 모습을 보지 못했다. 정신을 차렸을 때는 가짜 경찰의 머리에서 피가 튀고 있었다.

이 속도……. 일라리도 역시 프로다.

"루이."

고바는 운전석의 루이를 확인했다.

왼쪽 눈과 목, 가슴을 맞았다. 아직 겨우 숨이 붙어 있지만 소리조차 내지 못하는 상태였다. 오른쪽 눈으로 허공을 보며 입술을 희미하게 떨었다.

"나는 당신이 좋아. 그러니까 괴롭게 두지 않을 거야."

일라리가 루이의 머리를 쐈다.

차 안에 뇌수와 피가 튀었다.

일라리는 방금 죽은 루이의 안전벨트를 풀고는 문을 열고 몸을 밀어 차 밖으로 떨어뜨렸다.

"미안해. 하지만 당신이 계속 앉아 있으면 방해되니까, 용서해 줘."

일라리는 운전석 여기저기에 튄 유리 조각을 털어내고 백팩에서 꺼낸 수건으로 앞 유리와 천장에 묻은 피와 뇌수도 대충 닦아낸 뒤 밖으로 던졌다.

"당신이 운전해."

고바에게 권총을 겨누며 말했다.

"좁지만 이 시트 사이로 넘어 앞으로 와줄래? 총에 맞은 왼 다리가 아플 텐데 미안하네. 하지만 자동 변속기 차라고. 오른 다리만 움직일 수 있으면 운전할 수 있잖아? 당신이 앞으로 오면 내가 뒤로 갈 거야. 절대로 차 밖으로 나가지 마. 문만 열어도 쏠 테니까."

"아직은 날 못 죽이지?"

운전석으로 움직이며 고바가 태연한 척했다.

하지만 목소리가 떨린다는 사실을 스스로도 알았다. 정말 무서웠다. 총에 맞은 종아리도 다시 몹시 아프기 시작했다.

"응, 아직 안 죽여. 도망치려고 하면 두 다리를 쏴서 움직이지 못하게만 할 거야. 위카드 중위는 날 만나주지 않을 테니까. 협상 상대는 어디까지나 당신이지."

일라리가 운전석에 앉은 고바의 청바지 주머니와 방탄조끼 속을 확인했다. 아무것도 없다는 것을 확인하고서야 로이의 시체 옆 뒷좌석으로 자리를 옮겼다.

"당신 숄더백도 내가 보관할게."

"어디로 가?"

고바는 차를 출발시키며 물었다.

"중위와 만나기로 한 장소로."

"중위한테는 뭘 건네지? 전부 넘기나?"

“말이 많네.”

“당신은 떠드는 걸 좋아하잖아? 그리고 옮기는 건 나야, 가르쳐 줄 법도 한데.”

“이미 알면서. 중위에게는 처음에 약속한 로즈 가든 작전과 관련된 물건들만 넘길 거야. 나머지 플로피 디스켓과 서류는 내가 일단 맡아 둘 거고.”

그리고 그것을 미국 공화당 측 세력에게 돌려주겠지.

민주당과 공화당, 두 미국인에게 모두 생색을 낼 셈이다. 일라리의 고용주가 누구인지 훤했다.

“당신은…….”

일라리가 운전석 뒷자리에 앉혀진 로이의 시신을 바라봤다.

“어떡할까? 우리를 구해준 공로자이기도 하니 계속 앉혀 둬야지. 가족에게 돌려보내 주고 싶기도 하고.”

“루이는 버려 놓고?”

고바가 빈정거리는 투로 말했다.

“그 사람한테는 제대로 사과했잖아? 운전석에서 그 무거운 몸을 뒷좌석까지 옮기는 수고가 아까웠다고. 게다가 경찰이고 신원도 확실하지. 왕립 홍콩 경찰총부가 제대로 가족들 곁으로 보내줄 거야. 순직 처리돼서 2계급은 어려워도 1계급은 진급할 수 있겠지. 마시모의 보수도 그 가족에게 지급되지?”

“마치 거기서 죽기를 잘했다는 말투로군.”

“그런 뜻은 아니야. 하지만 겁 많고 멍청한 놈들 때문에 나까지 말려들 뻔했어."

겁 많고 멍청한 놈들이란 그의 고용주, 일본 정부를 가리키는 말이었다.

"당신과 루이는 진심으로 좋았어. 그래서 죽일 때도 되도록 공포와 고통 없이 죽여야겠다고 생각했지. 그런데 그 새끼들."

좌회전해서 체리 스트리트로 진입했다. 오전 2시가 넘었는데도 거리에는 여전히 사람들이 나와 있었다. 축하 폭죽 소리도 간간이 들려왔다.

"이봐, 미리 배워 두고 싶은데, 한 수 가르쳐 줘. 언제부터 날 의심했어?"

일라리가 물었다.

"가르쳐 주면 내 질문에도 대답해 주나?"

"안타깝지만 당신은 거래할 수 있는 입장이 아니야. 아프기 싫으면 솔직하게 말해."

"수상하다고 느끼기 시작한 건 한 달 전. 당신과 처음 만난 직후였어. 일본에 있는 친구들한테 정부 내에 수상한 움직임이 있는지 알아봐 달라고 했지."

"관료 시절 친구?"

"그래. 난 농림수산성에서 쫓겨났지만 각 부처에 아직 아는 사람이 많거든. 우정으로는 절대 움직이지 않지만 큰돈을 찔러주면 재깍 움직이는 놈들이지."

"일본 관료의 우수성과 성실함은 놀라워. 반대로 일본의 허술한 기밀 관리는 어이가 없지만."

"하지만 당신이라고 특정할 수 없었고 물론 당신 본명도 몰랐지. 알아낸 건 내각 정보 조사실이나 외무성이 대단히 유능하고 보수도 높은 프리랜서에게 의뢰했다는 사실뿐이었어. 하지만 거기서부터는 그리 어렵지 않았지. 그 시점에 내 주변에 있는 사람 중 가장 우수한 사람은 분명 당신이었으니까. 아무리 평범한 척해도 말과 행동을 보면 알았어. 루이도 눈치챘어. 당신 능력은 숨길 만한 게 못돼."

"최고의 칭찬이군. 최근 몇 년 사이에 들은 말 중 가장 기쁜 말이야. 그래도 당신과 루이니까 알아본 거야. 사람들은 대개 내가 말하는 거짓 프로필을 믿고 날 조금 재주 있고 다루기 편한 어수룩한 사람 정도로만 생각하거든."

"아니, 나만 그렇게 판단한 게 아니야. 프랭크 벨로도 일조했지. 마지막에는 놈의 말이 확신을 줬어."

"뭐라고 했는데?"

"날 회유하고 싶어서 '네 팀에는 스파이 셋이 섞여 있어'라고 했거든. 한 명은 아니타의 정보로 미아라는 걸 알았어. 당신도 아는 대로 자비스도 수상한 점이 있어서 경계했지. 나머지는 소거법이야. 루이는 직업과 가족을 거의 속이지 않았고 홍콩에 살고 있어서 금방 증명할 수 있었어. 그렇다면 남은 사람은 당신뿐이지."

"벨로 이 멍청한 새끼. 정말 도움이 안 되는 놈이군. 무능하기까지 하고. 아시아에서 자기가 최고로 실력 있는 요원이라고 나대면서 온 홍콩을 들쑤시더니 결국 아마추어인 당신 손에 깔끔하게 죽었잖아."

"진정한 최고 요원인 당신이 비밀리에 백업을 해줬기 때문이야. 나와 루이만으로는 도저히 쓰러트릴 수 없는 상대였어."

"그렇게 칭찬하면 당신을 죽이기 힘들어진다고. 그래도 당신도 훌륭했어. 아마추어가 이렇게까지 해내다니 감탄했지. 미아만 없애고 나, 당신, 루이 셋이서 각국을 고객으로 삼은 팀을 결성할 수는 없을까 순간 진지하게 고민할 정도였어. 하지만 그건 안 되지. 당신들을 살려두려고 의뢰인한테 해야 할 설명이 도무지 떠오르지 않더라고. 게다가 저건 진짜 방사능 무기잖아. 이 일은 너무 위험해. 바보 같은 생각 말고 맡은 일이나 제대로 하자고 마음먹었지."

"당신을 믿지 못해서 저렇게 무모한 방법으로 죽이려 드는 놈들을 추가로 보냈는데도 아직 일본 정부를 위해 일한다고?"

"확실히 믿을 수 없는 놈들이야. 그건 동의하지만 일본의 뒤에 있는 미국의 심기까지 건드리고 싶지는 않으니까. 자료와 무기 모두 일본을 통해 제대로 돌려줄 거야. 단 일본은 용서 못 해. 나까지 죽이려고 한 계약위반 사항을 들어 보수를 올려야지. 보수를 올리지 않으면 비밀을 폭로하겠다, 너희 가족도 죽이겠다고 협박할 거야. 일본인은 외국인, 특히 나처럼 피부 하얀 인종의 협박에 약하니까."

"얼마나 비참한 나라인지. 듣다 보니 슬퍼지는군."

너무 불쌍해서 이런 상황에서도 웃음이 새어 나왔다. 고바가 물었다.

"조금 있으면 내가 죽는 건 무슨 일이 있어도 변하지 않는구나?"

"응. 미안하지만 위카드 중위도 돕지 못할 거야. 그런 아무 도움 안 되는 선행을 베푸는 놈들이 아니잖아."

"그건 그렇지."

신호가 빨간불로 바뀌고 몽콕의 리클라메이션 스트리트와 아가일 스트리트 교차로에 멈춰 섰다. 밤이 깊어 번화가에도 차가 줄어들었고 인적도 뜸해졌다.

"죽는 건가. 두렵고 싫군."

중얼거린 고바는 순간 손으로 얼굴을 감싸고 할복이라도 하듯 고개를 깊게 숙여 허리 가죽 벨트 버클을 두 주먹으로 가볍게 때렸다.

그 순간, 뒷좌석에서 폭발이 일어났다.

폭발로 인한 바람과 파편이 일라리를 덮쳤다. 고바는 곧바로 안전벨트를 풀고 뒷좌석으로 넘어가 일라리가 떨어뜨린 권총을 찾아 주운 뒤 방아쇠를 당겼다.

일라리의 얼굴과 가슴에 명중하며 피가 튀었다.

"잠깐만. 무슨 짓……."

일라리가 목소리를 쥐어짰다.

하지만 고바는 주저하지 않고 계속 쐈다. 루이가 가르쳐 준

대로.

좌석과 천장에 수류탄의 미세한 파편이 꽂히고 창문이 깨진 차 안에서 일라리는 총알 다섯 발을 맞고 나서야 숨이 끊어졌다.

깨진 창문 너머로 놀란 행인들의 얼굴이 보였다.

고바는 곧바로 운전대를 잡고 차를 출발시켰다. 아가일 스트리트를 직진해 좁은 길로 돌았다. 일단은 무조건 이곳에서 벗어나야 한다. 어지러운 마음을 필사적으로 억누르며 사고가 나지 않도록 속도를 줄이면서 한밤중 홍콩을 쉬지 않고 달렸다.

터뜨린 것은 웨스턴 하버 크로싱에서 죽은 CT2 대원의 몸에서 멋대로 가져온 수류탄 세 개 중 남은 마지막 하나였다. 제거한 안전핀 대신 값싼 휴대폰 진동 기능용 초소형 모터를 이용해 만든 무선기폭장치를 장착해 로이의 시신 가슴, 담요 밑 팔에 안겨 두었다.

기폭발신기는 장난감 손목시계형 휴대형 무선 통신기를 분해해서 발신 장치만 꺼내 벨트 버클 뒤에 장착해 두었다.

자동차 좌석 시트나 사체가 폭발을 막는 차폐물이 될 것. 그리고 자동차나 전동차 같은 좁은 공간에서도 폭발 에너지의 방향을 하나로 만들어 먼로 효과처럼 폭발 바람과 파편을 극히 한정된 일부분으로 집중시킬 것. 이 모든 것, 장난감을 이용해 기폭발신기를 만드는 법까지 모두 지난 한 달 사이에 터득한 것이었다.

"전부 당신이 알려 준 것이야, 일라리. 그걸 조합해서 변형해

봤지."

일라리가 했던 말이 떠올랐다.

―절대적인 신뢰를 보이는 건 '나는 바보입니다, 언제 당신에게 죽어도 쌉니다'라고 말하는 것이나 마찬가지 아닐까?

그래서 루이와 일라리 모두 의심해 이 장치를 설치했다.

"정말 안타깝군."

고바는 중얼거린 뒤 백미러 너머로 로이를 봤다.

"또 당신 도움을 받았어. 고마워요."

로이의 시신은 폭발 때문에 피부가 더욱 벗겨지고 불에 탄 상태였다.

'우선은 살아남았다.'

하지만 홀로 살아남은 자의 의무로서 아직 해야만 하는 일이 있었다.

19

2018년 5월 28일 월요일

맑은 하늘. SUV는 룽워 로드를 달렸다.

햇빛이 한여름처럼 눈부셔서 운전대를 잡은 웡인컹이 햇빛 가리개를 내렸다.

나는 생각에 잠겼다…….

고바 게이타가 과거, 반출품을 가로채는 대규모 범죄에 성공하고도 주범이었다는 사실을 어떻게 오랜 세월 숨겨올 수 있었을까? 어떻게 들키지 않고 체포되지 않고 일본에서 평범하게 살아갈 수 있었을까?

말도 안 된다고 생각했지만 발상을 바꾸면 말이 된다는 것을 깨달았다.

이 범죄를 은폐하는 데 본인뿐 아니라 훨씬 큰 조직이 가담했다면?

일본 경찰과 정부 자체가 의도적으로 눈감았다면? 일본뿐 아니라 여러 나라가 협력해서 은폐를 도왔다면?

바이춘위가 건네준 수령증을 다시 들여다봤다. 보관 기한은 이달 말, 5월 31일. 데니켄 운트 훈치커은행의 대여금고 사용 기한과 같았다.

이 기한에 맞춰 나를 홍콩으로 불러들였나? 아니, 그 반대로 내게 어떠한 조건이 갖추어졌는지도 모른다.

세단이 홍콩연예예술대학이 있는 펜윅 피어 스트리트를 지나자 정면에 두 사람의 목적지인 홍콩 경찰총부(전 왕립 홍콩 경찰총부)가 보이기 시작했다.

견고한 담장을 따라 달리다가 구청사(Caine house) 뒤에 세워진 47층 고층 건물인 신청사(Arsenal house)로 향했다.

청사 입구에서 고바 게이타가 남긴 수령증과 내 여권, 웡인컹의 신분증을 내밀고 몸수색을 받았다.

"네, 됐습니다."

건네받은 방문증을 가슴에 달고 보관증거품 반환 창구로 이동했다.

지하 1층 창구 앞에는 긴 의자가 두 개 놓여 있었다. 달리 기다리는 사람은 보이지 않아 접수창구에 서 있는 젊은 남자 경찰에게 서류를 제출했다.

"반환 대상자는 두 분이죠?"

경찰의 지시에 따라 웡인컹이 먼저 중국 외교부 신분증을 내밀었고 모니터에 손을 대고 열 손가락 지문과 손바닥을 조회했다.

"미스터 웡인컹. 반환 물품은 브라이언 루이 총독찰의 소지품과 증거품 한 세트입니다."

"독찰이 아니라 총독찰입니까?"

웡인컹이 물었다.

"네. 계급은 그렇게 되어 있습니다."

인스펙터가 아니라 치프 인스펙터. 미스터 루이는 순직 처리되어 2계급 특진했다.

다음으로 내가 여권을 건네고 지문과 손바닥을 조회했다.

경찰이 카운터 너머로 모니터와 내 여권을 번갈아 쳐다보며 미심쩍은 표정을 지었다.

"반환은 미스터 고바 게이타의 제출품 및 소지품 한 세트인데요……."

그런데 말하던 중에 깨닫고는 웃는 얼굴로 고개를 살짝 끄덕였다.

"실례했습니다. 확인하겠습니다. 현재 이름 에이미 고바, 국적 일본. 출생 당시 이름은 알리체 안 쑤안 조르지아니, 이탈리아와 베트남 이중국적. 맞습니까?"

"네."

고개를 끄덕이며 대답했다.

'처음 듣는 내 진짜 이름이다.'

경찰이 카운터 너머로 짐을 건넸다.

보관 기간 21년을 마치고 되돌아온 소지품과 증거품은…….

웡인컹에게는 봉투 하나. 봉투 속을 확인하자 플로피 디스켓 한 장과 편지 한 통이 들어 있었다. 웡인컹이 편지를 펼쳤다. 무엇이 적혀 있는지는 몰라도 편지를 읽는 그의 눈이 아련하게 젖어 들었다.

내게는 운반 수레에 실린 커다란 아티셰케이스 두 개. 열어 보니 빽빽하게 담긴 플로피 디스켓, 그리고 봉투가 들어 있었다.

봉투 속에는 다음 목적지가 적힌 편지, 내 출생신고서와 가계도 사본이 있었다. 내 증조할아버지는 마시모 조르지아니였다.

반환 창구 앞에 있는 긴 의자에 앉아 가계도와 그 해설문을 눈으로 좇았다.

마시모의 아들이자 내 할아버지인 로베르토가 스무 살 대학생 때, 아가타라는 프랑스, 일본 혼혈 여성을 만나 아이를 가졌다.

태어난 남자아이의 이름은 마르코. 이 사람이 내 친아버지였다. 물론 만난 적은 없다.

로베르토는 태어난 아이의 존재를 인지하고 양육비를 지급했으며 조르지아니 성을 따르는 것도 허락했다. 그러나 적자로 인정하지는 않았다. 마시모가 허락하지 않았다고 한다. 마시모는 아들 로베르토와 아가타를 멀리 떨어뜨려 놓기 위해 호주 서쪽 엑스마우스비치에 소유한 빌라 한 채를 아가타에게 내주고 이주시켰다.

할아버지 로베르토는 이후 다른 여자와 결혼했지만 아내와 함께 자살했다. 두 사람 사이에 아이는 없었다. 로베르토가 아내를 끌어들인 동반 자살이었다.

아가타와 함께 호주로 거처를 옮긴 내 아버지 마르코는 스물두 살 때 일본과 베트남 혼혈 여성 리사를 임신시켜 결혼했다. 이 사람이 내 친어머니였다. 그러나 임신 7개월에 들어섰을 무렵, 아버지 마르코는 마약 매매와 연관된 살인으로 체포 후 기소당하고 만다.

홀로 남겨진 임신부 리사는 친척에게 몸을 의탁하려 베트남 다낭으로 돌아간다. 이 시기 내 할머니 아가타가 어떻게 지냈는지, 이후 어떻게 됐는지는 전혀 적혀 있지 않았다.

리사는 다낭에서 나를 낳고 알리체라고 이름 지었다. 알리체는 증조할아버지 마시모의 어머니(에이미의 고조할머니)의 이름이었다고 한다.

그래. 내게는 이탈리아, 프랑스, 베트남, 일본의 피가 흐르고 있었다.

그러나 리사는 태어난 지 두 달 된 나를 작은할아버지 응우옌 부부에게 맡기고 호주로 돌아갔다. 그 이유도 적혀 있지 않았다. 그러나 이 시기에 내가 심장판막증을 안고 태어났다는 사실을 어머니는 알고 있었다.

그 어머니도 반년 뒤 코카인과 크랙 코카인을 매매 목적으로 불법 소지한 혐의로 체포된다. 이후 유죄 판결을 받고 호주 교도소에서 3년을 복역하고 석방됐지만 자살했다. 친아버지도 내가 여섯 살 때 복역 중 자살했다고 한다.

부모가 모두 마약중독자였다.

'마약중독자라니, 놀랍지도 않군.'

증조할아버지 마시모는 마르코와 리사를 돕지 않았다. 그러나 갓 태어난 나를 부모 대신 키워 준 응우옌 부부에게는 양육비를 보냈고 사람을 통해 생활을 도왔다.

'마시모는 줄곧 나를 지켜봤구나.'

비참한 가정환경. 그러나 왠인지 다른 사람의 이야기를 듣는 것 같아서 슬프지도 괴롭지도 않았다. 아마도 기억이 없기 때문이겠지. 마르코, 리사……, 부모의 얼굴도 전혀 기억에 없었다. 친부모의 이름인데도 내일까지 기억할 자신도 없다.

분명 지금 이 자리에서 잊어버려도 상관없을 정도의 존재일 테지.

내게는 이런 만난 적도 없는 사람들 이야기보다 양아버지가 편지에 남긴 말이 훨씬 더 소중했다.

—그 아타셰케이스 두 개에 담긴 물건을 처분해 줬으면 한다. 내가 처리하는 게 좋을지도 모르겠지만 그럴 수가 없구나. 이것은 전부 에이미 앞으로 남겨진, 에이미의 것이니까.

데이터는 존재하지만 누구의 것도 아니다. 능력이 부족한 나는 그런 불안정한 균형밖에 만들지 못했어. 하지만 이 정도면 분명 충분한 시간일 테지. 이런 물건은 남겨 둘 필요가 없어. 새로운 분란과 혼란을 야기할 도화선이 될 테니까.

거짓된 선은 시간이 지나면 언젠가 반드시 진짜 악을 낳는다.

아리스토텔레스의 말이란다. 진짜 악을 낳을 화근을 에이미가 직접 없애주길 바란다.

'순 일방적인 부탁만 남기다니.'

하지만 분노도 잊어버릴 만한 설명이 편지 마지막을 장식했다.

—출생 이름, 알리체 안 쑤안 조르지아니가 2018년 6월 1일까지 건강한 상태로 생존해 있을 경우, 펑제그룹의 모든 재산과 경영권은 이 상속인이 물려받는다.

'그래서 나를 홍콩으로 불러들였구나.'

양아버지 고바 게이타와 그 밖에 많은 사람의 의도로.

1996년 말 마시모 조르지아니가 사망한 후, 그가 소유했던 여러 기업은 마시모의 측근으로 구성된 이사회가 맡아 경영했다. 현재 그 기업체는 펑제그룹으로 불린다. 비록 명칭은 바뀌었지만 중국 본토에서 토지를 개발하는 부동산 회사를 중심으로 국제적인 투자, 식품 수출입 등 다양한 분야에서 막대한 이익을 남기고 있다.

증조할아버지가 유산으로 남긴 여러 기업의 경영권이 전부 내 것이 된다고 했다. 만약 상속인이 없으면 변호사의 지시에 따라 각 기업 단위로 사업 청산 절차를 밟는다. 사업 실적이 아무리 좋아도 해체한다는 의미였다. 이사회에 마시모의 유지를 뒤집을 권한은 없다. 증조할아버지는 조르지아니 집안의 핏줄이 아닌 자에게는 그룹을 물려줄 마음이 전혀 없었던 것 같았다.

중국이 나를 지켜준 진짜 이유를 마침내 알았다.

이 건과 관련된 자세한 내용은 굴드&페렐만 법률사무소 일본 지사의 쓰즈키 변호사에게 문의하라고 적혀 있었다. 5월 24일에 일본에서 체포된 나를 구해준, 홍콩으로 가라고 알려 준 그 남자였다.

고바 게이타를 모른다고 했으면서. 역시 아는 사이였다. 그리고 쓰즈키 씨도 이 기묘한 홍콩 투어를 계획한 사람 중 한 명이었다.

내가 왜 그 타이밍에 체포됐는지도 깨달았다. 무슨 일이 있어도 내가 펑제그룹을 물려받지 않기를 바라는 세력이 있었겠지.

그러나 일본에서는 쓰즈키 씨가 구해줬다. 홍콩에 와서는 웡인컹이 줄곧 곁에 있어 줬다. 그 밖에도 러시아 총영사관과 중국 외교부 국외공작국과 남적수 사람들이 모르는 사이에 나를 위협에서 보호했으리라.

양아버지가 만든 눈에 보이지 않는 시스템이 나를 지금까지 지켜왔다.

'상속이라니…….'

어떡하지? 하지만 그보다 먼저 이 아타셰케이스 속 내용물을 없애야 했다.

"괜찮습니까?"

웡인컹이 물었다.

"네."

나는 고개를 끄덕이고는 웡인컹이 내민 손을 잡고 일어난 뒤 되물었다.

"알고 있었죠?"

"네. 미스터 고바의 딸인 줄은 몰랐지만 펑제그룹을 물려받을 인물이라는 건 알았습니다."

웡인컹이 고개를 숙였다.

"저희는 펑제그룹이 앞으로도 지금처럼 홍콩과 중국 경제에 공헌해 주기를 바랍니다. 이미 서양 자본의 수하로 전락해 그들 손에 놀아나는 이사들과 주주들의 대립으로 그룹 내부가 점점 붕괴되는 실태를 손 놓고 보고만 있을 생각은 없습니다. 미스 에이미가 수장이 돼서 지금까지의 체제를 지켜줬으면 합니다. 좋게 말하면 당신의 동료가 되고 싶어요. 나쁘게 말하면 당신한테 빚을 지워 원하는 바를 요구하려고 했습니다. 그러나 이 주장은 지금껏 펑제그룹의 순조로운 성장을 국가로서 지켜보고 도와온 저희의 정당한 권리라고도 생각해요."

웡인컹은 거기까지 말하고 나서 미소 지었다.

"하지만 임무는 제 우선순위가 아닙니다. 두 번째죠. 믿지 않을지도 모르겠지만."

"알아요. 고맙습니다."

"저야말로 고맙습니다. 미스 에이미 덕분에 바라던 대로 진짜 아버지와 만났어요. 어머니가 말씀하신 것처럼 영웅도, 선량한 사람도 아니셨습니다. 하지만 꽤 재밌고 멋진 남자라고 저는 느꼈습니다."

"어떤 분이셨는지 알려 줄 수 있어요?"

"물론이죠. 우선 지금은 당장 처리해야 하는 일부터 정리하죠."

그 금발에 살집 있는 노인이 경찰총부 앞에서 기다리고 있었다.

1997년 당시 재홍콩 러시아 총영사관 정무부장 겐나지 오를로프. 그 뒤에는 러시아 총영사관이 수배한 경찰 차량이 늘어서 있었다.

"러시아 정부의 부탁으로 이 플로피 디스켓을 없애는 모습을 마지막까지 확인하려고 일부러 오셨군요."

"우리나라만이 아니야. 영국 SIS의 케이트 아스트레이 부장도 부탁했어. 그 사람도 21년 전 사건의 관계자거든. 그래서, 해 줄 거지?"

오를로프의 물음에 나는 고개를 끄덕였다.

"만약 거부한다면 억지로라도 없애게 할 작정이었네. 천박하게 언론에 팔아넘길 기미라도 보이면 자네도 처리해야 했지. 그렇게 되면 우리 러시아와 영국이 자네를 지키고 싶어 하는 중국과 부딪치면서 불쾌했던 그 1997년이 재현될 참이었어."

'잘못된 선택을 했으면 죽었을지도 모르는군.'

내가 보호받을 것인가, 살해당할 것인가의 미묘한 균형 위에서 있었기에 고바 게이타는 이 홍콩 투어를 계획하고 많은 사람과 만나게 해서 옳은 선택을 하도록 유도했다.

아버지 손바닥 안이었다는 기분이 든다. 하지만 나쁘지 않았다.

웡인컹은 중국 외교부 직원으로서 임무를 수행하기 위해 세단 운전석에 앉았고, 오를로프도 러시아 정부가 부여한 임무를 수행하려고 내 옆 뒷좌석에 앉았다. 러시아인이라서가 아니라 좌석이 몸집에 맞지 않아 불편해하는 그 모습이 마치 커다란 곰 인형처럼 보였다.

기묘하게 조합된 세 사람의 드라이브.

목적지는 홍콩섬 남쪽 포총완의 부두였다. 그동안은 웡인컹씨와 둘이서 다녔지만 지금은 앞뒤로 세단의 경호를 받고 있다.

"당신은 VIP니까요. 이제 몰래 지킬 필요도 없어졌고요."

웡인컹이 말했다.

앞으로 한동안은 중국 외교부가 내 경호를 맡는다고 한다.

내가 VIP인지 아닌지는 모른다. 하지만 지금까지 보지 못했던 것들이 보이기 시작했다. 제각각 의도는 다르지만 나는 예전부터 많은 사람의 보호를 받으며 살아왔다.

20분 후…….

중국 외교부의 지시로 경찰들이 일시적으로 봉쇄한 포총완의 방파제 위에 올라섰다.

웡인컹, 오를로프가 지켜보는 가운데 플로피 디스켓을 쌓아 기름을 붓고 불을 붙였다. 저무는 해가 비추는 그것은 마치 진혼의 불꽃처럼 사납게 타올랐다. 평범한 처리 방식이지만 디스켓 한 장 한 장이 불에 타고 녹아 이 세상에서 사라지는 모습을 눈으로 직접 확인할 수 있었다.

계류 로프가 감긴 계선주*에 앉아 불꽃을 바라보며 나는 루이 독찰이 웡인컹에게 남긴 편지에 뭐라고 적혀 있었는지 들었다. 그리고 휴대폰에 저장된 두 살 난 나와 양아버지, 양어머니의 사진을 그에게 보여 줬다.

"자상해 보이는 아버지죠? 어머니는…… 나로서는 뭐라고 말해야 좋을지. 멋진 분이라고 말하기는 어렵네요."

웡인컹이 쓴웃음을 지었다.

그리고 나는 이제, 마지막으로 기다리고 있을 사람을 만나러 간다.

* 배를 매어 두기 위해 부두에 세워 놓은 기둥.

20

1997년 2월 7일 금요일 오전 4시

고바는 저멀리 서 있는 오래된 시계탑을 바라보고 있다.

하늘은 아직 캄캄하지만 시각은 이른 아침이었다. 멀리 어디선가 희미하게 폭죽 소리가 들려왔다. 아직 춘절 폭죽은 끝나지 않은 모양이다.

오른손에 든 아티셰케이스가 무거웠다.

철 위에 납판을 붙이고 안쪽은 외부의 영향을 받지 않도록 유리로 가공했다. 게다가 속에는 진짜 소형 핵무기가 들어있으니 당연히 무거웠다. 어깨와 팔이 점점 저렸다.

얼굴에는 화상으로 생긴 무수한 상처가 주근깨처럼 나 있었다. 후드는 여기저기 구멍이 나 찢어졌고, 청바지는 피로 얼룩졌으며 왼 다리에는 지혈대를 감은 상태였다. 아무리 봐도 수상한 사람이지만 주변에 사람은 보이지 않았다. 저 멀리 노숙자 같은 남자가 자고 있을 뿐이었다.

그러나 고바의 눈에만 보이지 않을 뿐, 실은 무수히 많은 사람이 둘러싸고 보호하고 있으리라.

몽콕 스타디움 뒤에 있는 공원. 자비스, 일라리와 처음으로 만난 장소. 하지만 이곳을 약속 장소로 지정한 사람은 고바가 아니었다.

쓰레기통을 들여다보고는 '惠康 wellcome'이라는 가게 이름이 적힌 슈퍼마켓 비닐봉지를 집어 들어 속에서 PHS를 꺼냈다.

마치 스파이의 접선 현장 같았지만 도저히 그리 폼나는 상태는 아니었다. 이제 긴장감마저 들지 않았다. 그저 피곤했다.

PHS가 울리자 통화 버튼을 눌렀다.

—새해 복 많이 받으세요.

저스틴 위카드 중위의 목소리. 두리번거리니 조금 떨어진 가로등 아래에 그가 정장 차림으로 서 있었다. 고바를 향해 손을 흔들었다.

—다시 만나 기쁩니다. 무사해서 다행입니다.

"아주 건강하다고는 못해도 간신히 살아 있습니다."

고바는 사전에 정한 규칙대로 근처 벤치 뒤에 무거운 케이스를 내려놓았다. 몸의 오른쪽 절반에서 마침내 힘이 쑥 빠지며 가벼워지는 기분이 들었다.

그대로 뒤를 돌아보지 않고 걷기 시작했다. 중위도 똑같이 걷기 시작했다.

—바로 확인시키겠습니다. 활약이 대단하셨던 것 같군요.

"멀리서 다 지켜보고 있던 거 아닙니까?"

—안타깝게도 전부 빼놓지 않고 볼 수는 없었습니다. 당신이 솜씨 좋게 위장하는 바람에. 응아우타우콕 고가도로 밑에서 당신이 탄 차를 잃어버렸고, 그다음 청사완에서 발견했을 때는 이미 차에 실려 있던 케이스 여섯 개가 사라져 지금 들고 온 하나밖에 남지 않았죠. 어디에 숨겼습니까?

"지인에게 부탁해 옮겼습니다. 이제 다른 곳에서 보관할 겁니다."

지인은 루이의 부하 수사관이었다.

마시모가 살해되던 밤, 왕립 홍콩 경찰총부에서 루이와 함께 고바를 신문하고 총에 맞은 사체를 떠올리자 구토하던 자신을 보고 바보 취급하듯 웃던 그 남자.

약속 장소에 나타난 그는 상처를 입고 너덜너덜해진 고바를 보고 이상하게 여겼다. 그래도 존경하는 루이의 지시에 따라 무거운 케이스를 차에 싣고 경찰총부 내 중요 증거 보관고까지 옮겼다. 그는 케이스의 내용물이 얼마나 위험한 것인지 모른다. 그리고 루이 독찰이 이미 죽었다는 사실도.

—저희 윗분들은 다른 여섯 개 케이스에도 관심이 있으십니다.

중위는 정치인이나 변호사처럼 에둘러 말했다.

'그럼 그렇지.'

우려했던 전개대로 흘러갔다.

"그냥 관심 끄시지요."

—입장 상 그렇게 말씀하시는 건 이해합니다만, 당신에게도 결코…

중위의 말이 뚝 끊겼다. 케이스를 회수한 무리가 측정치를 알려준 모양이다.

—도대체 무슨 개수작을 부린 거야!

중위가 태도를 뒤바꾸며 사나운 어조로 말했다.

—오염시키다니!

"당신들도 예상했을 텐데요."

고바가 받아쳤다.

중위가 접촉하지 않고 멀리서 PHS로 말을 걸고 다른 USPACOM 대원들도 모습을 드러내지 않는 이유는 고바가 가진 총이나 칼 때문이 아니라 세슘 137을 경계해서였다.

미국 정부 관계자인 위카드 중위도 벨로와 마찬가지로 케이스에 무기 본체가 들어 있다는 사실을 처음부터 알고 있었다.

하지만 그 사실을 고바에게는 전하지 않았다. 그런 진실을 털어놓지 않은 믿지 못할 상대를 경계해 고바도 조금 대비했다.

로즈 가든형 폭탄에서 세슘 137을 꺼내 가로챈 플로피 디스켓과 서류를 오염시켰다. 137의 반감기는 30년. 10년 전에 제조된 폭탄이라고 가정하면, 앞으로 20년은 자진해서 그 플로피 디스켓과 서류를 만지려는 사람은 나오지 않으리라고 고바 나름대로 기대했다.

경찰총부로 물건을 옮긴 루이의 후배 조사관도 오염물과 다소 접촉했을 수도 있지만, 글쎄 그것은 자신이 알 바 아니다. 기분 나쁜 자식이기도 했고. 밖으로 샐 일 없는 새 밀폐 케이스 여섯 개에 옮겨 담았으니, 보관고 직원들이 피폭당할 일은 없으리라. 다만 고바도 단언할 수는 없다. 하지만 나쁜 놈은 전부 이 계획을 생각해 낸 루이와 마시모다.

그 업보를 치렀기 때문일까, 두 사람 모두 죽고 말았다.

그리고 계획을 실행한 고바 자신도 피폭됐다.

"목적은 다른 여섯 개 케이스의 내용물을 오염시키는 것이었지만 당신들한테 건넨 케이스에도 다소 영향을 끼쳤을지도 모르겠군요. 죄송합니다."

고바가 말했다.

—당신이 무슨 짓을 했는지 압니까?

중위의 목소리에서 강한 분노가 느껴졌다.

—30분 전까지만 해도 앞으로 당신과 좋은 관계가 될 수 있을지도 모른다고 기대했어. 그동안 경찰에도 군에도 정부 전문기관에도 소속된 적 없는 일반인이라고는 믿기지 않을 정도로 훌륭하게 일을 완수했으니까. 극동에서 활약해 줄 새 요원을 발견했다고 생각했다고. 그런데 당신은 제정신이 아니야. 아마추어인 척하면서 사실 하는 짓은 테러리스트와 똑같군. 미쳤어!

“나는 당신들이 훨씬 더 이상합니다. 더러운 일은 세금에서 나온 예산으로 남한테 떠넘기고, 납치나 살인이 벌어져도 눈감고 모른 척하고. 그러면서 결과만 가로채죠.”

그 순간 통화가 끊겼다.

‘할 말 더 있었는데.’

무례한 미국인이다. 우리 쪽은 약속을 하나도 어기지 않았다. 그런데 멋대로 기대하고 나서 배신당했다고 비난하더니 마지막에는 제멋대로 전화를 끊어 버렸다.

PHS을 던져 버리고 바로 근처에 있는 벤치에 앉았다.

줄곧 후드와 티셔츠 안에 끼어 입고 있던 방탄조끼를 벗었다. 총에 맞은 왼쪽 종아리뿐 아니라 온몸이 욱신거리고 아팠다.

자신의 휴대폰을 꺼내 번호를 눌렀다.

“끝났어.”

아니타 초우에게 보고했다.

—나쁜 소식이 있어.

아니타가 말했다.

—미스터 마세리아가 하노이 노이바이 국제공항에서 칼에 찔렸어.

병원으로 이송됐지만 사망을 확인했다고 했다.

마시모에게 카포쿠오코(주방장)이라고 불렸던 전속 요리사 파올로 마세리아. 그는 마시모의 증손녀를 모셔오려고 베트남 다낭이라는 해안 도시로 간 참이었다.

“아이는?”

—무사해, 미스터 마세리아가 목숨을 걸고 지켰어. 지금은 SIS의 보호를 받으며 지금 하노이 영국 대사관에 있어. 내일, 케이트 아스트레이가 사실을 확인하러 떠날 거야.

“벨로 쪽 사람이 죽인 건가?”

—그래. 그 남자의 지시로 고용된 놈들. 네 명이 습격했고 두 놈은 공항 경찰의 총에 맞아 죽었지만 나머지 두 놈은 도망쳤어.

미스터 마세리아가 말한 대로 되고 말았다. 증손녀의 존재를 안 벨로가 기어이 아이를 노렸다. 플로피 디스켓과 서류를 빼앗겼을 때 거래 조건으로 이용하려고. 벨로가 유괴하고 약취하기 전에 보호해서 안전한 곳에 격리하려고 미스터 마세리아가 베트남으로 떠난 것이었는데.

출발 직전 그는 “무사히 돌아올 확률은 50퍼센트도 안 되겠죠”라고 말하기도 했다.

—뒷일은 전부 시뇨르 고바에게 맡긴다. 미스터 마세리아의 마지막 말이었대. 서면으로도 아이의 법적후견인으로 당신을 지목했고. 증조부인 마시모 조르지아니의 위임장도 첨부되어 있었어.

분명히 약속했다. 그의 신변에 무슨 일이 생기면 그를 대신해 아이를 지키겠다고.

하지만…….

파올로 마세리아까지 죽었다. 남은 사람은 나 한 사람. 아이와 아무 관계도 아니지만 보호해 줄 사람이 나밖에 남지 않았다.

내가 아버지라니? 말도 안 된다. 하지만 어디 시설에 들여보낼 만큼 비정한 사람도 되지 못한다. 그동안 키워 주던 작은할아버지 부부에게 돌아가도 마찬가지다. 누군가가 숨겨 주고 지켜주지 않으면 언젠가는 살해당한다.

게다가 알리체라는 아이는 태어날 때부터 심장질환을 앓고 있다.

"베트남에서 데리고 와 치료받게 해야지."

—남 생각하기 전에 당신부터 치료받아. 피폭된 방사선량도 제대로 측정해야 하잖아. 거기에 타고 갈 차를 보냈으니까 제대로 치료받아요. 정말 바보 같은 사람이야, 당신이 한 짓은 헌신이나 목숨 무서운 줄 모르는 행동과는 전혀 다르다고.

아니타가 슬픈 듯 꾸짖는 목소리로 말했다.

"그런 게 들어 있다는 걸 당신은 알았지?"

백 퍼센트 확신했던 건 아니야. 들어 있을 가능성이 있다고만 들었을 뿐이지.

"갑자기 관료처럼 말하는군. 확신이 없어서 말 안 해 준 거야? 아니잖아?"

—그래, 아니야. 솔직하게 말하면 당신이 손을 뗄 테니까.

"그건 그렇지. 내가 아무리 바보 같다고 해도 진짜 소형 방사능 무기를 가로챌 정도의 바보는 못 돼."

—그래도 당신은 했어. 끝까지 해냈지. 대가도 컸지만. 다시

말하는데, 꼭 데리러 간 차에 타. 가서 치료받으라고.

앞으로 자신이 어떻게 될지는 고바 본인도 잘 모른다. 발암률이 비약적으로 높아질까? 어떤 치료를 받게 될까?

"또 마카오 병원 침대에 눕게 되나?"

—아니, 마카오에는 안 가.

"그럼 어디로 가지?"

—말 못 해.

"치료라는 이름의 구속이구나."

아니타는 아무 대답이 없었다. 침묵으로 예스라고 인정한 셈이다.

—자유를 빼앗기고 언젠가 살해당할까? 뭐, 그럴 가능성이 크겠지.

"다시 자유롭게 밖을 돌아다닐 날이 올까?"

굳이 물었다.

—그럴 가능성은 아주 작겠지.

"솔직하게 대답한 건 당신이 다정해서일까?"

—응. 임무 때문에 보여 주기식이 아니라 당신에게 정말 호의가 있다는 증거로 말이야.

"지금 당장 여기를 벗어나 도망칠 수 있을까?"

무리겠지. 길도 잘 모르는데 그 몸 상태로. 금방 발견될 테고 그래도 도망치려고 한다면 그걸 구실 삼아 총살하겠지.

'그렇겠지.'

결국 린차이화, 자비스, 미아, 루이, 일라리와 같은 결말을 맞는 것일까.

유일하게 마음에 걸리는 존재는 미스터 마세리아가 부탁한 어린 여자아이였다. 하지만 자신이 데리러 가지 못해도 SIS와 중국 외교부가 보호하고 소중하게 키워 주리라. 마시모가 남긴 막대한 유산과 여러 우량기업을 물려받을 수 있는 유일한 존재니까.

그래도 머릿속에서 지워지지 않는다. 죽은 사람과의 약속은 성가시다고 새삼 생각했다.

'그 아이를 데리러 가야 해.'

자신이 언제까지 살지도 모르는데……. 하지만 그러지 않으면 이 모든 일이 끝나지 않는다. 아직 끝낼 수 없다.

여전히 온몸이 아팠다. 바람이 불어와 조금 으슬으슬했다.

고개를 드니 저 멀리 고층 빌딩 불빛이 어두운 하늘에서 반짝였다. 내일, 춘절 둘째 날 밤에는 빅토리아 하버에서 연례 불꽃놀이가 펼쳐진다고 한다.

"내일 불꽃놀이 예쁘겠지."

—그럼. 아주 예쁘지.

아니타가 대꾸했다. 30분 사이에 1만 5천 발이 넘는 폭죽이 밤하늘에 터진다. 보고 싶지만 갇히면 볼 수 없겠지.

"좀 과했나?"

혼잣말처럼 말했다.

—그걸 아는 사람이 그랬어? 왜 그런 바보짓을 한 거야.

아니타의 목소리가 사나워졌다.

—차분하고 온화한 사람인 줄 알았는데. 미친 사람이었어.

위카드 중위뿐 아니라 아니타에게도 똑같은 말을 들었다.

고바는 전화를 끊었다. 이제 더는 누군가의 동정도 질책도 싫었다. 누구의 말도 듣고 싶지 않았다.

'그럼 달리.'

주변에 아무도 없는 벤치에 앉아 중얼거렸다.

'어쨌어야 했다는 거야? 어쨌어야 됐던 거야?'

후회는 없다. 그저 그 말만 입에서 흘러나왔다.

마지막이 될지도 모르는 바깥바람을 맞으며 멍하니 생각에 잠겼다.

나는 여전히 패배자일까? 아니면 패배자 말고 다른 존재가 됐을까?

쉽게 답이 나오지 않을 것 같다. 하지만 아직 시간은 조금 더 있다.

생각하자, 아니타가 보낸 차가 올 때까지.

21

2018년 5월 28일 월요일 오후 8시

홍콩차이를 출발한 소형 보트가 야경을 비추는 바다를 따라 10분 정도 달리자 해상 레스토랑에 도착했다.

화려한 네온사인이 빛나는 '유레이타이 수상 레스토랑'.

엘리베이터를 타고 5층으로 올라가 웡인컹을 남겨두고 복도를 걸었다.

막다른 곳을 장식한 커다란 흑단 문이 보였다. 저 끝 방이 어떤 곳인지 이미 웡인컹이 알려줬다. 21년 전, 1996년 12월 30일. 증조할아버지 마시모 조르지아니는 미국의 지시를 받은 공작원들에게 이 방에서 목숨을 잃었다.

문을 열자 원탁 너머에 동양인 중년 여성이 서 있었다. 틀어올린 검은 머리와 커다란 눈, 검은 재킷에 치마.

"예쁘게 컸구나. 내가 누군지 기억하니?"

그 사람이 만면에 미소를 띠고 말했다.

'아주 어렸을 때 들었던 목소리다.'

나는 고개를 끄덕였다.

아니타 초우. 중국 외교부 국외공작국 부부장. 그리고 과거 내 사진 속에서 양어머니로 찍혔던 사람.

"비록 이런 식이지만 다시 만나서 반갑구나."

"언제부터 제 양어머니가 되셨습니까?"

"바로 질문부터 들어가는 거야? 재회를 만끽할 시간도 없이?"

"네. 전 질문을 하려고 여기 왔으니까요."

대화를 나눌 수 있을까 걱정했던 것과 달리 말이 자연스럽게 흘러나왔다. 무례하다는 것을 안다.

'나, 화났구나.'

아니타가 말하기 시작했다.

"내가 양어머니 역할을 맡은 건 네가 16개월이었을 때였어. 고바와 둘이서 베트남에 있는 네 작은할아버지 응우옌 부부를 찾아 널 데리러 갔지. 그리고 베트남을 출국할 때 넌 서류상으로 병사 처리됐어. 기내에서 고바와 널 번갈아 안아가며 런던까지 갔단다. 그리고 여섯 달 후에 심장판막증 수술을 받았어. 케이트 아스트레이는 들어봤니? 수술받은 뒤에 한동안 그 사람이 마련한 서리주 워킹에 있는 집에서 지냈어. SIS의 보호를 받으며 말이야. 내니였던 엘사도 기억하니?"

이름을 들으니 기억났다. 난치병에 걸렸던 엘사의 아들도.

"미스 엘사 스탠필드. 아들 랠리는 안타깝게도 세상을 떠났어. 소아골육종으로. 랠리의 아버지이자 엘사의 전남편이었던 로이 키팅이라는 사람도 고바와 아는 사이였어. 팀은 다르지만 마시모 조르지아니가 고용했던 사람이었지."

"계획에 성공했군요?"

"응. 우리가 기대했던 방식과는 달랐지만."

"성공은 했지만 살아남은 사람은 고바 게이타뿐이었다?"

"그래. 그리고 고바의 목숨이 위태로워졌지. 그들이 네가 살아 있다는 사실을 알면 분명 네 목숨도 노렸을 거야. 당시 CIA 동아시아부에서는 플로피 디스켓과 서류 이송을 망친 고바와 마시모 조르지아니의 유일한 혈연인 네게 보복하자는 목소리가 높았으니까."

"무엇 때문에요?"

"체면 때문에."

"어이가 없네요. 마피아 같아요."

"그래. 마피아나 우리나 별로 다르지 않아. 뒤에 국가가 있느냐 없느냐가 다를 뿐이지. 게다가 선진국은 어디나 그 체면이라는 것에 의지하는 빛 좋은 개살구 같은 존재야. 그래서 고바와 나는 널 지키려고 딸로 길렀어. 에이미라는 이름을 지은 사람은 고바야."

"아버지는 그때 성형을 하셨군요."

"응. 심약해 보여도 좋은 남자였는데. 얼굴이 달라져서 조금 아쉬웠지. 하지만 너와 자신을 지키려고 옛 얼굴을 버렸어."

"그럼 제가 세 살 때 당신이 사고로 가장해 사라진 건요? 임무가 끝나서였나요?"

"그래. 나는 더 같이 있을 생각이었지만 고바가 이제 필요 없다고 했어. 게다가 영국, 러시아, 중국, 심지어 프랑스와 독일과 일본까지 끌어들인 너와 고바의 보호 협정이 예상보다 빨리 체결됐거든. 처음에 일본은 동참하기 거부했지만 다른 나라의 압력 때문에 결국 가담하게 됐지. 그 탈취 사건 때 일본 정부는 미국에 가담해 고바를 죽이려고 했어. 하지만 철회했지. 고바가 21년 전에 가로채서 네가 방금 불태워 없앤 플로피 디스켓의 힘으로 고바를 모함하고 이용하려 한 의원과 관료들도 실각했어. 표면적으로는 은퇴나 퇴직으로 물러났지만. 그리고 우리 각국 연합, 미국과 협상에 합의해 고바와 네 목숨이 위협받는 일은 일단 없어졌어."

"하지만 20년 정도 지났을 때 또 위험한 상황이 닥쳤죠. 그래서 고바 게이타는……."

"잠시, 잠시만. 나도 좀 묻자꾸나."

"하지만……."

"그럼 일단 자리에라도 앉자. 계속 서 있지 않니."

나는 머리를 쓸어올리며 원탁에 앉았다.

아니타는 중국식 차를 직접 우리기 시작했다. 이 방에 다른 사람은 아무도 들이기 싫은 듯했다.

나도 지금은 아무도 들어오지 않았으면 했다.

"앞으로 어떻게 할 거니?"

아니타가 물었다.

"평제그룹 말인가요?"

아니타가 고개를 끄덕였다.

"일본에서 담당 변호사를 불러들여 그룹 승계 절차를 밟으려고요."

"웡인컹도 말했겠지만 우린 정말 기쁘단다. SIS의 케이트 아스트레이나 러시아에서 온 오를로프도 말이야. 하지만 넌 힘들어지겠구나."

"전혀 상상도 가지 않아서 지금은 힘들지 어떨지도 모르겠어요. 하지만 5년 이내에 저는 이름뿐인 오너가 돼서 그룹을 분할하지 않는 조건으로 중국 정부와 홍콩인 양쪽이 납득할 만한 전문 경영인에게 경영권을 양도할 생각이에요. 그러면 돌아가신 마시모 조르지아니도 용서하시겠죠."

"그런 경영인을 찾을 수 있을까?"

"못 찾으면 그룹을 해체하는 방법뿐이겠죠. 마시모의 유지에 따라."

"마치 오래전부터 알고서 각오를 다진 듯한 말투네."

"각오 같은 건 없어요. 단지 지금의 내가 할 수 있는 일은 이것밖에 없는 것 같아서요. 일본에서 하던 아르바이트도 체포되면서 잘렸을 테고. 이런 병을 앓고 있으니 홍콩에서도 일을 구하기 힘들 것 같고."

"수뇌부 일을 한 번쯤 경험하는 것도 나쁘지 않을지 몰라. 아무나 할 수 있는 일도 아니고. 파티나 거래는 부하에게 맡기면 어떻게든 되니까. 필요하다면 우수한 직원을 소개해 줄게. 앞으로도 가끔 널 만나러 가도 되겠니?"

"만나러 와서 엄마 행세를 할 생각이세요?"

"절반은 그런 마음도 있지. 엄마 흉내 좀 내보고 싶거든, 이 나이까지 독신으로 지내니 외로워서 말이야. 나머지 절반은 네 행동을 감시하고 싶은 마음, 임무 때문에."

"한번 식사에 초대해 주세요. 그때 보고 앞으로의 일을 생각할게요."

아니타가 나를 바라봤다.

"싫으세요?"

내가 물었다.

"아니, 단박에 거절할 줄 알았거든. 기뻐."

"사는 곳도 직업도 바뀌었잖아요. 지금껏 안 해본 일을 조금 해보려고요. 초면이나 다름없는데 이렇게나 떠들 수 있는 걸 보면 한 번쯤은 같이 밥도 먹을 수 있을 것 같아서요."

"분명 즐거운 밤이 될 거야. 보채는 너한테 젖꼭지를 물린 적이 몇 번 있으니까. 젖은 안 나왔지만. 우리가 그런 사이인데 마음이 안 맞을 리가 없어."

아니타가 푸얼차를 우린 뒤 다반째 내 앞에 내려놓았다.

"아버지는 왜 저를 거두고 키워 주셨나요? 누가 시켜서?"

"마시모를 모시던 파올로 마세리아라는 남자가 처음에 널 데리러 베트남에 갔다가 공항에서 살해당하고 말았지. 파올로는 고바에게 널 부탁한다는 메시지와 상당한 금액의 양육비를 맡겼어. 그런데 그게 가장 큰 이유는 아니라고 생각해. 고바와 내가 베트남에 가서 아기 침대에 누운 널 처음 봤을 때 네가 놀란 듯이 고바를 바라보며 왼손을 뻗었단다. 고바는 당황하면서도 오른손 새끼손가락을 내밀었지. 넌 그 새끼손가락을 잡고 계속 놓지 않으며 미소 지었어."

피어오르는 차향 속에서 아니타는 말을 이었다.

"내가 시인은 아니지만 마치 미래를 잡은 것 같다는 생각이 들었단다. 네가 고바에게 스스로를 맡긴 것 같았지. 나만 그런 게 아니야, 네 작은할아버지와 작은할머니도 느끼셨어. 그전까지만 해도 응우옌 부부는 널 맡기는 걸 꺼리셨지만 그 모습을 보고 허락하셨어. 네게 잡힌 고바 본인이 무언가를 가장 강하게 느꼈던 것 같아."

"그래서예요?"

"응, 그래서."

"시적이라고 해야 하나, 단순하네요."

"그래, 단순하지. 나도 단순하지만 고바는 더해. 앞뒤가 별반 다르지 않거든. 상대가 멋대로 마음을 너무 깊게 읽어버리고 말지."

내가 웃었고, 아니타도 웃었다.

"아버지는 왜 마닐라에서 화재로 돌아가셨나요?"

"CIA에는 통칭 트랙&트레이스라는 섹션이 있는데, 과거 미달성 작전이나 종적을 감춘 자들을 몇십 년 단위로 조사하지. 그 멤버 중 1997년 홍콩에서 춘절에 벌어진 사건을 잊지 않은 노인이 한 명 있었는데, 그 노인이 독단으로 고바와 널 찾기 시작했어. 일본 내 요원, 당신 일로 고바에게 원한을 품은 프랭크 벨로 휘하의 생존자들, 거기에 니심 데비라는 인도인을 이용해서 말이야. 그래서 널 지키려고 혼자서 일본을 떠난 거야."

'마지막 출장을 떠날 때 그런 내색은 조금도 하지 않았는데.'

"트랙&트레이스의 노인은 나와 케이트 아스트레이가 간신히 제압했어. 간단히 말해 우리가 죽였다는 뜻이야. CIA도 옛날 일로 시끄러워지고 싶지 않다며 사실을 공개하지 않는 조건으로 사태 처리를 전부 우리에게 맡겼지. 상당한 희생을 치렀지만 더는 1997년의 망령은 따라오지 않고, 되살아나지도 않을 거야. 고바도 널 지키는 데는 성공했지만 유감스럽게도 벨로의 예전 부하들과 니심을 저승길 동무 삼아 결국 불에 타 죽고 말았어."

아니타가 시선을 떨구고 작은 찻잔을 쥔 내 손을 바라봤다.

3년 전 그 화재로 아버지 외에 남자 네 명이 희생됐다. 안치소에서도 부검을 마치고 엉성하게 수습된 사체 네 구와 조금 떨어진 곳에 아버지의 시신이 누워 있었다.

그래, 나는 안치소에서 상반신이 불탄 아버지의 시신을 확인했다. DNA도 대조했는데 틀림없이 아버지였다.

하지만…… 그 사람에게 속았을지도 모른다.

"지금 어디 있어요?"

"그게 무슨 말이니?"

아니타가 시선을 들었다.

"21년 전에 계획을 성공시켰고 지금도 저한테 이런 홍콩 투어를 시키는 남자 말이에요. 죽은 것으로 위장하는 일쯤은 간단할 거 아니에요. 당신 쪽도 협력을 아끼지 않았을 테고요."

아니타는 잠시 입을 다문 뒤 고개를 설레설레 저었다.

"고바가 살아 있으면 앞으로 네가 또 위험에 처할지도 몰라. 살아 있으면 하는 마음은 이해하지만……."

"펑제그룹 회장이 되면 어디든 안전한 곳은 없어요. 게다가 앞으로는 여러분이 전력을 다해 절 지킬 거잖아요?"

"거래를 제안할 생각이야?"

"네. 내 양어머니 흉내를 내고 싶으면 제 소원을 들어주세요."

"넌 정말 마시모의 진짜 증손녀이자 고바의 딸이구나."

아니타는 말뜻을 이해하지 못한 나를 보고는 기가 막히다는 듯 웃었다.

"어쩔 수 없이 그 두 사람과 닮았다는 뜻이야."

22

2018년 7월 15일 월요일

"여기서 기다리겠습니다. 미스 조르지아니."

베트남인 운전기사가 영어로 말했다. 답답하지만 홍콩뿐 아니라 전 세계 어디를 가든 방탄유리가 설치된 자동차로 이동하는 것이 의무다.

햇빛이 눈부시고 매우 덥다. 홍콩의 무더위와는 달리 태양이 피부를 찌르는 듯했다.

"미스 에이미, 선글라스 여기 있습니다."

옆에서 걷는 웡인컹이 말했다.

역시 알리체나 조르지아니보다 에이미라고 불리는 편이 마음이 안정된다. 하지만 선글라스에는 도무지 익숙해지지 않는다. 맨얼굴로 외출하지 말고 반드시 안경이나 모자를 쓰라고 고문

변호사와 회사가 지시했다. 시키는 대로 하고는 있지만 스스로는 왜 그래야 하는지 그다지 이해할 수 없었다.

베트남 중부 도시 다낭. 인구 백만 명 이상 도시로 고층 빌딩이 건설되고 있고 해안을 따라 세계적으로 유명한 호텔 체인의 리조트가 늘어섰다.

"괌 같네요."

웡인컹이 말했다. 멋진 곳이라는 칭찬이 아니라 반대 의미이리라.

그러나 뒷골목으로 들어서자 분위기가 단번에 바뀌었다. 일본제 스쿠터가 여기저기 달리고 노점이 줄지어 있으며 농을 쓴 노인들이 굴뚝에서 연기를 내뿜듯 담배를 피우고 있었다.

나는 이 거리에서 태어났다.

하지만 기억은 없다. 길러주셨다는 작은할아버지 응우옌 담과 작은할머니 응우옌 호아의 얼굴도, 죄송하지만 기억나지 않는다. 두 분 모두 세상을 떠나셨다.

담장 사이로 야자수가 튀어나온 집들 끝에 베트남어와 함께 영어로 'Swordfish Cafe Station'라고 적힌 간판이 보였다.

오전 11시. 가게 앞에는 스쿠터 몇 대가 서 있고, 손님들이 얼음을 띄운 맥주와 연유를 녹인 아이스 커피를 마시고 있었다.

우리를 발견한 점원이 조금 나른한 기색으로 한 손에 메뉴를 들고 다가왔다. 차를 마시러 온 것이 아니라고 말하며 어두운 가게 안을 둘러봤다.

그리고 안쪽 카운터에서 담배를 피우는 주인을 발견했다.

언제부터 담배를 피웠지? 부스스하게 자란 머리, 그을린 피부, 불뚝 튀어나온 배에 우울한 얼굴. 내가 아는 그 남자와는 전혀 다르다.

하지만…….

생각에 잠겼는지 눈을 가늘게 뜨고 고개를 숙이고는 담배를 쥐지 않은 손끝으로 자신의 이마를 두드리고 있었다.

'분명해.'

고바 게이타, 내 아버지였다.

아버지는 순간 다른 사람인 척하려다가 이내 포기하고 겸연쩍은 듯, 서먹서먹하게, 그리고 미안한 기색으로 내 쪽을 바라보며 일어났다.

나도 다가갔다. 무심결에 걸음이 빨라졌다.

화내고 싶었다. 소리치고 싶었다. 하지만 그저 좋아서 목소리가 나오지 않았다.

어울리지 않는 티셔츠를 입은 아버지의 모습에 나는 웃으며 눈물을 흘렸다.

옮긴이의 말

패배자들의 치열한 역습,
언더독스

저는 영화관을 즐겨 찾는 사람은 아닙니다. 하지만 이 시리즈의 신작이 개봉하면 반드시 영화관에서 본다! 하는 시리즈가 서너 개 있는데요, 그중에서도 첫 번째가 '007 시리즈', 두 번째가 '미션 임파서블 시리즈'입니다. 몇 년 전에 스코틀랜드를 여행할 때 거칠고 광활한 절경으로 유명한 하이랜드를 여행한 적이 있는데, 하이랜드를 선택한 여러 이유 중 하나가 영화 007 스카이폴의 촬영지였다는 점이기도 했죠. 네, 저는 액션, 스릴러, 첩보물을 무척 좋아하는 사람입니다. 그런 제게 이 작품은 선물이나 다름없었습니다. 처음 검토할 때부터 번역을 마칠 때까지 마치 등장인물들과 함께 과거 홍콩 도심을 누비는 것처럼 내내 즐거웠던 작품입니다.

나가우라 교의 『언더독스』는 1996년 말부터 1997년 초, 중국 반환을 앞두고 혼란스러운 홍콩을 배경으로 이해관계가 얽히고설킨 개인과 각국 기관이 홍콩의 헝밍은행에서 반출되는 플로피 디스켓과 서류를 가로채기 위해 싸우는 액션 첩보 스릴러 소설입니다. 일본 농림수산성의 관료였던 고바 게이타는 비자금 조성 사건에 휘말려 불명예 퇴직을 당한 뒤 패배자로 살아갑니다. 그러던 어느 날 이탈리아인 대부호 마시모 조르지아니가 중국 반환 직전의 홍콩에서 반출되는 플로피 디스켓과 서류를 가로채 달라고 의뢰하고, 고바는 그 계획을 억지로 떠맡다시피 하며 홍콩으로 떠나게 되면서 이야기는 시작됩니다. 속속 등장하는 각국 기관과 경쟁자들, 점점 커지는 스케일과 많은 희생자, 물건에 얽힌 음모와 예상치 못한 결말까지. 인생에서 실패를 겪고 무능력한 패배자 취급을 당하며 무시당하던 아무 힘 없는 언더독들이 팀으로 묶여서 나름대로 장기를 발휘해 살아남으려고 발버둥 치는 과정을 치열하게 그린 흥미진진한 작품입니다.

이 작품은 사건이 벌어지는 1996년, 1997년 과거와 2018년 현재를 오가며 속도감 있는 전개로 독자를 소설 속으로 단숨에 끌어들이고 궁금증을 유발합니다. 수많은 등장인물과 긴 분량도 문제가 되지 않을 정도로 이야기에 몰입하게 하는 작가의 힘을 느낄 수 있죠. 그래서일까요? 『언더독스』는 일본 최고의 대중문학상인 제164회 나오키상 후보와 2020 이 미스터리가 대단해! 5위에 오르며 대중의 머릿속에 다시 한번 나가우라 교라는 이름을 각인시켰습니다.

나가우라 교는 이번 작품에서도 본인의 화려한 장기를 강렬하게 선보입니다. 과거 방송작가로 활동했던 작가는 액션 장인답게 이전에 발표한 작품들처럼 이번 『언더독스』에서도 마치 영화를 보는 것처럼 생생하게 소설을 이끌어갑니다. 액션 스릴러 영화를 보듯 속도감과 생동감이 느껴지게 그려내는 액션 장면은 새로운 시대의 하드보일드 작가로 주목받는 나가우라 교의 주특기라고 할 수 있습니다. 독자 여러분도 이 작품을 읽으면서 작가의 매력을 마음껏 즐기셨다면 더할 나위 없이 기쁘겠습니다. 비록 익숙하지 않은 도시에 생소한 지명과 도로명이 끊임없이 등장하지만, 이 또한 작가가 현장감을 불어넣기 위한 장치로 활용했다는 생각이 들 정도로 생생하게 느끼셨다면 좋겠습니다. 더불어 홍콩에 가 본 적이 있는 독자라면 더욱 몰입해서 재미있게 읽을 수 있지 않았을까 생각해 봅니다.

30대 후반에 궤양성 대장염이라는 난치병 진단을 받고 투병생활을 하는 나가우라 교는 2012년 『붉은 칼날』로 데뷔해 지금까지 『리볼버 릴리』, 『머더스』, 『언더독스』를 발표했습니다. 국내에서는 주변에 평범한 척 섞여 살아가는 살인자들의 이야기를 담은 『머더스』로 독자들과 처음 만났는데, 『머더스』도 좋은 작품이었지만 이후 발표한 『언더독스』는 훨씬 더 단단하고 매력적인 작품이라고 느꼈습니다.

좋은 와인에서는 깊은 향이 느껴집니다. 좋은 작가, 좋은 작품에서도 와인처럼 깊은 향을 느낄 수 있죠. 이번 작품『언더독스』는 와인이 숙성하듯 점점 무르익는 작가의 필력을 느낄 수 있는 작품이라고 생각합니다. 한층 더 깊어진 작가의 필력이 다음 작품에서는 또 어떤 흥미로운 이야기를 들려줄지 몹시 기대됩니다.

2022년 초, 겨울

문지원

언더독스

1판 1쇄 인쇄 2022년 2월 15일 | **1판 1쇄 발행** 2022년 3월 3일

지은이 나가우라 교 | **옮긴이** 문지원
책임편집 민현주 | **디자인** 박진범 | **제작** 송승욱 | **발행인** 송호준

발행처 블루홀식스 | **출판등록** 2016년 4월 5일 제2016-000100호
주소 경기도 파주시 회동길 483-1 | 전화 (031)955-9777 | 팩스 (031)955-9779
이메일 blueholesix@naver.com

ISBN 979-11-89571-67-2 (03830)
정가 18,000원

* 책값은 뒤표지에 있습니다. 잘못된 책은 구입하신 곳에서 교환해 드립니다.